CB135658

COMPANHIA DAS LETRAS

ROBINSON CRUSOÉ

DANIEL DEFOE nasceu em Londres em 1660, em St. Giles, Cripplegate, filho de James Foe, um mercador de velas. Daniel alterou seu nome para Defoe por volta de 1695. Estudou na Morton's Academy for Dissenters, em Newington Green, mas, em 1683, tendo abandonado o plano de ser pastor presbiteriano, dedicou-se ao comércio de meias em Cornhill. Depois de servir durante algum tempo como soldado na rebelião do duque de Monmouth, estabeleceu-se bem como mercador e percorreu toda a Inglaterra, assim como o continente. Entre 1697 e 1701, foi agente secreto de Guilherme III na Inglaterra e na Escócia e, entre 1703 e 1714, trabalhou para Harley e outros ministros. Nesse segundo período, também produziu sozinho o *Review*, um jornal favorável ao governo. Escritor prolífico e versátil, produziu uns quinhentos livros sobre uma ampla variedade de temas, inclusive política, geografia, crime, religião, economia, matrimônio, psicologia e superstição. Gostava muito de representar papéis e se disfarçar, aptidão a que recorreu com grande efeito na qualidade de agente secreto, e, ao escrever, costumava adotar pseudônimos ou outra personalidade a fim de obter impacto retórico. Seu primeiro panfleto político conhecido (contra Jaime II) foi publicado em 1688, e seu muito vendido poema satírico *The True-Born Englishman* apareceu em 1701. Dois anos depois, Defoe foi preso por causa de *The Shortest Way with the Dissenters*, uma sátira a respeito do extremismo da High Church (Igreja Alta), encarcerado na prisão de Newgate e submetido ao pelourinho. Voltou-se para a ficção relativamente tarde na vida e, em 1719, publicou sua grande obra imaginativa *Robinson Crusoe*. Seguiram-se *Moll Flanders* e *A Journal of the Plague Year*, em 1722, e seu último romance, *Roxana*, em 1724. Suas outras obras são *A Tour Thro' the Whole Island of Great Britain*, um guia em três volumes (1724-6; edição condensada da Penguin, 1965), *The Complete English Tradesman* (1725-7), *Augusta*

Triumphans (1728), *A Plan of the English Commerce* (1728) e *The Compleat English Gentleman* (publicada só em 1890). Daniel Defoe morreu no dia 24 de abril de 1731. Teve grande influência no desenvolvimento do romance inglês, sendo que muitos o consideram o primeiro verdadeiro romancista. Todos os seus romances foram publicados pela Penguin Classics.

SERGIO FLAKSMAN nasceu no Rio de Janeiro em 1949, e é tradutor desde 1966. Começou a trabalhar em projetos de enciclopédias e, em 1968, fez sua primeira tradução literária, a novela *Bonequinha de luxo* (*Breakfast at Tiffany's*), de Truman Capote, publicada pela Nova Fronteira, junto com dois outros contos longos do autor, traduzidos pela jornalista Lena Chaves.

Envolvido em equipes de produção de grandes obras de referência até 1982 (como a chefia de redação do *Dicionário Histórico-Biográfico* do CPDOC da Fundação Getúlio Vargas, para o qual formou a primeira equipe de redatores e fixou os padrões e normas de produção dos verbetes), foi ainda editor dos doze primeiros números da revista de divulgação científica *Ciência Hoje*, da SBPC, antes de ocupar os cargos de diretor editorial adjunto e efetivo da Editora Record, onde ficou até 1986.

Desde então, vem trabalhando em tradução, vertendo livros de história, psicologia, ensaios e, especialmente nos últimos anos, obras literárias, ofício que hoje considera privilegiado de exercer. Ocasionalmente, ministra oficinas de tradução literária no curso de especialização em tradução da PUC do Rio de Janeiro. É autor de algumas traduções para o teatro, gênero pelo qual tem especial predileção.

Entre os autores que traduziu estão Stephen Jay Gould, Peter Gay, Gore Vidal, Mark Twain, Shakespeare, Albert Camus, Pirandello, Umberto Eco, Émile Zola, Alfred Jarry, Philip Roth, Jonathan Frenzen, Martin Amis, William Kennedy, Molière, Ariane Mnouchkine, Eugène Ionesco, J. M. Coetzee. Das traduções que fez para a Companhia das Letras, destacam-se *A sangue-frio*, de Truman Capote, *O livro negro*, de Orhan Pamuk, *Dias na Birmânia*, de George Orwell, *Coração das trevas*, de Joseph Conrad, e a trilogia *Sexus*, *Plexus* e *Nexus*, de Henry Miller.

JOHN RICHETTI é professor emérito de inglês na Universidade da Pensilvânia. Entre seus livros, figuram *Popular Fiction before Richardson: Narrative Patterns 1700-1739* (1969), *Defoe's Narratives: Situations and Structures* (1975), *Philosophical Writing: Locke, Berkeley, Hume* (1983) e *The English Novel in History: 1700-1780* (1999). Atualmente, está editando o volume "Restoration and Eighteenth Century da próxima *Cambridge History of English Literature.*

DANIEL DEFOE

Robinson Crusoé

Tradução de
SERGIO FLAKSMAN

Introdução e notas de
JOHN RICHETTI

8ª reimpressão

COMPANHIA DAS LETRAS

Copyright da introdução e das notas © 2001 by John Richetti

Grafia atualizada segundo o Acordo Ortográfico da Língua Portuguesa de 1990, que entrou em vigor no Brasil em 2009.

Penguin and the associated logo and trade dress are registered and/or unregistered trademarks of Penguin Books Limited and/or Penguin Group (USA) Inc. Used with permission.

Published by Companhia das Letras in association with Penguin Group (USA) Inc.

TÍTULO ORIGINAL
Robinson Crusoe

CAPA E PROJETO GRÁFICO PENGUIN-COMPANHIA
Raul Loureiro, Claudia Warrak

PREPARAÇÃO
Silvia Massimini Felix

REVISÃO
Jane Pessoa
Márcia Moura

Dados Internacionais de Catalogação na Publicação (CIP)
(Câmara Brasileira do Livro, SP, Brasil)

Defoe, Daniel, 1660-1731.
Robinson Crusoé / Daniel Defoe; tradução de Sergio Flaksman; organização, introdução e notas John Richetti. — 1ª ed. — São Paulo: Penguin Classics Companhia das Letras, 2011.

Título original: Robinson Crusoe.
ISBN 978-85-63560-41-4

1.Ficção inglesa I. Richetti, John. II. Título

12-02306 CDD-823

Índice para catálogo sistemático:
1. Ficção: Literatura inglesa 823

Todos os direitos desta edição reservados à
EDITORA SCHWARCZ S.A.
Rua Bandeira Paulista, 702, cj. 32
04532-002 — São Paulo — SP
Telefone: (11) 3707-3500
www.penguincompanhia.com.br
www.blogdacompanhia.com.br
www.companhiadasletras.com.br

Sumário

Introdução

Quando *Robinson Crusoé* foi lançado, em abril de 1719, Daniel Defoe tinha 59 anos de idade. Embora tenha começado a vida adulta como homem de negócios e empresário ambicioso, a bancarrota e a prisão por dívidas em 1692 acabaram por forçá-lo a recorrer à pena para sustentar sua extensa família (ele e a mulher tiveram sete filhos). Nas primeiras duas décadas do século XVIII, Defoe produziu uma impressionante quantidade de escritos como poeta, autor de panfletos políticos e econômicos, moralista, historiador e jornalista ativo em múltiplas especialidades. Defoe é (vagamente) lembrado pela posteridade como o autor de *Robinson Crusoé*, mas este clássico representa uma fração muito pouco representativa de sua volumosa produção literária. Empenhado em ganhar a vida no seu tempo como escritor profissional, Defoe lidava com os desenvolvimentos então recentes que acabariam por desembocar nos meios impressos modernos de comunicação de massa: na Londres do início do século XVIII, surge um mercado substancial para material de leitura, um público faminto por textos impressos, por livros, panfletos e jornais em quantidades jamais vistas. Independentemente do caráter que *Robinson Crusoé* assumiria para seus milhões de leitores desde o tempo de Defoe, este escreveu o livro com a mesma finalidade de tudo mais que produzira em sua longa carreira de escritor: para vender naquele mercado e para aquele novo público, na emergente cultura dos textos impressos. *Robinson Crusoé* deve ser um dos livros mais populares de todos os tempos, continuamente reeditado e traduzido em muitas línguas (segundo uma estimativa, no final do século XIX a obra já havia sido lançada em pelo menos setecentas edições, traduções e imitações). O herói de Defoe é instantânea e universalmente reconhecido em suas roupas de pelo de cabra, um arquétipo do herói individualista e confiante dos tempos modernos — o homem que sobrevive sozinho numa ilha deserta. No entanto, apesar de todo esse apelo persistente e universal, o livro de Defoe tem sua origem no mundo inglês do início do século XVIII, caracterizado por uma nova demanda de textos impressos, graças à qual seu autor ganhara precariamente a vida.

Defoe nasceu no outono de 1660 na paróquia de St. Giles, em Cripplegate, um pouco ao norte da antiga City de Londres. Seu pai, James Foe (como a família era conhecida), fabricava e comerciava velas de sebo animal, negócio em que prosperou até se tornar um eminente comerciante da City. Em 1662, a família Foe e a congregação a que pertencia seguiram seu pastor, Samuel Annesley, e se tornaram dissidentes, protestantes (presbiterianos) não conformistas, separados da Igreja anglicana estabelecida, a qual exigira o que muitos consideravam uma adesão inaceitavelmente estrita a seus princípios através do Ato de Uniformidade, promulgado naquele ano pelo Parlamento. Os Foe pertenciam a uma sólida camada média da classe mercantil em que Napoleão devia estar pensando cem anos mais tarde, ao se referir à Inglaterra como "um país de merceeiros". Defoe teve uma infância privilegiada e bastante confortável nesse lar próspero e devoto. O jovem Daniel recebeu sua instrução avançada numa das melhores academias criadas para os filhos dos mais bem-sucedidos dentre os dissidentes não conformistas, que por lei foram despojados da maioria de seus direitos civis e, portanto, eram impedidos de frequentar as universidades de Oxford e Cambridge. Defoe entrou para a academia de Charles Morton, em Newington Green, em 1674, e a excelente formação que lá se recebia era provavelmente melhor e mais útil que o currículo tradicional das velhas universidades, amplamente baseado na literatura clássica. Morton era um clérigo e estudioso formado em Oxford (que mais tarde se tornaria presidente do Harvard College), e seus alunos recebiam aulas em inglês (e não em latim) sobre as matérias tradicionais, mas também aprendiam línguas modernas, ciência moderna e filosofia, inclusive a obra de Locke, *Ensaio sobre o entendimento humano* (1690), à época banida em Oxford.

Os biógrafos de Defoe concluíram que, em 1681, ele chegou a pensar seriamente na carreira religiosa, mas, depois do que parece ter sido uma crise de fé e de seu gosto pela vida de clérigo, decidiu enveredar pelos negócios. Essa escolha, essas carreiras alternativas continuarão a ressoar em toda a obra de Defoe, em que as exigências às vezes conflitantes (embora frequentemente complementares) da religião e do comércio, da devoção e da ambição secular, dividem a cena e ocupam os pensamentos tanto do autor quanto de seus personagens. Em vez de sacerdote, Defoe tornou-se vendedor atacadista de meias, como parte da expansão do mercado de roupas manufaturadas, uma indústria em crescimento naqueles dias em que a criação doméstica do vestuário começava a dar lugar à produção em massa. Também comerciou extensamente vinho e tabaco, enquanto viajava por toda a Inglaterra e talvez pela Europa continental durante meados da década de 1680. Defoe tinha grandes ambições como comerciante, e parece ter apostado altas somas em operações de especulação imobiliária de grande risco. Os registros judiciários indicam que se envolveu em oito processos nesses anos. Em 1692, devido a graves perdas de carga no mar durante a guerra com a França, foi à falência pela soma astronômica de 17 mil libras esterlinas (em poder de compra de 2001, mais de 500 mil ou 750 mil libras), e nos últimos anos do século XVII Defoe sobrevivia graças a ofícios variados e diversos cargos no governo: serviu como um dos concessionários da loteria do governo em 1695 e 1696, e de 1695 a 1699 trabalhou na contabilidade dos tributos arrecadados pelo governo sobre vidros e garrafas. Em 1694 abriu uma olaria em Tilbury, a oeste de Londres, à beira do Tâmisa, que parece ter se desenvolvido a ponto de lhe permitir saldar boa parte de suas dívidas e estabelecer-se como um próspero residente dos subúrbios de Londres. Em 1697 publicou seu primeiro livro, *An Essay upon Projects* [Ensaio sobre os projetos], coletânea de propostas de reformas radicais da economia e da sociedade, entre as quais a criação de um sistema bancário racional, uma comissão nacional de estradas, aperfeiçoamentos na previdência social e na educação das mulheres. A partir desse momento, a quantidade da produção literária de Defoe é extraordinária: milhares e milhares de páginas sobre todos os temas concebíveis, numa ampla variedade de gêneros e formas. Nos primeiros anos do século XVIII, atuou muito como panfletista político, defendendo as posições de seu herói, o rei Guilherme III, príncipe holandês da casa de Orange, que ascendera ao trono inglês em seguida à abdicação forçada de seu cunhado, Jaime II, em 1688. Em 1703, Defoe já se tornara virtualmente escritor em tempo integral e, nos anos que se seguiram, um dos mais proeminentes (ou "notórios", diriam seus inimigos) jornalistas e escritores políticos de seu tempo. Parece ter sido empregado pelo governo do rei Guilherme para defender a ação do monarca, e não há dúvida de que escrevia textos políticos a soldo, além de operar como agente do governo, no momento em que a rainha Ana sucedeu ao rei Guilherme em 1702.

Um acontecimento transformador no início da vida literária de Defoe ocorreu em 1703, quando foi preso por ter publicado no ano anterior um ataque satírico aos defensores mais radicais do conservadorismo na Igreja anglicana, empenhados em suprimir o não conformismo religioso. *The Shortest Way with the Dissenters* [O meio mais rápido de lidar com os dissidentes] parodiava as posições mais radicais e violentamente intolerantes da Igreja anglicana, concluindo com a exortação: "crucifiquem os ladrões [...] e que os obstinados sejam tratados com mão de ferro". O governo considerou o panfleto inflamatório e de efeito sedicioso, em vez de meramente irônico. Defoe foi preso e mais tarde condenado a três dias de pelourinho (um instrumento que imobilizava a cabeça e os braços do homem e, muitas vezes, o expunha assim aos maus-tratos às vezes fatais dos passantes), seguidos de uma pena indeterminada de reclusão. Passou seis meses na cadeia de Newgate e, quando de lá saiu graças a um perdão obtido por intermédio da influência de Robert Harley, presidente da Câmara dos Comuns, sua olaria tinha ido à falência e ele estava arruinado pela segunda vez. Tornou-se informante e agente secreto de Harley, e a partir de então sua produção literária foi abundante, no volume e na variedade. A obra mais notável foi *A Weekly Review of the Affairs of France: Purged from the Errors and Partiality of News-Writers and Petty-Statesmen of all Sides* [Revista semanal sobre os negócios da França, expurgada dos erros e da parcialidade dos noticiaristas e dos políticos menores de todos os partidos], uma folha de comentários e notícias políticas publicada três vezes por semana que Defoe manteve sozinho de 1704 a 1713. Além disso, produziu nesses anos uma torrente de outros textos jornalísticos, com mais polêmicas políticas; um tratado em verso, da extensão de um livro, sobre o poder, *Jure Divino* (1706); uma sátira alegórica sobre a política, *The Consolidator*

(1705); uma longa história da união política então recente entre a Inglaterra e a Escócia, *History of the Union* (1709); e duas obras que chamaríamos de economia, *An Essay upon Public Credit* [Ensaio sobre o crédito público] e *An Essay upon Loans* [Ensaio sobre os empréstimos] (1710).

Para todos os efeitos um *whig* (adepto dos liberais), Defoe trabalhava para o *tory* (conservador) Harley, e seu apoio aos esforços de Harley quando o partido deste chegou ao poder em 1710 para pôr fim à guerra com a França provocou ataques daqueles que o viam como um vira-casaca. Uma crise para Defoe e possivelmente para a nação como um todo ocorreu em 1713. A rainha Ana não tinha filhos vivos e, nos termos do Ato de Acordo publicado quando Jaime II foi forçado a abdicar, o trono devia ir para o eleitor de Hanover, na Alemanha, ignorando as pretensões do herdeiro da casa dos Stuart, Jaime (irmão da rainha Ana), exilado na corte da França. Os Stuart tinham apoio considerável na Inglaterra, e a ameaça jacobita (de *Jacobus*, versão latina do nome Jaime) era real e urgente, pois era improvável que a rainha gerasse algum novo herdeiro. Defoe escreveu em pouco tempo uma série de incendiários panfletos antijacobitas, entre eles *An Answer to a Question That No Body Thinks Of, Viz., But What If the Queen Should Die?* [Resposta a uma pergunta que não ocorre a ninguém, a saber, o que aconteceria se a rainha morresse?] (1713), cujas ironias não foram entendidas e muito menos apreciadas. Mais uma vez, seus inimigos fizeram com que fosse preso. E foi necessário um perdão da rainha (obtido através do clero) para libertá-lo.

Quando seu protetor Harley (junto com o governo *tory*) caiu em 1714, com a morte da rainha Ana e a ascensão ao trono de Jorge I, nascido na Alemanha e eleitor de Hanover, Defoe precisou lançar mão de todos os recursos para sobreviver e encontrar novos patronos para seu trabalho de escritor. Sabe-se hoje que foi trabalhar para o novo governo *whig* como uma influência moderadora velada, através de seu jornalismo político, para a opinião *tory* mais extremada. Estimulado pelo clero, editou a revista mensal conservadora *Mercurius Politicus* de 1716 a 1720. Em 1717, infiltrou-se ainda no furiosamente conservador semanário *Mist's Weekly Journal*, embora sua voz logo tenha sido reconhecida, atraindo contra ele ataques de autores de panfletos liberais. Em anos posteriores, continuou a minar a oposição em segredo, em seu trabalho para outros periódicos. O que confere maior interesse nesses textos jornalísticos para os estudiosos modernos de Defoe, e especialmente para os leitores de suas narrativas ficcionais, é sua facilidade extraordinária para o disfarce e a personificação, sua capacidade de se projetar nas personalidades e nas ideias de outras pessoas, de imitar tão bem ou produzir, por convincente ventriloquismo, vozes alheias.

Talvez não seja acidental que o jornalista político e agente secreto, operador do governo infiltrado na imprensa de oposição, tenha a partir de 1719 começado a escrever ficção, pois passara a maior parte da vida desempenhando vários papéis e assumindo personalidades diversas da sua. A *Vida e as estranhas e surpreendentes aventuras de Robinson Crusoé, de York, marujo*, seguida alguns meses depois pela continuação, *As novas aventuras de Robinson Crusoé*, é a primeira de uma série notável de narrativas autobiográficas ficcionais que hoje chamamos de romances *Memórias de um cavaleiro* e *Capitão Singleton* (1720); *Moll Flanders*, *Um diário do ano da peste* e *Coronel Jack* (1722); e *Roxana* (1724). No entanto, ao mesmo tempo que produzia essas obras, Defoe continuava a escrever prolificamente em outros gêneros e formatos. A lista de parte de seus livros durante esses últimos doze anos de vida é variada e extensa: *Religious Courtship* [Namoro religioso] (1722); *A New Voyage round the World* [Uma nova viagem de volta ao mundo] (1724); *A Tour Through the Whole Island of Great Britain* [Um giro por toda a ilha da Grã-Bretanha] (três volumes, 1724-6); *The Complete English Tradesman* [O perfeito negociante inglês] (dois volumes, 1725-7); *The Political History of the Devil* [A história política do Diabo] (1726); *Conjugal Lewdness; or, Matrimonial Whoredom. A treatise concerning the use and abuse of the marriage bed* [Lascívia conjugal; ou Prostituição conjugal. Um tratado acerca dos usos e abusos do leito matrimonial] (1727); *An Essay on the History and Reality of Apparitions* [Ensaio sobre a história e a realidade das aparições] (1727); *A Plan of the English Commerce* [Plano do comércio inglês] (1728); e *The Compleat English Gentleman* [O perfeito cavalheiro inglês] (escrito em 1729).

A exemplo dessa produção multifacetada — manuais de conduta, polêmicas morais, narrativas de viagem, economia popular e tratados teológicos, coletâneas de histórias de fantasmas —, *Robinson Crusoé* é, antes de mais nada, uma resposta às possibilidades e oportunidades comerciais do mercado editorial do início do século XVIII, do empenho de Defoe no sentido de dar ao público o que, a seu ver, este iria comprar. Capitalizando sua popularidade instantânea, Defoe produziu uma continuação naquele mesmo ano, em que Crusoé não só volta à sua ilha, como ainda viaja até o Extremo Oriente, a China, e dali por terra atravessa a Ásia até a Rússia, de onde retorna para a Inglaterra. O subtítulo da primeira parte apela quase sem fôlego para um público que se imaginava faminto de narrativas de viagem a lugares exóticos, aventuras sensacionais e fora do comum, prodígios e mistérios arrebatadores.

O germe do livro parece ter vindo das experiências de um marinheiro que de fato ficou isolado, o escocês Alexander Selkirk (1676-1721), membro de uma expedição de corsários comandada por William Dampier para atacar navios mercantes espanhóis. Em 1704, Selkirk se desentendeu com seu comandante, Thomas Stradling, e pediu para ser deixado em terra numa das pequenas ilhas do arquipélago de Juan Fernández, a quase seiscentos quilômetros da costa do Chile, no oceano Pacífico. (Essa ilha, Más a Tierra, chama-se hoje oficialmente Isla Robinson Crusoé, muito embora Defoe tenha situado a ilha de Crusoé muito a norte dali, no mar do Caribe!) Quatro anos e meio depois, Selkirk foi resgatado por um navio inglês comandado pelo capitão Woodes Rogers, que também fazia parte da expedição que deixara Selkirk na ilha. Quando Selkirk voltou à Inglaterra em 1711, obteve alguma fama depois que Richard Steele escreveu a seu respeito em 1713-4, em seu periódico *The Englishman*. O próprio Defoe pode ter estado com Selkirk, mas a narrativa do marinheiro só lhe teria servido de sumário ponto de partida. O relato de Selkirk era uma manchete de tabloide (MARUJO SOBREVIVE QUATRO ANOS EM ILHA DESERTA!), a curiosa narrativa de um período em que, nas palavras de Steele, o marujo voltou a uma espécie de estado natural, vivendo nu depois que suas roupas se gastaram, aprendendo a sobreviver sem pão ou sal para comer com a carne, correndo atrás de cabritos para caçá-los com os pés descalços, cujas solas engrossaram com o uso. Na entrevista com Steele, Selkirk rememorava seus dias na ilha atribuindo-lhes um caráter idílico:

> Esse modo de Vida tornou-se tão extremamente agradável que ele jamais se viu com um Momento pesado nas Mãos; suas Noites eram tranquilas e seus Dias alegres, graças à Prática da Temperança e de Exercícios. Era seu Costume usar Horas e Lugares certos para seus Exercícios de Devoção, que praticava em Voz Alta, a fim de preservar a Faculdade da Fala e manifestar-se com mais Energia.[1]

1 *The Englishman: being the sequel of the Guardian* (Londres: S. Buckley, 1714), nº 26, p. 172.

Assim, a narrativa de Selkirk celebra o isolamento: a regressão a um estado primitivo ou natural, acompanhada de uma satisfação sentimental e fora do comum no deleite de sua solidão. Ele conta a Steele que "frequentemente deplorava seu Retorno ao Mundo, que jamais poderia, dizia ele, com todos os seus Prazeres, devolver-lhe a Tranquilidade da sua Solidão".[2] A narrativa de Defoe passa ao largo desses temas sentimentais mais populares e, em vez disso, nos traz um relato detalhado da sobrevivência física do narrador na ilha, incluindo uma complexa representação de seu desenvolvimento psicológico e religioso numa solidão alienante e claramente perigosa.

Os historiadores literários costumam apontar Robinson Crusoé como talvez o primeiro verdadeiro exemplo em inglês do que hoje chamamos de "romance realista". Querem dizer que o livro de Defoe representa com bastante consistência seu personagem central, e narrador, como um indivíduo bem determinado, situado na história e na sociedade muito recentes, em toda a sua complexidade moral e ideológica. Crusoé não é — com a simplicidade que apregoa o título — apenas um "marujo". Graças à riqueza e à aguda particularidade do narrador e do mundo que evoca, Robinson é uma personalidade individualizada, um indivíduo, e não apenas um tipo. Implicitamente, Defoe subordina os vários temas morais e religiosos que o livro também explora à representação dessa pessoa, em toda a sua unicidade e singularidade. Em vez das loas pastorais (e recheadas de clichês) entoadas por Selkirk, Defoe dramatiza a profunda ambivalência de seu herói acerca de sua vida e identidade, sua confusão, seu isolamento, seu pavor, seu horror de si mesmo, bem como um autoconhecimento cada vez maior e uma consciência religiosa também crescente, adquiridos através de uma introspecção que leva à confiança em si, a

2 Ibid., p. 173.

uma gestão competente da ilha e, finalmente, ao triunfo sobre os perigos que se desdobram com a chegada dos canibais e, mais adiante, de amotinados ingleses. A narrativa de Crusoé acaba por nos expor aquilo que, desde os tempos de Defoe, o romance sempre pretendeu representar em especial: o crescimento, a realização, o desenvolvimento e o amadurecimento pessoais, à medida que Robinson, em seu isolamento, supera suas limitações morais e físicas, encontra consolo e serenidade na fé religiosa, obtém a autossuficiência material e se converte em mestre de si mesmo, além de senhor de sua ilha.

Sem dúvida, para muitos leitores do século XXI, o livro de Defoe na verdade antecipa (sem representar de forma plena) o romance realista moderno ao qual estão acostumados. Dos pontos de vista psicológico e ideológico, Crusoé pertence necessariamente muito mais ao seu tempo e à sua terra de origem do que aos nossos, e nem todos irão achar irresistíveis, ou mesmo convincentes, os conflitos de Crusoé com sua fé na Providência Divina. A proximidade que Defoe pretende alcançar com o "Diário" de Crusoé não chega a funcionar. O diário é um artifício narrativo desajeitado que chega a um fim abrupto quando acaba a tinta de Crusoé, e o efeito final da inserção desse relato na narrativa em retrospecto é, num primeiro momento, incômodo, e em seguida insignificante. Ao final de algum tempo, parte dos leitores há de ficar um pouco entediada com o registro minucioso e prolixo de suas atividades comezinhas na ilha. E de fato Defoe deve ter percebido que a história da sobrevivência de Crusoé tendia a se arrastar, de maneira que introduz alguma emoção com a chegada dos canibais e dos amotinados, e transforma o livro, de um drama psicorreligioso de sobrevivência, numa história de aventura.

Mas o traço crucial da narrativa de *Robinson Crusoé*, que a transforma em mais que uma eletrizante aventura, é a análise retrospectiva e profundamente reflexiva do narrador sobre a sua própria vida. Robinson, de uma sensata meia-idade posterior, rememora seus dias descuidados e inquietos da juventude, em que desconsiderou os conselhos do pai para ficar em casa, em vez de seguir para o mar. O pai de Crusoé recomenda ao filho a segurança e o conforto de classe média, evocando a decadência moral da classe superior e os sofrimentos da classe trabalhadora ("a fração mecânica da humanidade"), mas é claro que, para que possamos contar com um romance para ler, o filho precisa desconsiderar esses sóbrios conselhos, e essas cenas de abertura, mostrando a rebeldia de Crusoé, o situam numa posição paradoxal que se manterá, de várias formas, ao longo de toda a narrativa. Recapitulando sua vida, Crusoé irá evocar o jovem ambicioso e agressivo, mas sempre contará sua história do ponto de vista de um homem mais sensato e maduro que muito aprendeu sobre os limites da ambição e da ação individual, tendo adquirido a devida noção da intervenção divina ou da Providência nas vidas humanas. A personalidade dividida de Crusoé nos remete ao jovem Defoe, o dissidente devoto que chega a cogitar sobre a vocação para o clero mas se volta para a vida atribulada de negociante e empresário na emergente, áspera e turbulenta ordem protocapitalista da Inglaterra e da Europa no final do século XVII. Por um lado, Robinson Crusoé é um exemplo do moderno capitalista aventureiro, cheio de energia e engenho; seus anos anteriores, no comércio com a África (além de escravo no Marrocos) e como dono de terras no Brasil, mostram sua tenacidade e seu espírito indômito. Crusoé é um jovem empenhado na busca do lucro, que corre grandes riscos e é capaz de empreender uma ousada fuga do cativeiro. Por outro lado, ele desperta impregnado de terror e confusão existencial em sua ilha deserta, sozinho e com medo de perigos ainda mais assustadores por serem desconhecidos e incertos. Evita a loucura nesse isolamento descobrindo Deus, aprendendo a ler a Bíblia com atenção e a encontrar, em sua provação, sinais de propósito e planejamento divino. Agressivo e enérgico, independente e produtivo, Robinson também se define, com o tempo, por sua paciente submissão à vontade de Deus, por sua aceitação devota de um destino misterioso que não tem como alterar.

Mas Defoe também nos transmite a sensação singular de outra ordem da realidade, que contém os domínios moral, social e teológico em que se desdobra o drama pessoal de Crusoé. "Realismo" deriva da palavra latina *res* (coisa, objeto, assunto), e *Robinson Crusoé* é uma obra pioneira de realismo romanesco moderno porque Defoe nos transmite, na maior parte da narrativa, o vigor e a sensação do mundo material e concreto de Crusoé com uma densidade sem precedente, uma proximidade e uma complexidade minuciosas. Embora a narrativa de Crusoé trate intensamente dos pensamentos e sentimentos do próprio personagem, Defoe nos apresenta as coisas de maneira que seu herói, especialmente na ilha, situe essa exploração subjetiva interior num mundo exterior objetivo, observado com precisão e muitas vezes com minúcia. Recapitulando, Crusoé nos conta como entrou em cooperação intuitiva com a sequência dos fenômenos naturais, seus movimentos e ritmos, sobrevivendo assim ao naufrágio e à solidão. Essa relação antecipa sua estratégia mais ampla na ilha, onde aprende a cooperar com a natureza das coisas, adaptando-se à forma e às sensações do mundo natural que precisa cultivar e administrar para sua sobrevivência.

Em certa medida, porém, esse mundo natural resiste à sua gestão, e num sentido filosófico mais amplo insiste em se opor à ordenação humana. Para o exemplo mais comovente dessa tensão entre o mundo observado em pormenor exato, que Crusoé nos relata, e a organização e compreensão do próprio narrador, vamos examinar o momento a seguir, logo depois do naufrágio de Crusoé:

> Saí andando pela praia com as mãos para cima, e todo o meu ser como que arrebatado ao contemplar aquela minha salvação, fazendo mil gestos e movimentos que não sei descrever, pensando em todos os meus camaradas que se tinham afogado, e que nenhuma outra alma devia ter sido salva além de mim; pois, quanto a eles, nunca mais os vi, ou qualquer sinal deles, exceto três de seus chapéus, um gorro e dois sapatos desemparelhados. (p. 98)

"Salvação" (ou "libertação") é um termo com ressonâncias morais e religiosas sobre o qual Crusoé irá meditar muito durante seus primeiros anos na ilha, aprendendo a compreender num sentido especificamente teológico: ele é salvo não apenas da morte, mas da indiferença espiritual e da ignorância acerca das obras da Providência Divina. Mas percebam como esse momento psicológico — a falta que Crusoé sente de companhia e sua perplexidade diante de seu destino singular — é inserido pela enumeração final, quase casual mas precisa, de objetos fielmente observados num mundo de acontecimentos materiais aleatórios no qual as coisas se manifestam sem consideração de ordem ou significado humano. Os restos que aparecem em terra são impregnados de um *pathos* imenso pelo fado solitário de Crusoé. Em sua casualidade irredutível e impenetrável, em sua tênue conexão com as pessoas que os usavam, esses chapéus, esse gorro e os sapatos desemparelhados evocam um mundo material assustadoramente arbitrário, insubmisso e indiferente às emoções e à ordenação humanas. Esses variados acessórios de seus camaradas mortos fornecem uma resposta desolada às reflexões de Crusoé quanto à sua sobrevivência: não existe sentido nos acontecimentos, só acidente e acaso, mesmo naquele seu destino singular. Tanto quanto a pegada humana única com que Crusoé se depara mais adiante no livro, esses objetos e ocorrências desafiam a explicação e parecem excluir a coerência ou qualquer conforto. Entretanto, no próprio Crusoé também provocam o pensamento criativo e a atividade transformadora, e é isso que faz dele uma figura moderna tão notável e de tamanha repercussão. Diante do acaso, e em face do que parece um conjunto arbitrário de circunstâncias, ele luta para criar uma ordem pessoal satisfatória.

Essas são implicações filosóficas em que Crusoé não se detém nem de passagem, e isso nem é uma linguagem que ele ou Defoe teriam compreendido. Dos primeiros dias aterrorizados na ilha (dormindo empoleirado numa árvore, com medo de animais ferozes e mais ainda de inimigos humanos desconhecidos), Robinson parte sem hesitar para táticas de sobrevivência. Engenhoso, eficaz e empreendedor, logo começa a trabalhar retirando tudo que havia de útil nos destroços encalhados do navio. O cerne do livro e o centro do longo episódio de sua instalação na ilha, explorando os materiais e as ferramentas (suplementos tecnológicos cruciais para sua inteligência e seu engenho) que recupera do navio, aperfeiçoando sua caverna e robustecendo sua fortificação, explorando seu habitat e classificando sua flora e sua fauna úteis e comestíveis, observando as marés e as mudanças do clima, aprendendo a caçar e a coletar, a cultivar, a assar pão, a domesticar animais, a produzir vasos, cestas, peças de mobília e prover-se de trajes rústicos (e, com o passar do tempo, do mais inglês de todos os artefatos, um guarda-chuva ou guarda-sol).

Toda essa atividade exerce um fascínio perene sobre os leitores desde então, e nesse aspecto o romance de Defoe se tornou muito influente e imitado. Em versões adaptadas e modernizadas, *Robinson Crusoé* é um dos livros para crianças mais populares de todos os tempos. Crusoé construindo o seu forte e brincando de casinha, por assim dizer, pode ser o que mais desperta o deleite das crianças, embora os canibais e amotinados que aparecem mais tarde na aventura também façam parte do apelo duradouro do romance.

A eficiente vida exterior de Crusoé, composta de empenho racional, do domínio das "artes mecânicas" e da produção constante de bens, é contrabalançada pelas ansiedades internas que a provocam; sua calma e seu equilíbrio aparentes são contrapesados por um tormento íntimo profundo e recorrente, que o livro também mapeia para nós. Crusoé passa boa parte do tempo refletindo de maneira obsessiva e desesperada sobre o sentido de sua situação, perguntando-se "por que motivo a Providência podia arruinar suas criaturas de maneira tão completa, causando-lhes tamanha desgraça: tão inapelavelmente abandonadas, tão inteiramente deprimidas, que não seria racional sentir qualquer gratidão por uma vida assim" (p. 116). Depois de uma doença que o deixa fraco e desorientado, depois de um pesadelo apavorante que lhe parece um sinal de Deus, Crusoé registra o seguinte solilóquio interior:

> Por que Deus fez isso comigo? O que eu fiz para ser tratado assim?
>
> E minha consciência reagiu, quando formulei essa pergunta, como se eu tivesse blasfemado, e me pareceu que se dirigia a mim como uma voz: "Miserável! Ainda perguntas o que fizeste? Lembra da tua vida terrível e mal empregada, e pergunta a ti mesmo o que deixaste de fazer! Pergunta: por que já não foste destruído muito tempo atrás?". (p. 152)

Sua doença parece estar voltando, de maneira que Crusoé recorre à sua Bíblia e encontra finalmente nela palavras que lhe parecem sob medida, e provocam uma epifania de conversão:

> A sensação do meu sonho retornou, e as palavras "Todas essas coisas não te trouxeram o arrependimento" marcavam fundo meus pensamentos. Pedia a Deus, com toda a honestidade, que me trouxesse o arrependimento, quando aconteceu providencialmente naquele mesmo dia que, lendo as Escrituras, me deparei com as seguintes palavras, "Deus o elevou a Príncipe e Salvador, para dar o arrependimento e a remissão dos pecados". Larguei o livro, e erguendo tanto o coração quanto as mãos para o Céu, numa espécie de êxtase de alegria, exclamei em voz alta: "Jesus, filho de Davi, Jesus, elevado a Príncipe e Salvador, dá-me o arrependimento!". (p. 156-7)

Uma erudita escola de pensamento considera que *Robinson Crusoé* tem suas raízes na autobiografia espiritual puritana, e essa interpretação nos leva a considerar trechos como o parágrafo acima centrais para o sentido do livro. Os puritanos e outros protestantes devotos do século XVII e do início do XVIII eram estimulados a manter diários religiosos e a escrever autobiografias espirituais, relatos de como lhes ocorria a sensação de ter sido salvos, registros dos sentimentos mais profundos que deviam garantir-lhes que eram alvo da graça divina, estimulando-os a ter sempre em mente seu destino espiritual mais alto. O romance de Defoe, produzido nesse período, encaixa-se no modelo, e pode-se dizer que essa abordagem foi sancionada pelo próprio Defoe ao publicar, em 1720, *Serious Reflections during the Life and Surprising Adventures of Robinson Crusoe* [Sérias reflexões durante a vida e as surpreendentes aventuras de Robinson Crusoé], coletânea de ensaios e meditações religiosas apresentadas como reflexões religiosas de Crusoé acerca do sentido de sua história. Ele desperta da indiferença religiosa e espiritual para a ideia da intervenção providencial de Deus em sua vida. Por mais complexas e particulares que sejam as ocorrências de sua vida, acabam tomando em sua mente a forma da narrativa central da salvação cristã. Nas palavras do contemporâneo J. Paul Hunter, Crusoé é um "peregrino relutante"; para Defoe e o público do século XVIII, detalhes que vemos como realistas têm claras ressonâncias metafóricas e emblemáticas, além de um sentido particular graças ao qual a história de Crusoé ilustra, antes de mais nada, como afirma seu prefácio, "uma aplicação religiosa dos acontecimentos aos usos que os sábios sempre lhes dão, a saber: a instrução de outros à luz deste exemplo, e para justificar e celebrar a sabedoria da Providência em toda a variedade de nossas circunstâncias, aconteçam de que modo for" (p. 43).[3]

A Providência, todavia, opera de maneiras sutis, e Crusoé não terá a visita de anjos ou milagres divinos para salvá-lo. O estilo da prosa e a abordagem narrativa de Defoe, a seu modo empírico e intensamente observacional, destoam de certa forma dos desejos de seu herói, que tanto almeja sinais de finalidade divina num mundo onde só se pode afirmar com certeza a existência dos fenômenos materiais. Uma sequência do início da parte da ilha no livro é especialmente reveladora da tensão entre a ânsia religiosa por provas da atuação de Deus e a narrativa absolutamente secular dos fatos e fenômenos. Crusoé conta que, nos primeiros meses que passou na ilha, ficou um dia atônito ao descobrir brotos verdes familiares que crescem da terra, que constata ser "a perfeita cevada verde do mesmo tipo da europeia: na verdade, da nossa cevada inglesa" (p. 135). O achado lhe provoca intensa comoção, e daí ele salta a conclusões entusiasmadas sobre a intervenção da Providência em sua vida:

3 *The Reluctant Pilgrim: Defoe's Emblematic Method and Quest for Form in "Robinson Crusoe"* (Baltimore: Johns Hopkins University Press, 1966).

> Até então eu não tinha base religiosa alguma para meus atos; na verdade, tinha uma noção muito escassa de religião na cabeça, e nem havia pensado muito no sentido que pudesse ter tudo que aconteceu comigo, que não fosse ter ocorrido de maneira casual ou, como dizemos em tom leviano, como Deus quisesse. Nem sequer me perguntava qual seria a finalidade da Providência nessas coisas, ou em que medida ela regeria os acontecimentos do mundo. Mas, depois que vi a cevada crescendo ali, num clima que eu sabia ser impróprio para qualquer cereal, e especialmente sem ideia de como tinha ali chegado, aquilo me causou um estranho sobressalto, e comecei a especular que tinha sido obra de Deus aqueles grãos brotarem milagrosamente ali, sem a ajuda de qualquer plantio, e que se destinavam especialmente ao meu sustento naquele lugar deserto e sofrido. (p. 135-6)

Mas a admiração de Crusoé se atenua muito quando ele percebe que aquela cevada brotara ali devido a um incidente de que agora se recorda com perfeita clareza; a germinação prodigiosa é resultado de um acidente, no momento em que sacudiu um saco de alimento para galinhas que julgava estar vazio:

> [...] aquilo não era em nada fora do comum, embora eu devesse agradecer tanto por aquela estranha e imprevista Providência como se fosse um milagre: porque tinha sido realmente necessário que a Providência atuasse em meu favor para que dez ou doze sementes de cereal tivessem permanecido intactas (quando os ratos tinham destruído todo o resto), como se tivessem caído do céu; e também que eu as tivesse lançado naquele lugar em especial, onde, estando à sombra de um grande penedo, puderam brotar imediatamente. Se eu tivesse jogado as sementes em qualquer outro sítio, àquela altura todos os brotos já estariam secos e perdidos. (p. 136)

A Providência, conclui Crusoé, coopera com os acidentes, e realiza a vontade de Deus através do fluxo regular da experiência cotidiana; e incidentes que nos parecem fortuitos e rotineiros, como os que Crusoé consigna, se devida e intensamente estudados, fornecem indícios claros da finalidade da Providência. Deus pode ser encontrado nos detalhes acidentais que a ficção realista nos apresenta; os arranjos divinos não produzem milagres espetaculares ou a intervenção na ordem natural das coisas, mas funcionam de maneira sutil, através de incidentes rotineiros e triviais. O Deus de Crusoé, como Defoe, é um empirista; respeita o fluxo dos fenômenos materiais e, de algum modo, neles sua finalidade se encontra inscrita. Mas talvez um leitor do século XVIII percebesse o incidente de maneira um pouco diversa, notando ecos bíblicos em pormenores da história, recordando a parábola de Cristo sobre o semeador cujas sementes caíram em vários lugares, uma delas "entre os espinhos; e os espinhos cresceram e a sufocaram. Mas outra caiu em boa terra, e dava fruto, uma a cem, outra a sessenta e outra a trinta por um. Quem tem ouvidos, ouça" (Mateus, 13,7-9). Crusoé aprende, gradualmente, a tratar sua sobrevivência como um virtual milagre, e essa capacidade de tratar as experiências como naturais e ao mesmo tempo sobrenaturais é uma das chaves para a sua sobrevivência: ele aprende a dar

> graças todo dia pelo pão cotidiano que só mesmo uma legião de prodígios poderia me trazer. Que devia considerar ter sido alimentado à custa de milagres, na verdade tão grandes quanto Elias ter sido sustentado pelos corvos; na verdade, por uma série de milagres. E que não teria como citar algum lugar habitável do mundo onde pudesse ter naufragado com maior proveito. (p. 198)

Qualquer que fosse o fator predominante na mente da parte mais devota de seu público do século XVIII, os leitores de *Robinson Crusoé* a partir de então enxergaram na história outros significados, decididamente seculares, a tal ponto que o livro deve boa parte de sua capacidade de persistência às qualidades míticas ou arquetípicas que acabaram por assumir uma vida própria, bem diversamente do que de fato ocorre no livro. Como afirmou Ian Watt em seu ensaio "Robinson Crusoe as a Myth", esse mito tem três aspectos: a Volta à Natureza, a Dignidade do Trabalho e o Homem Econômico.[4] O filósofo francês setecentista Jean-Jacques Rousseau via na parte da ilha uma lição de como levar uma vida adequadamente humana, ilustração do modo como uma pessoa pode situar-se de maneira fértil na natureza. Em seu *Émile: ou, de l'éducation* (1762), o tutor do herói de Rousseau declara que *Robinson Crusoé* será o único livro que seu pupilo, Émile, terá autorização para ler. Nas tribulações por que passa na ilha, Robinson pode proporcionar a Émile um modelo de uso direto das artes e das técnicas manuais de que a vida moderna e a divisão do trabalho nos apartaram, e em seu isolamento Robinson ilustra e reforça a necessidade do individualismo radical e da independência, de cada um abrir caminho no mundo em seus próprios termos. A ilha de Crusoé, para Rousseau, é um paraíso, um refúgio virtuoso a salvo da corrupção social. Mas é claro que, para Crusoé, a ilha é quase sempre uma provação terrível, uma prisão, uma ilha do desespero, como ele diz, e seu isolamento é a ocasião para uma solidão constante e intensa, e para a falta que sente da companhia dos semelhantes. Sua inde-

4 "Robinson Crusoe as a Myth", em *Essays in Criticism* (1951), republicado na *Norton Critical Edition of Robinson Crusoe*, ed. Michael Shinagel (Nova York: Norton, 1994), p. 289.

pendência é um castigo; seu individualismo, uma necessidade desesperada.

Para Rousseau, a ilha de Crusoé é a natureza intacta, repleta de paz e beleza. Para Defoe e a cultura capitalista e imperialista ocidental que ele representa e glorifica, a ilha é uma oportunidade para a expropriação colonial, para o desenvolvimento e o progresso (alguns diriam para a espoliação) através da tecnologia humana. À medida que Crusoé explora a sua ilha, encontra alguma satisfação na ideia de que é seu dono, de que ela é de sua propriedade:

> a região parecia tão fresca, verde, viçosa, com tudo num verdor perene, uma primavera constante, que parecia um jardim plantado [...] que passei em revista com o prazer secreto (embora mesclado a outros pensamentos aflitivos) de pensar que era todo meu, que eu era rei e senhor indisputável daquelas terras, às quais tinha direito de posse. E, caso me fosse dado transmiti-las, poderia deixá-las de herança, tão integralmente quanto qualquer senhor e proprietário na Inglaterra. (p. 160)

Mas Crusoé entende que, sem as ferramentas recuperadas no navio, jamais teria sobrevivido — ou teria sido forçado a uma existência primitiva e até mesmo bestial. Seu medo dessa alternativa à vida civilizada é uma poderosa corrente subterrânea, presente em toda a narrativa. Sem facas ou armas de fogo, assinala, ele

> estaria vivendo, se não tivesse morrido, como um mero selvagem. Que se por acaso tivesse conseguido matar uma cabra, ou alguma ave, de alguma forma, não teria meio de abri-los, separar a carne da pele e das entranhas ou cortá-las: precisaria devorar as presas como uma besta feroz, arrancando-lhes pedaços com os dentes e as garras (p. 196),

e deplora desde o início não dispor de tecnologia suficiente para outras finalidades. Assim, depois de sua primeira safra de cereais, descreve suas dificuldades:

> Na hora de semear meus grãos, não dispunha de restelo nem de grade e fui forçado a fazer o trabalho a braço, puxando um galho imenso e pesado atrás de mim para arranhar a terra, pode-se dizer, em vez de gradear ou abrir sulcos com uma enxada.
>
> Enquanto as plantas cresciam, já observei quantas coisas me faltavam para cercá-las, defendê-las, colhê-las ou cortá-las, separar os grãos da palha e guardá-los. Em seguida, ainda me faltou um moinho para moê-los, peneiras para separá-los, fermento e sal para transformá-los em pão e um forno para assá-lo. (p. 182)

Entre as passagens mais fascinantes da narrativa de Crusoé, portanto, os momentos em que ele parece mais feliz e satisfeito, menos atormentado por ansiedades e medos, e totalmente absorvido em seu trabalho, encontram-se as suas conquistas tecnológicas, à medida que, a duras penas, improvisa e adquire técnicas básicas de produção, embora costume enfatizar que os artigos que fabrica são uma pálida imitação, versões canhestras e laboriosas dos produtos da manufatura de artesãos adestrados.

Mas Crusoé trabalha porque sua sobrevivência depende disso, não porque acredite no poder salvador ou na dignidade inerente do trabalho, como mais tarde alguns leitores usariam sua história para exemplificar. Precisamos recordar que ele naufraga encarregado de uma expedição negreira ilegal, e que seu final feliz ocorre quando ele descobre, depois de conseguir retornar de sua ilha, que suas terras no Brasil vinham rendendo dinheiro para ele em sua ausência, e que na verdade era um homem rico. Crusoé é um "capitalista aventureiro", além de mercador de escravos (vende Xuri, o jovem que o acompanha na fuga do cativeiro no Marrocos, como escravo, ao Capitão Português); ele é essencialmente um administrador e um empreendedor (como Defoe), mais que um trabalhador. Extrai, todavia, certas lições econômicas da produção e do consumo em isolamento, e em meditações como a seguinte estimula a interpretação primitivista de sua história:

> Numa palavra, a natureza e a experiência das coisas me ditavam, depois de uma ponderada reflexão, que todas as boas coisas deste mundo só são boas para nós na medida em que nos têm algum proveito, e que tudo que podemos juntar para dar a outros só nos vale alguma coisa na medida em que nos for útil, e não mais [...] Não me sobrava lugar para o desejo, só de coisas que me faltavam, mas estas eram todas simples, ainda que pudessem me ser de grande serventia. Eu tinha, como já contei, um fardo de dinheiro, tanto ouro quanto prata, num total de cerca de trinta e seis libras. E lá, ai de mim, ficava essa coisa triste, funesta e inútil. Não tinha para ela nenhum emprego, e muitas vezes pensava comigo mesmo que pagaria um bom quinhão daquele ouro por uma porção de cachimbos, ou por um moinho manual para moer meus grãos. Na verdade, trocaria tudo por seis vinténs de sementes de nabo e cenoura da Inglaterra, ou por um punhado de lentilhas e feijões e um frasco de tinta. Naquelas condições, o ouro e a prata não me traziam proveito ou benefício nenhum. Lá quedavam, guardados numa gaveta, acumulando mofo devido à umidade da caverna na estação das chuvas, e se eu tivesse a gaveta cheia de diamantes daria no mesmo: não teriam qualquer valor para mim, porque não me serviam de nada. (p. 195)

Crusoé vive no que os filósofos de seu tempo chamavam de estado natural, o que no seu caso tem a vantagem de ensinar-lhe a superioridade dos valores de uso simples e da produção de subsistência sobre a criação de um superávit artificial e os valores de consumo da sociedade, mas também muitas desvantagens, entre elas a falta de bens manufaturados e serviços especializados essenciais. Assim, a despeito de sua virtuosa simplicidade, sua existência na ilha não é um idílio, e sua característica mais perturbadora é a falta de uma ordem civil. No estado natural, como evocou notoriamente o filósofo Hobbes em seu *Leviatã ou matéria, forma e poder de um Estado eclesiástico e civil* (1651), o homem também se encontra em constante estado de guerra com os outros homens, temendo que eles cheguem, matem-no e tomem tudo que possui. Embora Defoe não fosse um hobbesiano, seu herói, desde a chegada na ilha, vive num medo constante de inimigos desconhecidos, e na verdade tem bons motivos para tanto, como fica claro quando os canibais ali chegam e, finalmente, quando amotinados ingleses desembarcam em sua ilha. A narrativa de Defoe é um romance, em parte, porque atenta para esse tipo de complexidade, em que a ilha e tantas outras partes da experiência do herói estão abertas a interpretações contraditórias e subjetivas. Ao contrário de algumas redações posteriores da história de Crusoé, o romance de Defoe nunca simplifica os sentidos da história. Parte da genialidade de Defoe está na resistência de transformar sua história numa simples ilustração de alguma tese sobre a natureza ou a sociedade humana.

O estado de espírito de Crusoé depois que encontra uma única pegada na areia é um dos grandes momentos psicológicos de toda a literatura ficcional de língua inglesa, e abre uma nova fase na história de sua sobrevivência.

> Aconteceu um dia, quando em torno do meio-dia me encaminhava para o meu barco, de eu ficar extraordinariamente surpreso com a marca de um pé descalço de

> homem na praia, claramente visível na areia: foi como se um raio me tivesse atingido, ou como se tivesse avistado uma aparição. Eu me pus à escuta, olhei a toda a volta, mas não ouvi e nem vi nada. Subi a um ponto mais elevado para enxergar mais longe, percorri toda a praia de ida e de volta, mas tudo sem resultado, e não vi outra pegada além daquela. Voltei até lá para verificar se encontrava alguma outra e se não podia ser minha imaginação; mas não havia a menor possibilidade disso, pois era exatamente a marca de um pé descalço, com todos os dedos, o calcanhar e todas as partes de um pé. Como tinha chegado ali eu não sabia, nem tinha como imaginar. Mas depois de inúmeros pensamentos agitados, completamente confuso e quase fora de mim, cheguei de volta à minha fortificação sem sentir, como se diz, o chão debaixo dos meus pés, mas aterrorizado até o último grau, olhando para trás a cada dois ou três passos, confundindo cada arbusto ou árvore e imaginando que cada tronco a uma certa distância era um homem. E nem sei descrever de quantas formas a imaginação assustada me representava as coisas, quantas ideias insensatas brotavam a cada momento em minha fantasia, e quantos caprichos estranhos e incontáveis ocorreram no caminho aos meus pensamentos. (p. 224).

A guinada narrativa é brilhante. A ilha já foi explorada, Crusoé está instalado e leva uma vida razoavelmente serena. Aquele vestígio isolado de outro ser humano, amigo ou inimigo, assinala uma nova crise na história de Crusoé e restaura a tensão e a incerteza em plena calmaria do movimento narrativo. A realidade mais premente em *Robinson Crusoé*, como dramatiza o trecho acima, coincide com as fantasias do herói, com as possibilidades mais assustadoras que seu medo imagina surgir de fenômenos inexplicáveis — no caso, essa única pegada. Percebam que seu primeiro medo é de alguma coisa sobrenatural, "como se" tivesse visto uma aparição. Um pouco mais tarde, pensa que só pode ser coisa do Diabo:

> Eu me sentia tão tolhido por minhas ideias mais assustadoras acerca da situação que dela só me ocorriam as imagens mais sinistras, muito embora eu me encontrasse a uma grande distância daquela pegada. Houve momentos em que achei que fosse o Diabo; e logo minha razão fez eco a essa conjectura. Pois como alguma outra coisa com forma humana haveria de chegar àquele lugar? (p. 225)

De certo modo, porém, esse momento de conjecturas enlouquecidas marca a despedida de Crusoé de seu isolamento e de sua procura por uma estrutura na Providência. Na longa discussão consigo mesmo sobre os canibais (cujas visitas ocasionais à ilha para devorar seus prisioneiros de guerra ele constata nos anos que se seguem), ele estabelece uma conexão política e moral com outros seres humanos. Elaborando, num monólogo interior que se estende por vários anos, sua relação emocional e intelectual com os canibais, seus rivais na posse da ilha, ele se define agora não em termos religiosos, mas em termos concretos, morais e históricos, enquanto sua reflexão sobre os canibais o ajuda, paradoxalmente, a entender a si mesmo de maneira mais complexa. Suas primeiras reações são pessoais, viscerais e violentas. Encontrando os restos de um festim antropofágico na praia, ele vomita e faz um voto de exterminar os selvagens. Obcecado num primeiro momento pelos canibais ("eu precisaria de um volume muito maior do que pode ter esta obra para relacionar todos os estratagemas que cogitei, ou que ruminei em meus pensamentos, visando dar cabo dessas criaturas" p. 241), Crusoé chega finalmente a uma posição taticamente sensata e historicamente sofisticada:

> Que autoridade ou direito tinha eu de me arrogar em juiz e carrasco daqueles homens, como se fossem criminosos, mas que aprazia ao Céu por tanto tempo deixar impunes, permitindo-lhes a execução de suas sentenças uns sobre os outros? Até que ponto aquelas pessoas tinham ofendido a mim, e que direito tinha eu de me envolver na contenda em torno daquele sangue, que derramavam uns dos outros de maneira tão promíscua? (p. 244)

Na mesma medida em que carnívoros europeus, como ele, não viam qualquer problema em comer porcos e bois, aqueles canibais devoravam seus inimigos. Além disso, raciocina ele, matar aqueles homens que não lhe fizeram mal algum era perpetuar as piores atrocidades imperialistas dos europeus:

> De outro modo, seria possível justificar a conduta dos Espanhóis em todas as barbaridades que praticaram na América, onde exterminaram milhões desses habitantes que, embora idólatras e bárbaros, praticando rituais sangrentos em seus costumes [...] ainda assim, em relação aos Espanhóis, eram de todo inocentes. E o extermínio deles em sua terra é tratado com o maior horror e aversão até pelos próprios Espanhóis em nossos dias, e por todas as demais nações Cristãs da Europa. (p. 245)

Claro que essa tolerância esclarecida e esse relativismo cultural dão lugar à fúria e à repulsa quando Crusoé se depara com os restos de um banquete antropofágico algum tempo mais tarde.

Mais adiante, a solução de Crusoé para a questão dos canibais (além de tornar sua habitação o menos conspícua e o mais inacessível que podia) exemplifica sua estratégia mais ampla de sobrevivência na ilha, e resume seu amadurecimento como personagem nessa parte final do livro. Ele obedece a seus instintos; observa atentamente as coisas, à espera de uma oportunidade, pronto a intervir de forma a obter proveito e vantagem. Confia que a Providência Divina funciona a seu favor de maneiras sutis e surpreendentes. Quando sonha que um dos prisioneiros dos canibais escapa e vem em sua direção, decide que irá tentar capturar um deles na realidade:

> [...] decidi, caso fosse possível, pôr as mãos num daqueles selvagens, ao custo que fosse. Em seguida, era hora de planejar como executar esse desígnio, o que foi muito difícil de resolver. Mas, enquanto eu não conseguia decidir o meio que iria usar, resolvi ficar de atalaia, para vê-los quando dessem em terra, e deixar o resto para o momento, tomando as medidas que se apresentassem na oportunidade, quaisquer que fossem. (p. 278)

As coisas acontecerem exatamente, ou quase exatamente, como em seus sonhos, é só um desdobramento possível, bem mais que imaginável ou provável, podemos dizer. O que acaba ocorrendo faz sentido porque é elaborado minuciosamente por Crusoé, mas o fato de corresponder exatamente a seu sonho instala uma estranha ambiguidade. Aos poucos, e sutilmente, Crusoé se transforma no senhor de seu destino que leva uma vida encantada, o homem de sorte para quem tudo irá dar certo, cujos desejos se tornam realidade à medida que o subjetivo e o objetivo se confundem. Ele se transforma, melhor dizendo, num herói improvável que contraria o espírito do romance realista comprometido com o mundano e o rotineiro, um personagem cujo triunfo os leitores passam a esperar mesmo na pior das situações, e contra todas as expectativas. Os incidentes arrebatadores que compõem a terceira parte do romance, como a aquisição de Sexta-Feira, a matança dos canibais, a vitória sobre os amotinados ingleses e o combate com lobos famintos nos Pireneus, são aventuras extravagantes que, de certa forma, renegam o cuidadoso realismo doméstico da subsistência de Crusoé na ilha e de seus pequenos e graduais triunfos diários. Ainda assim, sua extravagância eletrizante é contrabalançada e de certo modo ratificada pelo mesmo tipo de descrição pormenorizada e precisa que caracteriza os primeiros tempos de Crusoé na ilha. Contido, comedido em sua fúria, preciso e eficiente em seus gestos de violência, na enumeração e na descrição de seus resultados, Crusoé é o homem de ação, além de administrador. Mesmo sem fôlego, nos momentos que se seguem ao confronto sangrento e à chacina dos canibais, ele nos dá um balanço minucioso, uma sinistra e precisa contagem de baixas em que relaciona quem matou quem, onde e de que maneira.

A transformação de Crusoé, de sobrevivente aterrorizado e confuso em senhor colonial todo-poderoso e implacável governante supremo de sua ilha, marca *Robinson Crusoé* como um dos mitos modernos cruciais da cultura inglesa, e mesmo europeia. Tendo experimentado as determinações e as misteriosas guinadas do destino, Crusoé adquire, e na verdade encarna, a liberdade e o domínio sobre a natureza e os outros através de seus atos confiantes de poder. De vítima a herói, Crusoé se converte num homem de ação de energia triunfal. Abatendo-se como um anjo da vingança sobre os canibais apavorados, ou assustando os confusos amotinados um pouco mais adiante como um sucessor de Próspero (ou um ancestral do Mágico de Oz) e governador todo-poderoso de sua ilha, pode-se dizer que Crusoé se assemelha à divindade inescrutável que tinha antes imaginado: para os canibais e os amotinados, ele é uma força misteriosa e irresistível. Crusoé controla destinos alheios; preside a partir de então uma nova ordem política em sua ilha, muito embora encare sua autoridade recém-adquirida como uma espécie de piada:

> Minha ilha estava agora bastante povoada, e eu me considerava muito rico em súditos. E era uma reflexão alegre que muitas vezes eu fazia, como eu de fato parecia um rei. Em primeiro lugar, toda a terra era de minha propriedade, de modo que eu tinha sobre ela um direito inquestionável de domínio. Segundo, meu povo era perfeitamente submisso: eu era senhor e juiz absoluto, todos deviam as vidas a mim e por mim se dispunham a sacrificá-las, se preciso fosse. (p. 326)

Defoe, hoje sabemos, era um dos escritores favoritos de James Joyce. Numa palestra ("Verismo ed idealismo nella letteratura inglese") que fez sobre Defoe em Trieste, em 1911, Joyce definiu Crusoé como a encarnação do imperialismo britânico. O herói de Defoe é "o verdadeiro protótipo do colono britânico, assim como Sexta-Feira (o selvagem fiel que surge num dia de pouca sorte) é o símbolo das raças submetidas". Joyce via em Crusoé "todo o espírito anglo-saxão [...] a independência máscula; a apatia sexual; a religiosidade prática e equilibrada; a taciturnidade calculista".[5] O que precisamos acrescentar a essa evocação, e o que deve ficar claro para qualquer um que vá ler de fato *Robinson Crusoé*, é a advertência de que o livro de Defoe não se limita a apresentar esse protótipo como fato desde o início, em vez disso registra o desenvolvimento dessa personalidade imperial em Crusoé. A importância do livro como um dos primeiros romances ingleses reside em sua descrição da lenta e penosa aquisição dessa identidade por seu herói. Contrabalançando as críticas e as loas ao seu herói, *Robinson Crusoé* não é apenas propaganda da expansão imperial britânica, mas, também, uma dramatiza-

5 "Daniel Defoe", editado a partir do manuscrito italiano e traduzido por Joseph Prescott, *Buffalo Studies I* (dezembro de 1964), pp. 24-5.

ção das origens psicológicas e dos problemas morais dos fenômenos históricos triunfantes mas perturbadores que são o individualismo e o imperialismo ocidentais que ele acabou por representar.

A

VIDA

E AS ESTRANHAS E SURPREENDENTES

AVENTURAS

DE

ROBINSON CRUSOÉ,
DE YORK, MARUJO:

QUE VIVEU VINTE E OITO ANOS SOZINHO NUMA ILHA DESERTA NA COSTA DA AMÉRICA, PERTO DA EMBOCADURA DO GRANDE RIO ORINOCO; TENDO SIDO LANÇADO À COSTA POR UM NAUFRÁGIO, NO QUAL MORRERAM TODOS OS HOMENS, MENOS ELE.

COM

UM RELATO DE COMO FOI, AFINAL, ESTRANHAMENTE SALVO POR PIRATAS.

Escrita pelo próprio.

LONDRES

Impressa para W. Taylor na Ship,
em Pater-Noster-Row. MDCCXIX.

Prefácio

Se jamais a história das aventuras no mundo de algum homem em particular já mereceu vir a público, e foi digna de publicação, o editor do presente relato pensa ser este o seu caso.

As maravilhas da vida desse homem excedem tudo que (a seu ver) se pode encontrar: mal se imagina que a vida de um homem seja capaz de maior variedade.

A história é relatada com modéstia, com seriedade e uma aplicação religiosa dos acontecimentos aos usos que os sábios sempre lhes dão, a saber: a instrução de outros à luz deste exemplo, e para justificar e honrar a sabedoria da Providência em toda a variedade de nossas circunstâncias, aconteçam de que modo for.

O editor julga que o relato seja uma história fiel de fatos; nem existe nela qualquer aparência de ficção. E no entanto pensa, posto que todas as coisas desse tipo costumam ser lidas às pressas, que o que ela pode trazer tanto em matéria de diversão quanto de instrução para o leitor será da mesma monta; e assim, acredita ele, sem mais saudações ao mundo, ele lhes presta um grande serviço com a presente publicação.

A vida e as aventuras de Robinson Crusoé

Nasci no ano de 1632, na cidade de York, de uma família boa, embora não original daquela área, sendo meu pai um estrangeiro de Bremen, que se estabeleceu primeiro em Hull. Acumulou boa fortuna com o comércio e, deixando esse ofício, instalou-se depois em York, onde se casou com minha mãe, cuja família chamava-se Robinson, muito boa família daquela região, ao que devo meu nome de Robinson Kreutznaer; todavia, devido à corrupção costumeira das palavras na Inglaterra, somos hoje chamados, melhor, nós mesmos nos chamamos, e nos assinamos, Crusoé, como meus companheiros sempre me chamaram.

Tive dois irmãos mais velhos, um dos quais chegou a tenente-coronel de um regimento inglês de infantaria em Flandres, comandado inicialmente pelo famoso Coronel Lockhart, e foi morto na batalha perto de Dunquerque contra os espanhóis.[1]

O que foi feito do meu segundo irmão, nunca vim a saber mais que meu pai ou minha mãe jamais saberiam do que ocorreu comigo.

Sendo o terceiro filho da família, e sem formação em nenhum ofício, desde muito cedo minha cabeça começou

1 Sir William Lockhart (1621-76), um dos generais de Oliver Cromwell, capturou Dunquerque dos espanhóis em 1658.

a se encher de pensamentos errantes. Meu pai, que era muito idoso, deu-me a devida quantidade de instrução, até onde geralmente chega a formação em casa e numa escola gratuita de província, e me destinava ao Direito; mas a mim não me satisfaria nada menos que seguir para o mar, e essa minha inclinação me opôs com tanta energia à vontade, ou melhor, às ordens do meu pai, e a todas as admoestações e persuasões da minha mãe e outros amigos, que parecia haver algo de fatal naquela propensão da Natureza, conduzindo diretamente à vida de infortúnios que mais adiante haveria de me caber.

Meu pai, homem sábio e grave, deu-me sérios e excelentes conselhos em oposição ao que antevia como meu destino. Chamou-me um dia de manhã a seus aposentos, aos quais estava confinado pela gota, e me cumulou de rogos afetuosos em torno do tema. Perguntou quais motivos além da mera inclinação pela vida errante eu tinha para deixar a casa paterna e a terra natal, onde podia ter certeza de um bom começo e da possibilidade de melhorar sempre minha posição recorrendo tão somente ao zelo e à diligência, que me valeriam uma vida airosa e confortável. Disse-me ele que eram homens de fortuna desesperada, por um lado, ou com fortunas superiores e cheias de aspirações, por outro, os que seguiam para o estrangeiro em busca de aventuras, tentando ascender à custa da iniciativa e tornar-se famosos em empreendimentos fora do caminho comum; que eu era de condição média, ou o que se pode chamar da camada superior dos homens inferiores, que ele descobrira por longa experiência ser a melhor posição do mundo, a mais adequada à felicidade humana, poupada dos sofrimentos e das asperezas, dos trabalhos e das dores da fração mecânica da humanidade, e dos embaraços que o orgulho, o luxo, a ambição e a inveja podem trazer para a camada superior. Disse-me que uma coisa bastava para avaliar a felicidade desse estado, a saber: que era sempre essa a condição de vida invejada por todos os demais; que muitas vezes os reis lamentavam os efeitos terríveis de terem nascido para os grandes acontecimentos, desejando na verdade terem nascido a meio caminho entre os dois extremos, a igual distância do pequeno e do grande; que muitos sábios afirmavam ser esse o justo padrão da verdadeira felicidade; e que ele rezava para nunca se ver às voltas com a pobreza nem com riquezas.[2]

Garantiu-me que, observando esse princípio, eu haveria de descobrir que as calamidades da vida eram compartilhadas pelas camadas inferior e superior dos homens, mas que a posição intermediária sofria menos desastres e não era exposta a tantas vicissitudes quanto as partes superior ou inferior da humanidade. Não, não se via sujeita a tantos destemperos e desconfortos, fossem do corpo ou da mente, quanto os produzidos pela vida de vícios, luxo e extravagâncias, de um lado, ou de trabalhos forçados, necessidades ou dieta ruim ou escassa do outro, que provocam o próprio desconcerto como consequência natural desses modos de vida; que a situação intermediária na vida era a mais adequada a todo tipo de virtude e todo tipo de proveito; que a paz e a fartura eram as damas de companhia de uma fortuna intermediária; que a temperança, a moderação, a calma, a saúde e a sociedade, todas as diversões adequadas e todos os prazeres desejáveis, eram bênçãos destinadas às posições intermediárias da vida; que desse modo os homens passavam em silêncio e sem percalços pelo mundo, e o deixavam em conforto, sem o embaraço dos grandes trabalhos das mãos ou da cabeça, nem vendidos para uma vida de escravidão em troca do pão de cada dia ou acossados por circunstâncias complicadas, que roubam a paz da alma e o descanso do

2 Salomão, considerado o maior sábio do Antigo Testamento, conforme consta em Provérbios, 30,8 (embora não atribuídos diretamente à sua autoria).

corpo; nem enfurecidos pela paixão da inveja nem pelo ardor secreto do desejo e da ambição de grandes feitos; mas em circunstâncias fáceis, numa calma deriva pelo mundo, experimentando os deleites da vida com comedimento e sem amargor; sentindo que são felizes, e aprendendo com a experiência de cada dia a ter dessa condição uma consciência sensata.

Depois disso, ele me pressionou o quanto pôde, e da maneira mais afetuosa, a não agir como um menino, a não me precipitar em provações de que a natureza e a condição de vida em que eu nascera podiam manter-me a salvo; que eu não tinha necessidade de sair em busca do meu pão; que ele me proveria a contento, e cuidaria de me introduzir no momento oportuno à situação na vida que acabava de me recomendar e que, se eu não me sentia à vontade e feliz no mundo, deviam ser apenas meus fados ou algum defeito que me prejudicava, e que ele não podia ser chamado a responder por mais nada depois de se desincumbir do seu dever de me advertir contra rumos que, ele sabia, só podiam me causar dano. Numa palavra, que assim como ele faria muito por mim caso eu ficasse e me estabelecesse na terra natal como ele recomendava, não desejava qualquer participação em meus infortúnios me encorajando a partir. E, para encerrar, disse que eu tinha o exemplo do meu irmão mais velho, com quem ele empregou o mesmo empenho de persuasão tentando impedir que partisse para as guerras dos Países Baixos, mas sem sucesso contra os desejos do jovem, que o levaram a entrar para o exército onde acabou morto; e embora, disse ele, jamais fosse deixar de rezar por mim, ainda assim queria me dizer que, se eu de fato persistisse naquela decisão insensata, Deus não haveria de me abençoar, e eu teria tempo de sobra mais adiante para refletir sobre o desacato a seu conselho quando não houvesse ninguém para me apoiar em meu restabelecimento.

Observei nesta última parte de seu discurso que ele foi realmente profético, embora imagine que meu pai não sabia ele próprio o quanto; disse que vi as lágrimas escorrendo abundantes por seu rosto, especialmente quando falou do meu irmão que havia sido morto; e quando falou que eu teria tempo para me arrepender, e ninguém para me ajudar, ficou tão comovido que interrompeu suas palavras, falando que seu coração estava tão embargado que não conseguiria me dizer mais nada.

Fiquei sinceramente tocado com esse discurso, e de fato ninguém poderia reagir de outro modo; resolvi não cogitar mais de viajar para o estrangeiro, e sim me estabelecer em minha terra, de acordo com a vontade do meu pai. Mas, ai de mim! Em poucos dias essa minha vontade desapareceu e, em suma, para prevenir que meu pai não tornasse a me importunar, dali a algumas semanas resolvi fugir da companhia dele. Todavia, não me precipitei como me incitava o primeiro calor da minha decisão, mas abordei minha mãe, num momento em que a achei mais cordial que de costume, e lhe disse que meus pensamentos estavam tão inteiramente voltados para ver o mundo que eu jamais conseguiria tomar qualquer outro rumo com suficiente decisão para seguir adiante, e que seria melhor meu pai me dar seu consentimento do que me obrigar a partir sem ele; que agora eu tinha dezoito anos, e já era tarde demais para me iniciar como aprendiz de algum ofício ou escrevente para algum advogado; que tinha certeza de que, fosse esse o caso, jamais conseguiria concluir a aprendizagem e certamente acabaria fugindo do meu mestre antes do prazo combinado, indo para o mar; e que, se ela falasse com meu pai para me deixar seguir numa única viagem ao estrangeiro, caso na volta eu não gostasse, nunca mais tornaria a embarcar, prometendo diligência em dobro para recuperar o tempo assim perdido.

Isso deixou minha mãe muito agitada. Disse-me estar convencida de que não surtiria efeito ela falar com meu pai sobre esse assunto; que ele sabia perfeitamente qual era meu interesse e jamais daria seu consentimento a alguma coisa que me prejudicasse; e que ela se perguntava como eu podia seguir pensando dessa maneira depois da conversa com meu pai e das expressões gentis e carinhosas que ela sabia ter ele usado comigo; e que, em suma, aquilo seria minha ruína, e não havia jeito; mas que eu podia ter certeza de que jamais iria obter o consentimento deles. E que, pela parte dela, não queria ter papel algum em minha desdita; e que eu jamais poderia afirmar que minha mãe dizia sim quando meu pai dizia não.

Embora minha mãe se recusasse a transmitir minhas palavras a meu pai, ainda assim, como mais tarde eu soube, contou a ele toda a conversa, ao que meu pai, depois de se mostrar muito apreensivo, disse a ela com um suspiro: "Esse rapaz podia ser feliz se ficasse em casa; mas se viajar para o estrangeiro será o infeliz mais desgraçado que jamais nasceu: não posso consentir".

Foi só um ano mais tarde que finalmente fui embora, ainda que nesse meio-tempo tenha me obstinado na recusa a qualquer proposta de trabalho, perseverando em discussões frequentes com meu pai e minha mãe em que me queixava do quanto os dois persistiam numa oposição determinada ao que reconheciam como minha inclinação. Entretanto, num dia em que estive em Hull, aonde ia de tempos em tempos, e sem qualquer plano de escapar naquela ocasião; mas, dizia eu, quando me encontrava lá, um dos meus companheiros estava prestes a viajar por mar até Londres no barco de seu pai e convidou-me a ir com eles, com o atrativo geralmente usado com os novos marujos, a saber: que eu não precisaria pagar nada pela passagem. Não consultei de novo meu pai nem minha mãe, e nem sequer lhes mandei aviso, deixando que soubessem da nova como pudessem, sem pedir a bênção de Deus nem a do meu pai. Sem qualquer consideração das circunstâncias ou consequências, e em má hora, sabe Deus, no dia 1º de setembro de 1651,[3] embarquei num navio que rumava para Londres. Nunca os infortúnios de um jovem aventureiro, creio eu, começaram mais cedo, ou duraram tanto quanto os meus. Assim que o navio se afastou de Humber[4] o vento começou a soprar, e as ondas, a crescer da maneira mais assustadora; e, como eu jamais estivera antes no mar, senti a mais indescritível agonia do corpo, e o espírito aterrorizado. Agora eu começava a refletir a sério no que tinha feito, e a ver como era justo sofrer a sentença dos Céus por minha cruel partida da casa do meu pai e o abandono dos meus deveres. Todos os bons conselhos dos dois, as lágrimas do meu pai e as súplicas da minha mãe, ressurgiram em minha mente, e minha consciência, que ainda não se tornara calejada como haveria de se tornar, repreendia meu desdém àqueles conselhos e a quebra dos meus deveres para com Deus e meu pai.

Tudo isso enquanto a tormenta recrudescia, e o mar, pelo qual eu nunca antes tinha viajado, crescia muito, embora nada como mais tarde eu chegaria a ver; não, nem mesmo como o que veria poucos dias depois. Mas era suficiente para impressionar àquela altura a mim, jovem que fazia a primeira viagem e não sabia nada sobre o assunto. Eu imaginava que a próxima onda nos engoliria, e cada vez que o navio se precipitava para baixo, dando a impressão de que descia ao fundo de um poço ou nas profundezas do mar, achava que nunca mais tornaria à superfície; e em meio a essa agonia mental fiz muitas promessas e tomei muitas resoluções, que se aprouvesse a

3 A primeira edição traz 1661, mas isso faria com que Crusoé tivesse vinte e nove anos de idade. Edições subsequentes corrigiram a data para 1651.
4 Humber é um estuário no leste da Inglaterra, correndo geralmente para leste a partir da junção dos rios Trent e Ouse, e depois rumo a sudeste, na direção do Mar do Norte.

Deus poupar minha vida naquela viagem, que se eu tornasse a pisar em terra firme, voltaria diretamente para a casa do meu pai e nunca mais poria os pés num navio até o fim dos meus dias; que acataria os seus conselhos e nunca mais me exporia a provações como aquela. Agora eu via claramente o acerto de suas observações sobre a situação intermediária na vida; como ele vivia com conforto e facilidade todos os seus dias, sem jamais se ver exposto a tormentas no mar ou a problemas em terra; e resolvi que, como um verdadeiro Filho Pródigo arrependido, regressaria para a casa do meu pai.[5]

Esses pensamentos sóbrios e sensatos persistiram enquanto durou a tempestade, e até um pouco mais; no dia seguinte, porém, o vento abrandou, o mar aquietou e comecei a ficar mais habituado a ele. Entrementes, passei o dia todo a cismar, pois ainda me sentia um tanto mareado; mas no fim do dia o céu clareou, o vento arrefeceu quase de todo e veio uma linda noite; o sol se pôs totalmente sem nuvens, e se levantou da mesma forma no dia seguinte; e havendo vento pouco, quase nenhum, com o mar liso e ensolarado, o panorama, em minha opinião, era o mais lindo que eu jamais contemplara.

Eu havia dormido bem à noite, e agora não me sentia mais enjoado, e sim muito bem-disposto, contemplando maravilhado o mar que se mostrava encapelado e assustador um dia antes, mas tão depressa conseguia parecer tranquilo e agradável. E agora, para que minhas boas resoluções não continuassem em vigor, meu companheiro, que na verdade me convencera àquela viagem, se aproxima de mim. "E então, Bob", diz ele, dando-me um tapa no om-

5 Referência à parábola de Cristo sobre o filho pródigo (Lucas, 15,11-24); este filho parte em viagem para um "país distante" e ali desperdiça todo o seu dinheiro, mas, quando regressa à casa paterna, o pai manda matar "o bezerro mais cevado" para celebrar sua volta.

bro, "como está se sentindo depois de tudo? Garanto que ficou com medo, não foi, ontem à noite, quando tivemos uma boa lufada de vento?" "Uma boa lufada, é como você diz?", respondi eu. "Foi uma tempestade terrível." "Tempestade, tonto?", respondeu ele. "Você chama aquilo de tempestade? Ora, mas não foi nada! Basta estar num bom navio e em mar aberto, e nem cuidamos muito de rajadas de vento como aquelas. Mas você não passa de um marinheiro de água doce, Bob. Venha, quero preparar uma jarra de ponche, e vamos esquecer disso tudo. Viu como o tempo agora ficou lindo?" Para resumir essa triste passagem da minha história, fizemos como sempre fazem os marinheiros. O ponche foi preparado, e me embriaguei com ele. E no vício daquela noite afoguei todo o meu arrependimento, todas as reflexões sobre minha conduta anterior, e todas as resoluções para o futuro. Numa palavra, assim como o mar foi devolvido a seu estado liso e calmo no fim daquela tempestade, da mesma forma, tendo cessado a agitação dos meus pensamentos, ficando esquecidos meus medos e apreensões de ser tragado pelo mar, retornou a corrente dos meus desejos anteriores, e esqueci inteiramente os votos e as promessas que fiz em minha provação. Volta e meia eu tinha alguns intervalos de reflexão, e os pensamentos sérios, por assim dizer, logravam retornar; mas eu me livrava deles, despertei como depois de uma doença, e me entregando à bebida e à companhia logo controlei a recaída desses acessos, pois era esse o nome que lhes dava, e logrei em cinco ou seis dias a vitória mais completa sobre a consciência que qualquer jovem decidido a não se deixar incomodar por ela poderia desejar. Mas ainda me aguardavam novas provações; e a Providência, como geralmente opera nesses casos, resolveu me deixar totalmente sem desculpa. Pois se eu não considerei ter sido salvo naquela ocasião, a seguinte seria de tal monta que mesmo os piores e mais calejados dentre nós haveriam de admitir o tamanho do perigo de que fomos poupados.

No sexto dia de nossa travessia chegamos às águas tranquilas ao largo de Yarmouth;[6] com o vento de proa e o tempo calmo, só avançamos muito pouco depois da tempestade. Aqui fomos obrigados a lançar âncora, e lá ficamos parados, sempre com o vento de proa, a saber, de sudoeste, por sete ou oito dias, durante os quais muitos navios de Newcastle foram chegando ao mesmo local, ponto comum onde podiam esperar o vento mudar para subir o rio.

Nem precisamos, todavia, ficar ali por muito tempo, e teríamos aproveitado a maré para subir o rio, não tivesse o vento soprado com alguma força: e depois de quatro ou cinco dias de espera, soprou muito forte. No entanto, como esse trecho de mar era tão tranquilo quanto o de um porto, com a ancoragem boa e nossas amarras em terra muito firmes, os homens estavam despreocupados e nem um pouco apreensivos com o perigo, passando o tempo a descansar e na diversão, à maneira dos homens do mar; mas no oitavo dia, ao amanhecer, o vento aumentou e todos os homens a bordo precisaram trabalhar juntos para baixar o mastaréu da gávea e deixar tudo amarrado e bem preso, para que o navio pudesse avançar com a maior facilidade possível. Ao meio-dia o mar aumentou muito, e nosso navio teve o castelo de proa varrido por várias ondas, e uma ou duas vezes pensamos que nossa âncora se tinha soltado, ao que o Contramestre ordenou que soltássemos a âncora de arrasto; de maneira que ficamos com duas âncoras, e íamos soltando aos poucos as amarras.

A essa altura rebentou uma tormenta realmente terrível, e então comecei a ver pavor e espanto mesmo nos rostos dos marujos. O Contramestre, embora aplicado aos cuidados do navio, ainda assim, toda vez que entra-

6 Hoje Great Yarmouth, na junção dos rios Yare e Waveney com o mar do Norte. Desde a época medieval, era porto e centro de pesca do arenque.

va ou saía da cabine passando por mim, murmurava o tempo todo consigo mesmo, "O Senhor tenha piedade de nós; estamos perdidos, estamos todos acabados", e coisas parecidas. Durante as primeiras rajadas de vento fiquei apalermado, deitado imóvel em minha cabine, que ficava abaixo da ponte de comando, e não sei descrever meu estado de espírito. Já não podia refazer a primeira promessa, que para todos os efeitos eu tinha renegado e contra a qual eu endurecera o coração. Pensei que o amargor da morte tivesse passado, e que daquela vez também não havia de acontecer nada, como da primeira. Mas quando o próprio Contramestre passou por mim, como contei há pouco, dizendo que estávamos todos perdidos, fiquei horrivelmente assustado. Saí da minha cabine e olhei para fora; mas nunca tive visão tão aterradora. As ondas subiam à altura de montanhas e quebravam sobre nós a cada três ou quatro minutos. Quando consegui olhar à minha volta, vi apenas sofrimento em torno de nós. Dois navios que seguiam perto do nosso tinham serrado os mastros ao rés do passadiço, pois carregavam muito lastro; e nossos homens gritavam que um outro navio, cerca de uma milha à nossa frente, tinha naufragado. Dois outros navios tinham recolhido as âncoras e tomado o rumo do alto-mar, preferindo aquele risco, sem mastro algum de pé. Os navios mais leves saíam-se melhor, pois não jogavam tanto nas ondas; mas dois ou três deles avançavam e aproximavam-se de nós, impelidos apenas por uma vela de espicha enfunada pelo vento de popa.

Ao anoitecer, o Piloto e o Contramestre suplicaram ao Capitão do nosso navio que os deixasse cortar nosso mastro de vante, o que ele não quis permitir; mas diante dos protestos do Contramestre, de que do contrário o navio iria afundar, ele deu o consentimento; e, depois que cortaram o mastro de vante, o mastro principal balançou tanto e fez o navio sacudir a tal ponto que se viram obrigados a cortá-lo também, deixando o convés a nu.

Qualquer um pode imaginar em que condição eu devia estar a essa altura, sendo apenas um jovem marujo, e medo assim antes só tinha passado por pouco tempo. Mas, se posso exprimir à presente distância os pensamentos que me ocorreram naquele momento, tive a mente tomada por dez vezes mais pavor ao me dar conta das minhas convicções anteriores, e de tê-las trocado novamente por minhas enganosas resoluções iniciais, do que da própria morte; e isso, acrescido ao terror da tempestade, me deixou num estado que não tenho palavras para descrever. Mas o pior ainda estava por vir. A tempestade recrudescia com tamanha fúria que os próprios marinheiros reconheciam jamais ter encontrado pior tormenta. Tínhamos um bom navio; mas levava carregamento pesado e balançava muito na água, de modo que os marujos volta e meia gritavam que íamos a pique. Foi vantagem minha não saber àquela altura o que significava "a pique", até que me explicassem. No entanto, a tempestade era tão violenta que pude ver o que raramente se vê, o Capitão, o Contramestre e alguns outros mais experientes fazendo suas orações, e esperando que o navio afundasse a cada momento. No meio da noite, e somando-se ao resto de nossas tribulações, um dos homens, que desceu expressamente para verificar, gritou que estávamos fazendo água; outro completou que já eram quatro pés de água no porão.

Então todos os homens foram convocados para trabalhar nas bombas. Ao ouvir a palavra meu coração deu a impressão de morrer dentro de mim, e caí de costas do canto da cama onde estava sentado, na cabine. Entretanto, os homens me fizeram levantar e me disseram que, mesmo sem nunca ter feito nada antes, eu era tão capaz de trabalhar na bomba quanto qualquer outro, ao que me levantei e fui até a bomba, onde me pus a trabalhar com grande energia. Enquanto isso ocorria, o Capitão, vendo se aproximar de nós algumas barcas menores de transporte de carvão que, desaparelhadas para pelejar com a tempestade, tinham saído da rota, afastando-se da costa, deu ordens para que disparassem um canhão como sinal de alarme. Eu, que não sabia o que aquilo significava, fiquei tão atônito que pensei que o navio se tivesse partido ao meio, ou que alguma outra coisa medonha havia acontecido. Numa palavra, tomei tamanho susto que caí desmaiado. Como era um momento em que cada um precisava cuidar antes de tudo da própria vida, ninguém se ocupou de mim ou com o que acontecia comigo; mas outro homem tomou meu posto na bomba e, empurrando-me para o lado com o pé, me deixou ali estendido, pensando que eu estivesse morto; e muito tempo passou antes que eu voltasse a mim.

Continuávamos a trabalhar; mas a água subia no porão, e parecia que o navio iria naufragar; e embora a tempestade tenha começado a amainar um pouco, ainda assim, como não era possível fazer o navio virar para tomar o rumo do porto, o comandante continuou disparando os canhões para pedir socorro, e um barco mais leve que navegava um pouco à nossa frente mandou um bote em nossa ajuda. Foi com grande perigo que o bote se aproximou de nós; mas não conseguimos içá-lo para bordo, nem eles puderam se aproximar do costado do nosso navio, até que finalmente, enquanto todos eles remavam com grande energia e arriscando as vidas para salvar as nossas, nossos homens lhes lançaram um cabo da popa com uma boia na ponta, que foram soltando a uma grande distância até que eles, com grandes esforços e perigos, conseguiram pegá-lo, e os puxamos para perto da nossa popa, entrando todos no bote deles. Não adiantava de nada nem para eles nem para nós, depois que entramos no bote, pensar em chegar de volta ao seu navio, de maneira que concordamos todos em deixar o bote seguir à deriva e só nos aproximar da costa na medida do possível; e nosso Capitão prometeu a eles que, se o bote se destroçasse na costa, ele compensaria o capitão deles; e assim, em parte remando e em parte pilotando, nosso bote partiu no rumo norte, tomando a direção da costa já quase na altura de Winterton Ness.[7]

Menos de um quarto de hora depois de abandonarmos nosso navio, nós o vimos afundar, e então eu entendi pela primeira vez o que significava para um navio ir a pique em pleno oceano. Devo reconhecer que mal tive coragem de olhar quando os marinheiros me disseram que o navio estava afundando; pois naquele momento eles mais me carregaram para dentro do bote do que se pode dizer que eu tenha embarcado. Meu coração, por assim dizer, estava morto dentro de mim, em parte de medo, em parte com o horror do meu espírito e os pensamentos acerca do que eu tinha pela frente.

Enquanto estávamos nessa condição, os homens ainda fazendo força nos remos para aproximar o barco da costa, podíamos ver, cada vez que as ondas elevavam o bote, muitas pessoas correndo pela beira do mar para nos ajudar no que pudessem assim que chegássemos mais perto. Entretanto, avançávamos muito devagar para a costa, e só conseguimos alcançá-la depois de passar o farol de Winterton, no ponto em que a costa se afasta para oeste na direção de Cromer, quando a terra quebrou um pouco a violência do vento. Aqui nos aproximamos da costa e, embora não sem grande dificuldade, desembarcamos todos sãos e salvos e depois seguimos a pé até Yarmouth, onde, como vítimas desafortunadas, fomos tratados com grande compaixão, tanto pelos magistrados da cidade, que nos hospedaram em bons alojamentos, quanto por comerciantes particulares e donos de barcos, que nos deram dinheiro suficiente para pagar nosso transporte até Londres ou de volta a Hull, como nos parecesse melhor.

7 Promontório na costa de Norfolk.

Houvesse eu nesse momento tido o bom senso de tomar o rumo de Hull e voltar para casa, teria sido feliz, e meu pai, emblema da parábola do nosso abençoado Salvador, teria mesmo mandado abater um novilho gordo em minha honra; pois, ouvindo que o navio em que eu partira tinha se perdido próximo a Yarmouth, levou muito tempo até saber ao certo que eu não tinha me afogado.

Mas quis minha má sorte que eu mantivesse o rumo, com uma obstinação a que nada podia resistir; e embora várias vezes minha razão tenha clamado em altos brados, e meu julgamento mais comedido recomendado que eu voltasse para casa, não tive forças para tanto. Não sei que nome dar a isso, nem direi que seja alguma suprema lei secreta que nos impele a funcionarmos como o instrumento de nossa própria perdição, muito embora ela se encontre com clareza à nossa frente e avancemos para ela de olhos abertos. É certo que nenhuma outra coisa além de um mau fado inevitável como esse, a que me era impossível escapar, poderia me fazer seguir adiante contrariando o raciocínio e os argumentos ponderados dos meus pensamentos mais íntimos, e os dois avisos tão visíveis com que me deparei logo em minha primeira tentativa.

Meu camarada, que me ajudara a me tornar menos sensível antes, e que era filho do Capitão do navio, agora se mostrava menos atrevido que eu. A primeira vez que conversou comigo depois que chegamos a Yarmouth, o que só ocorreu dois ou três dias mais tarde, pois ficamos separados em alojamentos diferentes na cidade; como eu dizia, a primeira vez que me viu, tive a impressão de que seu tom agora era outro, e sua aparência muito triste, e balançando a cabeça me perguntou como eu estava, dizendo ao pai quem eu era, e como tinha embarcado naquela viagem apenas por experiência, pois pensava em seguir para o estrangeiro. Seu pai virou-se para mim com tom muito grave e preocupado. “Meu jovem”, disse ele, “tu nunca mais devias ir para o mar; devias tomar o acontecido como um sinal claro e visível de que teu destino não é navegar." "Mas por quê, senhor", perguntei, "o senhor nunca mais viajará por mar?" "O caso é diferente", respondeu ele. "É minha vocação, e portanto meu dever; mas tu, como fizeste essa viagem por experiência, podes ver a amostra que os Céus te reservam caso persistas. Talvez tudo isso nos tenha ocorrido por tua causa, como Jonas no navio rumo a Társis.[8] Diz", continuou ele, "quem és tu? E por que motivo decidiste seguir para o mar?" Respondi contando a minha história, no final da qual ele explodiu com uma estranha exaltação. "Que mal fiz eu", disse ele, "para ter semelhante infeliz embarcado em meu navio? Ainda que me paguem mil libras, nunca mais ponho meus pés no mesmo navio em que estiveres." Essas palavras foram na verdade um desabafo de seu espírito, ainda agitado pelo sentimento de sua perda, e iam bem além do que ele devia dizer. No entanto, mais adiante ele conversou comigo com toda a seriedade, exortando-me a voltar para meu pai e não tentar a Providência com a minha ruína; disse que eu podia perceber a mão visível dos Céus se erguendo contra mim. "E, meu jovem", disse ele, "podes ter certeza de que, caso não voltes para casa, onde quer que vás só hás de te deparar com calamidades e decepções, até que as palavras do teu pai se cumpram contra ti."

Despedimo-nos pouco depois, pois eu praticamente não lhe dei resposta, e nunca mais o vi. Para onde foi, não sei. Quanto a mim, com algum dinheiro no bolso, segui para Londres por terra; e lá, bem como no caminho, tive muitos conflitos comigo mesmo quanto ao rumo que deveria tomar na vida, e se devia voltar para casa ou sair para o mar.

8 O profeta Jonas do Antigo Testamento, a bordo de um navio para Társis, foi a causa de uma grande tempestade no mar devido à sua desobediência a Deus, e foi "lançado ao mar" pelos tripulantes para salvar o navio (Jonas, 1,2-15); daí, qualquer pessoa que atraísse a má sorte.

Quanto a ir para casa, a vergonha impedia a melhor decisão que se apresentava a meus pensamentos; pois imediatamente me ocorreu como os vizinhos haveriam de rir de mim, e como eu haveria de ficar envergonhado, não só diante do meu pai e da minha mãe, mas também de todos os outros; o que me levou a observar desde então como é incongruente e irracional o caráter comum da humanidade, especialmente dos jovens, diante da razão que deveria guiá-los nesses casos, a saber: que não se envergonham do pecado, e entretanto sentem vergonha do arrependimento; que não se envergonham dos atos pelos quais podem ser justamente vistos como parvos, mas sentem vergonha de recuar, o que poderia transformá-los em homens respeitados e sensatos.

Nessa condição de vida, contudo, permaneci algum tempo, incerto de quais medidas tomar e de qual caminho seguir. Uma relutância irresistível persistia quanto à minha volta para casa; e, enquanto me demorava, a lembrança das tribulações por que passei perdia substância e, quando acabou de se esfumar, o pequeno impulso que eu sentia em meus desejos de regressar desapareceu junto com ela, até eu finalmente pôr de lado qualquer cogitação nesse sentido e sair à procura de uma viagem.

A influência maligna que primeiro me afastou da casa do meu pai, que me impeliu rumo à ideia insensata e irrefletida de perseguir minha fortuna e me impôs com tanta energia essas noções, a ponto de me deixar surdo a qualquer bom conselho, às súplicas e inclusive às ordens do meu pai; digo, a mesma influência, fosse qual fosse, apresentou-se a mim propondo a mais funesta das aventuras, e embarquei num navio para a costa da África, ou, como dizem vulgarmente nossos marinheiros, uma viagem para a Guiné.

Foi meu grande infortúnio que, em todas essas aventuras, eu não embarcasse como marujo, caso em que, embora eu de fato pudesse trabalhar um pouco mais que o normal, também teria aprendido os misteres e deveres do marinheiro, podendo com o tempo me qualificar como Contramestre ou Imediato, se não Capitão de navio. Mas meu destino sempre me levava à pior escolha, e o mesmo ocorreu aqui: pois, tendo algum dinheiro no bolso e boas roupas no corpo, sempre embarcava a título de passageiro. E assim nem tinha ocupação a bordo nem aprendia ofício algum.

Foi minha sorte antes de mais nada cair em boa companhia ainda em Londres, o que nem sempre acontece a jovens irrefletidos e desorientados como eu era na época, já que o Diabo nunca deixa de pôr alguma armadilha em seu caminho desde muito cedo. Mas não foi o que se deu comigo. Primeiro conheci o comandante de um navio que já tinha ido à costa da Guiné; e que, obtendo grande sucesso na empreitada, estava decidido a fazer nova viagem; e que, agradando-se da minha conversa, que não era de todo desinteressante àquele tempo, e ao me ouvir dizer que tinha a ideia de correr mundo, disse que se eu partisse com ele em sua viagem não precisaria pagar nada; eu seria seu companheiro de viagem e de mesa e, se pudesse levar alguma coisa comigo, poderia extrair da jornada todas as vantagens facultadas pelo comércio, e talvez encontrasse alguma compensação.

Aceitei a oferta, e, travando uma amizade estreita com esse Capitão, que era um homem leal e honesto, segui viagem com ele, e levei um certo patrimônio comigo que, graças à desinteressada honestidade do meu amigo, o Capitão, aumentei consideravelmente; pois levei cerca de quarenta libras esterlinas em brinquedos e bugigangas que o Capitão me orientou a comprar. Essas quarenta libras consegui reunir graças à ajuda de alguns parentes com quem eu me correspondia e que, creio eu, conseguiram fazer com que meu pai, ou pelo menos minha mãe, contribuísse em parte para aquela primeira iniciativa.

Essa foi a única viagem que posso dar por bem-sucedida de todas as minhas aventuras, o que devo à integridade e à honestidade do meu amigo Capitão, com quem obtive ainda algum conhecimento competente da matemática e das regras da navegação, aprendi a manter um traçado da rota do navio, fazer observações e, em suma, compreender algumas coisas que qualquer marinheiro deve saber. Pois, como ele se comprazia em me ensinar, eu sentia um verdadeiro deleite em aprender; e, numa palavra, essa viagem fez de mim tanto marinheiro quanto mercador pois, em troca das minhas mercadorias, trouxe de volta para casa cinco libras e nove onças de peso em pó de ouro, que vendi ao voltar a Londres por quase trezentas libras esterlinas, o que me deixou tomado por ideias e aspirações que, a partir de então, arremataram minha ruína.

Entretanto, mesmo nessa viagem também tive meus infortúnios, especialmente o de passar mal o tempo todo, sofrendo uma violenta febre devido ao calor excessivo do clima, pois nosso comércio se realizava junto à costa, da latitude de trinta graus norte até a própria Linha do Equador.

Agora estava pronto para me transformar num mercador da Guiné e, como meu amigo, para minha grande infelicidade, morreu pouco depois da nossa chegada, resolvi fazer novamente a mesma viagem, embarcando no mesmo navio com o homem que tinha sido seu Piloto na viagem anterior e agora assumia o comando do navio. Foi a viagem mais infeliz jamais feita pelo homem; pois, embora eu levasse apenas umas cem libras esterlinas da fortuna que havia acabado de adquirir, deixando duzentas aos cuidados da viúva do meu amigo, que me tratou com grande justiça, ainda assim passei por terríveis infortúnios nessa viagem; e o primeiro foi que nosso navio, tomando o rumo das Ilhas Canárias ou, melhor dizendo, entre essas ilhas e a costa africana, foi surpreendido quando rompia a manhã por um pirata turco de Salé,[9] que nos perseguiu a todo pano. Também abrimos todas as velas que tínhamos ou que nossos mastros podiam suportar; entretanto, ao vermos que o pirata avançava em nossa direção e havia de nos alcançar em poucas horas, preparamo-nos para lutar, já que nosso navio estava aparelhado com vinte canhões e, o dele, com dezoito. Em torno das três da tarde ele emparelhou conosco e, alinhando seu navio por erro em nosso quartel de popa, e não de través para a popa propriamente dita, como pretendia, pudemos disparar contra seu costado com oito dos nossos canhões, despejando-lhe uma carga de artilharia que o fez dar uma guinada, desviando-se do nosso curso, depois de responder ao nosso fogo e também descarregar contra nós as armas menores dos quase duzentos homens que tinha a bordo.[10] No entanto, nenhum de nossos homens foi atingido, e permaneceram a salvo. Ele se preparou para tornar a atacar, e nós a nos defender; mas, alinhando-se dessa vez ao nosso outro quartel, conseguiu desembarcar em nosso convés sessenta homens que imediatamente se puseram a cortar e atacar o passadiço e o cordame. Nós os forçamos a recuar com balas de chumbo, chuços curtos, barris de pólvora e o que mais havia à mão, e os expulsamos duas vezes do nosso convés. Entretanto, para resumir essa triste passagem da nossa história, nosso navio acabou incapacitado, três de nossos homens morreram e oito ficaram feridos, ao que

9 Salé, porto do Marrocos, que era uma base notória de piratas ou bucaneiros. Do século XVII ao início do XIX, o Marrocos e outros países da Costa da Barbária serviam de base para a pirataria do comércio do Mediterrâneo.

10 Os piratas se aproximaram com seu navio ao longo do tombadilho superior do navio em que Crusoé se encontra, em vez de se alinharem com sua popa, ou retaguarda, ficando assim vulneráveis aos canhões.

fomos obrigados a nos render, sendo todos aprisionados e levados para Salé, um porto dominado pelos Mouros.

O tratamento que lá recebi não foi tão horrendo quanto temi num primeiro momento, nem fui conduzido para a corte do Imperador,[11] como o resto dos nossos homens, sendo mantido pelo comandante dos piratas como seu troféu particular, transformado em seu escravo, pois era jovem e ágil, e adequado a seus propósitos. E perante essa surpreendente mudança em minhas circunstâncias, de mercador a infeliz escravo, fiquei perfeitamente aparvalhado; e agora me lembrava das palavras proféticas do meu pai, de que eu acabaria em desgraça, sem uma alma que me ajudasse, que eu agora achava se terem cumprido de maneira tão completa que eu não poderia me encontrar em situação pior: que agora a mão dos Céus me deitara por terra, e eu estava perdido, sem possibilidade de redenção. Mas, ai de mim! Essa não era senão uma amostra dos sofrimentos que ainda me aguardavam, como a sequência da presente história irá revelar.

Como meu novo amo ou senhor me trouxe para viver em sua casa, tive esperanças de que me levasse consigo quando tornasse ao mar, acreditando que em algum momento o destino o faria se defrontar com uma caravela de Espanha ou de Portugal; e que então eu seria libertado. Mas logo essa minha esperança me abandonou; pois quando ele seguiu para o mar me deixou em terra para cuidar do jardim, e fazer o serviço comezinho de criado em sua casa; e quando voltou de seu cruzeiro, mandou que eu fosse morar na cabine, a bordo, para tomar conta do seu navio.

11 Provavelmente em Rabat, capital do Marrocos. Ao cabo de alguns séculos de luta, os marroquinos expulsaram os espanhóis e os portugueses, e por volta do final do século XVII o país já era governado pela dinastia Alawita, que se mantém até nossos dias.

Agora eu não pensava em mais nada além da minha fuga e do método que poderia empregar para levá-la a cabo, mas não encontrei meio algum que tivesse alguma possibilidade. Nada se apresentava para me mostrar que essas suposições podiam ser racionais; eu não tinha ninguém com quem me comunicar ou que pudesse embarcar comigo, nenhum companheiro de escravidão, nenhum inglês, irlandês ou escocês além de mim mesmo; de modo que por dois anos, embora muitas vezes eu treinasse na imaginação, nunca houve ocasião em que eu pudesse pôr em prática algum desses planos.

No fim de cerca de dois anos apresentou-se uma circunstância incomum, que tornou a me trazer à cabeça a velha ideia de tentar buscar a liberdade. Meu amo, que permanecia em casa um tempo mais longo que o normal sem aparelhar seu navio, o que, pelo que eu soubesse, era explicado pela falta de dinheiro, costumava sempre, uma ou duas vezes por semana, e ocasionalmente ainda mais amiúde, quando o tempo estava bom, embarcar num dos botes do navio e sair pelo mar pescando; e como sempre levava a mim e mais um jovem mourisco para remar; nós costumávamos distraí-lo, e eu me mostrava muito habilidoso na pesca, a tal ponto que algumas vezes ele me mandava sair com algum Mouro, um de seus parentes, e com o jovem Mourisco, ou Maresco, como era chamado, pegar algum peixe para a sua mesa.

Certa vez aconteceu que, tendo nós saído para pescar numa bela manhã solitária, se ergueu um nevoeiro tão cerrado que, embora não estivéssemos nem a meia légua da costa, nós a perdemos de vista por completo; e remamos sem saber para onde nem em qual direção, forcejando todo o dia e o resto da noite seguinte. Quando a manhã raiou descobrimos que tínhamos tomado o rumo do mar aberto, em vez de terra; e que estávamos a pelo menos duas léguas da costa. No entanto, conseguimos voltar bem, embora passando por grandes provações e algum perigo; pois o vento começou a soprar com força razoável no fim da manhã: mas, especialmente, ficamos ambos com muita fome.

Mas nosso amo, alertado por esse acidente, resolveu cuidar-se melhor no futuro; e, tendo ancorado ao lado de seu navio o bote maior do nosso navio inglês, que tinha tomado para si, resolveu nunca mais sair para a pesca sem levar uma bússola e algumas provisões. E assim ordenou ao Carpinteiro de seu navio, que também era um escravo inglês, que construísse um pequeno castelo ou cabine de comando no meio do barco, lembrando a de uma barcaça de rio, de onde fosse possível comandar o leme e recolher a vela principal; e um espaço à frente dela onde um ou dois homens pudessem se alojar e manobrar as velas. O barco usava uma vela triangular, do tipo que se conhece como "bujarrona" e na Inglaterra se chama "costeleta de carneiro"; e a retranca se prendia acima do alto da cabine, que era muito baixa e apertada, e só tinha espaço para que ele se acomodasse com um ou dois escravos; além de uma mesa de comer, e compartimentos fechados para as garrafas das bebidas que quisesse consumir; e especialmente para o seu pão, o arroz e o café.

Saíamos sempre para pescar com esse barco. E, como eu era muito hábil na captura de peixes, ele jamais saía sem mim. E acontece que ele marcou de sair com esse barco, a passeio ou para uma pescaria, com dois ou três Mouros de importância do lugar, para os quais mandou fazer uma provisão extraordinária, mandando para bordo do barco, da noite para o dia, uma carga de mantimentos bem maior que a normal; ordenando ainda que eu transportasse para o barco três mosquetes, ou fuzis, com pólvora e chumbo, que estavam a bordo de seu navio, pois planejavam caçar aves, além da pesca.

Preparei tudo como ele ordenou, e esperei a manhã seguinte com o barco lavado, suas insígnias e flâmulas hasteadas, e tudo pronto para acomodar seus convidados. Quando finalmente meu amo subiu a bordo sozinho, e me disse que seus convidados tinham desistido da viagem devido a algum negócio malogrado, mandou que eu saísse como de costume com o barco, levando o homem e o rapaz, para lhe trazer algum peixe, pois seus amigos pretendiam ir jantar em sua casa; e me ordenou que assim que tivesse capturado algum peixe eu o levasse para sua casa; o que prometi fazer.

Nesse momento minhas ideias anteriores de libertação passaram por meu espírito, pois descobri que estava prestes a me ver no comando de um pequeno navio; e, assim que meu amo partiu, cuidei de me preparar, não para uma surtida de pesca mas para uma viagem; embora eu não soubesse, e nem sequer cogitasse, para onde eu iria navegar: meu destino era qualquer lugar longe dali.

Meu primeiro ardil foi procurar aquele Mouro com uma mentira, a fim de obter mais alguma coisa para nossa subsistência a bordo; pois disse a ele que não podíamos ter a pretensão de comer o pão do nosso amo. Ele concordou; de maneira que trouxe consigo para bordo uma cesta grande de biscoitos ou pães torrados e mais três jarras de água fresca. Eu sabia onde ficava a caixa das garrafas do meu patrão, por sua forma evidentemente capturadas a bordo de algum navio inglês apresado, e as levei para o barco enquanto o Mouro estava em terra, como se já estivessem lá desde antes para o nosso patrão. Transportei também para o barco uma boa quantidade de cera de abelha, pesando bem mais de meio quintal, com mais um rolo de barbante ou cordel, uma machadinha, uma serra e um martelo, que todos nos viriam a ser de grande utilidade mais adiante, especialmente a cera, para fazer velas. E ainda lhe contei outra mentira, na qual ele também acreditou com toda a inocência. Seu nome era Ismael, e eles o chamam de Mule ou Moile; e então eu lhe disse, "Moile, as armas do nosso patrão estão a bordo do barco; você não podia conseguir um pouco de pólvora e chumbo? Quem sabe caçamos alguns alcamis (uma ave parecida com o nosso maçaricão) para nós, pois eu sei que é no navio que ele guarda a munição para as armas". "Está bem", disse ele, "eu trago." E de fato voltou com uma grande sacola de couro contendo cerca de uma libra e meia de pólvora, ou talvez um pouco mais, e outra com chumbo miúdo, num peso de cinco ou seis libras, e mais algumas balas, e pôs tudo em nosso barco. Ao mesmo tempo, eu tinha encontrado um pouco da pólvora do nosso patrão na cabine maior, e com ela enchi um dos garrafões da caixa, que estava quase vazio e cujo conteúdo despejei num outro; e assim, abastecidos de todo o necessário, zarpamos do porto para pescar. O forte, que fica na entrada do porto, sabia quem éramos e não nos deu importância; e estávamos ainda a menos de uma milha do porto quando içamos nossa vela e partimos para a pesca. O vento soprava de norte-nordeste, o que ia contra meu desejo; pois caso soprasse do sul eu poderia com certeza aportar às costas de Espanha, chegando pelo menos à Baía de Cádiz; mas minha decisão era, de onde quer que soprasse o vento, abandonar o lugar horrendo onde estava e deixar o resto por conta do destino.

Depois de pescarmos algum tempo sem capturar nada, pois toda vez que sentia um peixe em meu anzol eu não o puxava, para o Mouro não ver, eu disse a ele: "Não adianta; assim não vamos conseguir o que nosso amo pediu; precisamos nos afastar mais". Ele, sem atinar com mal algum, concordou: e estando na proa do barco, abriu as velas: e como eu estava ao leme, conduzi o barco outra milha para mais ao largo, e depois manobrei para deixá-lo de frente para o vento, como se planejasse pescar; e nesse momento, entregando o leme ao rapaz, caminhei até onde o Mouro estava e, fingindo que me debruçava para pegar alguma coisa além dele, passei de surpresa o braço por baixo de sua virilha e o atirei no mar por cima da amurada. Ele ressurgiu imediatamente, pois nadava como uma rolha, e gritou comigo, pedindo que eu o recolhesse; garantia que iria junto comigo para qualquer parte do mundo. Nadava com tamanha força atrás do barco que teria nos alcançado depressa, pois o vento era muito escasso; mas a essa altura fui até a cabine e, pegando um dos mosquetes de caça, mostrei a ele e disse que não lhe tinha causado nenhum ferimento, e que se ele ficasse quieto não o feriria. "Mas", completei, "você sabe nadar o bastante para voltar à praia, e o mar está calmo; vá voltando logo que não lhe farei nada, mas se você se aproximar do barco eu lhe dou um tiro na cabeça; pois estou decidido a conquistar minha liberdade." Ao que ele fez a volta e começou a nadar para a terra; e eu não tinha a menor dúvida de que chegaria com facilidade, pois era excelente nadador.

Eu podia ter concordado em levar o Mouro comigo e afogado o rapaz, mas não podia me arriscar a confiar nele. Depois que ele desapareceu virei-me para o rapaz, que todos chamavam de Xuri, e disse a ele, "Xuri, se você me for fiel, farei um grande homem de você; mas, se você não bater em seu próprio rosto jurando que só me dirá a verdade, ou seja, não jurar por Maomé e pela barba do pai do Profeta, também vou lançá-lo ao mar". O rapaz sorriu para mim, e falou com tamanha inocência que não tive como desconfiar dele; jurou que me seria fiel e correria o mundo inteiro comigo.

Enquanto eu ainda estava ao alcance das vistas do Mouro, mantive o barco apontado diretamente para o mar alto, navegando quase na direção de barlavento, para que pensassem que eu rumava para a boca do Estreito (como de fato se poderia supor de qualquer pessoa em seu juízo);[12] pois quem iria imaginar que fôssemos rumar para o sul, para a verdadeira costa dos bárbaros, onde nações inteiras de Negros haveriam certamente de nos cercar com suas

12 O Estreito de Gibraltar.

canoas para nos destruir; onde nunca poderíamos descer à costa sem que nos devorassem feras selvagens, ou feras ainda mais impiedosas da espécie humana?

Mas assim que o sol se pôs e anoiteceu mudei a minha rota, rumando direto para o sul-sudeste, depois quebrando mais um pouco o rumo para leste a fim de acompanhar o traçado da costa; e, encontrando um vento muito forte e um mar tranquilo, avancei tanto que acredito que no dia seguinte às três da tarde, quando pela primeira vez avistei terra, não podia estar menos de cento e cinquenta milhas ao sul de Salé, muito além dos domínios do Imperador de Marrocos, ou, na verdade, de qualquer outro rei da área, pois não víamos vivalma.

No entanto, tamanho era o medo que eu tinha adquirido dos Mouros, e tanta a apreensão de cair nas mãos deles, que não quis parar, ou descer à costa, ou lançar âncora, já que o vento continuava forte, até ter navegado dessa maneira por mais cinco dias; e então, quando o vento mudou para sul, concluí também que, se alguma das nossas naus estivesse em meu encalço, a essa altura também já teria desistido. De maneira que decidi me arriscar a descer à costa e ancorei na boca de um pequeno rio, não sabia como se chamava ou onde ficava; nem qual era a latitude, qual a região, qual o país ou qual o rio. Não vi, nem desejava ver, pessoa alguma; a coisa que eu mais queria era água doce. Chegamos à boca desse rio ao cair da tarde, decididos a nadar até a praia assim que escurecesse, para explorar a costa; mas assim que ficou escuro ouvimos sons tão assustadores de latidos, rosnados e uivos de criaturas selvagens, das quais nem sabíamos o tipo, que o pobre rapaz quase morreu de medo e me suplicou que não fosse até a praia antes de amanhecer. "Está bem, Xuri", disse eu, "então não vou; mas pode ser que de dia encontremos homens, que serão mais perigosos para nós que esses leões." "Então a gente atira bala neles", disse Xuri, rindo, "e faz eles fugir." Era o inglês que Xuri conseguia falar, pelas conversas que tinha com outros escravos. No entanto, fiquei satisfeito de ver o menino tão alegre, e dei-lhe um trago de bebida (da caixa de garrafas do nosso patrão) para animá-lo. No fim das contas, a opinião de Xuri estava certa, e concordei. Lançamos nossa pequena âncora e ficamos ali sem nos mover a noite inteira; e digo sem nos mover porque não dormimos nada, pois dali a duas ou três horas vimos várias criaturas de grande porte (não sabíamos como se chamavam) e de vários tipos aparecerem à beira-mar e correrem para a água, chapinhando e lavando-se pelo prazer de se refrescarem; e davam urros e berros tão tremendos que eu jamais tinha escutado coisa parecida.

Xuri ficou terrivelmente assustado, e na verdade eu também. Mas sentimos ambos mais medo ainda quando ouvimos que uma dessas poderosas criaturas começava a nadar na direção do nosso barco. Não tínhamos como enxergá-la, mas podíamos ouvir por seus resfolegos que era uma fera monstruosa, imensa e enfurecida. Xuri disse que era um leão, e pelo que eu soubesse bem podia ser; mas o pobre Xuri gritou comigo para que eu soltasse a âncora e saíssemos dali remando. "Não", disse eu, "Xuri, podemos desprender nosso cabo deixando-o com a boia e afastar-nos mais um pouco. Não podem nos seguir até muito longe." E assim que disse essas palavras percebi que a criatura (qualquer que fosse) só se encontrava a dois remos de distância do barco, o que me surpreendeu um pouco. No entanto, fui imediatamente até a cabine e, pegando minha arma, disparei contra ela, que imediatamente fez meia-volta, nadando de volta para a praia.

Mas é impossível descrever os ruídos horríveis, os berros e uivos medonhos que se erguiam tanto à beira d'água quanto mais além terra adentro, ao som do disparo da nossa arma, coisa que tenho motivo para crer que essas criaturas nunca antes haviam escutado. E isso me convenceu de que não podíamos ir a terra durante a noite naquele trecho de costa; e como iríamos até lá durante o dia era outra questão, porque cair na mão de qualquer dos selvagens seria tão daninho quanto cair nas garras de leões e tigres; pelo menos nosso medo dos dois perigos era equivalente.

Seja como for, éramos obrigados a descer em terra em algum lugar para buscar água, pois não nos restava nem um litro dela a bordo. Quando ou onde consegui-la era a questão. Xuri disse que, se eu o deixasse descer à praia com uma das jarras, ele descobriria se havia água e traria um pouco para mim. Perguntei-lhe por que deveria ele ir, e não eu, enquanto ele ficava a bordo. O rapaz respondeu com tanto afeto que conquistou meu amor para sempre. Disse ele, "Se vem selvagens, eles come eu; tu vai embora". "Ora, Xuri", respondi, "então vamos os dois; e se os selvagens vierem, nós vamos matá-los. Não haverão de comer nenhum de nós dois." Então dei a Xuri um pedaço de pão torrado para comer e uma dose da caixa de garrafas do nosso patrão da qual falei antes; e aproximamos o barco o mais perto da praia que julgamos adequado, e dali caminhamos pela água até a praia, sem levar nada além das nossas armas e dois jarros para a água doce.

Não queria perder o navio de vista, temendo a chegada de canoas com selvagens descendo o rio; mas o rapaz, vendo um lugar plano mais ou menos uma milha terra adentro, aventurou-se até lá; e pouco depois eu o vi voltar correndo em minha direção. Achei que estava sendo perseguido por algum selvagem ou espavorido por alguma fera da selva, e corri na direção dele para ajudá-lo; mas, quando cheguei mais perto, vi alguma coisa pendendo de seus ombros; uma criatura que ele tinha abatido, semelhante a uma lebre mas de cor diferente e com pernas mais compridas. No entanto, ficamos muito gratos por ela, e a carne era muito boa; mas a maior alegria que o pobre Xuri me trouxe foi me dizer que tinha encontrado boa água e nenhum selvagem.

Mas logo atinamos que nem precisávamos nos inquietar tanto por causa da água, pois num ponto mais um pouco rio acima de onde nos encontrávamos vimos que a água era doce assim que vazou a maré, que ali não avançava muito terra adentro. Então enchemos nossos jarros e nos deliciamos com a lebre que tínhamos caçado, preparando-nos para seguir viagem, sem termos visto nenhuma pegada ou qualquer criatura humana naquela parte do país.

Como eu já tinha feito uma viagem anterior a essa costa, sabia muito bem que as Ilhas das Canárias, como também as Ilhas de Cabo Verde, não ficam muito distantes do litoral.[13] Mas, como não tinha instrumentos para fazer uma observação e descobrir a que latitude nos encontrávamos, e não sabia exatamente, ou pelo menos não lembrava, em qual latitude ficavam elas, não sabia onde procurá-las ou em que ponto seguir para o mar alto em sua direção; de outro modo, a essa altura eu já poderia ter encontrado alguma dessas ilhas. Mas minha esperança era de que, se eu me mantivesse ao longo daquela costa até chegar à altura onde os ingleses comerciavam, poderia encontrar em sua rota habitual de comércio algum navio que pudesse nos socorrer e nos dar transporte.

Pelo melhor dos meus cálculos, o lugar onde eu agora me encontrava devia ser a região que, entre o domínio do Império do Marrocos e a terra dos Negros, é quase toda

13 As Ilhas Canárias são sete, no Atlântico, ao largo da costa noroeste da África, e constituem duas províncias espanholas. As Ilhas de Cabo Verde formam um arquipélago, antiga colônia portuguesa, no Atlântico, cerca de 650 quilômetros a oeste do Senegal. Crusoé está navegando para o sul das Canárias ao longo da costa noroeste da África, próximo à península de Cabo Verde (o ponto mais a oeste da África), e na direção das Ilhas de Cabo Verde.

vazia e desabitada, exceto por feras selvagens, tendo sido abandonada pelos Negros, que rumaram mais para o sul por medo dos Mouros; e os Mouros, por sua vez, não a consideravam digna de ser habitada, em razão de sua infertilidade. E, de fato, tanto uns quanto os outros lhe viraram as costas por causa das quantidades prodigiosas de tigres, leões, leopardos e outras criaturas ferozes que ali habitam; de modo que os Mouros a usam apenas para a caça, que praticam como um exército, dois a três mil homens de cada vez. E, de fato, por quase um total de cem milhas ao longo dessa costa, vimos apenas uma região desolada e desabitada de dia, em que só se ouviam os urros e rugidos de feras selvagens durante a noite.

Uma ou duas vezes à luz do dia, julguei ter avistado o Pico de Tenerife, o ponto mais alto das Ilhas Canárias; e pensei muito em arriscar-me rumo ao mar alto na esperança de lá chegar; mas depois de duas tentativas me vi impelido de volta na direção da costa por ventos contrários, com o mar também alto demais para meu pequeno barco, de maneira que resolvi ater-me ao plano original e continuar navegando ao longo da costa.

Várias vezes fui obrigado a encostar em terra à procura de água doce depois de deixarmos aquele lugar; e numa dessas vezes, bem cedo de manhã, ancoramos sob a proteção de uma ponta de terra que atingia boa altitude, e na hora da entrada da maré, para nos internarmos ainda mais. Xuri, cujos olhos lhe serviam melhor que os meus me serviam, me chamou em voz baixa e disse que era melhor nos afastarmos mais da costa. “Pois”, disse ele, “olhe ali um monstro horrível naquele morro, dormindo.” Olhei para onde ele apontava e vi um monstro de fato horrendo; porque era um leão imenso deitado à beira do mar, à sombra de um barranco da encosta que se erguia um pouco como proteção sobre ele. “Xuri”, disse eu, “você vai desembarcar e matar o leão.” Xuri fez um ar de medo, e disse, “Eu mata? Ele me come com uma boca"; de uma mordida, queria ele dizer. Entretanto, eu não disse mais nada ao rapaz, recomendando apenas que ficasse quieto; e peguei a maior das nossas armas, que era quase do calibre de um mosquete, e enfiei no cano uma boa carga de pólvora e duas balas, e a pus de lado; em seguida, carreguei outra arma com duas balas; e a terceira, pois tínhamos três peças, carreguei com cinco balas menores. Fiz a melhor pontaria que podia com a primeira arma para acertar a fera na cabeça, mas ela estava deitada de tal forma, com a pata um pouco erguida acima do focinho, que as balas atingiram sua pata na altura do joelho, partindo o osso. A besta se pôs de pé, rugindo num primeiro momento; mas ao apoiar-se na perna quebrada tornou a cair; e então se levantou em três pernas, e soltou o urro mais pavoroso que jamais ouvi. Fiquei um pouco surpreso de não ter acertado sua cabeça. Entretanto, peguei a segunda arma imediatamente; e embora ela tenha começado a se mover, disparei de novo, acertei sua cabeça e tive o prazer de ver a fera desabar, fazendo pouco barulho, mas ainda lutando pela vida. Então Xuri tomou coragem, e queria que eu o deixasse descer em terra. "Ora, vá", disse eu. Então o rapaz pulou na água e, levando uma arma menor numa das mãos, nadou até a costa com a outra e, aproximando-se da criatura, encostou o cano da arma em seu ouvido e lhe desferiu mais um tiro na cabeça, o que despachou a criatura de vez.

Era uma presa e tanto para nós, mas não servia de alimento; e lamentei muito ter despendido três cargas de pólvora e chumbo com uma criatura que não nos serviria para nada. Ainda assim, Xuri decidiu que queria um pedaço da fera; então voltou a bordo e me pediu que lhe entregasse a machadinha. "Para quê, Xuri?", perguntei. "Eu corta a cabeça dele", respondeu. Entretanto, Xuri não conseguiu cortar a cabeça do animal; mas cortou uma das patas, que trouxe de volta consigo: e era de um tamanho monstruoso.

Ocorreu-me então, todavia, que talvez a pele do leão pudesse de um modo ou de outro ter algum valor, e resolvi esfolar o animal, se conseguisse. Então Xuri e eu começamos a tentar; mas Xuri trabalhava muito melhor que eu, pois eu mal sabia o que fazer. Na verdade, precisamos do dia seguinte inteiro; mas finalmente conseguimos tirar a pele da fera, e a abrimos em cima da cabine, onde o sol a secou em dois dias, e mais tarde ela servia para eu me deitar em cima.

Depois dessa parada continuamos a rumar o tempo todo para o sul por dez ou vinte dias, vivendo muito parcamente das nossas provisões, que começaram a reduzir-se muito, e não indo mais em terra do que nos obrigava a busca de água doce. Meu desígnio era atingir o rio Gâmbia ou o rio Senegal;[14] ou seja, algum ponto da costa mais ou menos na altura do Cabo Verde, onde tinha a esperança de encontrar algum navio europeu; e, se não encontrasse, não sabia que outro caminho poderia tomar, além de sair em busca das ilhas ou perecer ali em meio aos Negros. Sabia que todos os navios da Europa, demandando quer a costa da Guiné, quer o Brasil, quer as Índias Orientais, passavam por esse cabo ou por aquelas ilhas; e, numa palavra, julguei que toda a minha fortuna dependia desta única questão: encontrar algum navio, ou então perecer.

Depois que persisti por mais uns dez dias na direção de que falei, comecei a ver que a terra era habitada; e em dois ou três lugares, quando passamos ao largo, vimos pessoas que se punham de pé na praia a fim de olhar para nós. Podíamos perceber que eram bastante pretas e viviam nuas. Certa vez tive vontade de descer em terra a

14 O rio Gâmbia corre de maneira geral para oeste atravessando os territórios do Senegal e da Gâmbia antes de desembocar no oceano Atlântico num amplo estuário perto da ilha de Saint Mary, onde fica Banjul, capital da Gâmbia.

seu encontro. Mas Xuri era meu conselheiro, e me disse, "Não ir, não ir". Entretanto, aproximei-me da costa para poder falar com eles, e vi que eles corriam ao longo da margem por algum tempo atrás de mim. Observei que não traziam armas nas mãos: exceto um deles, que portava uma vara longa e delgada que Xuri disse ser uma lança, que arremessavam a grande distância com boa pontaria. De maneira que fiquei sempre afastado, mas conversei com eles através de sinais o melhor que pude; e particularmente sinalizei pedindo algo para comer. Eles gesticularam dizendo que eu parasse o barco, que iriam buscar um pouco de carne para mim. Ao que eu baixei o alto da minha vela e me pus de frente para o vento, ali parando; dois deles correram para o interior, e em menos de meia hora voltaram trazendo consigo dois pedaços de carne seca e algum grão, do tipo produzido em sua terra; mas não sabíamos o que era nem uma nem o outro. No entanto, decidimos aceitar, mas de que maneira chegar até lá foi nossa negociação seguinte; pois eu era contrário a corrermos o risco de descer em terra ao encontro deles, e eles também estavam com muito medo de nós: pois trouxeram a comida até a beira do mar e a deixaram lá, em seguida se afastaram muito até a levarmos para bordo, e só depois disso voltaram a se aproximar.

Fizemos sinais de agradecimento, pois não tínhamos o que lhes dar em troca. Mas naquele instante surgiu uma oportunidade de recompensá-los magnificamente: pois enquanto nos encontrávamos à beira-mar surgiram duas enormes criaturas, uma perseguindo a outra (com o que nos pareceu uma grande fúria), vindo das montanhas na direção do mar. Se era um macho perseguindo a fêmea, se estavam brincando ou enfurecidos, não tínhamos como dizer, assim como não sabíamos se aquilo era costumeiro ou fato raro; mas acredito que era este último caso. Primeiro, porque essas criaturas vorazes raramente se mostram com dia claro; e, em segundo lugar, porque vimos que aquelas pessoas estavam terrivelmente assustadas, especialmente as mulheres. O homem que carregava o dardo ou lança não fugiu para longe, mas os demais, sim. No entanto, como as duas criaturas correram diretamente para a água, não pareciam ter a intenção de atacar nenhum dos Negros, mas entraram no mar e saíram nadando como se só visassem aquela diversão. Finalmente uma delas começou a se aproximar mais do nosso barco do que eu esperava de início, mas me preparei para confrontá-la; pois havia carregado a minha arma com a presteza possível, mandando Xuri carregar as duas outras. Assim que a fera chegou a meu alcance eu disparei, e acertei diretamente em sua cabeça. Imediatamente o animal afundou na água, mas logo emergiu e ficou forcejando para manter a cabeça fora d'água, como se lutasse pela vida. O que era mesmo o caso. Em seguida quase conseguiu chegar à praia; mas entre o tiro, que foi uma ferida mortal, e sua asfixia pela água, morreu antes de se pôr a salvo em seco.

É impossível descrever o espanto daquelas pobres criaturas com o estrondo e as fagulhas desprendidas por minha arma; alguns ficaram à beira de morrer de medo, e caíram feito mortos, tomados de extremo terror. Mas quando viram a criatura morta e mergulhada na água, e eu lhes fiz sinais que se aproximassem, tomaram coragem, chegaram à beira d'água e começaram a procurar pela criatura. Eu a localizei pelo sangue que manchava as águas; com a ajuda de uma corda que passei em volta de seu corpo e entreguei aos Negros para que puxassem, arrastaram o animal para terra firme e descobriram que era um leopardo muito curioso, coberto de manchas e admiravelmente belo; e os Negros elevaram as mãos, admirados de pensar no que eu teria usado para matá-lo.

A outra criatura, assustada pelo clarão do disparo e o estrondo da explosão, nadou para a praia e correu diretamente para as montanhas de onde tinham vindo, e àquela distância não consegui distinguir o que era. Logo descobri que os Negros tencionavam comer a carne daquela criatura, que resolvi lhes deixar como um favor da minha parte; pelo que, quando lhes fiz sinais dizendo que podiam ficar com ela, eles agradeceram muito. Imediatamente se puseram a trabalhar e, embora não tivessem faca, ainda assim com uma lasca de madeira afiada esfolaram rapidamente o bicho, muito mais depressa do que faríamos nós com uma faca. Ofereceram um pouco da carne, que declinei, gesticulando que minha vontade era dar tudo a eles; mas fiz sinais indicando a pele, que me entregaram na mesma hora, trazendo ainda mais de suas provisões que, embora eu não reconhecesse, mesmo assim aceitei. Em seguida gesticulei indicando água, e lhes mostrei um dos meus jarros, que virei de boca para baixo a fim de deixar claro que estava vazio, e que precisava que o enchessem. Imediatamente convocaram alguns de seus amigos; e vieram duas mulheres trazendo um grande vaso de barro, cozido pelo que imagino ao sol. E pousaram esse recipiente para mim como antes na praia; mandei Xuri até a costa com meus jarros, e ele encheu os três. As mulheres andavam tão totalmente nuas quanto os homens.

Agora eu estava abastecido de raízes, de grãos, quaisquer que fossem, e água; e, deixando aqueles Negros amigos, naveguei por mais cerca de onze dias sem a intenção de me aproximar da costa, até ver que a terra se alongava por grande extensão mar adentro, à distância de mais ou menos quatro ou cinco léguas à minha frente e, como o mar estivesse muito calmo, pus o barco bem ao largo no rumo da ponta. Finalmente, dobrando a ponta a cerca de dez léguas de terra, vi claramente terra do outro lado, na direção do mar alto. Então concluí, como era de fato praticamente certo, que aquele era o Cabo Verde, e aquelas as ilhas que por isso se chamam Ilhas do Cabo Verde. No entanto, ficavam a grande distância; e eu não sabia dizer qual seria a melhor escolha, pois se eu fosse atingido por um vento mais forte podia não conseguir chegar nem de um lado nem de outro.

Nesse dilema, enquanto eu pensava muito absorto, entrei na cabine e me sentei. Xuri tomou o leme e de repente gritou, “Capitão, Capitão, um navio de vela!”, e o tolo do rapaz ficou assustado a mais não poder, julgando que fosse um dos navios do nosso amo enviado em nosso encalço, quando eu sabia que estávamos muito além do seu alcance. Saltei para fora da cabine e imediatamente vi não só o navio, mas de onde vinha; a saber, que era uma nau portuguesa e, ao que achei, seguia para a costa da Guiné em busca de Negros. Entretanto, quando observei a rota que seguiam, logo percebi que rumavam para algum outro lugar e não tencionavam se aproximar mais da costa. E diante disso me pus ao largo o mais que pude, decidido a falar com eles se possível.

Mesmo com todo o pano que pude abrir ao vento, descobri que não conseguiria me atravessar no caminho do navio, pois eles já teriam passado antes que eu conseguisse lhes fazer qualquer sinal. Mas depois que eu forcei ao máximo as velas, e já começava a perder a esperança, eles, ao que parece, finalmente me avistaram com a ajuda de seus óculos de alcance, e viram que era um barco europeu, que, pelo que imaginavam, devia pertencer a algum navio perdido. De maneira que caçaram as velas para deixar que eu os alcançasse. Isso me deu novo ânimo; e, como eu tinha a bordo a insígnia do meu amo, acenei com ela como pedido de socorro e disparei uma arma: e avistaram as duas coisas, pois me disseram que viram a fumaça, embora não tenham escutado o tiro. Diante desses sinais, mui gentilmente viraram de bordo e pararam à minha espera, e em cerca de três horas eu os alcancei.

Perguntaram de onde eu era, em português, espanhol e francês, mas eu não entendia nenhuma dessas línguas; finalmente, um marinheiro escocês que estava a bordo se dirigiu a mim. Eu respondi, dizendo a ele que era inglês e fugia do cativeiro dos Mouros de Salé. Então me disseram para subir a bordo, e muito compassivamente acolheram a mim e minha carga.

Era para mim uma alegria que não sei exprimir, que alguém pudesse acreditar e que eu me visse assim libertado, como me parecia, da condição desgraçada e quase sem esperança em que eu me encontrava, e na mesma hora ofereci tudo que tinha ao Capitão daquele navio como paga por minha salvação; mas ele me respondeu generosamente que não aceitaria nada de mim, e que tudo que eu possuía me seria entregue a salvo quando eu chegasse aos Brasis. "Pois", disse ele, "salvei sua vida sem outra condição, assim como gostaria que salvassem a minha, e um dia ou outro pode querer minha sorte que eu seja encontrado na mesma situação; e além disso", disse ele, "depois que eu deixá-lo nos Brasis, tão longe de sua terra, se ainda for tomar o que possui, lá o senhor haveria de passar fome, e então eu estaria tomando de volta a vida que lhe concedo. Não, não, Senhor Inglês",[15] disse ele, "vou transportá-lo de graça, e suas coisas hão de ajudar a garantir sua subsistência por lá, e a comprar sua passagem de volta para casa."

Tanto quanto se mostrou caridoso em sua proposta, ele cumpriu o prometido até o último detalhe; ordenou aos marinheiros que nenhum deles devia tocar em nada do que eu trouxera. Então guardou tudo ele mesmo, dando-me em troca uma relação completa de todas as coisas para que eu pudesse recuperá-las, incluindo nela até meus três vasos de barro.

Quanto ao meu barco, era muito bom, o que ele percebeu, dizendo que gostaria de comprá-lo para usar

15 No original, "the Brasils" e "Seignor Inglese". A forma "Brasil" também ocorre, e de maneira correspondente, utilizei "Brasis" ou "os Brasis" para a primeira e, no caso da segunda, "Brasil". (N. T.)

em seu navio. E me perguntou quanto eu queria por ele. Respondi que ele foi tão generoso comigo em tudo mais que eu não podia determinar um preço para o barco, deixando o valor inteiramente por sua conta; ao que ele disse que me daria uma nota de próprio punho para que me pagassem oitenta pesos duros de prata pelo barco no Brasil e que, quando lá chegássemos, se alguém oferecesse mais ele cobriria a oferta. Ofereceu-me ainda mais sessenta duros por meu rapaz Xuri, que relutei em aceitar: não que não concordasse que o Capitão ficasse com ele, mas porque hesitei muito em vender a liberdade do pobre rapaz, que me ajudou com tanta lealdade a conquistar a minha própria. Contudo, quando transmiti meus motivos ao Capitão, ele concedeu que eram justos e me ofereceu um meio-termo: que ele assumiria diante do rapaz a obrigação de dar-lhe a alforria dentro de dez anos, se ele se tornasse Cristão. Diante disso, como Xuri concordava em ir para ele, deixei que passasse a ser do Capitão.

Fizemos uma ótima travessia até os Brasis, e chegamos à Baía de Todos os Santos, no porto de São Salvador, dali a cerca de vinte e dois dias. Agora eu tinha sido salvo outra vez da mais miserável de todas as condições; e precisava ponderar o que faria a seguir da minha vida.

O tratamento generoso que o Capitão me dispensou, jamais terei como louvar o quanto baste. Não aceitou nada de mim pela passagem e ainda me deu vinte ducados pela pele de leopardo e quarenta pela pele de leão que eu levava em meu barco, e cuidou para que tudo que eu levava no barco me fosse pontualmente entregue. E todas as coisas que me dispus a vender ele comprou, como a caixa de garrafas, duas das minhas armas e o que me restava da cera de abelha, pois tinha usado uma parte para fazer velas. Numa palavra, acumulei cerca de duzentos e oitenta pesos duros de prata com minha carga; e com esse patrimônio desembarquei nos Brasis.

E não fazia muito tempo que ali me encontrava quando fui recomendado à casa de um homem bom e honesto como ele, que possuía um "engenho", como dizem,[16] a saber, uma plantação de cana e uma casa de refino de açúcar. Morei com ele algum tempo, e assim me familiarizei com as maneiras do plantio e da produção do açúcar. E, vendo como os donos viviam e como enriqueciam depressa, decidi, se obtivesse licença para me estabelecer ali, que me transformaria em produtor de açúcar como eles; e resolvi, nesse meio-tempo, encontrar algum modo de me enviarem o dinheiro que eu tinha deixado em Londres. Com esse fim, obtendo uma espécie de carta de naturalização, comprei o máximo de terras incultas que meu dinheiro permitia, e me pus a planejar minha propriedade e a construção de uma casa, ao alcance dos meios que esperava receber da Inglaterra.

Entre os meus vizinhos havia um português de Lisboa, mas filho de pais ingleses, cujo nome era Wells, e em circunstâncias muito próximas das minhas. Digo que era meu vizinho porque sua propriedade ficava junto à que eu comprei, e nos dávamos muito socialmente. Minha fortuna estava praticamente tão baixa quanto a dele, e precisamos plantar principalmente comida nos dois anos seguintes. No entanto, começamos a crescer, e nossas propriedades foram ganhando ordem, de maneira que no terceiro ano plantamos um pouco de tabaco, e cada um dos dois preparou um bom lote de terreno para o plantio de cana no ano seguinte. Mas ambos precisávamos de mãos; e agora eu percebia, mais que antes, que tinha errado ao me desfazer do meu rapaz Xuri.

Infelizmente, porém, que eu sempre decidisse errado não era novidade. E agora não tinha remédio senão seguir em frente. Tinha começado uma empresa muito distante do meu temperamento, e diretamente contrária à

16 No original, "ingeino". (N. T.)

vida que me dava prazer, pela qual abandonei a casa do meu pai e ignorei todos os seus bons conselhos; não, eu estava ingressando numa situação intermediária, ou na camada mais alta das posições inferiores, como meu pai me aconselhou antes, e que, se eu tivesse decidido seguir, era o mesmo que ter ficado em casa, sem nunca me dar a todas aquelas fadigas mundanas. E eu costumava sempre dizer a mim mesmo que poderia ter ganho o mesmo na Inglaterra, em meio aos meus amigos, do que a cinco mil milhas de lá, cercado de desconhecidos e selvagens em terras por desbravar, e a tal distância que nunca teria notícias da parte do mundo onde tinham algum conhecimento da minha existência.

Dessa maneira, tendia a pensar em minha condição com o mais intenso remorso. Não tinha ninguém com quem conversar salvo vez ou outra com esse meu vizinho; nenhum trabalho a fazer senão a faina manual. E costumava dizer que vivia como um homem que tivesse dado numa ilha deserta sem outros habitantes além de si mesmo. E era justo; e todos os homens devem pensar duas vezes quando comparam sua situação atual com a de outros que estão pior, pois os Céus podem obrigá-los a fazer a troca, acabando eles convencidos pela nova experiência que antes eram felizes; digo, e era justo que a vida realmente solitária em que eu pensava, numa ilha totalmente deserta, viesse a ser a minha sorte, já que eu cometia então a injustiça de compará-la com a vida que eu levava; na qual, tivesse eu persistido, tinha toda probabilidade de muito prosperar e enriquecer.

Estava eu em algum grau conformado com o que me cabia para cultivar minha propriedade quando meu bom amigo, o Capitão do navio que me recolheu no mar, voltou; pois o navio permaneceu por lá, cuidando de sua carga e preparando-se para a viagem, por quase três meses. Contando eu como era pouca a fortuna que me restava em Londres, ele me deu o seguinte conselho franco e amigo. "Senhor Inglês", disse ele em português, pois era assim que sempre me chamava, "se o senhor me der papéis, e uma procuração escrita em meu nome, com ordens para a pessoa que guarda seu dinheiro em Londres, mandando enviar suas posses a Lisboa para as pessoas que lhe direi, e se esses bens estiverem à disposição naquela cidade, eu lhe trarei o produto deles, com a vontade de Deus, em minha volta. Mas, como todos os negócios humanos estão sujeitos a mudanças e calamidades, só quero que o senhor autorize que me entreguem cem libras esterlinas, que o senhor diz ser metade de seu capital, e assim só elas estarão em risco. Se lhe chegarem em segurança, o senhor poderá pedir o resto da mesma maneira, e se acontecer algum contratempo o senhor ainda poderá recorrer à outra metade."

Esse conselho era tão saudável, e eivado de tanta amizade, que não pude deixar de me convencer ser o melhor caminho a tomar. Para essa finalidade, então, preparei cartas para a senhora com quem deixara meu dinheiro e uma procuração para o Capitão Português, como ele recomendava.

Escrevi para a viúva do Capitão Inglês um relato completo de todas as minhas aventuras; minha captura como escravo, minha libertação e como eu conheci no mar o Capitão Português, o quanto seu comportamento tinha sido caridoso e em que condição eu me encontrava no presente, arrematando com todas as instruções necessárias para que me atendesse. E quando esse honesto Capitão chegou a Lisboa, encontrou meios, por algum dos mercadores ingleses de lá, de enviar não apenas a ordem, mas um relato completo da minha história, para um mercador de Londres, que com efeito entregou tudo à viúva; ao que ela não só pôs o dinheiro em suas mãos como, por sua própria conta, enviou ao Capitão Português um belo presente em recompensa por sua humanidade e sua caridade para comigo.

O mercador de Londres, investindo essas cem libras nos artigos ingleses que o Capitão lhe recomendou por escrito, enviou a carga a Lisboa diretamente para ele, que trouxe tudo em segurança para mim nos Brasis; com ela, sem instrução minha, pois eu era muito inexperiente nesse tipo de empresa, cuidara de encomendar ferramentas de todo tipo, além das ferragens e dos utensílios necessários para minha propriedade, que me foram de imensa utilidade.

Quando essa carga chegou, julguei que minha fortuna estava feita, pois fiquei surpreso e muito feliz com tudo que desembarcava; e meu bom mensageiro, o Capitão, ainda resolveu empregar as cinco libras que minha amiga lhe enviara de presente na compra de um criado contratado para seis anos de serventia, e não quis aceitar nenhuma retribuição além de um pouco de tabaco, que de qualquer maneira eu lhe ofereceria, sendo da minha produção.

E ainda não era tudo. Minhas mercadorias sendo todas de manufatura inglesa, como tecidos, malhas, baetas e outros artigos especialmente valiosos e desejados na terra, encontrei meios de vender tudo com grande lucro; de maneira que posso dizer que apurei mais de quatro vezes o valor da minha carga inicial, e fiquei infinitamente melhor que meu pobre vizinho, digo, no progresso da minha propriedade, pois a primeira coisa que fiz foi comprar um escravo negro, além de um criado europeu, sem contar aquele que o Capitão me trouxe de Lisboa.

Mas a prosperidade mal empregada muitas vezes se transforma em instrumento da nossa maior adversidade, e assim ocorreu comigo. No ano seguinte tive grande sucesso em minha lavoura. Produzi cinquenta rolos grandes de tabaco em minhas terras, além do que distribuí para consumo entre meus vizinhos; e esses cinquenta rolos, pesando cada um mais de um quintal, foram depois curados e armazenados até o retorno da frota de Lisboa. E agora, ampliando meus negócios e minha fortuna, minha cabeça começou a se encher de projetos e empresas além das possibilidades, do tipo que costuma ser a ruína dos melhores homens de negócios.

Tivesse eu persistido na posição em que agora me encontrava, haveria espaço para todas as coisas felizes visando as que meu pai me recomendava com tanto empenho, uma vida tranquila e retirada, e das quais me disse, com tanta sensatez, ser repleta a vida numa condição intermediária. Mas outros acontecimentos intercederam, e mais adiante eu seria o agente voluntário do meu próprio infortúnio, particularmente aumentando minha culpa e duplicando as reflexões a meu respeito que, em minhas futuras provações, eu teria tanto tempo de fazer. Todos esses extravios foram provocados por minha adesão obstinada à minha tola inclinação pelas viagens ao estrangeiro, e por ter cedido a essa inclinação, contradizendo as visões mais claras do meu próprio bem, perseguindo de maneira justa e limpa os projetos e os recursos que a Natureza e a Providência concorriam em me conceder e apontar como meu dever.

Como já me ocorrera quando rompi com meus pais, agora tampouco estava contente, e cismei de deixar para trás a feliz perspectiva que eu tinha de me tornar um homem rico e bem-sucedido com minha nova propriedade, entregue a um desejo urgente e imoderado de subir mais depressa do que admitia a natureza das coisas; e assim me precipitei de novo no abismo mais profundo de desgraça humana em que um homem já caiu, ou que talvez fosse possível para alguém que só não perdesse a vida e a saúde.

Para chegar então, no momento devido, aos detalhes dessa parte da minha história: o leitor pode imaginar que, tendo eu vivido a essa altura quase quatro anos nos Brasis, começando a prosperar e a aumentar a produção da minha propriedade, não só aprendi a língua como também travei conhecimento e amizade com vários outros proprietários, além de mercadores de São

Salvador,[17] que era nosso porto; e, nas conversas com eles, eu me referia com frequência às minhas duas viagens à costa da Guiné, à maneira como se comerciava com os Negros de lá, e como era fácil negociar naquela costa, trocando ninharias como miçangas, brinquedos, facas, tesouras, machadinhas, pedaços de vidro e coisas parecidas não só por pó de ouro, pimenta malagueta, presas de elefante etc., mas também por Negros em grande número para a servidão nos Brasis.

Ouviam sempre atentamente essas minhas histórias, e especialmente a parte que falava da compra de Negros; que na época era um tráfico muito praticado, e sempre por *asientos*,[18] ou concessões dos reis de Espanha e Portugal, registradas em documentos públicos; de maneira que poucos Negros eram trazidos, e os que chegavam eram excessivamente caros.

Ocorreu que, tendo eu estado na companhia de alguns comerciantes e donos de terras que conhecia, conversando com grande animação sobre essas coisas, três deles vieram ter comigo na manhã seguinte, dizendo que tinham refletido muito sobre o que eu lhes contara na noite anterior e queriam me fazer uma proposta secreta. E depois de me pedirem que jurasse segredo, contaram seu intento de aparelhar um navio para ir à Guiné; que todos tinham terras como eu, e o que mais lhes faltava eram escravos; que como era um tráfico que não se podia praticar, pois não seria possível vender publicamente os Negros que viessem, desejavam fazer uma única viagem, trazendo Negros para suas terras particulares, dividindo

17 No original, "St. Salvadore". (N.T.)
18 No original, "*assientos*". *Asientos* eram contratos pelos quais a Coroa espanhola autorizava o tráfico de escravos nas colônias hispano-americanas, e se estenderam ao Brasil durante a submissão de Portugal à monarquia espanhola (1580-1640). (N.T.)

o total entre suas propriedades; numa palavra, a questão era se eu aceitava embarcar como comissário daquela carga no navio, encarregado de cuidar das negociações na costa da Guiné. E me propuseram que eu ficaria com uma parte igual de Negros, sem precisar contribuir com dinheiro algum para a empresa.

Era uma boa proposta, devo admitir, se feita a qualquer um que não tivesse terras e uma propriedade para cuidar, a caminho àquela altura de se tornar bastante considerável, e com um bom valor. Mas para mim, assim assentado e estabelecido, que nada mais precisava fazer que continuar da mesma forma por mais três ou quatro anos antes de mandar buscar minhas outras cem libras na Inglaterra, e que àquela altura, e com aquele pequeno acréscimo, não teria como deixar de reunir uma fortuna de três ou quatro mil libras esterlinas, no mínimo; para mim, aceitar fazer essa viagem era a coisa mais absurda de que se poderia acusar um homem nas mesmas circunstâncias.

Mas eu, que nasci fadado a ser meu próprio destruidor, não pude resistir à proposta, da mesma forma como não fui capaz de conter meus primeiros desígnios errantes quando não dei ouvidos aos bons conselhos do meu pai. Numa palavra, respondi que iria de boa vontade se eles se comprometessem a cuidar das minhas terras em minha ausência, dando-lhes o destino que eu indiquei caso malograsse. Com isso todos se comprometeram, assinando papéis ou acordos nesse sentido; e preparei um testamento formal, dispondo das minhas terras e bens em caso de morte, nomeando o Capitão do navio que me salvara a vida, como antes, meu herdeiro universal, mas obrigado a dispor dos meus bens da maneira determinada em meu testamento: metade da quantia apurada destinava-se a ele, e a outra metade devia ser remetida para a Inglaterra. Em suma, tomei todas as medidas possíveis para preservar o que possuía e manter minhas terras. Tivesse eu empregado metade dessa prudência em zelar por meu próprio interesse, e ponderado o que devia ou não ter feito, certamente jamais me afastaria de empreendimento tão próspero, dando as costas à probabilidade de circunstâncias cada vez melhores e partindo em viagem por mar, sujeita a todos os riscos habituais, sem falar dos motivos que eu tinha para esperar infortúnios particulares em meu caso.

Mas segui em frente, obedecendo cegamente aos ditames dos meus caprichos em vez de ouvir a razão. E assim, o navio aparelhado e o carregamento concluído, tudo segundo meu acordo com os sócios da viagem, subi a bordo em má hora, no dia 1º de setembro de 1659,[19] os mesmos dia e mês em que, oito anos antes, eu deixara meu pai e minha mãe em Hull, rebelando-me contra a sua autoridade e me deixando levar estupidamente por meu próprio interesse.

Nosso navio tinha a capacidade de umas cento e vinte toneladas; era guarnecido de seis canhões e catorze homens, além do Capitão, de seu criado e de mim mesmo. Não tínhamos a bordo grande carregamento de mercadorias, além das bugigangas que podiam ser usadas no comércio com os Negros, como miçangas, contas de vidro, conchas e miudezas variadas, especialmente pequenas lunetas, facas, tesouras, machadinhas e artigos semelhantes.

No mesmo dia em que subi a bordo o navio zarpou, acompanhando a costa no rumo norte com o intento de atravessar para a África quando chegássemos aos dez ou doze graus de latitude Norte que, pelo visto, era o curso preferido naqueles dias. Encontramos um tempo muito bom, só excessivamente quente, por todo o caminho ao longo da nossa costa, até chegarmos à altura do Cabo

19 Nas primeiras três edições do livro, aqui figuravam espaços em branco para dia, mês e ano no lugar da data. A partir da quarta, surgiu "1º de setembro de 1659".

de Santo Agostinho; a partir deste, seguindo mais para alto-mar, perdemos a terra de vista, navegando como se nos dirigíssemos para a Ilha de Fernando de Noronha, mantendo o rumo nordeste-norte, e deixando aquela ilha a leste.[20] Nessa rota, atravessamos a Linha do Equador dali a cerca de doze dias; e estávamos, segundo nossa derradeira observação, a sete graus e vinte e dois minutos de latitude Norte quando um violento tornado ou furacão levou-nos para um destino desconhecido. O vento começou de sudeste, depois virou para noroeste; e dessa direção soprou com tamanha fúria que, por doze dias a fio, não pudemos fazer nada senão manter o navio à flor d'água e, com esses ventos pela popa, deixar que nos empurrassem para onde quisessem o destino e a fúria dos ventos. E durante todo esse tempo, nem preciso dizer, a cada dia eu esperava ser tragado pelas águas; e, na verdade, ninguém a bordo do navio contava escapar dali com vida.

Nessa tribulação, além do terror da tempestade, um dos nossos homens morreu de febre; outro homem e o criado do Capitão foram varridos pelas ondas. Em torno do décimo segundo dia o tempo amainou um pouco, o Capitão fez a observação que pôde e descobriu que estava a mais ou menos onze graus de latitude Norte, mas a uma diferença de vinte e dois graus de longitude a oeste do Cabo de Santo Agostinho; de maneira que concluiu que tinha alcançado a costa da Guiana, ou a parte norte do Brasil, para além do rio Amazonas e na direção do rio Orinoco,[21] geralmente chamado de Rio Grande, discutindo comigo que rumo deveria tomar, pois o navio estava fazendo água e muito danificado, e seu intento era voltar para a costa do Brasil.

20 No original, "Cape St. Augustino" e "Fernand de Noronha". (N.T.)

21 No original, "River Amazones" e "River Oronooko". (N.T.)

Fui totalmente contrário à ideia; consultando as cartas da costa marítima da América junto com ele, concluímos que não havia país habitado ao qual pudéssemos recorrer até chegarmos ao círculos das Ilhas Caraíbas, e portanto resolvemos seguir no curso de Barbados, ilha que, se tomássemos o rumo do mar alto a fim de evitar as correntes da baía do Golfo do México, poderíamos facilmente alcançar, segundo esperávamos, com mais uns quinze dias de viagem; enquanto não havia possibilidade de retomar nossa viagem até a costa da África sem alguma assistência, tanto ao nosso navio quanto a nós próprios.

Com esse intento mudamos nosso curso, e rumamos para noroeste-oeste, a fim de alcançar alguma das nossas ilhas inglesas, onde eu esperava encontrar socorro. Mas não era esse o destino determinado da nossa viagem pois, à latitude de doze graus e dezoito minutos, uma segunda tempestade nos alcançou e nos empurrou para o oeste com o mesmo ímpeto, afastando nosso curso para tão longe dos caminhos de todo comércio humano que, se as nossas vidas fossem poupadas pelo mar, era bem maior a probabilidade de sermos devorados por selvagens que de jamais retornar a nosso país.

Nesse desespero, com os ventos ainda soprando muito duros, um de nossos homens ao amanhecer gritou "Terra!" e, assim que deixamos correndo a cabine na esperança de vermos em que parte do mundo nos encontrávamos, o fundo do navio se chocou com um banco de areia e, dali a um momento, tendo seu movimento assim interrompido, uma onda tamanha se quebrou sobre ele que nos julgamos a ponto de perecer naquela mesma hora, correndo imediatamente para o interior do navio a fim de nos abrigarmos da espuma e dos jorros da água do mar.

Não é fácil para alguém que jamais tenha estado em condição semelhante descrever ou conceber a consternação dos homens em tais circunstâncias. Não tínhamos ideia alguma de onde estávamos ou na direção de qual terra éramos impelidos, fosse ilha ou continente, habitada ou desabitada; e, como a fúria do vento ainda era considerável, embora bem menor que no início, não tínhamos como cultivar a esperança de que o navio ainda pudesse aguentar muito tempo sem ser feito em pedaços, a menos que, por alguma espécie de milagre, o vento mudasse de quadrante naquela mesma hora. Numa palavra, ali estávamos sentados, trocando olhares e esperando a chegada da morte a qualquer momento, e cada homem agia em preparação para o outro mundo, pois nada ou pouco mais havia que pudéssemos fazer na situação. O que nos serviu então de consolo, o único consolo que tínhamos, era que, ao contrário de nossa expectativa, o navio ainda não se partira, e o capitão nos disse que o vento começava a amainar.

Agora, embora nos parecesse que o vento de fato se atenuava, o navio, tendo encalhado num banco de areia, tão bem preso que não havia esperança de que pudesse se soltar, lá estávamos numa situação deveras terrível, e só nos restava pensar em salvar nossas vidas da melhor maneira possível. Trazíamos um bote preso à popa antes da tempestade, mas primeiro ele foi avariado por choques sucessivos contra o leme do navio, e em seguida se desprendeu, ou afundou, ou foi carregado pelo mar; de maneira que desse lado não havia esperança. Tínhamos outro bote a bordo; mas como baixá-lo ao mar era coisa muito duvidosa. Entretanto, não havia tempo para discussão, pois imaginávamos que o navio iria se despedaçar a qualquer minuto, e alguém disse que o casco já começava a se partir.

Nessa aflição, o Piloto do nosso navio pegou o bote e, com a ajuda dos outros homens, conseguiu baixá-lo por um dos costados do navio. Entramos todos nele, soltamos as cordas e nos entregamos, onze ao todo, à misericórdia divina e ao mar furioso: pois, embora a tempestade tivesse amainado consideravelmente, o mar ainda quebrava na costa em ondas altíssimas, e bem podia ser descrito como "*den wild zee*",[22] como chamam os holandeses aos mares agitados.

E agora nos restavam bem poucas esperanças; pois todos podíamos ver claramente que o mar estava tão alto que nosso bote não teria como resistir, e inevitavelmente nos afogaríamos. Quanto a hastear o pano, não tínhamos vela; nem, se tivéssemos, poderíamos ter feito qualquer coisa com ela: de maneira que remamos com força na direção da costa, embora de coração pesado, como condenados que caminham para o patíbulo; pois todos sabíamos que, ao chegar mais perto da costa, nosso barco seria feito em mil pedaços pela arrebentação. No entanto, encomendamos as almas a Deus com o maior fervor; o vento nos impelia rumo a terra, e apressávamos nossa destruição com as próprias mãos, remando o mais que podíamos na direção da costa.

Como era aquele litoral, se de pedra ou areia, íngreme ou raso, não sabíamos; a única esperança racional que podia nos dar alguma sombra de esperança era que topássemos com alguma baía ou golfo, ou a boca de algum rio, onde por grande sorte pudéssemos entrar com nosso barco, ou que algum trecho de terra nos protegesse do vento, levando talvez a águas lisas. Mas nada disso nos apareceu; quanto mais nos aproximávamos da margem, a terra nos parecia mais assustadora que o mar.

Depois de termos remado, ou sido carregados, por mais ou menos uma légua e meia, pelo que calculávamos, uma onda fortíssima, alta como uma montanha, se ergueu atrás de nós e, claramente, fez-nos esperar pelo golpe de misericórdia. Numa palavra, ela nos atingiu com tamanha fúria que virou o bote de imediato e, separando-nos tanto do bote quanto uns dos outros, mal nos deu tempo de dizer "ó Deus!", pois fomos todos tragados num instante.

22 *Den wild Zee.* O mar selvagem.

Nada pode descrever a confusão dos meus pensamentos enquanto eu afundava na água; pois, embora eu nadasse bem, mesmo assim não conseguia me desembaraçar das ondas para respirar, até que uma vaga, que me empurrou, ou melhor me carregou, uma boa distância na direção da praia, recuou depois de esgotar sua força e me deixou em terra quase seca, mas meio morto, de tanta água que engoli. Contudo, ainda me restavam tanto a presença de espírito quanto o fôlego para, vendo-me mais perto de terra do que esperava, pôr-me de pé e correr para a praia o mais depressa que podia, antes que outra onda viesse e me puxasse de volta. Mas logo percebi que isso seria impossível de evitar: vi que o mar se aproximava na forma de uma verdadeira montanha, e irresistível como um inimigo que eu não tinha meios ou forças para enfrentar. Só me restava prender a respiração e procurar me sustentar à flor d'água, se pudesse, e assim, flutuando, conservar meu fôlego e, se possível, manter o rumo de terra. Minha maior preocupação agora era que o mar, quando me atingisse, assim como podia me transportar para bem mais perto da praia, não me arrastasse de volta com ele quando recuasse para o oceano.

A onda que me cobriu me sepultou na mesma hora a uma profundidade de vinte ou trinta pés; e me senti carregado por uma força colossal, e com grande ímpeto, transpondo uma vasta distância em direção à praia; mas consegui conservar o fôlego, e ainda me forcei a nadar para a frente com todas as forças. Estava prestes a rebentar de tanto conter a respiração quando me senti empurrado para cima e, para meu imediato alívio, vi que minha cabeça e minhas mãos rompiam acima da superfície da água; e, embora não tenha sido de mais de dois segundos o tempo que consegui me manter flutuando, ainda assim meu alívio foi imenso, renovando o meu fôlego e atiçando a minha coragem. Fui novamente coberto pela água por um bom tempo, mas sem ter superada a minha resistência. E percebendo que aquela onda se esvaía e começava a recuar, avancei o quanto pude no sentido contrário ao do refluxo da água, e senti que meus pés tocavam o fundo mais uma vez. Fiquei parado alguns instantes para recobrar o fôlego e deixar a água acabar de passar por mim, e então saí correndo com todas as forças que me restavam na direção da praia. Mas nem assim me vi totalmente livre da fúria do mar, que se despejou novamente em cima de mim, e mais duas vezes ainda fui colhido pelas ondas e impelido de novo para a frente, pois o fundo do mar tinha ali muito pouca inclinação.

A última dessas duas ondas quase me foi fatal; pois o mar, ao me impelir para a frente como antes, acabou por me empurrar, ou antes me atirar, contra um rochedo, e com tamanha violência que me deixou sem sentidos e sem reação de me salvar: pois a pancada, atingindo-me o flanco e o peito, como que expulsou o ar do meu corpo, e fosse eu tentar reavê-lo de imediato havia de me sufocar com a água; mas consegui me recobrar um pouco antes da chegada de novas ondas e, vendo que seria mais uma vez coberto por elas, resolvi me agarrar a uma ponta daquele rochedo e prender a respiração o quanto pudesse, até o recuo da onda. Agora, como as ondas não eram mais tão altas quanto antes, estando eu perto da praia, consegui me segurar até que a onda se acalmasse, e então me precipitei a correr mais uma vez, o que me levou até tão perto da praia que a onda posterior, embora ainda tenha passado por cima de mim, não conseguiu me tragar e me arrastar com ela; e a corrida seguinte me levou até o seco, onde, para meu grande conforto, escalei as pedras da costa e me sentei na relva, livre do perigo e fora do alcance das águas.

Agora eu estava em terra firme, a salvo e protegido; ergui os olhos para o Céu e agradeci a Deus por minha vida ter sido salva numa situação em que, poucos minutos antes, caberia muito pouca esperança. Creio ser impossível exprimir fielmente como se dão os êxtases e transportes da alma quando ela se vê desse modo resgatada, por assim dizer, de dentro da própria sepultura; e não me admiro mais com o costume corrente, a saber, de que quando ocorre a comutação da pena de um malfeitor, já amarrado e com o laço preso ao pescoço, prestes a ser executado, digo, não admira que um cirurgião venha junto para fazer-lhe uma sangria no momento exato em que lhe dão a nova, para que a surpresa não expulse os espíritos animais de seu coração e o mate:

Pois alegrias súbitas, tanto quando as dores, nos assoberbam.[23]

Saí andando pela praia com as mãos para cima, e todo o meu ser como que arrebatado ao contemplar aquela minha salvação, fazendo mil gestos e movimentos que não sei descrever, pensando em todos os meus camaradas que se tinham afogado, e que nenhuma outra alma devia ter sido salva além de mim; pois, quanto a eles, nunca mais os vi, ou qualquer sinal deles, exceto três de seus chapéus, um gorro e dois sapatos desemparelhados.

Ergui meus olhos para o navio encalhado, quando as ondas e a espuma do mar, de tão altas, mal me permitiam avistá-lo, e pensei, "Senhor, como consegui chegar em terra?".

23 Pesquisa posterior do professor Geoffrey Sill descobriu que a fonte desse verso é um poema de Robert Wild (1606-79), ministro não conformista, em resposta à suspensão das leis penais contra os católicos e os não conformistas, intitulado: "Wild's Humble Thanks for His Majesties Gracious Declaration for Liberty of Conscience, March 15, 1672" [Humildes agradecimentos de Wild pela declaração de Suas Majestades em favor da liberdade de consciência em 15 de março de 1672]. No original, "*For sudden joys, like griefs, confound at first*".

Depois do alívio do meu espírito com o aspecto reconfortante da minha situação, comecei a olhar em volta a fim de avaliar o tipo de lugar em que me encontrava, e o que faria em seguida. E logo meu alívio cedeu, pois numa palavra minha salvação tinha sido terrível: eu estava molhado, não tinha roupas para trocar nem nada para comer ou beber ou me reanimar, nem via qualquer possibilidade à minha frente além de perecer de fome ou ser devorado por feras selvagens. E o que me afligia particularmente era que eu não tinha arma alguma, fosse para caçar e matar alguma criatura para meu sustento, fosse para me defender de alguma criatura que pretendesse me matar para o seu próprio: numa palavra, só trazia comigo uma faca, um cachimbo e um pouco de tabaco numa caixa. Era essa a totalidade das minhas provisões, o que me lançou em terríveis agonias do espírito, de tal ordem que por algum tempo me pus a correr de um lado para o outro como um lunático. Ao cair da noite, comecei a considerar, de coração pesado, qual seria o meu destino se houvesse alguma fera voraz naquela terra, visto ser sempre à noite que saem à caça.

O único remédio que àquela altura se apresentou aos meus pensamentos foi subir numa árvore grossa de copa farta, lembrando um abeto mas cheia de espinhos, que crescia perto de onde eu me encontrava, e na qual resolvi passar a noite empoleirado, pensando em qual morte eu viria a ter no dia seguinte: pois até então não via maneira de sobreviver. Caminhei uns trezentos passos a partir da praia para ver se encontrava água de beber, o que achei, ficando cheio de júbilo. Tendo bebido, e posto um pouco de tabaco na boca para evitar a fome, fui até a árvore e, subindo aos seus galhos, consegui arrumar-me de maneira a poder dormir sem despencar do alto; tendo cortado uma vara curta para usar como cacete em minha defesa, procurei me acomodar e, como minha fadiga era extrema, adormeci profundamente e tive um sono tão confortável quanto, acredito, poucos lograriam ter nas mesmas condições, e pela manhã me descobri tão refeito por esse sono quanto julgo jamais ter despertado em toda a minha vida.

Quando acordei era dia claro, o tempo estava bom e a tempestade havia passado, de maneira que o mar não se mostrava agitado como antes; porém o que mais me surpreendeu foi que a cheia da maré tinha desprendido o navio das areias onde havia encalhado, empurrando a nau quase até o rochedo de que falei antes, no choque contra o qual me machuquei, que ficava a mais ou menos uma milha do ponto onde eu me encontrava. Como o navio ainda dava a impressão de se manter a prumo, decidi subir a bordo, para pelo menos poder recolher algumas coisas necessárias ao meu uso.

Quando desci do abrigo na árvore, olhei novamente em meu redor e a primeira coisa que avistei foi o nosso bote, que se encontrava onde o vento e o mar o haviam lançado na praia, umas duas milhas à minha direita. Caminhei até onde podia pela praia, para chegar até ele, mas me deparei com uma enseada ou angra que se abria entre mim e o bote, com cerca de meia milha de largo; de maneira que voltei para o lugar anterior, decidido a chegar ao navio, onde esperava encontrar alguma coisa para a minha subsistência imediata.

Pouco depois do meio-dia vi que o mar estava muito calmo e que a maré baixara até tão longe que eu poderia chegar andando a um quarto de milha do navio. E aqui senti uma nova onda de dor; pois vi que evidentemente, caso tivéssemos ficado a bordo, estaríamos todos a salvo; melhor dizendo, teríamos todos podido chegar à praia a salvo, e eu não me encontraria na condição tão infeliz de me ver totalmente destituído de qualquer conforto ou companhia, como agora. Isso arrancou novas lágrimas dos meus olhos, mas, como o pranto me trazia pouco alívio, resolvi, caso possível, chegar logo ao navio. De maneira que tirei as roupas, pois o tempo era de extremo calor, e entrei na água. Mas quando cheguei ao navio, foi ainda mais difícil decidir como subir a bordo: pois como estava encalhado, e levantado a uma grande altura em relação à água, não havia nada a meu alcance a que eu pudesse me agarrar. Nadei duas vezes à roda do navio, e da segunda vez avistei uma ponta de corda, que me perguntei como deixara de ver da primeira, pendendo das correntes da proa até perto da água, que com grande dificuldade consegui alcançar e, subindo por essa corda, cheguei ao castelo de proa do navio. Ali descobri que havia um rombo no casco do navio e muita água tinha invadido o porão, mas que ele estava apoiado ao flanco de um compacto banco de areia, ou melhor, de terra, e que sua popa se erguia bem acima do banco de areia enquanto a proa estava baixa, quase ao nível da água. Isso significa que toda a sua quadra da popa estava a salvo, e tudo que ali se encontrava estaria seco; pois podem ter certeza que meu primeiro trabalho foi sair à procura de ver o que tinha estragado e o que ficou intacto. Antes de mais nada, descobri que todas as provisões do navio estavam a seco e intocadas pela água, e, como eu estava com grande apetite, fui até a despensa e enchi meus bolsos de biscoitos, que comi enquanto andava à procura de mais coisas, pois não tinha tempo a perder. Encontrei também um pouco de rum na cabine principal, do qual tomei uma boa dose, e de que bem necessitava a fim de me reanimar para o que tinha pela frente. Agora tudo que eu queria era uma embarcação, para poder me equipar com tantas daquelas coisas que, a meu ver, poderiam me valer de muito.

De nada adiantava ficar sentado desejando o que eu não tinha como conseguir, e essa urgência despertou meu empenho. Tínhamos a bordo várias vergas sobressalentes, além de duas ou três vergônteas grandes de madeira, e mais um ou dois mastros de reserva no navio. Decidi usá-los, e atirei tantos deles por cima da amurada quantos consegui carregar, cada um deles amarrado a um cabo para não se afastar. Depois disso, desci pelo costado do navio e, puxando-os para perto de mim, amarrei quatro deles uns aos outros pelas duas pontas o mais bem atados que pude, na forma da armação de uma jangada, e dispondo sobre eles duas ou três tábuas curtas de madeira atravessadas, descobri que conseguia equilibrar-me sobre elas bastante bem, mas que o conjunto não suportaria muito peso, pois as peças eram todas muito leves. Então me pus ao trabalho, e com a serra do Carpinteiro cortei um dos mastros em três pedaços e os acrescentei à minha jangada, com grande esforço e muitas penas; mas a esperança de me abastecer do necessário me estimulou a ir além do que teria sido capaz em outra ocasião.

Minha jangada era agora forte o bastante para suportar um peso razoável. A tarefa seguinte era escolher com que carregá-la, e como preservar das águas do mar o que eu quisesse transportar em cima dela. Mas não perdi muito tempo refletindo. Primeiro dispus em cima da jangada todas as pranchas ou tábuas que consegui encontrar e, tendo ponderado bem o que eu queria, para começar peguei três das arcas dos marinheiros, que eu tinha aberto e esvaziado, e as baixei até a jangada. A primeira enchi de mantimentos, a saber: pão, arroz, três queijos holandeses, cinco pedaços de carne seca de cabrito, que consumíamos muito, e um pouco que restava dos grãos de cereal europeu que tínhamos embarcado como alimento para algumas galinhas trazidas conosco para o navio; mas as galinhas tinham morrido. Havia um pouco de aveia e trigo misturados, mas para minha grande decepção descobri depois que os ratos tinham comido ou estragado tudo. Quanto às bebidas, encontrei várias caixas de garrafas pertencentes a nosso Capitão, em que havia vários cordiais e, ao todo, cinco ou seis galões de aguardente ordinária. Estes eu pus de lado, pois não havia necessidade de incluí-los na arca, nem espaço para eles. Enquanto isso, vi que a maré começava a encher, embora muito aos poucos, e fiquei mortificado de ver meu casaco, minha camisa e meu colete, que eu tinha deixado na areia, sendo levados pelas águas; quanto aos meus calções, que eram de linho e abertos nos joelhos, eu tinha nadado até o navio com eles e de meias. No entanto, isso me fez sair atrás de roupas, de que encontrei bastante mas peguei apenas as necessárias para meu uso imediato, pois tinha outras coisas que me interessavam mais: em primeiro lugar, ferramentas para trabalhar em terra, e foi só no final de uma longa procura que encontrei a caixa do Carpinteiro, um tesouro deveras útil para mim, e muito mais valioso que um carregamento inteiro de ouro teria sido naquela hora. Desci a caixa para minha jangada mesmo fechada como estava, sem perder tempo de examiná-la, pois sabia em geral o que continha.

Cuidei a seguir de munição e armas. Havia duas ótimas espingardas de caça na cabine do Capitão, e duas pistolas; estas eu guardei primeiro, com alguns polvorinhos e um saco de balas, e duas velhas espadas cobertas de ferrugem. Sabia que havia três barris de pólvora a bordo, mas desconhecia onde o artilheiro os guardava; depois de muita procura os encontrei, dois deles secos e em bom estado, e o terceiro molhado. Os dois primeiros eu levei para minha jangada junto com as armas; e agora dei a carga por completa, e comecei a pensar como poderia chegar em terra com tudo aquilo, não tendo vela, nem remo, nem leme, e visto que a menor rajada de vento tornaria impossível qualquer navegação.

Três coisas estavam a meu favor: primeiro, o mar liso e calmo; segundo, a maré enchente e rumando para a costa; terceiro, o pouco vento que havia soprava na direção da praia. E assim, tendo encontrado dois ou três remos quebrados pertencentes ao bote, e além das ferramentas na caixa do Carpinteiro mais duas serras, um machado e um martelo, com essa carga me lancei ao mar. Pela primeira milha, aproximadamente, minha jangada avançava muito bem. Só vi que se dirigia a um ponto um pouco distante daquele em que eu dera antes na praia, o que me fez perceber que havia alguma correnteza conduzindo naquela direção, o que por sua vez me deu esperança de encontrar ali algum rio ou arroio que eu pudesse usar como porto para desembarcar minha carga.

E como imaginei, assim era. Apareceu à minha frente uma pequena abertura em terra, e senti uma forte correnteza da maré dirigindo-se para lá; de maneira que pilotei minha jangada o melhor que pude a fim de mantê-la no meio daquela correnteza. Mas aqui eu quase sofri um segundo naufrágio que, se tivesse ocorrido, creio que teria partido meu coração ao meio; pois, desconhecendo eu aquela costa, uma das pontas da minha jangada subiu num banco de areia e, ficando a outra mais baixa, faltou muito pouco para que toda a minha carga escorregasse pela ponta ainda solta, caindo na água. Fiz o máximo, forçando as costas contra as arcas, para mantê-las no lugar, mas não consegui desencalhar a jangada mesmo com todo o esforço, nem me atrevi a deixar a posição em que estava, continuando a sustentar as arcas com toda a minha força. Assim fiquei por quase meia hora, tempo em que a maré enchente devolveu minha jangada quase ao nível. Pouco depois, como a maré continuava a subir, minha jangada flutuou de novo e eu a empurrei com o remo que tinha na direção do canal, e então, navegando mais um pouco, finalmente me encontrei na boca de um pequeno rio, com terra dos dois lados e uma forte maré ou correnteza rio acima. Procurei nas duas margens por um lugar adequado para aportar, pois não queria avançar demais a montante, esperando com o tempo ver algum navio no mar, o que me fez pensar em ficar o mais perto que podia da costa.

Finalmente avistei uma pequena enseada na margem direita do riacho, para onde com grandes penas e dificuldades conduzi minha jangada, e finalmente cheguei tão perto que, fincando meu remo no fundo, pude empurrá-la direto para o seco. Mas aqui desejei ter perdido toda a carga no mar; pois aquela margem era muito íngreme, ou seja, era uma barranca, e não havia onde aportar sem que uma das pontas da jangada, se avançasse mais para a terra, ficasse bem mais alta que a outra, pondo novamente em perigo toda a minha carga. Tudo que me restava a fazer era esperar que a maré chegasse ao ponto mais alto, sustentando minha jangada com o remo como uma âncora para manter um de seus lados bem encostado à margem, perto de um trecho de solo plano que, eu esperava, acabaria coberto pela maré. E assim foi. No momento em que julguei haver água suficiente, pois minha jangada tinha quase dois palmos de calado, empurrei-a na direção daquele trecho de terreno, e lá a prendi cravando no chão meus dois remos quebrados, o primeiro de um dos lados, perto de uma das pontas, e o outro do lado oposto; e assim ali fiquei até as águas escoarem, deixando a jangada e toda a minha carga a salvo em terra firme.

Minha tarefa seguinte foi passar a área em revista e procurar um local apropriado para minha habitação, e onde guardar minhas provisões para mantê-las a salvo do que pudesse acontecer. Onde eu estava ainda não sabia, se era no continente ou em alguma ilha, habitada ou desabitada, com ou sem perigo de ataque de animais ferozes. Havia um morro a não mais de uma milha de onde eu me encontrava, erguendo-se bem alto e íngreme, e que parecia sobrepujar outros morros que se dispunham numa serrania a partir dele no rumo norte. Peguei uma das espingardas e uma das pistolas, além de um polvorinho, e assim armado caminhei em exploração até o alto desse morro. Depois de ter galgado ao topo com muito esforço e dificuldade, vi com grande aflição o destino que me cabia, a saber: que estava numa ilha cercada a toda roda pelo mar, sem outra terra à vista, exceto alguns arrecifes que se erguiam a uma grande distância e duas ilhas pequenas, menores que esta, à distância de umas três léguas para oeste.

Descobri também que a ilha onde eu me encontrava não tinha plantações e, o que percebi por muitos sinais, era desabitada, exceto por animais selvagens: dos quais, todavia, não avistei nenhum. Entretanto, vi uma abundância de aves, mas não conhecia suas espécies, e nem quando as matei soube dizer quais serviriam ou não para comer. No caminho de volta, alvejei uma ave grande que vi empoleirada numa árvore ao lado de um bosque. Deve ter sido a primeira arma de fogo disparada ali desde a criação do mundo e, assim que atirei, de todas as partes da mata ergueu-se um incontável número de aves de muitos tipos, produzindo uma algazarra tremenda, cada uma gritando de acordo com seu canto; mas nenhuma delas era de um tipo que eu reconhecesse. Quanto à criatura que abati, penso que se tratava de alguma espécie de falcão, que lembrava pela cor e pelo bico, mas sem esporões ou garras maiores que o comum; sua carne era uma carniça e não servia para nada.

Dando-me por satisfeito com essa descoberta, voltei até minha jangada e me pus a trabalhar no transporte da carga para terra firme, que me tomou o resto daquele dia. Mas o que fazer à noite eu não sabia, nem mesmo onde pousar; pois tinha medo de me deitar no chão, onde alguma fera poderia me devorar, embora, como mais tarde descobri, não houvesse na verdade motivo para esse medo.

Entretanto, o melhor que pude, ergui à minha volta uma barricada com as arcas e as tábuas que havia trazido para a terra, e construí uma espécie de cabana para passar aquela noite. Quanto à comida, até então não tinha visto nada que pudesse me abastecer, salvo duas ou três criaturas semelhantes a lebres que vi correr para fora da mata quando atirei naquela ave.

Agora comecei a pensar que ainda poderia retirar do navio muita coisa que me seria útil, especialmente parte do cordame e das velas, e mais outras coisas que conseguisse trazer para a terra; e resolvi fazer outra viagem para bordo do navio, se possível. Como eu sabia que a primeira tempestade que caísse haveria necessariamente de fazer o navio em pedaços, resolvi deixar todo o resto de lado até conseguir retirar do navio tudo que pudesse. Então convoquei um conselho, quer dizer, em meus pensamentos, para avaliar se deveria voltar com a mesma jangada; mas a ideia me pareceu impraticável. Resolvi ir até lá da mesma forma que antes, com a maré baixa; e foi o que fiz, só que dessa vez tirei a roupa antes de deixar minha cabana, sem levar no corpo mais que uma camisa xadrez e um par de calções de linho, além de um par de tamancos nos pés. Subi a bordo do navio como da outra vez e preparei uma segunda jangada; a partir da experiência da primeira, esta fiz menos instável e carreguei menos, mas ainda assim trouxe muitas coisas de grande utilidade. Como da primeira vez, no depósito do Carpinteiro, encontrei dois ou três sacos cheios de pregos e cravos, um macaco de rosca, uma ou duas dúzias de machadinhas e, acima de tudo, essa coisa utilíssima chamada pedra de amolar. Todos esses artigos prendi juntos, além de várias coisas pertinentes ao artilheiro de bordo, especialmente dois ou três pés de cabra de ferro e dois barris de balas de mosquete, sete mosquetes e mais uma espingarda de caça, com mais alguma quantidade de pólvora, um saco grande de chumbo miúdo e um rolo grande de folha de chumbo. Mas este último era tão pesado que não consegui levantar nos braços para arriar pelo costado do navio.

Além dessas coisas, recolhi todas as roupas de homem que pude encontrar, uma vela de mezena dianteira, uma rede e cobertas; com isso carreguei minha segunda jangada e levei tudo em segurança para a terra, para meu grande conforto.

Tive alguma apreensão de que, durante minha ausência da terra, minhas provisões, pelo menos, pudessem ser devoradas; mas quando voltei não encontrei sinal de nenhum visitante, só lá sentada uma criatura que lembrava um gato selvagem sobre uma das arcas, que, quando me aproximei, se afastou um pouco e depois se aquietou. Ficou sentado, muito composto e despreocupado, e me olhava direto no rosto, como se tivesse o intento de travar conhecimento comigo. Apontei-lhe minha arma, mas, como não entendesse do que se tratava, exibiu total despreocupação diante dela, nem fez menção de se afastar. Ao que lhe atirei um pedaço de biscoito; embora, aliás, não com muita largueza, pois minha reserva não era grande. Entretanto, lancei-lhe um pedaço, como dizia, e o animal se aproximou, cheirou o alimento e comeu, e depois ergueu os olhos, como que satisfeito, pedindo mais; mas eu lhe disse que muito obrigado, não podia lhe dar mais nada. Ao que a criatura foi embora.

Tendo trazido minha segunda carga para a terra, embora tivesse de me conformar em abrir os barris de pólvora e trazer o que continham em pacotes, pois eram grandes e pesavam além da conta, pus as mãos à obra para fabricar uma tenda com a vela e algumas estacas que cortei especialmente para tal. Para baixo dessa tenda trouxe tudo que sabia poder estragar, fosse com a chuva ou com o sol, e empilhei todas as arcas e barris vazios num círculo em redor da tenda, a fim de fortificá-la contra qualquer ataque inesperado, de homem ou fera.

Depois disso, bloqueei a entrada da tenda com algumas tábuas por dentro e, pelo lado de fora, com uma arca vazia posta de pé, e, abrindo uma das cobertas no chão, deixando minhas duas pistolas bem próximas à cabeça e a espingarda estendida a meu lado, deitei-me pela primeira vez, e dormi imóvel a noite inteira, pois estava cansado e dolorido a mais não poder. Na noite anterior tinha dormido pouco, trabalhando muito o dia inteiro, tanto para recolher todas essas coisas no navio quanto para trazê-las para a terra.

Agora eu tinha o maior estoque de todo tipo de coisas que jamais tinha sido acumulado, julgava eu, por um homem só; mas ainda não me dava por satisfeito, pois enquanto o navio ficasse de pé naquela posição, achava que devia tirar dele tudo que pudesse; de maneira que todo dia, na maré vazante, eu subia a bordo e voltava trazendo uma ou outra coisa. Particularmente, em minha terceira viagem, trouxe o máximo de cordas que pude, além de todos os cabos menores e todo fio de sisal que pude encontrar, e mais uma peça de lona de reserva usada para remendar as velas quando necessário, e o barril de pólvora molhada. Numa palavra, trouxe ainda todas as velas dos mastros de vante e de ré, só fui obrigado a cortá-las em pedaços e trazer de cada vez o máximo que podia, pois não teriam mais utilidade como velas, só como retalhos de lona.

Mas o que mais me reconfortou foi que, no final de tudo, depois de ter feito cinco ou seis viagens como essas, e julgando não ter mais nada a esperar do navio que valesse a pena trazer; digo, depois disso tudo, ainda encontrei um imenso tonel de pão, três barriletes de rum ou aguardente, uma caixa de açúcar e um barril de boa farinha. O que me surpreendeu, porque já havia desistido de encontrar mais mantimentos além dos que a água do mar tinha estragado. Esvaziei o tonel de pão e embrulhei pacote a pacote em pedaços das velas, que cortei para tanto; e numa palavra, levei tudo isso igualmente a salvo em terra.

No dia seguinte fiz outra viagem, e tendo agora despojado o navio de tudo que era portátil e possível de carregar nas mãos, comecei com os cabos; e cortando o cabo maior em pedaços que conseguia transportar, levei dois deles e mais o cabo da âncora para a terra, com todas as peças de ferro que consegui reunir; e tendo cortado a verga da vela de espicha e mais tudo que podia para fazer uma jangada grande, carreguei-a com todos esses artigos pesados, e vim embora. Mas minha boa sorte começou então a me abandonar; pois essa jangada estava tão pesada e difícil de manobrar que, depois que entrei na pequena enseada onde tinha desembarcado o resto dos meus artigos, sem conseguir manobrar a jangada com a mesma destreza das demais, ela acabou virando, jogando a mim e a toda a carga na água. Não sofri grande dano, pois estava perto da margem; mas já minha carga, grande parte dela se perdeu, especialmente o ferro, que eu contava ser de grande utilidade. Entretanto, quando a maré baixou, consegui trazer para a margem a maioria dos pedaços dos cabos e parte do ferro, embora com labores infinitos; pois precisava mergulhar na água para buscar cada peça, um trabalho que me deixou deveras esgotado. Depois disso ia todo dia a bordo, e trazia o que conseguia reunir.

Fazia agora treze dias que eu estava na ilha, e onze vezes subi a bordo do navio, durante as quais trouxe tudo que se pode imaginar ser transportado por duas mãos; embora eu acredite que, tivesse o tempo continuado firme, eu acabaria trazendo o navio inteiro para a ilha, pedaço a pedaço. Mas, quando me preparava para a décima segunda ida a bordo, senti que o vento começava a soprar mais forte. Ainda assim, na maré baixa subi a bordo e, embora acreditasse que já tinha revirado a cabine tão completamente que nada mais lá houvesse a encontrar, descobri um armário contendo gavetas, numa das quais encontrei duas ou três navalhas e um par de tesouras grandes, com mais dez ou doze bons garfos e facas; noutra encontrei cerca de trinta e seis libras esterlinas em dinheiro, parte em moeda europeia, parte brasileira, alguns pesos duros espanhóis de prata, um pouco de ouro e um pouco de prata em metal.

Sorri sozinho à visão dessa pecúnia. “Ó droga!”, disse eu em voz alta, “para que poderias servir? Nada vales para mim nem para a ocupação dessa terra; uma única daquelas facas vale mais que toda essa pilha de dinheiro. Não tenho uso nenhum para ti; então fica onde estás, e vai para o fundo, como uma criatura cuja vida não vale a pena salvar." Entretanto, pensando melhor, acabei levando o dinheiro, que embrulhei todo num pedaço de vela, e comecei a pensar na fabricação de uma nova jangada. Mas enquanto preparava a embarcação, vi que o céu ficava totalmente carregado e o vento aumentava: dali a um quarto de hora, um verdadeiro vendaval soprava de terra. Ocorreu-me então que seria infrutífero tentar fabricar uma jangada com o vento soprando de terra, e que era melhor deixar aquele posto antes que a maré começasse a encher, ou então eu corria o risco de jamais conseguir chegar à costa. Assim, pulei na água e atravessei nadando o canal que separava o navio das areias, e mesmo isso com bastante dificuldade, em parte pelo peso das coisas que carregava comigo, em parte pela agitação das águas, pois o vento soprava muito duro e, antes ainda que a maré começasse a encher, transformou-se em tempestade.

Mas eu já estava de volta à tenda, onde me deitei com meus bens à minha volta muito bem protegidos. Ventou muito forte a noite inteira; e de manhã, quando fui olhar, para minha surpresa, o navio tinha desaparecido! Fiquei um pouco espantado, mas me consolei com uma reflexão satisfatória, a saber, de que não tinha perdido tempo nem hesitado em minha diligência de retirar dele tudo que pudesse ser de utilidade, e que deveras muito pouco tinha restado a bordo que eu ainda poderia ter retirado, houvesse mais tempo para tanto.

Então parei de pensar no navio, ou em qualquer coisa que tivesse a bordo, além dos destroços que pudessem vir dar à praia, como de fato vários pedaços mais tarde vieram; mas eram coisas de pouca utilidade para mim.

Meu pensamento se voltava agora todo para minha proteção, quer contra os selvagens, se algum aparecesse, quer contra as feras que porventura existissem naquela ilha; e tive muitas ideias quanto aos meios e que tipo de habitação construir, cogitando se devia abrir uma cova na terra ou armar uma barraca no solo. E, em suma, resolvi fazer as duas coisas, de acordo com um método e uma descrição que pode não ser impróprio relatar aqui.

Logo percebi que o lugar onde me encontrava não era adequado para me estabelecer, especialmente porque ficava em terreno baixo e alagadiço próximo ao mar, que não me parecia salubre, e mais particularmente porque não havia água doce por perto; de modo que resolvi encontrar um trecho de terra mais salutar e conveniente.

Ponderei várias coisas de que iria precisar naquela situação. Primeiro, a salubridade do ponto e a proximidade da água doce, como já mencionei. Segundo, a proteção do calor do sol. Terceiro, o abrigo contra criaturas selvagens, fossem homens ou feras. Quarto, uma vista para o mar, para que, se Deus enviasse algum navio ao alcance dos meus olhos, eu não prejudicasse em nada o benefício da minha salvação, que ainda não me dispunha a banir das minhas expectativas.

Na procura de um local adequado, encontrei um pequeno trecho plano junto ao flanco de um morro cuja escarpa voltada para esse terreno era íngreme como uma parede, de maneira que nada ou ninguém poderia me atacar do alto. Ao lado desse penedo havia uma reentrância pouco funda, como a entrada ou porta de uma caverna; mas na verdade não havia caverna alguma nem passagem para o interior da montanha.

No relvado verde e plano bem diante dessa reentrância, resolvi armar minha tenda. O terreno não teria mais de cem jardas de largura, e mais ou menos o dobro de comprimento, e se estendia como um amplo gramado diante da minha porta, descendo em seguida irregularmente em todas as direções, rumo às terras baixas à beira-mar. Situava-se junto à face norte-noroeste do morro, de maneira que ficava abrigado do calor até o sol chegar a oeste com inclinação ao sul, ou nas cercanias, o que nessas regiões só ocorre perto da hora do poente.

Antes de armar minha tenda, tracei um semicírculo diante da reentrância na pedra, com um raio de mais ou menos dez jardas a partir da pedra, e vinte jardas de diâmetro de lado a lado.

Nesse semicírculo plantei duas fileiras de estacas reforçadas, cravando-as no solo até se erguerem muito firmes, como esteios, a parte mais comprida se levantando a cinco pés e meio do solo, e aguçados na ponta. As duas fileiras ficavam a menos de seis polegadas uma da outra.

Em seguida, peguei os pedaços de cabo que cortara no navio e fui estendendo uns em cima dos outros ao longo da linha, entre as duas fileiras de estacas, até o alto, cravando por dentro novas estacas para prendê-los, com cerca de dois pés e meio, inclinadas como escoras apoiando um pilar; e essa cerca ficou tão forte que nem homem nem fera teria como transpor ou passar por cima dela. E a construção me custou muito tempo e trabalho, especialmente para cortar cada estaca na mata, trazer até o local e cravar uma a uma na terra.

A entrada que fiz para esse lugar não foi uma porta, mas uma escada curta para passar por cima da cerca; escada que, depois de entrar, eu também puxava para dentro. Assim eu ficava completamente protegido e fortificado, a meu ver, do mundo inteiro, e portanto podia dormir seguro à noite, o que de outra forma me seria impossível; embora, como mais tarde ficou claro, não houvesse necessidade de toda essa cautela com os inimigos que eu temia.

Para dentro dessa estacada ou fortaleza, com labor infinito, transportei todos os meus haveres, todos os meus mantimentos, toda a munição e tudo mais que mencionei acima. E armei uma tenda grande que, para me proteger das chuvas que naquela parte do ano eram lá muito violentas, era feita de dois panos, a saber: uma tenda menor por dentro e uma tenda maior por cima desta, coberta ainda por cima com um grande encerado que encontrei no navio junto com as velas.

E agora já fazia algum tempo que não dormia mais na cama que tinha trazido do navio, mas numa rede; que era na verdade muito boa e pertencia ao Piloto do navio.

Debaixo dessa tenda abriguei todos os meus mantimentos e tudo que pudesse estragar-se com a água; e, tendo assim protegido todos os meus haveres, fechei a passagem na cerca que até então deixara aberta, e passei a entrar e sair, como já contei, por uma escada curta.

Isto feito, comecei a avançar morro adentro e, trazendo para fora toda a terra e todas as pedras que escavava para a área coberta por minha tenda, fui distribuindo todo o material por dentro da minha cerca, ao modo de um terraço, aumentando o nível do terreno cercado em mais ou menos um pé e meio; e assim criei uma caverna logo atrás da minha tenda, que serviu como celeiro para a minha habitação.

Completar tudo isso me demandou muito trabalho e muitos dias, e preciso voltar a outras coisas que também me ocorreram ao pensamento no mesmo período. Aconteceu que, depois de ter feito os planos para armar a minha tenda e abrir a caverna, uma espessa nuvem escura começou a despejar fortes chuvas. Um raio caiu de repente, e em seguida uma fortíssima trovoada, seu efeito natural. Não fiquei tão assustado com o raio quanto com o pensamento que me brotou então na mente tão rápido como o próprio raio: "Oh, a minha pólvora!". Meu coração se confrangeu no peito quando pensei que, numa única explosão, poderia perder toda a minha pólvora, de que dependia por completo não só minha defesa como o provimento de comida, da forma como eu imaginava. Nem fiquei tão preocupado com a minha própria segurança, muito embora, caso a minha pólvora se incendiasse, eu nem teria tempo de saber o que tinha me atingido.

O ocorrido me causou tamanha impressão que, assim que amainou a tempestade, deixei de lado todos os meus trabalhos, minhas construções e fortificações, e me dediquei a produzir sacos e caixas para separar a pólvora e guardá-la em porções menores, um tanto em cada pacote, na esperança de que, qualquer coisa que sobreviesse, ela não se consumiria toda de uma vez: manter a pólvora assim separada evitaria que uma parte ateasse fogo à outra. Terminei esse trabalho em cerca de duas semanas; e creio que a minha pólvora, no total de umas duzentas e quarenta libras de peso, acabou dividida em não menos de cem partes. Quanto ao barril de pólvora molhada, não vi nenhum perigo nele, de maneira que o deixei em minha nova caverna, que por capricho chamava de minha cozinha, escondendo o resto da pólvora em várias covas em meio às pedras, para que não se molhasse com a chuva, tomando muito cuidado com a escolha desses lugares.

Enquanto isso, saía pelo menos uma vez por dia levando minha espingarda, tanto para me distrair como para ver se conseguia caçar alguma coisa que pudesse comer, e na medida do possível tomar conhecimento do que aquela ilha produzia. Da primeira vez que saí descobri que havia grandes cabritos na ilha, o que foi uma enorme satisfação para mim; mas sucedida de uma infelicidade, a saber, que eram animais tão tímidos, ligeiros e sutis que a coisa mais difícil do mundo era me aproximar deles. Mas não desanimei, convencido de que em algum momento conseguiria acertar um deles, como logo aconteceu; pois, assim que aprendi um pouco seus paradeiros, fiquei de atalaia à espera deles: e observei que, quando me viam nos vales, mesmo empoleirados nos rochedos, fugiam como que terrivelmente assustados; já quando pastavam nos vales e eu vinha pelos rochedos, nem me davam atenção. Disso concluí que, pela posição de seus olhos, a visão desses animais era tão dirigida para baixo que não distinguiam bem o que se encontrava acima deles. A partir de então adotei sempre o método de subir antes aos rochedos, para me postar acima deles, depois do que encontrava com frequência um alvo fácil. Com o primeiro tiro que disparei contra uma dessas criaturas, matei uma fêmea tendo ao pé um filhote que ainda amamentava, o que muito me doeu. Mas quando a mãe desabou o filhote ficou muito quieto junto a ela até eu chegar e pegá-la nos braços; e não só isso, mas quando saí tendo a mãe estendida nos ombros, o filhote me seguiu até minha paliçada: ao que pousei a cabra no chão e peguei o filhote nos braços, transportando-o por cima da cerca, na esperança de amansá-lo; mas ele não conseguia comer, de maneira que me vi obrigado a matar o filhote e comê-lo eu. Os dois animais me supriram de carne por muito tempo, pois eu comia com moderação e procurava poupar meus mantimentos (especialmente meu pão) o mais que podia.

Tendo construído minha habitação, julguei absolutamente necessário me prover de um lugar onde pudesse fazer fogo e acumular lenha. O que fiz nesse sentido, bem como de que maneira ampliei minha caverna e tudo mais de que cuidei, hei de relatar a seu tempo. Mas antes preciso falar de mim mesmo e dos meus pensamentos sobre a vida, que bem se pode imaginar não terem sido poucos.

Tinha uma expectativa funesta quanto à minha situação; pois, como não fora dar naquela ilha sem antes ter sido carregado por uma furiosa tormenta para bem longe do curso planejado da nossa viagem, e a uma grande distância, a saber, centenas de léguas, das rotas comuns do comércio humano, tinha grande motivo para considerar uma determinação dos Céus que naquele lugar desolado, e dessa triste maneira, eu devia chegar ao fim dos meus dias. As lágrimas corriam abundantes por meu rosto quando eu fazia essas reflexões; e às vezes eu indagava a mim mesmo por que motivo a Providência podia arruinar suas criaturas de maneira tão completa e lhes causar tamanha desgraça: tão inapelavelmente abandonadas, tão inteiramente deprimidas, que não seria racional sentir qualquer gratidão por uma vida assim.

Mas alguma coisa logo me ocorria para conter e reprovar esses pensamentos; e particularmente um dia, caminhando com a espingarda na mão à beira-mar, vinha muito absorto no tema da minha situação presente quando a razão, por assim dizer, argumentou comigo da maneira oposta, e me disse assim: "Bem, tu te encontras numa situação desoladora, é verdade, mas por acaso te lembras de onde está o resto de vós? Não eram onze a bordo daquele barco? Onde estão os outros dez? Por que não se salvaram eles e te perdeste tu? Por que foste escolhido? Será melhor estares aqui ou lá?". E apontei para o mar. Todos os males devem ser avaliados junto com o bem que neles se encontra, e comparados com o que lhes poderia ser pior.

Pensei então mais uma vez em como estava bem abastecido para minha subsistência, e qual teria sido o meu destino caso o navio, numa probabilidade de cem mil contra um, não tivesse deixado o local onde encalhou primeiro, sendo empurrado para mais perto da costa, de modo a me dar tempo e ocasião de nele recolher todas essas coisas. Qual teria sido meu destino se eu me visse obrigado a viver nas condições em que cheguei à ilha, sem o necessário para a vida, sem suprimentos ou maneira de obtê-los? Particularmente, perguntei em voz alta (embora para mim mesmo) o que eu teria feito sem uma arma, sem munição; sem ferramentas para fabricar coisa alguma ou para trabalhar; sem roupas, cobertas, uma tenda ou qualquer tipo de proteção. Que eu possuía isso tudo em quantidade suficiente e me encontrava em condição favorável para me sustentar a ponto de até poder viver sem a minha arma quando a munição se esgotasse; de maneira que tinha uma possibilidade tolerável de subsistir sem que nada me faltasse até o fim dos meus dias; pois eu tinha imaginado desde o início maneiras de prevenir os acidentes que poderiam suceder, inclusive no porvir, não só depois do fim da munição mas mesmo quando minha saúde ou minha força declinassem.

Admito que não tinha imaginado que minha munição pudesse ser destruída numa única explosão, digo, que minha pólvora explodisse por efeito de um raio, e por esse motivo a ideia foi tão surpreendente aos meus pensamentos quando caíram relâmpagos e trovões, como assinalei há pouco.

E agora, sendo o caso de iniciar um relato melancólico de cenas da vida silenciosa, como talvez nunca tenham sido vistas antes no mundo, vou retomar minha história desde o início, e continuar depois dessa forma. Foi, por meus cálculos, no dia 30 de setembro que, da maneira descrita acima, primeiro pus o pé nessa ilha horrenda, num momento em que o sol estava, para nós, em seu equinócio outonal, e se via quase bem acima da minha cabeça; pois calculo que estivesse, por observação, na latitude de nove graus e vinte e dois minutos ao norte da Linha do Equador.

Depois de já ter passado ali uns dez ou doze dias, ocorreu-me que não teria como acompanhar a passagem do tempo por falta de livros, pena e tinta, o que me faria inclusive esquecer de separar o Dia de Descanso dos dias de trabalho. Entretanto, para evitar que isso acontecesse, entalhei com minha faca em letras maiúsculas num poste alto, que transformei numa grande cruz, plantada no ponto onde primeiro pus o pé em terra: DESEMBARQUEI NESTE LOCAL NO DIA 30 DE SETEMBRO DE 1659. Nas faces desse poste de seção quadrada, cada dia fazia um talho com a minha faca. A cada sétimo dia, o talho era duas vezes mais comprido que os demais, e a cada primeiro dia do mês duas vezes ainda mais comprido que este, e assim eu mantive meu calendário, ou minha contagem do tempo, conforme as semanas, os meses e os anos.

Em seguida, devo observar que, dentre as muitas coisas que trouxe do navio nas várias viagens que fiz até ele, como relatei acima, recolhi muitos objetos de menor valor, mas nem um pouco menos úteis para mim, que deixei de mencionar antes, tais como, especialmente, penas, tinta e papel, vários pacotes guardados entre as coisas do capitão, do Contramestre e do Artilheiro, três ou quatro bússolas, alguns instrumentos matemáticos, relógios de sol, lunetas, mapas e livros de navegação; que reuni para trazer, sem pensar se os queria todos ou não. Encontrei também três Bíblias muito boas, que me tinham chegado da Inglaterra e que juntei à minha bagagem; também alguns livros portugueses, entre eles dois ou três livros de orações católicas papistas e vários outros livros; que carreguei em segurança para a terra. E não devo esquecer que tínhamos a bordo um cão e dois gatos, de cuja eminente história talvez eu ainda tenha a oportunidade de dizer alguma coisa a seu devido tempo: pois levei os dois gatos comigo. Quanto ao cão, ele pulou do navio por conta própria e nadou até a praia onde eu me encontrava no dia seguinte àquele em que cheguei com minha primeira carga, e me serviu fielmente por muitos anos. Nada me faltava que ele pudesse buscar, nem companhia que ele pudesse me fazer; só me faltava que pudesse falar comigo, mas isso ele jamais conseguiu. Como observei antes, encontrei pena, tinta e papel, que procurei poupar ao máximo; e irei mostrar que, enquanto a tinta durou, mantive um registro muito exato das coisas, que depois disso não foi mais possível, pois não consegui imaginar algum meio de fabricar mais tinta.

E isso me lembrou que ainda me faltavam muitas coisas, sem embargo de tudo que eu havia reunido; dessas coisas, uma era a tinta. E ainda uma pá, uma picareta e uma enxada, para cavar ou remover a terra; agulhas, alfinetes e linha. Quanto a lençóis e toalhas, em pouco tempo não tive grande dificuldade para aprender a viver sem eles.

Essa falta de ferramentas tornava mais pesado cada trabalho que eu fazia, e quase um ano se passou antes que eu acabasse de construir meu abrigo ou habitação fortificada. O corte e a preparação das estacas ou pilares, as mais pesadas que eu conseguia erguer, custaram um longo tempo no meio da mata, e mais ainda para trazer todas elas até em casa; de maneira que às vezes eu levava dois dias para cortar e transportar uma única dessas estacas, e um terceiro para cravá-la no solo, em cuja escavação usei primeiro um pau pesado, mas finalmente preferi um dos pés de cabra de ferro. Que no entanto, embora fossem a melhor escolha, ainda tornavam a fixação desses postes ou pilares um trabalho muito aborrecido e laborioso.

Mas por que eu haveria de me preocupar com o tédio de qualquer das minhas atividades, visto que tinha tempo de sobra para elas e nem teria mais o que fazer depois, pelo menos que eu pudesse antever, exceto percorrer a ilha em busca de comida, o que repetia mais ou menos diariamente?

Agora comecei a pensar mais seriamente em minha situação e nas circunstâncias a que me encontrava reduzido, e registrava por escrito o estado da minha condição, nem tanto para deixar esse registro para alguma pessoa que pudesse vir depois de mim, pois o mais provável era que tivesse muito poucos herdeiros, quanto para aliviar meus pensamentos dessas ruminações diárias e da aflição do meu espírito. Como a essa altura minha razão já começava a controlar meu abatimento, comecei a encontrar consolo onde podia, e a contrapor os bens aos males, de maneira a ter algo que pudesse distinguir meu caso dos ainda piores. E registrei muito imparcialmente, como em colunas de débitos e créditos, os confortos de que dispunha contra os sofrimentos por que passava, da seguinte maneira:

MALES	BENS
Estou perdido numa ilha horrível e deserta, sem qualquer esperança de ser encontrado.	Mas estou vivo, e não afogado, como todos os meus companheiros do navio.
Fui destacado e separado, por assim dizer, de todo o mundo, para minha desgraça.	Mas fui escolhido, também, dentre toda a tripulação do navio, para ser poupado da morte; e Aquele que por milagre me salvou da morte pode ainda me livrar da condição presente.
Estou isolado da humanidade, um solitário, banido do convívio humano.	Mas não passo fome nem estou morrendo num lugar deserto, sem nada que me sustente.
Não tenho roupas com que me cobrir.	Mas estou num clima quente, onde, se tivesse roupas, quase nunca usaria.
Não tenho defesa ou meios de resistir à violência de homens ou de feras.	Mas vim dar numa ilha onde não vejo animais ferozes que me pudessem ferir, como vi na costa da África; e se tivesse naufragado ali?
Não tenho vivalma com quem possa falar, ou que me ajude.	Mas Deus operou o prodígio de mandar o navio para perto da costa, o suficiente para que eu pudesse retirar dele tantas coisas necessárias que podem suprir minhas necessidades, ou me capacitar a ficar abastecido pelo resto dos meus dias.

No fim das contas, ali estava um testemunho inquestionável de que devia haver no mundo poucas condições tão infelizes quanto as minhas, mas que havia nelas algo negativo ou positivo por que eu devia dar graças; e que isso sirva como uma indicação de que, mesmo vivendo a mais desgraçada das condições deste mundo, sempre podemos encontrar alguma coisa que nos sirva de consolo e, no levantamento dos bens e dos males, possa ser lançada em nossa coluna de crédito.

Tendo agora levado meu espírito a ver algo de bom em minha condição, desistindo de ficar de vigia a ver se enxergava no mar algum navio; digo, tendo desistido dessas coisas, comecei a aplicar meus esforços em tornar mais cômoda minha vida e facilitar o mais que pudesse as coisas para mim.

Já descrevi minha habitação, que era uma tenda encostada num rochedo e cercada por uma forte paliçada de estacas e amarras; mas agora já posso chamá-la de muralha, pois ergui a toda a volta dela uma espécie de mureta de torrões de terra, com dois pés de espessura, pelo lado de fora; e depois de algum tempo, acho que um ano e meio, atravessei em cima da cerca vigas deitadas e do outro lado apoiadas na pedra, que cobri com um telhado de ramos de árvores o melhor que pude para evitar a chuva, que descobri ser muito violenta em certas épocas do ano.

Já observei como trouxe todos os meus pertences para debaixo desse teto, e para dentro da caverna que tinha cavado atrás de mim; mas devo observar, ainda, que num primeiro momento era um amontoado de mercadorias que, por se acumularem sem qualquer ordem, ocupavam toda a minha área. Não me sobrava nem espaço para me virar, de modo que decidi aumentar minha caverna terra adentro; pois era uma terra solta e pedregosa, que cedia com facilidade a meus esforços para escavá-la. E assim, depois de concluir que estava a salvo de feras vorazes, comecei a cavar para o lado direito na pedra; e depois, virando novamente à direita, cavei até sair da rocha, produzindo uma porta de saída que se abria além da minha paliçada ou fortaleza. Isso me criou não só um caminho para entrar e sair, mal comparando uma entrada dos fundos para minha tenda e meu depósito, como ainda me proporcionava mais espaço para armazenar meus bens.

Depois, comecei a me aplicar na produção das coisas de que sentia mais falta, especialmente uma cadeira e uma mesa; pois sem estas não tinha como usufruir dos poucos confortos que tinha no mundo: não podia escrever nem comer, ou fazer muitas outras coisas com o mesmo prazer sem uma mesa.

De modo que me lancei ao trabalho; e aqui preciso observar que, assim como a razão é a substância original da matemática, da mesma forma, aquilatando e esquadrinhando tudo com uso da razão, e fazendo o juízo mais racional das coisas, qualquer homem, com o tempo, será capaz de dominar todas as artes mecânicas. Eu jamais tinha manejado uma ferramenta na vida, e no entanto com o tempo, graças a muito esforço, aplicação e expediente, descobri finalmente que não havia nada que me faltasse e eu não pudesse fazer, especialmente tendo as ferramentas certas. Produzi inclusive uma abundância de coisas, mesmo sem ferramentas, e algumas sem mais ferramentas que uma enxó e uma machadinha, coisas que talvez nunca tenham sido antes produzidas da mesma maneira, e com um trabalho infinito. Por exemplo, se eu quisesse uma tábua, a única maneira era derrubar uma árvore, prender o tronco à minha frente e ir deixando a tora plana dos dois lados com meu machado, até que ficasse fina como uma tábua, removendo depois as asperezas com a enxó. É verdade que com esse método só conseguia extrair uma única tábua de cada árvore inteira, mas para isso não tinha outro remédio que não a paciência, assim como não tinha remédio para a prodigiosa quantidade de tempo e trabalho que me custava produzir uma simples prancha ou tábua. Mas meu tempo ou meu trabalho tinham pouco valor, de maneira que era tão bem empregado dessa maneira como de qualquer outra.

Assim, fabriquei para mim uma cadeira e uma mesa, como observei acima, usando pequenos pedaços de tábuas que tinha trazido do navio em minha jangada. Mas quando consegui produzir outras tábuas ou pranchas, da forma que descrevi acima, fabriquei grandes prateleiras com a largura de um pé e meio, que dispus uma em cima da outra ao longo de toda uma das paredes da minha caverna, e nelas arrumei todas as minhas ferramentas, meus pregos e ferragens, e, numa palavra, pude separar todas as coisas em geral em seu devidos lugares, para poder chegar a elas com facilidade; e ainda cravei ferros nas paredes de pedra para pendurar minhas armas e todas as outras coisas que podiam ser penduradas.

De modo que a minha caverna, se pudesse ser vista, pareceria um armazém geral de todas as coisas necessárias; e tudo tão ao alcance das mãos que dava gosto ver todos os meus haveres em tanta ordem, especialmente em constatar que era tão grande o estoque de tudo que eu podia precisar.

E foi então que comecei a escrever um diário relatando o emprego de cada dia, pois na verdade antes eu vivia numa pressa grande demais, e não só pressa de trabalhar, mas num excesso de descompostura mental, e meu diário resultaria repleto de coisas aborrecidas. Por exemplo, eu poderia ter falado da seguinte maneira: "*30 de setembro*: Depois de dar na praia e de ter escapado do afogamento, em vez de agradecer a Deus por minha salvação, tendo antes vomitado a grande quantidade de água salgada que acumulara no estômago, e me restaurado um pouco, saí correndo de um lado para o outro pela praia, torcendo as mãos e batendo na cabeça e no rosto, deplorando minha má sorte e gritando que estava perdido, perdido! Até que, cansado e fraco, eu me deitei no chão para repousar, mas não me atrevi a dormir por medo de ser devorado".

Alguns dias mais tarde, depois de ter estado a bordo do navio e recolhido o que podia de sua carga, ainda assim não consegui evitar ir até o topo de um morro e ficar olhando para o mar na esperança de ver algum navio, e depois imaginar que muito ao longe enxergava uma vela, consolando-me essa esperança e depois forçando a vista até ficar quase cego, até quase perder a visão, para depois me sentar e chorar como uma criança, aumentando assim meu sofrimento com tal insensatez.

Mas tendo superado essas coisas em alguma medida, organizando em seguida meus utensílios e minha morada, fabricando uma mesa e uma cadeira e deixando tudo à minha volta o mais bonito que podia, comecei a escrever meu diário, do qual faço aqui uma cópia (embora nele todos os acontecimentos serão contados uma outra vez) até quando durou, pois, tendo ficado sem tinta, fui obrigado a abandoná-lo.

O diário

30 DE SETEMBRO DE 1659. Eu, pobre e desgraçado Robinson Crusoé, tendo naufragado durante uma terrível tempestade ao largo, cheguei à praia nesta ilha deserta e infeliz, a que dei o nome de "Ilha do Desespero". Todo o resto da tripulação se afogou, e eu próprio quase morri.

O resto desse dia passei me afligindo com as árduas circunstâncias em que me encontrava, a saber: não tinha comida, abrigo, roupas, armas ou lugar para onde fugir e, desesperando de qualquer socorro, via apenas a morte à minha espera, fosse devorado por animais ferozes, massacrado por selvagens ou viesse a morrer de inanição por falta de alimento. Com a chegada da noite, subi numa árvore por medo dos animais selvagens, mas dormi profundamente embora tenha chovido a noite inteira.

1º DE OUTUBRO. De manhã eu vi, para minha grande surpresa, que o navio fora trazido pela maré alta, encalhando bem mais perto da ilha, o que era um consolo por um lado, pois ao vê-lo ainda inteiro, e não feito em pedaços, tive a esperança de, caso o vento amainasse, chegar a bordo e ali encontrar alguns alimentos e utensílios que pudessem me valer. Por outro lado, aumentou minha dor pela perda dos meus camaradas, e imaginei que, tivéssemos todos ficado a bordo, poderíamos ter salvado o navio, ou pelo menos nem todos se teriam afogado, como aconteceu, e que, se os homens tivessem sobrevivido, poderíamos talvez construir um barco novo com os destroços do navio e nele chegar a outra parte do mundo. Passei grande parte desse dia cismando com essas coisas; mas finalmente, ao ver o navio quase todo fora da água, caminhei pela areia até o mais perto que pude e, em seguida, nadei até subir a bordo; nesse dia também a chuva continuou, embora sem vento.

DE 1º A 24 DE OUTUBRO. Todos esses dias empreguei inteiros em muitas viagens para recuperar o que podia do navio, trazendo tudo para a terra, a cada maré cheia, em jangadas. Muita chuva também nesses dias, embora com alguns intervalos de bom tempo. Mas, ao que parece, era a estação das chuvas.

20 DE OUTUBRO. Minha jangada virou, derrubando tudo que trazia, mas, como eu estava em águas rasas e quase todos os utensílios eram pesados, pude recuperar a maior parte quando a maré baixou.

25 DE OUTUBRO. Choveu a noite inteira e o dia inteiro, com algumas rajadas de vento, e em algum momento o navio se despedaçou, quando o vento soprou com um pouco mais de força que antes, e nunca mais vi sinal dele, afora alguns destroços, e só junto à praia na maré baixa. Passei esse dia cobrindo e guardando em lugar seguro os artigos que havia resgatado, para que não fossem estragados pela chuva.

26 DE OUTUBRO. Caminhei pela praia quase o dia inteiro para encontrar um lugar onde construir minha morada, muito preocupado em me proteger de algum ataque durante a noite, seja de feras ou homens selvagens. Ao anoitecer escolhi um ponto junto a um rochedo e tracei um semicírculo para encerrar meu acampamento, que resolvi fortificar com uma cerca, paliçada ou barreira feita de uma fileira dupla de estacas, preenchidas entre elas com cabos e por fora com tufos de relva.

Do dia 26 ao 30, trabalhei arduamente no transporte de todos os meus haveres para a nova habitação, embora debaixo de chuva forte parte do tempo.

No dia 31 pela manhã saí caminhando ilha adentro com minha espingarda em busca de alimento e para explorar a área; quando matei uma cabra, seu filhote me seguiu até em casa, mas depois o matei também porque ele ainda não conseguia se alimentar.

1º DE NOVEMBRO. Armei minha tenda à sombra de um rochedo e lá passei a primeira noite, dando-lhe o maior tamanho possível, com estacas cravadas no chão para nelas armar a minha rede.

2 DE NOVEMBRO. Arrumei todas as minhas caixas e tábuas, além dos pedaços de madeira com que fiz minhas jangadas, e com eles ergui uma cerca à minha volta, um pouco para dentro do círculo que tracei para a minha fortificação.

3 DE NOVEMBRO. Saí com minha espingarda e matei duas aves parecidas com patos, que deram muito bom alimento. À tarde, comecei a trabalhar para fabricar uma mesa.

4 DE NOVEMBRO. Hoje de manhã comecei a organizar meus horários de trabalho, a hora de sair com a minha espingarda, a hora de dormir e a hora de diversão, por exemplo. Toda manhã eu saía para caminhar duas ou três horas quando não chovia, depois me punha a trabalhar até mais ou menos as onze horas, em seguida comia o que tinha para o meu sustento e depois, das doze às duas, me deitava para dormir por causa do calor excessivo, e então à tarde recomeçava a trabalhar. As horas de trabalho desse dia e do dia seguinte foram todas empregadas na fabricação da minha mesa, pois eu ainda era um artesão muito precário, embora o tempo e a necessidade me tenham transformado pouco depois num mecânico natural completo, como acredito que teria acontecido com qualquer outro.

5 DE NOVEMBRO. Hoje saí a campo com minha arma e meu cachorro, e matei um gato do mato, de pelo muito macio, mas cuja carne não servia para nada. Toda cria-

tura que mato, esfolo e conservo as peles. Voltando para casa pela beira do mar, vi muitas espécies de aves marinhas, que não reconheci, mas fiquei surpreso e quase me assustei com duas ou três focas que, enquanto eu olhava para elas sem saber bem do que se tratava, escaparam para o mar e fugiram de mim naquela ocasião.

6 DE NOVEMBRO. Depois da minha caminhada matinal voltei a trabalhar na minha mesa, que terminei, embora não de maneira satisfatória; e nem precisei de muito tempo para saber como consertar a obra.

7 DE NOVEMBRO. Agora começou o tempo bom e firme. Os dias 7, 8, 9, 10 e parte do 12 (pois o dia 11 foi domingo) dediquei inteiramente a fabricar uma cadeira, e com muito trabalho consegui dar-lhe uma forma tolerável, mas que nunca me agradou, e no processo de produção desmanchei a coisa várias vezes. *Nota*: em pouco tempo deixei de respeitar os domingos pois, omitindo minha marca para eles no meu poste, perdi a conta do dia em que caíam.

13 DE NOVEMBRO. Hoje choveu, o que me refrescou bastante e deixou a terra mais fria, mas a chuva veio acompanhada de uma terrível trovoada e de raios, que me deixaram com muito medo por causa da minha pólvora; assim que a tormenta passou, resolvi dividir meu estoque de pólvora no maior número possível de pacotes menores, para que ficasse fora de perigo.

14, 15, 16 DE NOVEMBRO. Esses três dias passei fabricando pequenas arcas ou caixas quadradas, capazes de guardar uma ou duas libras de pólvora, no máximo, cada uma. Assim, distribuindo a pólvora por elas, pude guardá-la em lugares tão seguros e distantes um do outro quanto possível. Num desses três dias matei uma ave grande boa de comer, mas não sei como se chama.

17 DE NOVEMBRO. Hoje comecei a escavar por trás da minha tenda de modo a abrir espaço para outros usos. *Nota*: De três coisas senti grande carência para esse tra-

balho, a saber, uma picareta, uma pá e um carrinho de mão ou uma cesta, e assim desisti da tarefa e comecei a considerar como obter o que me faltava, e fabricar algumas ferramentas. Em matéria de picareta, usei as barras de ferro, que davam conta do recado, embora bem pesadas; mas a outra ferramenta era uma pá, estreita ou larga, que me era absolutamente necessária. Na verdade, eu não tinha como fazer nada direito sem ela, mas não sabia que tipo devia fabricar.

18 DE NOVEMBRO. No dia seguinte, em minha incursão à mata, encontrei um pé da árvore, ou árvore semelhante a ela, que nos Brasis eles chamam de "pau-ferro", por sua grande dureza; de seu tronco, com grande esforço e quase arruinando o meu machado, cortei um pedaço, que trouxe para casa com imensa dificuldade, pois era extremamente pesado.

A excessiva dureza da madeira e a falta de outra saída me fizeram gastar muito tempo na produção dessa ferramenta, pois só muito aos poucos consegui lhe dar a forma de uma pá, com o cabo parecido com o que usamos na Inglaterra, só que, não estando preso a uma peça de ferro, não iria durar tanto assim, por mais que me servisse para as finalidades em que pretendia empregá-la. Mas nenhuma pá antes dessa, acredito, jamais tinha sido produzida desse modo, nem levou tanto tempo para ser feita.

Eu ainda carecia de muito, pois precisava de uma cesta ou um carrinho de mão, o que não sabia fabricar de modo algum, não dispondo de cipós que pudesse encurvar para trançar em cestas, ou pelo menos ainda não tendo encontrado nada do tipo. Quanto a um carrinho de mão, imaginei que poderia fazer um deles, menos a roda, mas quanto a ela eu não tinha ideia nem sabia como proceder. Além disso, não me seria possível fabricar as hastes de ferro para sustentar o fuso ou eixo da roda, de maneira que desisti, e assim, para transportar a terra que eu retirava da caverna, fabriquei uma coisa parecida com um cocho do tipo que os assistentes de pedreiro usam para preparar e transportar a argamassa.

Não foi tão difícil quanto produzir a pá; e no entanto esse objeto, e mais a pá, e mais minha tentativa malograda de fabricar um carrinho de mão, me custaram não menos que quatro dias de trabalho; melhor dizendo, sempre excetuando minha caminhada matinal com a arma, com que raramente eu errava, quase nunca deixando de trazer de volta algo bom para comer.

23 DE NOVEMBRO. Meus outros trabalhos ficaram interrompidos, por causa da fabricação das ferramentas. Quando elas ficaram prontas, retomei os esforços e, trabalhando todo dia, na medida do que permitiam minha força e meu tempo, empreguei dezoito dias completos nos trabalhos de alargamento e aprofundamento da minha caverna, para poder acomodar nela tudo que possuo.

Nota: durante todo esse tempo, trabalhei para deixar esse salão ou caverna com espaço suficiente para ser usado como armazém ou depósito, cozinha, sala de jantar e paiol. Quanto ao meu alojamento, eu continuava a dormir na tenda, só que às vezes, na estação chuvosa do ano, chovia tanto que eu não conseguia ficar seco; o que mais adiante me fez cobrir toda a área cercada por minha paliçada com toras deitadas, na forma de paus de jangada, apoiadas na pedra e cobertas de talos e folhas largas de árvores locais, formando um telhado.

10 DE DEZEMBRO. Já começava a achar pronta minha caverna ou câmara quando bruscamente (parece que aumentei a cova além da conta) uma grande quantidade de terra despenhou-se do teto e de uma das paredes, e era tanta que me deixou assustado, e não sem bom motivo: se eu me encontrasse ali debaixo, nem precisaria de coveiro. Logo depois desse revés, tive ainda muito trabalho: pois precisava levar para fora a terra caída e, o que era mais importante, escorar o teto, para ter certeza de que nenhuma outra parte dele também viesse a cair.

11 DE DEZEMBRO. Nesse dia me dediquei a trabalhar na caverna, e dispus duas fileiras de esteios indo do chão ao teto, com duas tábuas atravessadas em cima de cada poste, o que terminei no dia seguinte; e, erguendo novos esteios com tábuas, em pouco mais de uma semana escorei todo o teto; e os esteios, dispostos em fileiras, também serviram como partições em minha morada.

17 DE DEZEMBRO. Entre este dia e o dia 20 armei prateleiras, e cravei pregos nos esteios para pendurar neles tudo que pudesse ser pendurado, e agora começo a ver alguma ordem em minha habitação.

20 DE DEZEMBRO. Agora já carreguei tudo para dentro da caverna e comecei a mobiliar minha morada, e dispus algumas tábuas, como prateleiras de um armário, para nelas arrumar meus víveres, mas começam a me faltar tábuas, e também fabriquei uma nova mesa para mim.

24 DE DEZEMBRO. Muita chuva a noite toda e o dia inteiro, nem saí.

25 DE DEZEMBRO. Chuva o dia inteiro.

26 DE DEZEMBRO. Não choveu, e a terra ficou muito mais fresca que antes, e mais agradável.

27 DE DEZEMBRO. Matei um cabrito novo. Feri um outro para poder pegá-lo, e levei-o para casa preso a um cordão; quando chegamos, atei e fiz uma tala para sua perna quebrada. *N. B.*: Cuidei dele com tanto desvelo que o cabrito sobreviveu, e a perna cresceu bem e forte; mas depois de ter sido alimentado tanto tempo por mim ele amansou, só pastava no relvado à minha porta e não foi mais embora. Foi a primeira vez que me passou pela cabeça a ideia de criar alguns animais domesticados, para não me faltar alimento quando minha pólvora e minhas balas se acabarem.

28, 29, 30 DE DEZEMBRO. Fortes calores e nenhum vento; de maneira que nem saí do lugar, só ao anoitecer, atrás de comida; esse tempo empreguei em pôr em ordem todas as coisas guardadas em casa.

1º DE JANEIRO. Ainda muito calor, mas saí de casa cedo e depois mais tarde com minha arma, e fiquei em repouso a metade do dia. Hoje à tarde avancei mais pelo vale que corre pelo centro da ilha e descobri que lá havia cabras em abundância, embora muito arredias e difíceis de apanhar. Por mais que eu tentasse, não consegui que meu cão alcançasse nenhuma delas.

2 DE JANEIRO. Da mesma forma, no dia seguinte, saí com meu cachorro e o lancei ao encalço das cabras; mas estava enganado, pois todas se viraram de frente para o cão e ele deve ter percebido o perigo que corria, pois não se aproximou delas.

3 DE JANEIRO. Comecei minha cerca ou muralha; que, ainda temeroso de ser atacado por alguma criatura, resolvi construir grossa e forte.

N.B.: Como a muralha foi descrita acima, omito propositalmente o que diz o Diário; basta observar que não passei menos tempo que de 3 de janeiro a 14 de abril construindo, acabando e aperfeiçoando essa muralha, embora ela tenha apenas vinte e quatro jardas de comprimento, formando um semicírculo de um ponto junto à pedra até outro a mais ou menos oito jardas de distância, ficando a entrada da caverna bem no centro por trás dela.

Todo esse tempo trabalhei com grande empenho. As chuvas prejudicavam muitos dias, não, muitas semanas, a fio; mas eu julgava que só estaria perfeitamente a salvo depois de completar essa muralha, e mal consigo acreditar com quanto esforço difícil de descrever tudo foi feito, especialmente transportar as toras desde a mata e fincá-las no chão, pois decidi usar estacas bem mais altas do que precisaria.

Quando essa muralha ficou pronta, e a cerca dupla revestida por fora com uma pilha de tufos de terra e relva que ia quase até o alto, eu me convenci de que, se alguém desembarcasse ali, não perceberia nada que lembrasse uma habitação. E foi bom que eu fizesse assim, como iremos verificar mais adiante, numa certa ocasião em especial.

Durante esse tempo, todo dia eu percorria as matas em busca de caça, quando a chuva permitia, e nessas caminhadas fazia frequentes descobertas de coisas variadas que podiam me ser proveitosas. Especialmente, encontrei uma espécie de pombo selvagem que fazia seus ninhos não nas árvores como os pombos dos bosques, mas se abrigava, como os pombos domésticos, em tocas de pedra. Pegando alguns filhotes, consegui amansá-los e começar uma criação, o que fiz, mas, quando cresceram, todos bateram asas e foram embora, num primeiro momento talvez por eu não saber alimentá-los direito, pois nada tinha a lhes dar. Todavia, achava com frequência seus ninhos e recolhia sempre os filhotes, que davam uma carne muito boa.

E agora, para a boa ordem do que guardava em casa, vi que me faltavam muitas coisas, que num primeiro momento achei impossível fazer sozinho, como ocorreu em muitos casos. Por exemplo, jamais logrei fazer um tonel que conseguisse firmar com cintas de metal; tinha um ou dois barriletes, como já observei, mas jamais dominei eu mesmo a arte de fabricar um deles, embora tenha gasto muitas semanas em tentativas. Não conseguia encaixar o fundo, ou juntar as aduelas tão bem encaixadas que pudessem conter a água, e acabei desistindo disso também.

Em seguida, sentia muita falta de velas; e desse modo, assim que ficava escuro, geralmente em torno das sete da noite, era obrigado a ir para a cama. Lembrei-me da bola de cera de abelha com que tinha fabricado velas em minha aventura africana, mas agora não contava com aquele material. O único remédio que me restou foi, sempre que matava uma cabra, separar o sebo do animal e, com um pratinho feito de barro, que pus para secar ao sol, ao qual juntei um pavio feito de um pouco de estopa, fazer uma lamparina que me dava alguma luz, embora não luz clara e constante como a de uma vela. Mas no meio dos meus trabalhos me aconteceu de, examinando as minhas coisas, encontrar um saco que, como já contei, antes estava cheio de grãos para dar às galinhas, não naquela viagem, mas antes, imagino, quando o navio tinha vindo de Lisboa. O pouco que restava de grão no saco tinha sido todo devorado pelos ratos, e só vi no fundo um pouco de palha e pó; querendo destinar o saco a algum outro uso, acho que guardar pólvora quando a dividi em vários fardos por medo dos raios, ou algum outro emprego, sacudi o saco e despejei a palha dos grãos num dos lados da minha fortificação ao pé do rochedo.

Foi pouco antes das grandes chuvas, mencionadas acima, que joguei fora essa palha, sem dar conta de nada, e logo nem me lembrava mais de ter despejado alguma coisa ali. Mais ou menos um mês mais tarde, ou nessa época, vi alguns talos verdes brotando do chão que tomei por alguma planta que não tivesse visto, mas fiquei surpreso e perfeitamente embasbacado quando, um pouco mais tarde, vi que brotavam umas dez ou doze espigas da perfeita cevada verde do mesmo tipo da europeia: na verdade, da nossa cevada inglesa.

É impossível exprimir o espanto e a confusão dos meus pensamentos nessa ocasião; até então eu não tinha base religiosa alguma para meus atos; na verdade, tinha uma noção muito escassa de religião na cabeça, e nem havia pensado muito no sentido que pudesse ter tudo que aconteceu comigo, que não fosse ter ocorrido de maneira casual ou, como dizemos em tom leviano, como Deus quisesse. Nem sequer me perguntava qual seria a finalidade da Providência nessas coisas, ou em que medida ela regeria os acontecimentos do mundo. Mas, depois que vi a cevada crescendo ali, num clima que eu sabia ser impróprio para qualquer cereal, e especialmente sem ideia de como tinha ali chegado, aquilo me causou um estranho sobressalto, e comecei a especular que tinha sido obra de

Deus aqueles grãos brotarem milagrosamente ali, sem a ajuda de qualquer plantio, e que se destinavam especialmente ao meu sustento naquele lugar deserto e sofrido.

Isso tocou um pouco meu coração e me trouxe lágrimas aos olhos, e comecei a me benzer ao sentir que tal prodígio da Natureza pudesse acontecer em meu benefício. E era mais inesperado ainda porque, ao lado da cevada, ao longo da face de pedra do rochedo, vi ainda outros talos hesitantes, que descobri serem talos de arroz, que eu conhecia bem, pois tinha visto a planta cultivada na África quando estive naquelas terras.

E não só acreditei que se deviam à pura obra da Providência destinada ao meu sustento como, sem dúvida, que deveria haver mais em volta, e corri toda a parte da ilha onde já tinha estado, espiando em todos os cantos e debaixo de cada pedra, para ver se achava mais, nada encontrando. Finalmente ocorreu aos meus pensamentos que tinha sido ali que eu despejei o saco de comida de galinha, e então meu pasmo começou a arrefecer. E, devo confessar, minha gratidão religiosa à Providência Divina começou também a se atenuar quando descobri que tudo aquilo não era em nada fora do comum, embora eu devesse agradecer tanto por aquela estranha e imprevista Providência como se fosse um milagre: porque tinha sido realmente necessário que a Providência atuasse em meu favor para que dez ou doze sementes de cereal tivessem permanecido intactas (quando os ratos tinham destruído todo o resto), como se tivessem caído do céu; e também que eu as tivesse lançado naquele lugar em especial, onde, estando à sombra de um penedo, puderam brotar imediatamente. Se eu tivesse jogado as sementes em qualquer outro sítio, àquela altura todos os brotos já estariam secos e perdidos.

Colhi com todo o cuidado as espigas desses cereais no momento certo, que era em torno do final de junho e, pondo de parte os grãos, decidi semear todos de novo, esperando obter com o tempo uma quantidade suficiente para me prover de pão. Mas foi só no quarto ano que pude me permitir comer grãos desses cereais, e mesmo então só com muito comedimento, como contarei mais adiante neste relato; pois perdi todos que semeei na primeira estação por não ter observado o momento certo, tendo plantado meus grãos logo antes da estação seca, de maneira que nunca brotaram, pelo menos como deveriam ter brotado. Do que falarei mais adiante.

Além da cevada havia, como indiquei acima, vinte ou trinta pés de arroz, que preservei com o mesmo cuidado e cujo uso era do mesmo tipo ou tinha a mesma finalidade, a saber, conseguir fazer pão ou preparar algum outro alimento; pois descobri maneiras de cozinhá-lo sem assar, embora tenha acabado assando depois de algum tempo. Mas voltando ao meu Diário.

Trabalhei com imenso afinco nesses três ou quatro meses para construir minha muralha; e em 14 de abril completei-a, decidindo atravessá-la normalmente não através de uma porta, mas passando por cima do muro com uma escada, de modo a não deixar do lado de fora nenhum sinal da minha habitação.

16 DE ABRIL. Concluí a escada, que escalei até o alto da muralha, puxei de lá e depois apoiei no chão do lado de dentro. Minha área estava completamente cercada: dentro dela eu tinha espaço bastante, e nada podia me atingir de fora, a menos que conseguisse ultrapassar minha muralha.

No dia seguinte ao da conclusão da minha muralha, quase tive todo o meu trabalho destruído num momento, morrendo eu próprio, e o caso foi assim: enquanto estava ocupado no interior dela, por trás da minha tenda, bem na entrada da minha caverna, fiquei terrivelmente assustado com uma ocorrência muito surpreendente, pois, de um momento para o outro, vi a terra desabar do teto da minha caverna e da encosta do morro acima da minha cabeça, e dois dos esteios que eu tinha erguido na caverna estalaram da maneira mais assombrosa. Fiquei com muito medo, mas nem me perguntei a causa daquilo: só imaginei que o teto da minha caverna estava desmoronando, como já tinha ocorrido antes em pequena parte. Com medo de lá ficar sepultado, corri até a minha escada e, achando que nem ali estaria em segurança, passei por cima da minha muralha com medo de que partes da encosta do morro pudessem se despenhar em cima de mim. Assim que pus o pé em terra firme, percebi claramente que se tratava de um terrível tremor de terra, pois o chão que eu pisava estremeceu três vezes a intervalos de mais ou menos oito minutos, produzindo três abalos que teriam derrubado a construção mais forte que se possa imaginar sobre a terra; e um pedaço grande do alto do penhasco que se erguia a umas mil jardas de mim, à beira do mar, desprendeu-se e caiu com o estrondo mais poderoso que ouvi em toda a minha vida. Vi também que o mar ficava muito agitado com os tremores; e creio que foram mais fortes debaixo d'água que na ilha.

Fiquei tão admirado, nunca tendo experimentado nada semelhante ou ouvido nenhum relato a respeito, que ali quedei como morto ou estupefato; e o abalo da terra deixou-me com o estômago revirado, como o que provoca o mar agitado. Mas o barulho da pedra que se despenhava como que me despertou e, tirando-me da condição atônita em que eu estava, encheu-me de horror. A partir de então só pensava no morro vindo abaixo por cima da minha tenda e de tudo que eu possuía, sepultando tudo de uma vez: o que fez minha alma quase se extinguir dentro de mim uma segunda vez.

Depois que o terceiro abalo se dissipou e passei algum tempo sem sentir mais nada, minha coragem começou a retornar, embora ainda não um destemor suficiente para tornar a passar por cima da minha muralha, por medo de acabar enterrado vivo. Continuei sentado no chão, muito abatido e desconsolado, sem saber como agir. E esse tempo todo não me ocorreu qualquer pensamento religioso, nada além do corriqueiro *Deus tenha piedade de mim*. E quando os tremores cessaram, esse apelo também desapareceu.

Enquanto eu seguia ali sentado, observei que o céu ia ficando carregado e muito encoberto, como se fosse chover. Pouco depois, o vento aumentou aos poucos, a tal ponto que, em menos de meia hora, converteu-se no mais terrível furacão: de um momento para o outro o mar se cobriu de espuma branca, a praia foi engolida pelas ondas que rebentavam, árvores eram arrancadas pela raiz e a tormenta foi de fato medonha. E durou umas três horas, começando depois a abrandar e, em mais duas horas, abateu-se a mais completa calmaria, enquanto caía uma chuva muito abundante.

E todo esse tempo eu continuava sentado na terra, muito inquieto e abatido, quando de repente ocorreu a meus pensamentos que, como aqueles ventos e aquela chuva eram consequência do tremor de terra, o tremor propriamente dito devia estar extinto e encerrado, e que eu podia me arriscar de novo em minha caverna. A esse pensamento meu ânimo começou a retornar, e, como a chuva ajudasse a me convencer, voltei e me sentei debaixo da minha tenda, mas a chuva era tão violenta que minha tenda parecia prestes a ceder a tanto peso, e fui forçado a entrar na caverna, embora com muito medo e desconforto, temendo que pudesse vir abaixo em minha cabeça.

Essa chuva forte me obrigou a um novo trabalho, a saber: abrir um furo em minha nova muralha que funcionasse como um ralo, para deixar escoar a chuva que, de outro modo, inundaria minha caverna. Depois que já estava dentro dela havia algum tempo, constatando que mais nenhum abalo da terra tornava a suceder, comecei a recobrar a compostura. E agora, para reforçar minha coragem, que àquela altura me faltava, fui até minha despensa e tomei um pequeno trago de rum, o que todavia, tanto naquele momento como em qualquer outro, sempre consumi com grande comedimento, sabendo que me faltaria depois que aquela quantidade acabasse.

Continuou a chover a noite inteira, e grande parte do dia seguinte, de maneira que eu não podia sair, mas, com a mente já mais composta, comecei a pensar no que fazer, ponderando que, como a ilha era sujeita àqueles abalos, eu não devia viver numa caverna, pensando em construir para mim, em terreno aberto, uma cabana que pudesse cercar com uma paliçada, como tinha feito ali, e assim me defender de homens ou animais selvagens. Mas concluí que, caso ficasse naquele lugar, mais cedo ou mais tarde acabaria seguramente enterrado vivo.

Com essas reflexões, resolvi transferir minha tenda do lugar onde estava armada, logo ao pé da encosta daquele morro que, se tornasse a ser sacudido, certamente se despenharia em cima dela. E passei os dois dias seguintes, 19 e 20 de abril, imaginando para onde, e como, iria transferir minha morada.

O medo de ser engolido vivo pela terra fazia com que eu jamais conseguisse dormir em paz, mas a apreensão de dormir ao largo sem a proteção de uma cerca era quase equivalente. Ainda assim, toda vez que eu olhava à minha volta e via como tudo o mais estava em ordem, como eu me encontrava confortavelmente abrigado e a salvo dos perigos, era grande minha hesitação em me mudar.

Nesse ínterim, ocorreu-me que precisaria de muito tempo para isso, e que era melhor correr o risco de continuar onde estava até acabar de construir um novo abrigo para mim e deixá-lo seguro a ponto de poder me transferir para lá. Assim decidido, consegui me recompor no final de algum tempo, e resolvi que começaria a trabalhar com a máxima presteza para construir uma cerca com vergas e cabos etc., formando um círculo como antes, armando minha tenda dentro dele quando se completasse, mas que correria o risco de continuar onde estava até ter terminado a construção e já poder me mudar. Era o dia 21 de abril.

22 DE ABRIL. Na manhã seguinte, comecei a pensar sobre os meios de levar esses planos a cabo, mas foi grande meu desânimo diante das minhas ferramentas. Tinha três machados grandes e uma abundância de machadinhas (pois trazíamos machadinhas para negociar com os Índios), mas de tanto abater e cortar toras de madeira nodosa todos estavam cheios de mossas e sem corte, e, embora eu possuísse uma pedra de amolar, não tinha meios de fazê-la girar e assim afiar minhas ferramentas. A questão me consumiu tanta reflexão quanto um estadista teria dedicado a alguma decisão política crucial, ou um juiz à sentença sobre a vida e a morte de um homem. Finalmente, consegui produzir uma roda movida por um cordel que eu podia acionar com o pé, ficando com as mãos livres. *Nota*: eu nunca tinha visto aparelho semelhante na Inglaterra, ou pelo menos reparado em como era feito, embora mais tarde tenha visto que é muito comum por lá; além disso, minha pedra de amolar era muito grande e pesada. E esse aparelho me consumiu toda uma semana até ficar pronto e perfeito.

28, 29 DE ABRIL. Esses dois dias inteiros passei aguçando as minhas ferramentas, e o mecanismo para fazer girar minha pedra de amolar saiu-se muito bem.

30 DE ABRIL. Tendo percebido que o pão estava quase no fim, fiz um levantamento do estoque e reduzi meu consumo a um biscoito por dia, o que me encheu o coração de pesar.

1º DE MAIO. De manhã, olhando para o mar, na maré baixa, vi alguma coisa maior que o comum estendida na praia, e parecia um tonel. Quando cheguei perto, vi que era um barril, além de dois ou três outros pedaços dos restos do navio, trazidos à praia pelo último furacão. Ao olhar na direção do naufrágio propriamente dito, achei que os destroços me pareciam um pouco mais acima da linha d'água que antes. Examinei o barril que veio dar em terra, e logo descobri que era um barril de pólvora: mas a água tinha entrado, e a pólvora tinha endurecido como pedra. Ainda assim rolei o barril por enquanto até o alto da praia, e fui caminhando pela areia o mais perto que pude de onde ficava o naufrágio, à procura de mais.

Quando avistei o navio, achei que estava numa posição estranha; o castelo da proa, que antes se mostrava enterrado na areia, tinha subido pelo menos uns seis pés, e a popa, que se tinha despedaçado, separando-se do resto pela força do mar logo que eu parei de retirar o que continha, estava também como que soerguida e deitada de lado, e esse lado perto da popa estava coberto de areia a tal altura que, onde antes havia um vasto trecho de água aberta, tanto que só era possível chegar nadando a um quarto de milha dos destroços, agora me permitia caminhar, na maré baixa, quase até o ponto onde se encontravam. Fiquei surpreso com o achado num primeiro momento, mas logo concluí que devia ter sido obra do terremoto, e que foi por força da violência do abalo que o navio estava agora mais despedaçado que antes, de modo que todo dia alguma parte de sua carga dava à praia, desprendida pelo mar e impelida aos poucos para a costa pelo vento e pelas ondas.

Isso desviou totalmente meus pensamentos do plano de transferir minha morada; e me ocupei muito, especialmente nesse primeiro dia, com a procura de algum caminho que me pudesse levar até o navio, mas descobri que era impossível, pois todo o interior do casco estava tomado pela areia. Entretanto, como eu tinha aprendido a não desistir de nada, resolvi desmanchar tudo que podia do navio, concluindo que qualquer parte que conseguisse retirar de seus destroços poderia vir a ter algum uso para mim.

3 DE MAIO. Comecei com a minha serra, cortei com ela um pedaço da viga que me parecia sustentar uma parte do convés e, quando acabei de atravessar sua es-

pessura, limpei o quanto pude a areia do lado onde ela chegava mais alto. Entretanto, com a chegada da maré alta, fui obrigado a parar.

4 DE MAIO. Saí à pesca, mas não fisguei nenhum peixe que ousasse comer, e já me cansava daquilo quando, quase pronto a ir embora, peguei um filhote de golfinho. Fabriquei uma longa linha de pesca com fios de corda, mas não tinha anzol. Ainda assim, pegava muitos peixes, tantos quanto conseguia comer; eu secava os peixes ao sol e os comia secos.

5 DE MAIO. Trabalhei nos destroços do navio, cortei mais uma viga e retirei três pranchas grandes do convés, que amarrei umas às outras e empurrei a nado até a praia, quando veio a maré alta.

6 DE MAIO. Trabalhei nos destroços, retirei deles vários cravos grandes de ferro e outras ferragens, trabalhei muito e voltei para casa extenuado. Cheguei a pensar em desistir.

7 DE MAIO. Voltei ao naufrágio, decidido a não trabalhar, mas descobri que, com as vigas cortadas, o peso dos destroços tinha piorado os estragos: várias partes do navio pareciam separadas, e o interior do porão, que agora eu podia ver, estava escancarado, mas quase tomado pela água e pela areia.

8 DE MAIO. Voltei aos destroços, e levei comigo um pé de cabra para arrancar as tábuas do convés, agora praticamente desembaraçado de areia ou água. Arranquei mais duas tábuas e as trouxe também para a terra com a maré alta; e deixei o pé de cabra a bordo do navio para o dia seguinte.

9 DE MAIO. Fui até o restos do navio e com o pé de cabra consegui chegar ao interior dos destroços, onde senti o contorno de vários tonéis, que consegui soltar com o pé de cabra. Mas não fui capaz de separar nenhum deles; percebi também a trepidação do rolo de chumbo inglês e consegui fazê-lo mover-se, mas era pesado demais para tirar de lá.

10, 11, 12, 13, 14 DE MAIO. Fui todo dia até os destroços, retirei muitas peças de madeira e tábuas ou pranchas, e de duzentas a trezentas libras de ferro.

15 DE MAIO. Levei duas machadinhas para ver se conseguia cortar um pedaço do rolo de chumbo, aplicando--lhe o gume de uma das machadinhas e golpeando a culatra desta com outra. Mas como o chumbo se encontra debaixo de mais de dois palmos de água, não consegui acertar nenhum golpe na primeira machadinha.

16 DE MAIO. Ventou muito durante a noite, e os destroços me pareceram mais despedaçados por força da água. Mas eu tinha ficado tempo demais na mata à caça de pombos para comer, e a maré me impediu de ir até lá nesse dia.

17 DE MAIO. Vi alguns fragmentos dos destroços trazidos pelo vento até a areia, bem longe, a quase duas milhas de onde me encontro. Resolvi ir ver o que era e descobri que se tratava de uma peça da proa, mas pesada demais para eu carregar.

24 DE MAIO. Todo dia até essa data trabalhei nos destroços, e com grande esforço consegui desprender algumas coisas com o pé de cabra de forma que, com a primeira maré alta, vários tonéis se puseram a flutuar, além de duas arcas dos marinheiros. Mas o vento soprava da costa e nada veio dar à praia nesse dia, afora poucas peças de madeira e um tonel contendo carne de porco do Brasil, mas estragada pela areia e a água salgada.

Continuei esse trabalho diário até o dia 15 de junho, salvo o tempo necessário para obter alimento, o que eu sempre fazia, durante essa fase dos meus trabalhos, quando a maré estava alta, de modo a estar pronto quando a vazante começasse. A essa altura, já tinha recolhido vigas, pranchas e ferragens suficientes para ter construído um bom barco, caso soubesse fazê-lo; e também juntei, em várias ocasiões e em pedaços de tamanho variado, quase cem libras de chumbo para a espingarda.

16 DE JUNHO. Chegando à beira-mar, encontrei uma enorme tartaruga; foi a primeira que vi, o que parece ter sido apenas por pouca sorte, e não por alguma deficiência ou escassez do lugar; pois, se tivesse ido até o outro lado da ilha, encontraria centenas delas todo dia, como descobri mais tarde: mas talvez pagasse caro por elas.

17 DE JUNHO. Passei o dia cozinhando a tartaruga; encontrei nela três dúzias de ovos; e sua carne, naquele momento, achei a mais saborosa e macia que jamais comi na vida, não tendo consumido nada além de cabras e aves desde que tinha dado à praia naquele lugar horrendo.

18 DE JUNHO. Choveu o dia inteiro, e fiquei abrigado. Dessa vez, a chuva me pareceu mais fresca, e senti certo frio, o que eu sabia não ser comum naquela latitude.

19 DE JUNHO. Muito indisposto, e trêmulo, como se sentisse muito frio.

20 DE JUNHO. Não dormi a noite inteira: dores violentas de cabeça, e febre.

21 DE JUNHO. Passei muito mal, quase morto de medo com as apreensões da minha triste condição, de estar doente e sem ajuda. Orei a Deus pela primeira vez desde a tempestade ao largo de Hull, mas mal me lembro do que disse, ou por quê: minhas ideias estavam confusas.

22 DE JUNHO. Um pouco melhor, mas com uma apreensão terrível de doença.

23 DE JUNHO. Muito mal de novo, com frio e tremores, e depois uma violenta dor de cabeça.

24 DE JUNHO. Muito melhor.

25 DE JUNHO. Acesso agudo de febre. Durou várias horas, com ataques de frio e calor, e suores fracos em seguida.

26 DE JUNHO. Melhor. Sem mantimentos para comer, saí com minha arma, mas descobri que estava fraco demais. Ainda assim, matei uma cabra e com grande dificuldade a trouxe para casa, assei parte de sua carne e comi. Preferia fazer um ensopado e ainda tomar o caldo, mas não tinha panela.

27 DE JUNHO. Novamente um acesso de febre tão violento que passei o dia inteiro na cama, sem comer nem beber. Quase morri de sede, mas estava tão debilitado que não tinha forças para me levantar, nem para pegar água e beber. Tornei a suplicar a Deus, mas me sentia um pouco tonto e, nos momentos em que estava melhor, sou tão ignorante que não sabia o que dizer. Ficava só deitado, exclamando, "Deus, olhai por mim, Deus, tende piedade, Deus tende misericórdia". Imagino não ter feito mais nada durante duas ou três horas, até que, passado o acesso, adormeci e só acordei no meio da noite. Quando despertei, sentia-me muito aliviado, mas fraco, e tomado por uma sede extrema. Entretanto, como não havia água em nenhum lugar da minha morada, era forçado a continuar estendido na cama até de manhã, e tornei a adormecer. Nesse segundo sono, tive o seguinte pesadelo:

Parecia que eu estava sentado na terra do lado de fora da minha muralha, no mesmo lugar onde me encontrava quando veio a tempestade depois do terremoto, e que via um homem descer de uma grande nuvem negra, em meio a chamas brilhantes, e pousar no solo. Era ele próprio todo muito luminoso, como o fogo, de maneira que eu mal conseguia fitá-lo: seu semblante era inexprimivelmente terrível, impossível de descrever com palavras. Quando ele pôs os pés no chão, julguei sentir que a terra tremia, exatamente como no terremoto, e todo o céu me despertava apreensão, parecendo repleto de clarões de fogo.

Assim que pousava em terra, ele avançava em minha direção, com uma lança comprida ou outra arma nas mãos, para me matar; quando chegava a um ponto mais alto do terreno, a alguma distância, dirigia-se a mim, e ouvi uma voz tão terrível que não tenho como descrever o terror que inspirava. E o que julgo ter entendido foi o seguinte: "Vendo que todas essas coisas não te trouxeram o arrependimento, agora irás morrer". Ao que me pareceu que ele erguia a lança que trazia na mão, para me matar.

Ninguém que venha a ler este relato pode esperar que eu seja capaz de descrever o horror que minha alma sentiu perante essa terrível visão, quer dizer: mesmo sendo um sonho, que eu pudesse sonhar com horrores semelhantes. Nem me seria possível descrever a impressão que permaneceu em meu espírito quando acordei e vi que tinha sido apenas um sonho.

Eu não tinha, ai de mim, nenhum conhecimento religioso. O pouco que tinha recebido graças à boa instrução do meu pai estava, àquela altura, desgastado já havia oito anos por uma série ininterrupta de pecados de marujo, além de conversas constantes apenas com pessoas que, como eu, eram pecadoras e profanas ao mais alto grau. Não recordo que eu tivesse, em todo esse tempo, sequer me dado o trabalho de elevar os olhos para Deus, ou voltado o olhar para dentro de mim mesmo na intenção de refletir sobre meu modo de ser. Eu tinha sido completamente tomado por uma certa estupidez da alma, sem aspiração ao bem ou consciência do mal, e me tornara a criatura mais calejada, irrefletida e perversa que se pode imaginar de um marujo comum, sem qualquer noção do temor a Deus no perigo ou de agradecimento a Deus na salvação.

Voltando ao que já era passado em minha história, isso poderá ser mais facilmente entendido quando eu acrescentar que, em todas as provações que até então me acometeram, nunca me ocorreu que podia haver a mão de Deus, como punição por meus pecados: por minha rebelião contra meu pai, por meus pecados atuais, que eram grandes, ou como castigo pelo curso geral da minha vida, que tinha seguido o mau caminho. Quando eu me encontrava na minha expedição desesperada pelas terras desertas da África, não pensei uma só vez no que seria de mim. Nunca roguei a Deus que me indicasse aonde eu deveria ir, ou que me defendesse do perigo que aparentemente me cercava, tanto de feras vorazes quanto de selvagens cruéis. Eu simplesmente ignorava Deus, ou uma Providência, e agia como uma criatura bestial que seguisse apenas os princípios da Natureza e os ditames do senso comum; e na verdade nem mesmo isso.

Quando fui salvo e recolhido no mar pelo Capitão Português, recebendo um tratamento marcado pela justeza e a honradez, além da caridade, não tive qualquer gratidão no pensamento. Quando tornei a naufragar, perdi tudo e corri o risco de me afogar nessa ilha, estava igualmente distante do remorso, ou de perceber aquilo tudo como um julgamento. Só repetia, a toda hora, que eu era um cão infeliz, e nascido para sofrer.

É bem verdade que, ao pôr o pé na praia, na ilha, e ver que toda a tripulação do meu navio se tinha afogado, só eu tendo sido poupado, fiquei surpreso ao sentir um certo êxtase e algum transporte da alma, que, se me tivesse acudido a Graça de Deus, podia ter chegado ao ponto da verdadeira Gratidão. Mas aquilo se esgotou no mesmo ponto onde tinha começado, como um mero ataque de alegria, ou, como eu poderia dizer, mera satisfação por estar vivo, sem qualquer reflexão sobre a notável bondade da Mão que me preservava, e me escolhia para ser preservado, quando todos os demais foram destruídos; e nem qualquer pergunta sobre o motivo de a Providência se mostrar tão misericordiosa comigo. Nem mesmo o tipo mais comum de alegria que os marujos geralmente experimentam quando se veem a salvo em terra firme depois de um naufrágio, e que em seguida cuidam de afogar numa tigela de ponche e esquecer logo depois: todo o resto da minha vida tinha sido assim.

Mesmo quando mais tarde, depois da devida consideração, eu me tornei mais sensível à minha condição, à maneira como tinha me perdido naquele lugar horrível, fora do alcance da espécie humana, sem esperança de resgate ou possibilidade de salvação, assim que vislumbrei a possibilidade de sobrevida, e que eu não iria padecer e morrer de fome, todo o sentido da minha aflição se dissipou, e comecei a me comportar com muita ligeireza, só me empenhando nos trabalhos necessários para a minha preservação e o meu aprovisionamento, e me sentindo muito longe de me afligir com a situação, por vê-la como um julgamento dos Céus ou a Mão de Deus erguida contra mim: era muito raro que pensamentos assim me entrassem na cabeça.

O crescimento dos cereais, como relatei em meu Diário, teve no início alguma influência sobre mim, e começou a me afetar seriamente enquanto julguei que tivesse alguma coisa de milagroso. Mas em tão pouco tempo quanto das outras vezes essa ideia se desfez, e todas as impressões ligadas a ela também se dissiparam, como já contei.

Mesmo na ocasião do tremor de terra, embora nada pudesse ter uma natureza mais terrível ou mais diretamente indicativa do poder invisível que, só Ele, dirige esses acontecimentos, logo que passou o primeiro grande medo a impressão que ele produziu também se desvaneceu. Parei de pensar em Deus ou em Seus julgamentos, e menos ainda cuidava que a presente dificuldade das minhas circunstâncias se devesse à Sua mão do que se a minha vida se encontrasse na mais próspera das condições.

Mas agora, quando comecei a adoecer e uma visão detalhada das dores da morte se apresentava diante de mim; agora que meu espírito começava a soçobrar ao peso de uma forte moléstia e a Natureza se esgotava com a violência da febre, a consciência, que vinha adormecida por tanto tempo, começou a despertar, e passei a me repreender por minha vida passada, em que eu, de forma tão evidente, devido a uma iniquidade singular, tinha feito com que a Justiça de Deus se precipitasse sobre mim com ataques igualmente singulares, tratando-me de maneira tão vingativa.

Essas reflexões me ocorreram no segundo ou terceiro dia da minha enfermidade, e em meio àquela violência, tanto da febre quanto dos terríveis remorsos da minha consciência, extraíram de mim algumas palavras que lembravam uma súplica a Deus, embora eu não possa dizer que fosse uma prece marcada por desejos ou esperanças: era antes a voz do puro medo e sofrimento. Minha mente estava confusa, as convicções foram se formando em meu espírito, e o horror de morrer naquele estado deplorável evocou vapores em minha mente pela simples presença do medo. Nessas urgências da minha alma, não sei o que a minha língua foi capaz de exprimir. Mas era bastante exclamativo, tal como, "Senhor! Que criatura sofredora sou eu! Se eu ficar doente, certamente hei de morrer por falta de socorro, e o que será de mim?". Então as lágrimas jorravam dos meus olhos, e não consegui dizer mais nada por um bom tempo.

Nesse intervalo, o bom conselho do meu pai me retornava à mente, em especial sua previsão, que mencionei no começo da minha narrativa, de que, se eu desse aquele passo insensato, Deus não haveria de me abençoar; e que mais tarde eu teria a oportunidade de refletir sobre aquela recusa aos seus conselhos, num momento em que não haveria quem me ajudasse a me recobrar. "Agora", disse eu em voz alta, "as palavras do meu querido pai se converteram em realidade: a justiça de Deus me atingiu, e não tenho quem me ajude ou me dê ouvidos. Rejeitei a voz da Providência, que piedosamente me pôs numa posição ou situação em que eu poderia ter levado uma vida feliz e confortável. Mas eu próprio não era capaz de ver nada nem perceber essa bênção na vida dos meus pais. Deixei os dois deplorando meu desatino, e hoje quem deplora as consequências sou eu. Recusei a ajuda e a assistência deles, que poderia ter ajudado a me erguer no mundo, tornando tudo muito fácil para mim; e agora tenho essas provações a padecer, grandes demais para ser suportadas pela própria Natureza. E sem assistência, sem ajuda, sem conforto, sem conselho." E em seguida exclamei: "Senhor, ajudai-me, pois estou em grandes apuros!".

Essa foi a primeira prece, se assim posso dizer, que fiz em muitos anos. Mas volto ao meu Diário.

28 DE JUNHO. Sentindo-me um pouco refrescado por tantas horas que dormi, com a febre de todo debelada, eu me levantei. E, embora o medo e o terror do meu sonho tenham sido muito grandes, ainda assim pensei que o acesso de febre poderia voltar no dia seguinte, e que agora era a hora certa para sair em busca de alguma coisa com que me restaurar e me dar sustento quando eu voltasse a passar mal. A primeira coisa que fiz foi encher um garrafão de água e pousá-lo em minha mesa, ao alcance da cama. E para aliviar o frio ou a disposição febricitante daquela água, deitei-lhe uma quartinha de rum e misturei bem; em seguida peguei um pedaço de carne de cabra, que assei nas brasas, mas só consegui comer muito pouco. Andei de um lado para o outro, mas estava muito fraco, e no geral muito triste e pesaroso com a ideia da minha terrível condição, temendo a volta da enfermidade no dia seguinte. À noite ceei três dos ovos da tartaruga, que assei nas cinzas, e comi, como se diz, na própria casca: e essa foi a primeira refeição para a qual pedi a Bênção de Deus, que eu me lembrasse, em toda a minha vida.

Depois de comer, tentei sair em caminhada, mas me sentia tão fraco que mal conseguia carregar minha arma nas mãos (pois nunca saía sem ela), de modo que só me afastei um pouco antes de me sentar no chão, olhando para o mar, que estava bem à minha frente, muito calmo e liso. Ali sentado, os seguintes pensamentos me ocorreram:

O que são essa terra e esse mar de que vi tanta extensão? De onde vieram, o que sou eu, e o que são todas as outras criaturas, tanto ferozes quanto mansas, tanto humanas quanto animais? De onde viemos?

Claro que fomos todos criados por algum poder secreto, que deu forma à terra e ao mar, ao ar e ao céu; e quem é ele?

Daí decorreu, muito naturalmente, que foi Deus quem

criou tudo. Mas então me ocorreu, estranhamente: se Deus criou todas essas coisas, é Ele quem as conduz e governa a todas, e tudo mais que se refere a elas. Pois o poder que pôde criar todas as coisas certamente haverá de conduzi-las e guiá-las.

Se é assim, nada pode acontecer no grande circuito de Suas obras sem Seu conhecimento ou Sua aprovação.

E se nada acontece sem o Seu conhecimento, Ele sabe que estou aqui e me encontro nessa condição terrível; se nada acontece sem o Seu consentimento, Ele consentiu que tudo isso sobreviesse a mim.

Não me ocorreu nenhum pensamento para contradizer qualquer uma dessas conclusões e, portanto, tornou-se mais forte em mim a ideia de que era assim que precisava ser, que Deus tinha aprovado que tudo aquilo me acontecesse; que eu tinha caído naquelas circunstâncias infelizes por desígnio Seu, visto ser Ele o único a ter esse poder, não apenas sobre mim, mas sobre tudo que ocorria no mundo. Imediatamente, disso decorreu:

Por que Deus fez isso comigo? O que eu fiz para ser tratado assim?

E minha consciência reagiu, quando formulei essa pergunta, como se eu tivesse blasfemado, e me pareceu que se dirigia a mim como uma voz: "Miserável! Ainda perguntas o que fizeste? Lembra da tua vida terrível e mal empregada, e pergunta a ti mesmo o que deixaste de fazer! Pergunta: por que já não foste destruído muito tempo atrás? Por que não te afogaste ao largo de Yarmouth? Ou por que não morreste na fuga, quando teu navio foi tomado pela caravela de Salé? Nem foste devorado pelas feras selvagens na costa da África? Ou não te afogaste aqui mesmo, quando toda a tripulação pereceu, menos tu? Nesse caso te perguntas o que fizeste?".

Essas reflexões me deixaram mudo, como que aturdido, e não tive nada a dizer, nem sequer uma resposta para mim mesmo; em vez disso, eu me levantei pensativo e triste, caminhei de volta até meu refúgio e passei por cima de minha muralha como se fosse para a cama. Mas meus pensamentos estavam tristes e conturbados, e eu não sentia a menor inclinação para dormir. Então me sentei na cadeira e acendi minha lamparina, pois começava a escurecer. E agora, no momento em que tanto me dava medo o retorno da minha enfermidade, ocorreu ao meu pensamento que os Brasileiros usam o tabaco como único remédio para quase todas as moléstias; e eu tinha um pedaço de rolo de tabaco numa das arcas, que estava bem curado, e também um bocado ainda verde e sem curar.

E lá fui, conduzido pelos Céus, sem dúvida; pois nessa arca encontrei, além da cura para o corpo, a cura para a alma. Abri a arca e encontrei o que procurava, a saber, o tabaco; e como os poucos livros que eu tinha trazido do navio também estavam lá, tirei da arca uma das Bíblias que já tinha citado, e para cuja leitura até essa hora ainda não havia tido tempo ou vontade. Como dizia, tirei a Bíblia da arca, e trouxe comigo para a mesa tanto ela quanto o tabaco.

A maneira de usar o tabaco para a minha moléstia eu não sabia, nem se lhe faria bem ou mal. Mas fiz várias experiências com ele, como se estivesse decidido a acertar de um modo ou de outro. Primeiro peguei um pedaço de uma folha e masquei, o que num primeiro momento afetou meu cérebro, pois o tabaco era verde e forte e eu não estava habituado a ele. Em seguida, peguei mais um punhado de tabaco e deixei mergulhado num pouco de rum por uma ou duas horas, pensando em tomar aquele trago quando me deitasse. E finalmente queimei um pouco em cima de uma panela de brasas, e aproximei meu nariz da fumaça pelo tempo que pude suportar, tanto porque estava quente quanto por quase ter sufocado.

No intervalo dessas operações, peguei a Bíblia e comecei a ler, mas minha cabeça estava afetada demais pelo tabaco para que eu conseguisse ler, pelo menos naquele momento. Apenas abri o livro ao acaso, e as primeiras palavras com que me deparei foram as seguintes, "Invoca-me no dia da angústia; eu te livrarei, e tu me glorificarás".[24]

As palavras se aplicavam muito bem ao meu caso, e causaram alguma impressão em meus pensamentos no momento em que as li, embora não tanto como mais tarde. Pois, quanto a ser libertado, a palavra não encontrava ressonância, por assim dizer, em meus ouvidos. Era coisa tão remota, tão impossível em minha apreensão das coisas, que comecei a duvidar. E assim como os filhos de Israel perguntaram, quando lhes prometeram carne para comer, "Pode Deus pôr a mesa no meio do deserto?",[25] também perguntei, "Pode Deus me livrar desta ilha?". E como ainda faltavam muitos anos para que alguma esperança me ocorresse, era essa dúvida que muitas vezes prevalecia em meu pensamento. Ainda assim, as palavras causaram uma poderosa impressão em mim, e me vinham à mente a todo instante. Agora estava tarde, e o tabaco, como já contei, tinha enevoado tanto minha mente que eu desejava dormir. Então deixei minha lamparina acesa na caverna, para o caso de precisar de alguma coisa durante a noite, e fui para a cama. Entretanto, antes de me recolher, fiz o que jamais tinha feito em toda a vida. Ajoelhei-me e roguei a Deus que cumprisse Sua promessa para comigo: a de que, se eu O invocasse num momento de apuro, Ele me salvaria. Depois que acabei minha prece imperfeita e incompleta, tomei o rum em que deixara o tabaco se embeber, e a bebida ficou tão forte e com ta-

24 Salmos, 50,15. No original, várias das citações bíblicas devem ter sido feitas de memória e divergem um pouco da forma da versão autorizada da Bíblia em inglês. Já as citações em português estão de acordo com a *Bíblia Sagrada*, versão revisada, tradução de João Ferreira de Almeida (Rio de Janeiro: Imprensa Bíblica Brasileira, 7ª impressão, 1991). (N.T.)
25 Salmos, 78,19.

manho aroma de tabaco que, na verdade, mal consegui engolir. Imediatamente em seguida me deitei na cama, e percebi que aquilo me subia à cabeça com grande violência, mas caí num sono profundo e não acordei mais até o sol ter chegado perto das três da tarde do dia seguinte. Na verdade, até hoje estou convencido de que dormi todo o dia seguinte e mais uma noite, e depois ainda até as três daquela tarde; pois de outro modo não sei como podia ter perdido um dia em minha contagem dos dias da semana, como alguns anos mais tarde concluí que tinha ocorrido. Pois, se eu tivesse perdido um dia por ter cruzado e depois recruzado a Linha do Equador, devia ter perdido mais que um dia. Mas sem dúvida me escapou um dia na contagem, e nunca descobri de que maneira.

Seja como for, entretanto, assim que acordei me sentia extremamente descansado, com o espírito animado e alegre. Quando me levantei, estava mais forte que na véspera, e meu estômago melhor, pois sentia fome. Em suma, não tive mais febre alguma no dia seguinte, e continuei melhorando muito; era o dia 29.

No dia 30 fiquei bom, claro, e saí levando minha espingarda, mas cuidei de não excursionar para muito longe. Matei uma ou duas aves marinhas, parecidas com um ganso silvestre pequeno, e as levei para casa, mas não senti muita vontade de comê-las; então comi mais alguns dos ovos de tartaruga, que eram muito bons. À noite repeti o remédio que pareceu me ter feito bem na véspera, ou seja, o tabaco embebido de rum, só que não tomei tanto quanto antes, nem masquei a folha ou aproximei o nariz da fumaça. Entretanto, não amanheci tão bem quanto esperava no dia seguinte, que foi o primeiro de julho; pois ainda senti restos de calafrios, mas não muito.

2 DE JULHO. Tomei de novo o remédio das três maneiras, e num primeiro momento adormeci com ele; dobrei a quantidade que tomei.

3 DE JULHO. Os acessos de febre pararam de uma vez

por todas, embora eu só tenha recuperado toda a minha força algumas semanas mais tarde. Enquanto eu recobrava assim as energias, meus pensamentos recorriam sempre ao mesmo trecho das Escrituras: "Eu te libertarei". E a impossibilidade de salvação se atravessava em meu espírito, barrando qualquer esperança. Mas enquanto eu desanimava com tais pensamentos, ocorria ao meu espírito que, de tanto me fixar na libertação dos males maiores, eu vinha desconsiderando a salvação já recebida. E me vi obrigado, por assim dizer, a me fazer perguntas como as seguintes: não fui salvo, e também prodigiosamente, da doença? Da condição mais aflitiva que pode haver, que me deixou com tanto medo? E o quanto tinha atentado para isso? Tinha eu feito a parte que me cabia? Deus me salvou, mas eu não o glorifiquei; melhor dizendo, não reconheci a salvação nem dei graças por ela. Então, como podia esperar uma salvação maior?

Isso me tocou intensamente o coração, e de imediato me pus de joelhos, dando graças a Deus em voz alta por minha cura da doença.

4 DE JULHO. De manhã, peguei a Bíblia e, começando pelo Novo Testamento, comecei a ler as Escrituras a sério, impondo-me o compromisso de ler um pouco toda manhã e toda noite, sem me ater a um dado número de capítulos, mas até onde meu pensamento me levasse. Não demorou muito até eu me dedicar seriamente a essa tarefa, mas descobri que meu coração estava mais profunda e sinceramente preocupado com os pecados da minha vida anterior. A sensação do meu sonho retornou, e as palavras "Todas essas coisas não te trouxeram o arrependimento" marcavam fundo meus pensamentos. Pedia a Deus, com toda a honestidade, que me trouxesse o arrependimento, quando aconteceu providencialmente naquele mesmo dia que, lendo as Escrituras, me deparei com as seguintes palavras, "Deus o elevou a Príncipe e Salvador, para dar o arrependimento e a remissão dos

pecados".[26] Larguei o livro e, erguendo tanto o coração quanto as mãos para o Céu, numa espécie de êxtase de alegria, exclamei em voz alta: "Jesus, filho de Davi! Jesus, elevado a Príncipe e Salvador, dá-me o arrependimento!".

Foi a primeira vez que posso dizer, no verdadeiro sentido das palavras, ter rezado em toda a minha vida; pois agora eu rezava com plena consciência da minha condição, e com uma ideia verdadeira da esperança baseada nas Escrituras, no estímulo da palavra de Deus; e a partir desse momento, posso dizer, comecei a ter esperanças de que Deus pudesse me ouvir.

Agora eu começava a refletir sobre as palavras que mencionei acima, "Invoca-me e eu te libertarei", num sentido diverso do que antes entendia, pois a essa altura não tinha ideia de nada que se pudesse chamar de Libertação, ou Salvação, além da simples fuga do cativeiro em que me encontrava. Embora na verdade estivesse à solta naquele lugar, a ilha era sem dúvida uma prisão para mim, e no pior sentido da palavra, mas então comecei a entendê-la de outra maneira. Agora eu contemplava minha vida passada com tamanho horror, e meus pecados pareciam tão abomináveis, que minha alma só pedia a Deus que me libertasse da carga de culpa que pesava sobre todo o meu conforto. Quanto à minha vida solitária, não era nada; eu nem sequer pedia em minhas preces para ser libertado dela, ou nem pensava nisso, que não tinha a menor importância em comparação com o que vem a seguir, parte que aqui acrescento para sugerir que qualquer pessoa que a leia, quando obtiver uma compreensão verdadeira das coisas, irá descobrir que a salvação do pecado é uma bênção muito maior que a libertação das provações.

Mas, deixando isso à parte, volto ao meu Diário.

Minha condição começava agora a ser, embora não menos penosa quanto ao meu modo de vida, bem mais leve

26 Atos, 5,31.

para o meu espírito. E meus pensamentos se dirigiam, pela leitura constante das Escrituras e pelas preces a Deus, a coisas de ordem mais alta. Sentia o aumento de um conforto interior que até então desconhecia; e também, enquanto retornavam minha saúde e minhas forças, convenci-me a produzir para mim mesmo tudo que me faltava, e tornar meu modo de vida o mais regular que pudesse.

Entre os dias 4 e 14 de julho, minha ocupação principal foi explorar toda a ilha com a arma na mão, um pouco de cada vez, como um homem que recupera as forças depois de um acesso de doença. Pois é difícil imaginar como eu me sentia desalentado e a fraqueza a que estava reduzido. A aplicação que eu tinha usado era absolutamente nova, e talvez nunca antes tivesse curado uma febre, nem posso recomendar que ninguém lance mão da mesma experiência. Embora tenha dado cabo da moléstia, contribuiu bastante para me deixar enfraquecido, pois sofri frequentes convulsões nos nervos e nos membros por algum tempo.

Aprendi também com tudo isso uma coisa em especial: que ficar exposto na estação chuvosa era a coisa mais perniciosa para a minha saúde, especialmente nas chuvas que vinham seguidas de tempestades e furacões de vento; pois, como a chuva que vinha na estação seca era quase sempre acompanhada dessas tormentas, descobri que chuvas assim eram muito mais perigosas que aquelas de setembro e outubro.

Já estava nessa ilha infeliz havia mais de dez meses, e toda a possibilidade de salvação me parecia agora desfeita. E acreditava firmemente que nenhuma forma humana jamais pusera o pé nesse lugar. Tendo protegido minha habitação, como eu pensava, até onde imaginava, eu sentia um grande desejo de explorar mais completamente a ilha e ver quais outros produtos poderia encontrar nela de que ainda não tivesse conhecimento.

Foi no dia 15 de julho que comecei a explorar a ilha propriamente dita em mais detalhe. Primeiro acompanhei a montante o primeiro riacho onde, como já contei, aportei minhas jangadas em terra; depois de caminhar por ele cerca de duas milhas, descobri que a maré não ultrapassava aquele ponto, e que era um simples riacho de água corrente, muito fresca e boa. Mas, estando na estação seca, mal havia água em alguns trechos, pelo menos não o suficiente para formar uma correnteza que se pudesse perceber.

À margem desse ribeiro encontrei muitas savanas, ou campinas, agradáveis, planas, niveladas e cobertas de relva; e nas partes inclinadas, mais perto dos terrenos altos, que a água, como se pode supor, jamais cobria ao transbordar, encontrei boa quantidade de tabaco, verde e crescendo com um caule longo e muito forte. Havia diversas outras plantas que eu desconhecia ou de que não tinha informação e, mesmo que talvez tivessem lá suas virtudes, eu não tinha como descobrir.

Procurei pela raiz de mandioca ou cassava, que todos os índios daquele clima usam para fazer seu pão, mas não encontrei. Vi plantas grandes de aloé, mas a essa altura não as conhecia. Vi vários pés de cana-de-açúcar, mas silvestre e, por falta de cultivo, imperfeitos. Contentei-me por enquanto com essas descobertas, e voltei discutindo comigo mesmo que medida poderia tomar para descobrir a virtude e as qualidades de quaisquer dos frutos e plantas que encontrasse. Mas não cheguei a conclusão alguma, pois, em suma, eu tinha observado tão pouco enquanto estivera nos Brasis que quase nada sabia das plantas silvestres, muito pouco, pelo menos, que pudesse me valer de alguma coisa naqueles apuros.

No dia seguinte, 16 de julho, tornei a tomar o mesmo caminho, e depois de chegar um pouco mais longe que na véspera reencontrei o riacho, as savanas começaram a rarear e a mata se mostrou mais fechada que antes. Nessa parte encontrei diferentes frutas, especialmente melões no chão em grande abundância e bagas de uvas nas árvores. As vinhas se espalhavam pelas árvores, e os cachos de uvas se encontravam exatamente no auge, muito maduros e saborosos. Foi uma descoberta surpreendente, e fiquei muito feliz com ela; mas minha experiência me impediu que comesse muito da fruta, lembrando que, quando me encontrei nas costas da Barbária, comer uvas tinha provocado a morte de vários ingleses que lá viviam como escravos, vítimas de febres e desarranjos. Mas encontrei um excelente meio de comer essas uvas, que era deixá-las secar ao sol e guardá-las como uvas secas ou passas, que imaginei que fossem, como de fato se revelaram, muito saborosas e boas de comer quando não houvesse uvas a ser colhidas.

Passei toda a tarde neste lugar, e não voltei para a minha habitação, no que foi aliás a primeira noite que, posso dizer, passei fora de casa. Tornei a lançar mão da minha primeira ideia e subi numa árvore, onde dormi bem, e na manhã seguinte continuei minha exploração, viajando quase quatro milhas, a julgar pela extensão do vale, mantendo sempre o rumo norte, com uma serra de montanhas ao sul e mais para o norte à minha frente.

No final dessa caminhada cheguei a uma abertura de onde a terra parecia descer no rumo oeste, e uma fonte de água doce, que brotava da encosta da montanha junto a mim, corria para o outro lado, ou seja, direto para o leste; e a região parecia tão fresca, verde, viçosa, com tudo num verdor perene, uma primavera constante, que parecia um jardim plantado.

Desci um pouco pelo lado desse vale encantador, que passei em revista com o prazer secreto (embora mesclado a outros pensamentos aflitivos) de pensar que era todo meu, que eu era rei e senhor indisputável daquelas terras, às quais tinha direito de posse. E, caso me fosse dado transmiti-las, poderia deixá-las de herança, tão integralmente quanto qualquer senhor e proprietário na Inglaterra. Vi abundantes cacaueiros, laranjeiras e limoeiros de vários tipos; mas todos silvestres, e muito poucos dando fruto, pelo menos não naquela época. No entanto, os limões verdes que colhi eram não só bons de comer como muito saudáveis; e misturei depois seu suco com a água, o que a deixou muito salutar, boa e refrescante.

A essa altura, constatei que já tinha juntado o suficiente para reunir e levar para casa; e resolvi montar um estoque, tanto de uvas quanto de limas e limões, para me abastecer na estação das águas, que eu sabia estar chegando.

Com essa intenção, reuni uma grande pilha de uvas num lugar, uma pilha menor em outro, e um monte grande de limões num terceiro; e levando um pouco de cada voltei para casa, de onde regressaria depois munido de um saco ou uma bolsa, ou do que pudesse arranjar, para trazer o resto.

Assim, como já tinha passado três dias nessa jornada, voltei para casa, como a partir de agora devo chamar minha tenda e minha caverna. Mas antes de lá chegar as uvas estragaram, pois a doçura dos frutos e o peso do suco partiu suas cascas e feriu sua pele, e elas prestavam para pouco ou nada. Quanto aos limões, estavam bons, mas só pude trazer uns poucos.

No dia seguinte, 19 de julho, voltei, depois de produzir dois sacos pequenos a fim de transportar minha colheita para casa. Mas fiquei surpreso, ao chegar junto à minha pilha de uvas, que estavam tão firmes e bonitas quando as colhi, de encontrar todas espalhadas, despedaçadas e arrastadas para um lado e para o outro, umas aqui, outras ali, e grande quantidade comida e devorada. Concluí que devia haver nas proximidades alguma criatura selvagem que tinha feito aquilo; qual era, eu não sabia.

Entretanto, descobri que não valia a pena deixar as uvas empilhadas nem carregá-las num saco, pois de um modo elas eram destruídas e, do outro, esmagadas pelo próprio peso. Adotei outro método, pois tinha colhido grande quantidade dessas uvas, e pendurei os cachos nos ramos das árvores em volta, para que pudessem curar e secar ao sol; quanto aos limões, levei de volta comigo a maior quantidade que aguentei carregar.

Quando cheguei em casa dessa jornada, pensei com grande satisfação na fertilidade daquele vale, e no quanto sua situação era favorável, a salvo das tempestades daquele lado das águas e no meio da mata, e concluí que tinha escolhido para fixar minha morada um local que era de longe o pior da ilha. Diante de tudo isso, comecei a pensar em transferir minha habitação; e a procurar por um ponto tão seguro como aquele em que estava agora situado, se possível, na parte mais agradável e fértil da ilha.

Esse pensamento persistiu muito tempo em minha cabeça, e durante esse período era a ideia que eu mais favorecia, tentado pelos atrativos do lugar. Mas quando refleti melhor, pensei que hoje vivia junto à beira-mar, onde pelo menos era possível que acontecesse algo em meu favor, e que a mesma sorte aziaga que tinha me depositado ali podia trazer outros infelizes para o mesmo lugar. E embora fosse pouco provável que tal coisa jamais viesse a ocorrer, ainda assim ir viver cercado por matas e montanhas, no centro da ilha, era decidir desde logo prolongar meu aprisionamento e tornar qualquer outro desenlace não só improvável como impossível. Portanto, não devia mudar-me de maneira alguma.

Entretanto, a tal ponto me enamorei desse lugar que passei ali muito tempo por todos os dias que ainda restavam do mês de julho, e embora tenha pensado melhor e resolvido, como relatei acima, não me mudar, ainda assim construí lá uma pequena cabana, que rodeei a uma certa distância de uma cerca forte, com duas fileiras de estacas, da altura que eu conseguia alcançar, preenchendo o espaço entre elas com ramos soltos. Ali eu me sentia muito seguro e pernoitava ocasionalmente duas ou três vezes seguidas, sempre passando por cima da cerca com uma escada, como na outra paliçada. De maneira que eu agora julgava ter uma casa no campo e outra à beira-mar. E esse trabalho me consumiu o início de agosto.

Eu tinha acabado de concluir minha nova cerca, e

mal começava a gozar o fruto do meu trabalho, quando as chuvas chegaram e me fizeram ficar por perto da minha casa; pois embora eu tivesse armado no vale uma tenda igual à outra, com um pedaço de vela, esticando o pano o mais que podia, ali eu não tinha a sombra de um penhasco para me proteger das tempestades nem uma caverna por trás para a qual pudesse recuar quando as chuvas passassem da medida.

Em torno do início de agosto, como eu dizia, acabei a construção da minha cabana, e comecei a aproveitar. No dia 3 de agosto, constatei que as uvas que tinha pendurado nas árvores estavam perfeitamente secas, e na verdade viraram passas da melhor qualidade. Comecei então a recolher os cachos, e foi bom que assim fizesse, pois as chuvas que se seguiram teriam estragado tudo e eu perderia a melhor parte das minhas reservas para o inverno, pois eram mais de duzentos cachos grandes de uvas. Assim que recolhi as passas das árvores e levei a maior parte para a minha caverna, as chuvas começaram a cair, e a partir desse dia, que foi o 14 de agosto, choveu mais ou menos até o meio de outubro, às vezes com tamanha violência que passei vários dias sem poder sair da minha caverna.

Durante essa estação, fiquei muito surpreso com o crescimento da minha família; tinha ficado inquieto com a perda de um dos meus gatos, que fugiu de mim ou, como eu achava, tinha morrido. Não a tinha mais visto até que, para o meu espanto, ela voltou para casa no final de agosto acompanhada de três gatinhos. Foi muito inesperado para mim, pois, embora eu tivesse matado um gato-do-mato, como eu pensei que se chamasse, com a minha espingarda, julguei que fosse uma espécie muito diferente dos gatos europeus. Ainda assim, os gatinhos eram da mesma espécie de gato doméstico que a mãe; e fiquei muito surpreso ao ver os filhotes, sendo minhas duas gatas fêmeas. Mas depois desses três filhotes, passei a ser tão atormentado pelos gatos que me vi obrigado a exterminá-los como uma praga, ou animais selvagens, e mantê-los o mais longe possível da minha casa.

Do dia 14 de agosto ao 26, chuva incessante, de maneira que nem pude sair de casa, e tomei grandes cuidados para não me molhar muito. Nesse confinamento, a comida começou a escassear, mas, tendo saído duas vezes, numa delas abati uma cabra e no último dia, que foi o 26, encontrei uma tartaruga bem grande, que foi um verdadeiro regalo, e minha alimentação ficou regulada assim: um cacho de passas no desjejum, um pedaço de carne de cabra, ou da tartaruga, assado no jantar (para minha grande infelicidade, não tinha um vaso em que pudesse cozinhar ou ensopar nada), e dois ou três ovos de tartaruga na ceia.

Durante esse isolamento em meu refúgio, a salvo da chuva, trabalhava duas ou três horas a cada dia na ampliação da minha caverna, e aos poucos fui aumentando suas dimensões para um dos lados até ela dar fora da encosta, criando uma porta ou saída que dava além da minha cerca ou muralha, pela qual podia entrar e sair. Mas não me senti muito à vontade com esse acesso, pois da maneira como antes me tinha instalado vivia perfeitamente protegido, enquanto agora me sentia exposto e aberto para qualquer coisa que pudesse me atacar de surpresa. Ainda assim, não tinha visto nenhum ser vivo que pudesse inspirar temor, e a maior criatura que até então havia encontrado na ilha tinha sido uma cabra.

30 DE SETEMBRO. Completou-se o infeliz aniversário do meu desembarque. Contei os entalhes em meu poste, e descobri que fazia trezentos e sessenta e cinco dias que me encontrava na ilha. Observei um jejum solene nesse dia, que destinei a exercícios religiosos, prostrando-me no chão na mais grave humildade, confessando meus pecados a Deus, aceitando Seu juízo severo da minha vida e rogando-Lhe que tivesse piedade de mim, por intermédio de Jesus Cristo; e não tendo consumido qualquer alimento por doze horas, até o sol se pôr, comi então um

biscoito, um cacho de passas e fui para a cama, encerrando o dia da mesma forma como tinha começado.

Todo esse tempo eu não havia observado um dia semanal de descanso. Pois como num primeiro momento não tinha em mente qualquer noção religiosa, depois de certo período tinha desistido de distinguir as semanas fazendo um entalhe mais comprido que os comuns a cada sétimo dia, e assim não sabia ao certo em que dia da semana me encontrava. Mas agora, tendo contado os dias como relatei acima, descobri que um ano havia decorrido. E então dividi o ano em semanas, separando cada sétimo dia para meu sábado ou descanso. Embora fosse descobrir, no final do meu relato, que tinha perdido um ou dois dias em minha contagem.

Pouco depois disso minha tinta começou a acabar, e passei a usá-la com mais comedimento, anotando apenas as ocorrências mais notáveis da minha vida, sem prosseguir numa rememoração diária das outras coisas.

A estação chuvosa e a estação seca começaram agora a me parecer regulares, e aprendi a distinguir as duas de maneira a me preparar devidamente para cada uma. Mas paguei caro por minha experiência; e o experimento que vou relatar foi um dos mais desanimadores de toda a minha vida. Já mencionei que tinha guardado as poucas espigas de cevada e arroz que tão surpreendentemente tinha visto brotar, ao que me parecia por conta própria, e creio que havia trinta espigas de arroz e cerca de vinte de cevada. E agora julguei ser o momento apropriado para semear depois das chuvas, pois o sol estava o mais afastado ao sul em relação a mim.

Cavei para tanto um trecho de terreno o melhor que pude com minha pá de madeira, e dividindo o lote em duas partes semeei meus grãos. Mas, enquanto plantava, ocorreu por acaso aos meus pensamentos que não devia semear tudo de uma vez, pois não sabia qual era afinal a melhor época do ano; de modo que plantei dois terços das sementes, deixando de lado mais ou menos um punhado de cada uma.

E isso foi um grande conforto para mim mais adiante, pois nenhuma das sementes que plantei deu em coisa alguma. Nos meses secos que se seguiram, como a terra não recebeu qualquer chuva depois de semeada, não havia água para ajudar o crescimento e as plantas não brotaram antes da chegada da estação das águas, quando minha plantação vicejou como se tivesse sido semeada pouco antes.

Ao descobrir que as primeiras sementes não tinham brotado, o que logo atinei se dever à estiagem, procurei um terreno mais úmido para nele fazer outra tentativa, e escavei um lote de terra próximo à minha cabana nova, onde plantei o resto das minhas sementes em fevereiro, pouco antes do Equinócio Vernal. Como ainda restavam os meses de março e abril para aguar minha lavoura, esta brotou muito bem, rendendo-me uma ótima safra; mas restando-me apenas uma parte das sementes, e não tendo me atrevido a semear tudo que sobrava, toda a minha safra não rendeu mais que uns cinco litros de cada tipo.

Mas com essa experiência dominei a lida, e aprendi exatamente qual era a estação certa para o plantio. E que podia contar com dois plantios e duas colheitas por ano.

Enquanto o cereal crescia, fiz uma pequena descoberta que mais tarde me seria muito útil. Assim que as chuvas passavam e o tempo começava a firmar, em torno do mês de novembro, estive de visita na minha cabana, onde, embora fizesse alguns meses que eu não ia, encontrei tudo como havia deixado. O círculo ou cerca dupla que eu fizera não só estava firme e inteiro, como as estacas, que eu tinha cortado de árvores que cresciam nas proximidades, estavam todas brotadas, com ramos longos, mais ou menos do tamanho dos ramos novos que costumam medrar nos salgueiros no primeiro ano depois da poda do topo das árvores. Não sabia como se chamava essa árvore de que cortei as estacas. Fiquei surpreso, mas muito satisfeito, de ver as árvores novas crescendo; e aparei seus ramos, deixando-as o mais parecidas umas com as outras que eu podia. E é difícil acreditar como cresceram bonitas nos três anos seguintes. Tanto que, embora a cerca formasse um círculo com umas vinte jardas de diâmetro, as copas das árvores, pois agora já podiam ser chamadas assim, logo cobriram toda a área que cercavam; e formavam uma sombra completa, suficiente para servir de teto durante a estação seca.

Isso me fez decidir cortar novas estacas e criar uma cerca do mesmo tipo, em semicírculo, ao redor da minha muralha. Estou falando da minha primeira residência, e distribuindo as árvores ou estacas numa fila dupla, a umas oito jardas de distância da primeira cerca, elas em seguida cresceram e primeiro serviram de boa cobertura para a minha habitação, e depois também me valeram para sua defesa, como irei observar adiante.

Agora, eu sabia que as estações do ano podiam ser divididas não em Verão e Inverno, como na Europa, mas em estações secas e estações chuvosas, que de maneira geral eram as seguintes:

metade de fevereiro	chuvosa, com o sol no, ou perto do, Equinócio
março	chuvosa, com o sol no, ou perto do, Equinócio
metade de abril	chuvosa, com o sol no, ou perto do, Equinócio
metade de abril	seca, com o sol ao norte da Linha do Equador
maio	seca, com o sol ao norte da Linha do Equador
junho	seca, com o sol ao norte da Linha do Equador
julho	seca, com o sol ao norte da Linha do Equador
metade de agosto	seca, com o sol ao norte da Linha do Equador
metade de agosto	chuvosa, com o sol de retorno
setembro	chuvosa, com o sol de retorno
metade de outubro	chuvosa, com o sol de retorno
metade de outubro	seca, com o sol ao sul da Linha do Equador
novembro	seca, com o sol ao sul da Linha do Equador
dezembro	seca, com o sol ao sul da Linha do Equador
janeiro	seca, com o sol ao sul da Linha do Equador
metade de fevereiro	seca, com o sol ao sul da Linha do Equador

A estação chuvosa às vezes durava mais ou menos, de acordo com os ventos; mas foi essa a observação geral que fiz. Depois que descobri, por experiência, as consequências funestas de me expor à chuva, tomei o cuidado de me abastecer antes de provisões, para não ser obrigado a sair, e passava o maior tempo possível dentro de casa durante os meses chuvosos.

Dessa vez encontrei muito o que fazer (o que vinha a propósito naquele momento), pois me sobrava ocasião para muitas coisas que só poderia produzir com um trabalho árduo e um empenho constante. Tentei especialmente maneiras variadas de produzir uma cesta, mas os gravetos que obtive para tanto se mostraram tão quebradiços que não me serviam. Agora, foi muito útil que, quando eu era rapaz, encontrasse grande satisfação em ficar parado junto aos cesteiros da cidade onde meu pai vivia, observando enquanto produziam seus artigos de vime. E sendo, como sói acontecer com os meninos, muito prestativo, e muito atento à maneira como trabalhavam, além de às vezes dar-lhes alguma ajuda, assim alcancei pleno conhecimento de seus métodos, só me faltando agora os materiais. E então me ocorreu que os ramos mais finos das árvores das quais cortei as estacas que rebrotaram podiam se mostrar tão resistentes quanto varas de salgueiro.

Dessa maneira, no dia seguinte fui até minha casa de campo, como a chamava, e, cortando alguns dos ramos menores, achei que me valeriam para o fim que eu desejava. Assim, em minha vinda posterior, cheguei munido da machadinha para cortar uma quantidade maior, que logo encontrei, pois havia grande abundância desses ramos, que pus para secar no interior da minha cerca ou sebe e, quando estavam prontos para ser usados, levei de volta para a minha caverna. E lá, ao longo da estação seguinte, empenhei-me em fabricar, o melhor que pude, muitas cestas, tanto para carregar terra quanto para transportar ou guardar qualquer coisa que eu desejasse.

Embora não lhes tenha dado muito bom acabamento, ficaram suficientemente utilizáveis para os meus fins, e mais adiante eu cuidava de nunca ficar sem elas. À medida que minhas cestas se estragavam, eu fabricava mais, cuidando de produzir cestas fortes e profundas onde pudesse, no lugar de sacos, guardar meus grãos quando começassem a se acumular em maior quantidade.

Tendo superado essa dificuldade, e empregado muitíssimo tempo na faina, decidi ver de que maneira seria possível suprir duas outras carências minhas. Eu não possuía vasos para guardar qualquer líquido, com exceção de dois barriletes, quase cheios de rum, e alguns poucos frascos de vidro, uns de tamanho comum e outros que eram garrafas quadradas, do tipo que se arrumam em caixotes, para guardar água, bebidas espirituosas etc. Pois não tinha sequer uma panela para cozinhar nada, com a exceção de um caldeirão recuperado do navio, que era grande demais para os usos que eu desejava, a saber: preparar um caldo ou ensopar à parte um pequeno pedaço de carne. A segunda coisa que me fazia muita falta era um cachimbo para o tabaco; mas não tinha como fabricá-lo. No entanto, para isso também encontrei finalmente remédio, depois de algum tempo.

Primeiro me empenhei em cravar minha segunda fileira de estacas ou pilares, e em meu trabalho de cesteiro, todo verão ou estação seca, até que outra ocupação acabou por tomar mais do meu tempo do que eu imaginava.

Já falei antes do meu grande desejo de conhecer toda a ilha, de como caminhei até a nascente do rio e, mais além, até o lugar onde tinha construído minha cabana, perto da qual havia uma abertura que levava quase até o mar do outro lado da ilha. Em seguida, resolvi viajar até a costa daquele lado. Assim, pegando a minha arma, a machadinha e o meu cão, e levando uma quantidade maior de pólvora e chumbo do que costumava carregar, com mais dois biscoitos e um grande punhado de passas na minha bolsa como mantimentos, comecei minha jornada. Depois de ultrapassar o vale em que ficava a cabana, e do qual falei acima, cheguei a um ponto de onde se descortinava o mar, a oeste e, estando um dia muito claro, eu podia avistar claramente uma outra terra: se era uma ilha ou um continente não sei dizer. Mas se erguia bem alta, e se estendia do oeste a oeste-sudoeste por uma grande distância; por minha estimativa, não podia estar a menos de quinze ou vinte léguas de distância.

Não sei dizer que parte do mundo podia ser, só que devia fazer parte da América e, como concluí de todas as minhas observações, estar perto dos domínios espanhóis, talvez totalmente habitada por selvagens e, se ali eu tivesse desembarcado, minhas condições podiam ser bem piores que as atuais. E assim me conformei com as disposições da Providência, que agora eu começava a perceber, acreditando que ela tudo dispunha da melhor maneira possível. Quero dizer, aplaquei com isso meu espírito e parei de me atormentar com desejos infrutíferos de me encontrar alhures.

Além disso, depois de alguma reflexão sobre meu caso, ponderei que, se aquela terra era a Costa Espanhola, eu certamente, num momento ou no outro, haveria de ver alguma nau indo ou voltando, rumando para um lado ou para o outro. Caso contrário, então era a costa selvagem que se estendia entre as Terras Espanholas e os Brasis, onde vivem de fato os piores dos selvagens, posto que são canibais, ou comedores de carne humana, e nunca deixam de assassinar e devorar todos que lhes caem nas mãos.

Tomando isso em consideração, avancei com muito vagar. Descobri que o lado da ilha onde agora me encontrava era muito mais agradável que o meu, com campinas ou savanas abertas, cobertas de flores e relva e cheias de muito boas árvores. Vi abundância de papagaios, e fiquei desejando poder capturar um deles, se possível, para amansar e ensinar a falar comigo. Consegui, depois de alguns esforços, capturar um jovem papagaio que derrubei com uma vara e, assim que o apanhei, levei comigo para casa. Mas precisei de alguns anos para fazer com que falasse: entretanto, finalmente consegui ensinar o papagaio a me chamar pelo nome com grande familiaridade. Mas o acidente que se seguiu, embora não tenha sido importante, será mais interessante de relatar neste ponto.

Essa viagem me distraiu bastante: descobri nas terras baixas animais que me pareciam lebres e raposas, mas eram muito diferentes das espécies que eu conhecia até então. E não consegui me convencer a comê-los, embora tenha matado muitos. Mas não tinha necessidade de correr o risco, pois não me faltava comida, ainda por cima muito boa. Especialmente de três espécies, a saber: cabras, pombos e tartarugas. Que, somadas às minhas uvas, não encontraria melhor no mercado de Leaden-hall[27] para a minha mesa, guardadas as proporções. E embora minha situação fosse de fato lamentável, ainda assim eu tinha muitos motivos para dar graças por nunca ter sofrido qualquer escassez de comida; ao contrário, ela era abundante, até mesmo em matéria de gulodices.

Nessa viagem, nunca percorri mais de duas milhas seguidas num mesmo dia, ou distância parecida. Mas fazia tantas voltas e meandros, no intento de ver o que poderia descobrir, que sempre chegava muito cansado ao lugar onde resolvia passar a noite. E então me acomodava em alguma árvore, ou me cercava com uma fileira de estacas cravadas de pé no chão, tiradas de uma ou outra árvore, de modo que nenhuma criatura selvagem pudesse me surpreender sem me despertar.

Assim que cheguei à beira do mar, fiquei surpreso de ver que tinha escolhido me instalar do pior lado da

27 Hoje Leaden-hall Market, um dos maiores mercados de alimentos de Londres na época de Defoe.

ilha. Pois aqui, de fato, vi as praias cobertas por inúmeras tartarugas, enquanto do outro lado só havia encontrado três delas num ano e meio. Vi também um número infinito de aves de muitas espécies, algumas das quais eu já tinha visto e outras que jamais avistara, e muitas delas tinham boa carne. Mas da maioria eu não sabia os nomes, exceto as chamadas pinguins.

Eu poderia ter abatido quantas quisesse, mas estava decidido a racionar minha pólvora e meu chumbo, e portanto dava preferência a matar uma cabra, se pudesse, que me alimentaria muito melhor. E embora houvesse muito mais cabras ali que do meu lado da ilha, ainda assim era muito mais difícil me aproximar delas, pois a região era plana e regular, e elas me avistavam muito antes do que quando eu me acercava delas vindo das encostas.

Admito que esse lado da ilha era muito mais agradável que o meu, mas ainda assim não senti a menor inclinação de me mudar. Pois como estava fixado em minha habitação, ela tinha se tornado o meu lugar natural, e sempre que estava fora de lá me parecia estar em viagem, e longe de casa. Ainda assim, viajei pela beira do mar, na direção leste, acho que umas doze milhas; e então, fixando um poste na areia para servir de marco, decidi voltar para casa. E em seguida resolvi que, na próxima viagem que fizesse, iria avançar pelo outro lado da ilha, no rumo leste, a partir da minha casa, e assim contornar a ilha até alcançar novamente o meu marco: do que falarei a seu tempo.

Voltei por um caminho diferente do de ida, pensando que a qualquer momento poderia avistar a ilha praticamente inteira, tanto que não teria como deixar de localizar minha primeira habitação pelos sinais do terreno. Mas constatei que estava enganado porque, depois de caminhar umas duas ou três milhas, descobri que tinha chegado ao fundo de um vale bem largo, mas cercado de montanhas tão altas, e essas montanhas tão cobertas de matas, que o único sinal que poderia me indicar o caminho era a posição do sol, e nem mesmo isso, a menos que eu conhecesse perfeitamente a posição do sol a cada momento do dia.

Ocorreu, para minha maior infelicidade, que o tempo ficou encoberto por três ou quatro dias enquanto eu percorria esse vale. Não tendo como ver o sol, eu errava de um lado para outro num grande desconforto e fui finalmente obrigado a seguir até a beira-mar, procurar meu poste e depois voltar pelo mesmo caminho que já tinha percorrido. E então, em etapas fáceis, retornei até minha casa com um tempo muito quente, o que deixava muito pesadas minha arma, a munição, a machadinha e o mais que eu carregava.

Nessa viagem, meu cachorro surpreendeu um cabrito novo, que atacou, e eu na corrida agarrei o animal, que apanhei e salvei do cão. Decidi levá-lo para casa se pudesse, pois já vinha pensando se não seria possível apanhar um ou dois cabritos novos e, a partir deles, começar uma criação de cabras mansas, que poderiam me suprir de alimento quando minha pólvora e meu chumbo se esgotassem.

Fiz uma coleira para a criatura e, com um cordão tirado de uma extensão de corda que sempre carrego comigo, vinha puxando o cabrito, mesmo com alguma dificuldade, até chegar à minha cabana, onde o deixei no cercado. Pois estava muito impaciente em voltar para casa, de onde já estava ausente havia mais de um mês.

Nem sei como descrever a satisfação que senti ao chegar à minha antiga morada e deitar na minha rede. Essa viagem curta e errante, sem ponto fixo de pouso, tinha sido tão penosa que a minha casa, como eu a chamo, me pareceu em comparação uma habitação perfeita; o que tornava tão confortável tudo que eu tinha à minha volta que decidi nunca mais me afastar muito dali, enquanto fosse meu destino permanecer naquela ilha.

Repousei ali por uma semana, para descansar e me regalar depois da minha longa viagem. A maior parte desse tempo, empreguei na difícil tarefa de produzir uma gaiola para meu papagaio, que agora começava a amansar e a me tratar com grande familiaridade. Comecei então a pensar no pobre cabrito, que tinha deixado preso em minha pequena cerca, e resolvi ir até lá e trazê-lo para casa, ou pelo menos lhe dar alguma comida. Fui até lá e encontrei o animal no mesmo local onde eu o tinha deixado; pois realmente não tinha como sair, e quase morreu por falta de comida. Cortei ramos de árvores e galhos dos arbustos que pude encontrar, que joguei por cima da cerca, e depois de alimentar o animal tornei a amarrá-lo como antes, para levá-lo comigo. Mas a fome tinha deixado o cabrito tão manso que eu nem precisaria tê-lo amarrado, pois ele me seguia como um cachorrinho. E como era eu que lhe dava comida o tempo todo, o animal tomou por mim tamanho apego, mostrando-se tão gentil e camarada, que a partir desse momento também passou a fazer parte do meu lar, e nunca mais me abandonaria.

A estação chuvosa ou de equinócio do outono tinha chegado, e eu observei o dia 30 de setembro da mesma forma solene do ano anterior, quando completei o primeiro aniversário do meu desembarque na ilha, que agora já fazia dois anos, sem maior perspectiva de libertação que no primeiro dia em que aqui cheguei. Passei todo o dia reconhecendo com humildade e gratidão as muitas mercês prodigiosas que socorreram minha condição solitária, e sem as quais meu sofrimento teria sido infinitamente maior. Dei graças humildes e sinceras a Deus por ter sido Sua vontade me revelar que eu possivelmente estava mais feliz naquela condição solitária que na vida livre em sociedade, desfrutando de todos os prazeres do mundo. Que Ele tivesse compensado amplamente as deficiências da minha condição solitária, e minha carência de companhia humana, com a Sua presença, e as comunicações de Sua graça que chegavam à minha alma, dando-me apoio, consolo e estímulo a contar aqui com a Sua Providência, e daqui por diante ter esperança em Sua presença eterna.

Foi então que comecei a sentir claramente o quanto essa vida que eu levava hoje era mais feliz, não obstante suas circunstâncias miseráveis, que a vida pecaminosa, maldita e abominável que levava em meus dias passados. E agora tinham mudado tanto as minhas dores quanto as minhas alegrias; até os meus desejos se alteravam, minhas preferências mudaram de gosto e meus deleites eram completamente diversos do que quando ali cheguei, e mesmo dos dois anos anteriores.

Antes, sempre que eu caminhava pela ilha, fosse em minhas caçadas ou no reconhecimento do terreno, a angústia da minha alma com minha condição podia me ocorrer de um momento para o outro, e nessa hora meu coração morria dentro de mim, ao pensar nas matas, nas montanhas e nos desertos onde eu me encontrava, e como eu era um prisioneiro aferrolhado com as grades e as trancas eternas do oceano num local selvagem e desabitado, sem possibilidade de salvação. Nos momentos de maior temperança da minha mente, essa ideia irrompia em mim como uma tempestade, e me fazia torcer as mãos e chorar como uma criança. Às vezes me acometia no meio do trabalho, e na mesma hora eu me sentava e me punha a suspirar, olhando fixo para o chão por uma ou duas horas seguidas. E isso era ainda pior para mim, pois, se eu conseguisse rebentar em lágrimas ou dar vazão à minha dor com palavras, essa tristeza passaria, e a dor, esgotando-se assim, poderia se atenuar.

Mas agora eu começava a cultivar novos pensamentos. Todo dia eu lia a Palavra de Deus, e aplicava todos os consolos que me trazia à situação atual. Um dia pela manhã, muito triste, abri a Bíblia nas seguintes palavras "não te deixarei, nem te abandonarei".[28] Imediatamente me ocorreu que essas palavras eram dirigidas a mim. Por que outro motivo teriam sido formuladas daquela maneira bem no momento em que eu deplorava tanto a minha condição, abandonado por Deus e pelo homem? "Pois bem", disse eu, "se Deus não me abandonou, que mal pode me suceder, ou o que importa que todo o mundo me tenha abandonado, se posso ver, pelo outro lado, que se tivesse o mundo todo mas perdesse a graça e a bênção de Deus, a perda seria incomparavelmente maior?"

A partir desse momento, comecei a concluir em meu espírito que me era possível ser mais feliz, naquela condição solitária e abandonada, do que provavelmente eu jamais teria sido em qualquer outra situação neste mundo; e com esse pensamento quis dar graças a Deus por me ter conduzido a esse lugar. Não sei o que foi, mas alguma coisa surgiu em minha mente na forma dessa ideia, mas não me atrevi a dizer as palavras. "Como podes ser tão hipócrita", disse eu, em voz alta, "que finges dar graças por uma condição que, por mais que te esforces para te dares por satisfeito, antes rezarias com fervor para livrar-te dela?" E aí parei. Mas, embora não conseguisse dizer que dava graças a Deus por estar ali, ainda assim dei graças sinceras a Deus por abrir meus olhos, mesmo por intermédio de providências penosas, e enxergar a condição anterior da minha vida, deplorar meus pecados e me arrepender. Eu nunca abria a Bíblia, ou a fechava, sem que minha alma dentro de mim abençoasse a Deus por ter levado meu amigo na Inglaterra, sem qualquer pedido da minha parte, a incluir a Bíblia na minha bagagem; e por Ele ter me ajudado, mais tarde, a resgatá-la dos destroços do navio.

Desse modo, e nessa disposição de espírito, comecei meu terceiro ano. E, embora não tenha cuidado de dar ao

28 Josué, 1,5.

leitor um relato tão detalhado dele como do primeiro, ainda assim se pode observar em geral que muito raramente eu me via ocioso, mas tendo organizado regularmente meu tempo de modo a atender às várias tarefas diárias que tinha a cumprir, tais como: primeiro, meu dever para com Deus e minha leitura das Escrituras, que eu regularmente separava algum tempo para fazer três vezes a cada dia; segundo, as saídas com minha arma em busca de comida, que geralmente tomavam três horas de cada manhã, quando não chovia; terceiro, a defumação, a cura ou a preparação do que eu tinha caçado ou capturado para o meu sustento: essas atividades tomavam grande parte do dia. E também é preciso levar em conta que, no meio do dia, quando o sol estava no zênite, a violência do calor era demasiada para qualquer prática do lado de fora. De modo que só às quatro horas da tarde eu podia sair para trabalhar; com a exceção de que às vezes trocava minhas horas de caça e de trabalho, e preferia trabalhar pela manhã, saindo com a arma na parte da tarde.

A esse curto tempo dedicado ao trabalho, desejo acrescentar o quanto minha labuta era penosa; as muitas horas que tudo aquilo que eu fazia tomavam do meu tempo, por falta de ferramentas, por falta de ajuda e por falta de perícia. Por exemplo, precisei de quarenta e dois dias inteiros para preparar uma tábua para uma prateleira comprida que queria instalar em minha caverna; enquanto dois homens, serrando com as ferramentas certas e com um fosso devidamente cavado para trabalhar por baixo da madeira, teriam cortado seis tábuas iguais da mesma tora em meio dia de trabalho.

Eis meu problema: eu precisava primeiro abater de uma árvore grande, porque desejava uma tábua larga. Levei três dias para derrubar essa árvore, e mais dois para remover seus galhos, e reduzi-la ao tronco, ou a uma tora de madeira. Com esforços indescritíveis, cortando e aparando, fui removendo cavacos de um dos lados da tora, até ela ficar leve o bastante para poder ser deslocada; então, virei a tora, e deixei um de seus lados liso e plano, como uma tábua, de ponta a ponta; em seguida, virando esse lado para baixo, desbastei o outro lado até deixar a prancha com umas três polegadas de espessura, e lisa dos dois lados. Qualquer um pode avaliar o trabalho das minhas mãos para realizar semelhante tarefa; mas o empenho e a paciência me levaram até o fim desta e de muitas outras obras. Só falo desta em particular para mostrar por que uma porção tão grande do meu tempo era gasta em tão pouco trabalho, ou seja: aquilo que seria pouca coisa para fazer com ajuda e ferramentas, era uma faina imensa, e requeria um tempo prodigioso, para ser feita sozinha e à mão.

Não obstante, com paciência e muito trabalho, consegui levar a cabo muitas coisas; na verdade, tudo que minhas circunstâncias me obrigavam a fazer, como ficará claro adiante.

A essa altura, corriam os meses de novembro e dezembro, e eu estava à espera da minha colheita de cevada e arroz. O terreno que eu tinha lavrado ou escavado para essas lavouras não era grande, pois, como observei, minha quantidade de sementes de cada um dos grãos não chegava a cinco litros, já que eu tinha perdido toda uma safra semeando na estação seca. Mas dessa vez minha safra prometia ser muito boa, quando subitamente descobri que corria o perigo de perdê-la novamente para inimigos de vários tipos, que eu mal conseguia manter afastados. Num primeiro momento, as cabras e as criaturas selvagens que eu chamava de lebres que, sentindo o bom sabor daquelas folhas, assolaram as plantações noite e dia desde que elas começaram a brotar, e comiam as plantas tão rente ao solo que estas não teriam tempo de brotar suas espigas.

Para isso não vi outro remédio além de erguer uma cerca em torno de toda a plantação, o que fiz com grande esforço; e mais ainda, porque precisava fazê-la depressa. No entanto, como a área que eu tinha arado era pequena, de acordo com minha lavoura, consegui cercá-la toda em perto de três semanas e, atirando em alguma das criaturas durante o dia, deixei meu cachorro guardando a plantação durante a noite, amarrado a um dos esteios do portão da cerca, onde ele ficava a postos, latindo a noite inteira. Assim, em pouco tempo, os inimigos abandonaram o lugar, e os cereais cresceram muito fortes e bem, começando a amadurecer no devido tempo.

Mas assim como esses animais me assolaram num primeiro momento, quando brotavam as folhas da minha plantação, as aves é que agora tentavam me arruinar, quando surgiram as espigas. Pois passando ao lado da plantação para avaliar como vinha crescendo, vi minha lavoura sitiada por aves de não sei quantos tipos, que se postavam em torno dela como se só esperassem eu me afastar. Atirei imediatamente na direção delas (pois sempre trazia minha arma comigo). Assim que disparei, ergueu-se uma outra nuvem de aves que eu nem sequer tinha visto, até então escondidas em meio às próprias plantas.

Isso me afetou sensivelmente, pois imaginei que em poucos dias aquelas aves haviam de ter devorado toda a minha esperança, que eu acabaria passando fome e jamais conseguiria colher coisa alguma, e não sabia o que fazer. Entretanto, resolvi não perder minha plantação, se possível, ainda que precisasse vigiá-la dia e noite. Primeiro, percorri a lavoura para ver o estrago que já tinha sido feito, e descobri que as aves haviam danificado boa parte dela; mas, como os cereais ainda estavam verdes, a perda não foi tão grande, e o que restava ainda havia de render uma boa safra se pudesse ser poupado.

Fiquei ao lado da cerca para carregar minha arma, e depois, na volta, vi todos os ladrões pousados nas árvores ao meu redor, como se só esperassem que eu fosse embora. E de fato foi assim; no momento em que me afastei, como se estivesse partindo, bastou que eu saísse do alcance de suas vistas para caírem de novo, uma a uma, em cima das espigas. Fiquei tão aborrecido que não tive a paciência de esperar até que mais aves pousassem, sabendo que cada grão que comessem agora era, por assim dizer, um pão que eu deixava de comer mais adiante. Voltando para junto da cerca, tornei a atirar e matei três delas. Era o que eu esperava: peguei as três e as tratei como fazemos com os ladrões notórios na Inglaterra, a saber: pendurei seus corpos amarrados pelo pescoço, para aterrorizar as outras. E era quase impossível imaginar o efeito que isso viria a ter; pois as aves não só pararam de comer o grão como, em pouco tempo, abandonaram aquela parte da ilha, e nunca mais vi uma ave perto dessa área enquanto ali pendiam meus espantalhos. Isso me deixou muito contente, podem acreditar, e na última porção de dezembro, momento da segunda safra do ano, fiz minha colheita.

Senti muita falta de uma foice ou gadanha para cortar as plantas, e só me restou fazer o melhor que podia com uma das espadas ou sabres que tinha trazido do armamento do navio. No entanto, como minha primeira safra era pequena, não tive grande dificuldade para a colheita; em suma, fiz o que pude, e cortei fora só as espigas, que carreguei comigo numa cesta grande que tinha fabricado e depois esfreguei entre as mãos, para separar os grãos. No fim de todo o meu trabalho, descobri que, a partir dos meus cinco litros de sementes, agora tinha quase dois alqueires de arroz, e mais de dois alqueires e meio de cevada, melhor dizendo, por minha estimativa, pois na época não tinha como medir a produção.

Entretanto, foi um grande estímulo para mim, e previ que, com o tempo e a ajuda de Deus, eu haveria de ter pão. No entanto, eis que me via de novo em dificuldades, pois não sabia de que maneira moer meus grãos, na verdade nem mesmo como limpá-los e separá-los. E mesmo que conseguisse reduzir os grãos a farinha, não sabia como fazer pão, nem o preparo nem como o assaria. Diante desses fatos, somados ao meu desejo de ter uma boa quantidade de grãos em estoque e garantir meu suprimento constante, resolvi não consumir nada daquela colheita, mas guardar tudo para servir de semente na próxima estação, e enquanto isso empregar todo o meu estudo e todas as minhas horas de trabalho na grande tarefa de me suprir de cereais e de pão.

Posso dizer, sem mentir, que agora eu trabalhava por meu pão; é um pouco espantosa, e acredito que poucas pessoas tenham pensado muito a respeito, a quantidade imensa de pequenas coisas necessárias para obter, produzir, curar, tratar, fabricar e dar acabamento a esse único artigo, o pão.

Eu, que estava reduzido ao estado bruto da vida natural, fiz essa descoberta para meu grande desânimo diário, e cada hora que passava mais percebia que era assim, mesmo depois de ter obtido o primeiro punhado de sementes de cereal, que, como já disse, me surgiu inesperadamente, para minha grande surpresa.

Primeiro, eu não tinha arado para revolver a terra nem pá ou enxada para cavar. Isso pelo menos consegui contornar fabricando uma pá de madeira, como assinalei antes. Mas o instrumento só servia ao meu trabalho de maneira precária, e embora eu tenha nele despendido muitos dias, mesmo assim, por falta de metal, a pá não só se gastou muito depressa, como ainda tornou minha tarefa mais difícil, e a deixou muito mais malfeita.

No entanto, isso também superei, e fiquei satisfeito de conseguir levar a tarefa a cabo com paciência, e conformado com meu mau desempenho. Na hora de semear meus grãos, não dispunha de restelo nem de grade e fui forçado a fazer o trabalho a braço, puxando um galho imenso e pesado atrás de mim para arranhar a terra, pode-se dizer, em vez de gradear ou abrir sulcos com uma enxada.

Enquanto as plantas cresciam, já observei quantas coisas me faltavam para cercá-las, defendê-las, colhê-las ou cortá-las, separar os grãos da palha e guardá-los. Em seguida, ainda me faltou um moinho para moê-los, peneiras para separá-lo, fermento e sal para transformá-los em pão e um forno para assá-lo, mas ainda assim tive de passar sem essas coisas, como irei relatar. De todo modo, meus grãos foram um consolo e uma vantagem inestimável para mim. Tudo isso, como já contei, tornava a faina mais laboriosa e demorada, mas para isso não havia jeito. E nem meu tempo era totalmente perdido, porque, da maneira como dividi o dia, uma parte sempre estava reservada para essas tarefas; e quando resolvi não usar os grãos para fazer pão antes de ter armazenado uma quantidade maior, tive todos os seis meses seguintes para me empenhar totalmente, através do esforço e da invenção, na criação dos utensílios apropriados para me desincumbir de todas as operações necessárias ao preparo dos grãos (quando os tivesse) para adequá-los ao meu uso.

Mas antes precisava preparar mais uma parcela de terra, pois agora tinha sementes em quantidade que bastava para semear um acre inteiro de terreno. Antes disso, precisei de pelo menos uma semana de trabalho para fabricar uma pá, que quando ficou pronta dava pena e era muito pesada, requerendo o dobro de esforço de quem trabalhasse com ela. Mas segui adiante e semeei meus grãos em dois trechos de terreno plano, o mais perto da minha casa de que me lembrava, erguendo em redor uma boa cerca, com estacas cortadas da mesma madeira que antes, que eu sabia que haviam de crescer, de modo que dali a um ano eu teria uma sebe ou cerca viva que só demandaria pouquíssimo reparo. Esse trabalho não foi pouco a ponto de me tomar menos que três meses, porque foi feito em grande parte na estação das chuvas, quando eu não podia me afastar muito.

Dentro de casa, ou melhor, quando chovia e eu não podia sair, eu me dedicava a várias tarefas e, o tempo todo que trabalhava, me divertia conversando com o meu papagaio que, ensinando a falar, logo fiz aprender seu próprio nome, e finalmente a dizê-lo em voz alta. "Poll", a primeira palavra que ouvi pronunciada na ilha por uma boca que não a minha. Mas não era este o meu trabalho, e sim um trabalho acessório, pois a essa altura, como já disse, tinha tarefas importantes nas mãos, da maneira que se segue. Fazia muito tempo que estudava, por este ou aquele meio, a maneira de produzir alguns vasos de barro, de que eu de fato tinha grande necessidade, mas não sabia onde encontrar. No entanto, levando em conta o calor do clima, não duvidava que, se eu pudesse encontrar a argila certa, teria como fazer de algum modo um pote que, seco ao sol, poderia ficar de dureza suficiente, e com a devida resistência, para aguentar o uso e conter qualquer coisa que eu quisesse guardar no seco e precisasse manter assim. E como isso era necessário para preparar meus grãos, minhas farinhas etc., ou seja, as tarefas que tinha pela frente, resolvi fazer o maior vaso que podia, só para conter o que nele eu quisesse guardar.

O leitor teria piedade de mim, ou talvez risse de mim, se eu lhe contasse todas as maneiras que usei para tentar dar forma a essa massa, as coisas que produzi com formas retorcidas, quantas delas desmontaram para dentro e quantas desabaram para fora, pois o barro não tinha firmeza suficiente para suportar seu próprio peso. Quantas racharam ao calor violento demais do sol, depois de receberem um acabamento apressado demais; e quantas se desfizeram em pedaços assim que as peguei para tirá-las do lugar, tanto antes quanto depois de terem secado por completo. Numa palavra, o quanto, depois de ter trabalhado muito para encontrar a argila, retirá-la da terra, misturá-la com água, trazê-la para casa e tentar dar-lhe forma, só consegui terminar dois trambolhos horrendos de barro, que mal posso chamar de jarros, ao fim de uns dois meses de trabalho.

No entanto, depois que o sol secou bem esses dois, eu os levantei com muita delicadeza e tornei a pousá-los em duas cestas de vime, que eu fiz justo para que eles não quebrassem, e como ainda ficou algum espaço entre o vaso e a cesta, preenchi esse vazio com palha de arroz e cevada, e como esses vasos se destinavam a ficar sempre no seco, achei que podiam guardar meus grãos, e talvez a farinha, quando eu conseguisse moê-los.

Apesar dos muitos fracassos em minhas tentativas de fabricar vasos de grande porte, ainda assim produzi vários potes menores com maior sucesso, como pequenas vasilhas redondas, pratos chatos, copos e panelinhas, e todas as coisas a que as minhas mãos se dedicavam e o calor do sol deixava espantosamente duras.

Mas nada disso atendia à minha necessidade, que era obter vasos de barro capazes de conter líquidos e suportar o fogo, o que não era o caso de nenhum dos que eu já tinha produzido. Mas ocorreu depois de algum tempo que, tendo eu feito uma fogueira grande para assar minha carne, depois que apaguei o fogo encontrei nas cinzas um caco de um dos meus vasos que, tirado do fogo, se mostrou duro como pedra, e vermelho como uma telha. Fiquei satisfeito de encontrá-lo, e disse comigo mesmo que certamente meus potes poderiam ser assados inteiros, se aos pedaços davam aquele resultado.

O que me levou a estudar de que modo dispor minha fogueira de maneira a queimar alguns dos potes. Não tinha ideia de como são os fornos usados nas olarias, ou de como revestir meus artefatos de chumbo, embora tivesse algum chumbo guardado; mas empilhei três panelas maiores e duas ou três vasilhas, uma em cima da outra, e cerquei tudo de lenha seca apoiada num bom monte de brasas. Reforcei a fogueira com mais lenha a toda roda e em cima de tudo, até ver que as vasilhas e panelas dentro do fogo estavam rubras de tão quentes, cuidando de que não tinham rachado. Quando vi que tinham ficado de um vermelho mais claro, deixei-as continuar naquele calor por mais cinco ou seis horas, até ver que uma delas, embora não tivesse partido, tinha derretido ou desmanchado, porque a areia misturada à argila tinha fundido com a violência do fogo, e teria se transformado em vidro se eu tivesse continuado a alimentar as chamas, de maneira que fui atenuando meu fogo aos poucos até minhas vasilhas e panelas começarem a perder a força do vermelho e, acompanhando a queima pela noite toda, para não deixar o fogo esfriar depressa demais, de manhã eu tinha três panelas muito boas, embora não possa dizer que fossem bonitas. Além de mais duas vasilhas de barro, endurecidas pelo fogo até onde se pode querer; e uma delas perfeitamente vidrada pela areia derretida.

Depois dessa experiência, nem preciso dizer que nunca mais me faltaram utensílios de cerâmica para o meu uso, mas devo admitir, quanto à sua aparência, que era sofrível, como se pode imaginar, pois eu não tinha meios de lhes dar forma; era como uma criança fazendo bolos de lama, ou uma mulher que assasse suas tortas sem nunca ter aprendido a modelar a massa.

A alegria diante de uma coisa tão feia nunca foi comparável à minha, ao descobrir que tinha fabricado uma panela de cerâmica que aguentaria ir ao fogo. E mal consegui esperar que esfriasse para acender novamente o fogo, encher a panela com um pouco de água e, com um pedaço de cabrito, fazer uma ótima sopa, embora me faltasse a farinha de aveia e vários outros ingredientes necessários para deixá-la com um sabor tão bom quanto eu imaginava.

Minha preocupação seguinte era fabricar um pilão de pedra para triturar ou esmagar parte dos meus grãos; pois a perfeição de um moinho eu nem sequer sonhava atingir só com o meu par de mãos. Para atender a esse desejo eu não sabia o que fazer, pois para nenhum ofício do mundo eu podia estar menos habilitado do que entalhador de pedra; nem tinha qualquer ferramenta que pudesse usar para tanto. Passei muitos dias à procura de uma pedra do tamanho certo para nela abrir uma cavidade e transformar num almofariz, e não encontrei nenhuma além das que faziam parte de grandes rochedos e que eu não tinha meios de separar ou escavar. E as pedras da ilha também não eram de uma dureza suficiente, mas todas de um tipo que desprendia farelo e jamais aguentaria o peso de um pilão pesado, nem permitiria a quebra dos grãos sem misturá-los com areia. Assim, depois de muito tempo perdido em busca de uma pedra, desisti e resolvi antes procurar um bloco de madeira bem dura, que de fato encontrei com muito maior facilidade. E, escolhendo o maior bloco que eu tinha força para transportar, comecei a arredondá-lo, dando-lhe a forma externa com meu machado e minha machadinha, e então, usando o fogo e um labor infinito, abri nele uma cavidade, da mesma forma que os índios do Brasil fabricam suas canoas. Depois disso, produzi um pilão pesado, ou mão de pilão, com a madeira conhecida como pau-ferro, e tudo preparei e deixei de parte para o momento em que colhesse minha próxima safra de cereais, que estava decidido a moer, ou melhor, a triturar, transformando-a em farinha para fazer meu pão.

Minha dificuldade seguinte foi produzir uma peneira, ou coador, para separar minha farinha do farelo e das cascas, sem o que eu não julgava possível fazer o pão. Era coisa muito difícil, até mesmo de se imaginar; pois é claro que eu não tinha o material necessário para isso, nem tela ou tecido fino para por eles passar a farinha. E nesse ponto fiquei parado vários meses, sem saber ao certo o que fazer. Roupas de tecido não me sobravam, e as que eu tinha estavam em farrapos; tinha pelo de cabra, que entretanto não sabia como fiar ou tecer. E, mesmo que soubesse, não tinha instrumentos com que trabalhar. O único remédio que encontrei foi finalmente me lembrar de que, em meio às roupas dos marujos que eu tinha retirado do navio, havia algumas golas de renda, ou musselina. Juntando algumas dessas golas, consegui produzir três peneiras pequenas, mas suficientes para o trabalho. E foi o que usei por vários anos; o que fiz mais tarde, e contarei a seu tempo.

Em seguida, precisava descobrir como faria para assar o pão quando tivesse os grãos para fazê-lo, pois antes de mais nada não dispunha de fermento. Quanto a isso, como não havia meio de suprir a falta, não perdi tempo me preocupando: mas a falta de um forno me inquietava de fato. Afinal, encontrei uma resposta também para isso, que foi a seguinte: produzi uns vasos de barro muito largos, mas não profundos, ou seja: com uns dois pés de diâmetro e pouco mais de um palmo de profundidade. Queimei esses vasos no fogo, como tinha feito com as panelas, e os pus de parte. Toda vez que pretendia assar alguma coisa, fazia um fogo alto em minha lareira, calçada com lajes quadradas que eu mesmo fabriquei e também queimei, embora não possa dizer que fossem exatamente quadradas.

Quando toda a lenha estava praticamente transformada em brasas, ou carvões ao rubro, eu as trazia para essa lareira e cobria com elas todas as lajes, deixando-as ali até a lareira ficar muito quente, depois do que, removendo todas as brasas, ali punha meu pão, ou meus pães e, emborcando em cima deles um dos vasos de barro, amontoava de novo as brasas por cima do vaso, a fim de conservar o calor e ainda aumentá-lo. E assim, como se esse fosse o melhor forno do mundo, eu assava os meus pães chatos de cevada, e em pouco tempo me transformei também num bom cozinheiro. Pois preparava bolos de arroz e pudins; no entanto, nunca preparei nenhuma torta, pois nesse caso não teria nada para recheá-la além da carne de aves ou de cabra.

Nem é preciso perguntar se essas coisas me tomaram a maior parte do terceiro ano que vivi aqui; só falta observar que, nos intervalos dessas atividades, ainda precisava cuidar da minha lavoura e da criação; pois colhi meus grãos na estação certa, transportei tudo para casa o melhor que pude, e deixei-os ainda presos à espiga, em minhas grandes cestas, até ter tempo de peneirá-los; pois não tinha terreiro onde pudesse separar o grão, ou instrumentos para tanto.

E agora, com o aumento do meu estoque de grãos, quis construir um celeiro maior. Almejava um lugar onde pudesse separar o grão das espigas. Pois o aumento da lavoura me rendia agora tanto grão que, de cevada, eu juntei uns vinte alqueires, e o mesmo, ou ainda mais, de arroz. Tanto que agora resolvi começar a usar meus grãos com largueza, pois meus biscoitos já haviam acabado muito antes. E decidi verificar que quantidade me bastaria por um ano inteiro, e cultivar meus grãos apenas uma vez ao ano.

No total, descobri que os quarenta alqueires de cevada e arroz eram bem mais do que eu poderia consumir num ano; assim, resolvi cultivar a cada ano apenas a mesma quantidade que tinha semeado no ano anterior, na esperança de que essa quantidade pudesse prover todo pão de que eu precisava etc.

Enquanto todas essas coisas ocorriam, podem acreditar que meus pensamentos escaparam muitas vezes para a extensão de terra que eu tinha avistado do outro lado da ilha, e não deixava de me ocorrer o desejo secreto de chegar àquela terra, imaginando a visão de um continente e de um país habitado onde eu poderia encontrar uma ou outra maneira de seguir viagem e talvez, ao fim e ao cabo, descobrir algum meio de escapar.

Mas em nenhum momento eu levava em conta os perigos dessa jornada, como parar nas mãos dos selvagens, talvez, tinha eu razão para crer, bem piores que os leões e tigres da África. Que, se eu caísse em seu poder, correria um perigo mais de mil vezes maior de ser morto e porventura devorado, pois tinha ouvido dizer que os habitantes das Caraíbas eram canibais, comedores de gente; e sabia, pela latitude, que não podia estar muito longe daquelas paragens. Mesmo supondo que não fossem canibais, poderiam ainda assim me matar, como aniquilaram tantos Europeus que caíram em suas mãos, mesmo quando em número de dez ou vinte, muito mais do que eu era ali sozinho, capaz de lhes mostrar pouca ou nenhuma defesa. Todas essas coisas, quero dizer, em que deveria ter pensado bem, mas com que só ocupei meus pensamentos mais adiante, não me despertaram qualquer apreensão num primeiro momento; pois minha mente tendia para a ideia obstinada de atravessar até alcançar aquela costa.

Agora eu sentia falta do meu rapaz Xuri e do nosso barco, com sua vela triangular, em que percorri mais de mil milhas de costa da África; porém tarde demais. Então pensei em examinar o bote do nosso navio que, como já contei, as ondas tinham conduzido para a praia num ponto distante, durante a tempestade em que nos perdemos. Estava quase no mesmo lugar onde havia parado, mas não exatamente; tinha sido virado pela força das ondas e dos ventos, quase de borco, e empurrado para um trecho alto de praia de areia grossa; mas a água não chegava mais à sua volta como antes.

Se eu tivesse ajuda para reformá-lo e lançá-lo de volta ao mar, esse bote poderia prestar ótimos serviços, e me permitiria até voltar nele aos Brasis com facilidade. Mas eu podia ver que não teria forças para virá-lo e recolocá-lo na posição certa, na mesma medida em que estava fora de questão mover a própria ilha. Ainda assim, fui até a mata e cortei alavancas e rolos, que trouxe até o bote, decidido a ver até onde podia chegar. Pensava comigo que, se conseguisse pelo menos virá-lo, talvez fosse fácil consertar os estragos que ele tinha sofrido, pois era um ótimo bote, que eu poderia governar com facilidade nas águas do mar.

Não poupei esforços, na verdade, nessa tarefa inglória, e gastei nela, creio, três ou quatro semanas; afinal, concluindo ser impossível mover o barco com minha parca força, limitei-me a cavar a areia que o sustentava, usando em seguida pedaços de madeira para empurrá-lo e fazê-lo cair do lado certo.

Depois disso, todavia, não consegui mais deslocar o barco ou entrar debaixo dele, e muito menos empurrá-lo na direção da água; de maneira que me vi forçado a desistir. Ainda assim, apesar de ter abandonado minhas esperanças quanto ao barco, meu desejo de tentar seguir para o mar alto aumentou, em vez de diminuir, mesmo no momento em que eu percebia não ter os meios para tanto.

Finalmente, isso me levou a pensar se não seria possível construir uma canoa, ou piroga,[29] como as fabricadas pelos nativos daquele clima, mesmo sem ferramentas ou, posso mesmo dizer, sem nenhuma ajuda: a saber, a partir do tronco inteiro de uma grande árvore. Isso não só me parecia possível como ainda fácil, e me agradava muito a ideia de fabricar a canoa, visto eu ter mais conveniências para tanto que os Negros ou Índios. Mas não quando pensava nas inconveniências particulares que me cercavam, mais que aos Índios, a saber, a falta de outras mãos para empurrar a canoa, quando ficasse pronta, até a água, obstáculo muito mais difícil para mim que todos os que a falta de ferramentas pudesse acarretar para eles. Pois de que me valeria, depois de ter escolhido uma vasta árvore na mata e com muito trabalho conseguir derrubá-la, logrando com as minhas ferramentas escavar e moldar a forma de um barco, queimar ou remover

29 No original, "*canoe, or periagua*". (N.T.)

seu interior para deixá-la oca e transformá-la em canoa, se depois de tudo isso eu me visse obrigado a deixá-la no mesmo lugar onde a tinha fabricado, sem conseguir lançá-la à água?

Pode-se perguntar como não tive qualquer vislumbre em meu espírito dessas minhas circunstâncias, enquanto trabalhava nesse barco. Devia ter pensado desde o início em como faria para levá-lo até o mar. Mas estava com o espírito tão fixado na travessia daquele trecho a bordo dessa embarcação que nem uma vez pensei em como faria para tirá-la da terra. E, pela natureza dessa canoa, seria realmente mais fácil para mim conduzi-la por cinco milhas de mar que por quarenta e cinco braças de terra, de modo a trazê-la de onde se encontrava até flutuar na água.

Trabalhei muito nesse barco, quase sempre como um perfeito idiota, como não faria homem nenhum em seu juízo. Fiquei satisfeito com os meus primeiros planos, sem procurar saber se seria capaz de levá-los a cabo. Não que a dificuldade de lançar esse meu barco me passasse muito pela cabeça, mas encerrei minhas reflexões a esse respeito com a conclusão insensata a que cheguei: "Primeiro vamos acabar o barco; depois, tenho certeza de encontrar algum modo de levá-lo até a água, quando ficar pronto".

O método era dos mais absurdos; mas a ansiedade dos meus desejos prevaleceu, e me entreguei ao trabalho. Derrubei um cedro: e me perguntei se Salomão jamais teria encontrado um igual na construção do Templo de Jerusalém.[30] Tinha quase seis pés de diâmetro na parte

30 Em 1 Reis, 5,3-6, Salomão resolve construir o templo em Jerusalém que seu pai, o rei Davi, não conseguira erguer "por causa das guerras com que o cercaram". Lembra que "falou o Senhor a Davi, meu pai, dizendo: Teu filho, que porei no teu trono, ele edificará uma casa em meu nome". Salomão pede ao rei Hirão de Tiro que lhe mande cedros do Líbano para a construção do templo.

mais baixa do tronco, e pouco menos de cinco pés cerca de uns vinte e dois pés mais acima, ponto a partir do qual afinava ainda mais antes de se dividir em galhos. Não foi sem um labor infinito que derrubei essa árvore: levei vinte dias atacando sua base com serra e machado. E catorze mais removendo galhos e ramagem, e cortando a vasta copa acima deles com serra, machado e machadinha, à custa de um esforço impossível de descrever. Depois disso, custou-me um mês dar forma ao tronco, reduzi-lo às devidas proporções e entalhar nele algo parecido com o fundo de um barco, para que pudesse manter-se de pé na água, como lhe seria necessário. Três meses mais me custou escavar o tronco, e remover o que mais havia nele de modo a convertê-lo exatamente num barco, o que fiz sem usar fogo, só com malho e cinzel, e por força de trabalho extenuante, até finalmente produzir uma bela piroga, grande o quanto bastava para transportar vinte e seis homens, e portanto de tamanho suficiente para levar a mim e toda a minha carga.

Quando terminei todo esse trabalho, fiquei encantado com seu fruto. O barco era na verdade muito maior que qualquer canoa ou piroga feita a partir de um tronco só que eu já tivesse visto na vida. Mas me demandou muitos dias de fadigas, podem acreditar; e só me faltava agora alcançar a água. E se eu tivesse chegado com ele à água, não tenho dúvida de que teria começado a mais insensata, e mais improvável, de todas as travessias jamais empreendidas no mundo.

Mas todos os recursos de que lancei mão para levá-lo até a água malograram, embora também me tenham custado um esforço infinito. O barco estava a umas cem jardas da água, não mais. Mas o primeiro inconveniente é que estava em posição mais baixa que a do rio. Para eliminar esse desconforto, resolvi escavar a terra e assim criar um declive, o que comecei a fazer, e me custou penas prodigiosas; mas quem irá queixar-se de provações quando tem a salvação em vista? Entretanto, quando acabei de cavar e superei essa dificuldade, ainda assim perdurava a impossibilidade, pois não conseguia deslocar aquela canoa mais que o bote que havia sobrado do naufrágio.

Então medi a distância que faltava até o rio e resolvi abrir um fosso, ou canal, para trazer a água até a canoa, já que não conseguia levar a canoa até a água. Pois bem, comecei esse trabalho, e quando me lancei a ele, pondo-me a calcular a que profundidade precisaria cavar, qual a largura do canal e como faria para remover a terra, descobri que, tendo em conta o número de mãos com que contava, apenas as minhas duas, precisaria de dez ou doze anos para terminar a faina. Pois o barranco era elevado, de modo que em seu ponto mais alto o canal precisaria de pelo menos vinte pés de fundo. E assim, depois de algum tempo, embora com muita relutância, desisti de mais essa tentativa. O que me deixou profundamente afrontado, e agora eu via, embora tarde demais, como é insensato encetar um projeto como esse antes de calcular o seu custo, e antes de avaliar corretamente nossa própria capacidade de levá-lo a bom termo.

No meio desses trabalhos completei meu quarto ano neste lugar, e observei com a mesma devoção mais esse aniversário, com a mesma sensação de conforto de antes. Pois graças ao estudo constante e à aplicação diligente da Palavra de Deus, e com a ajuda de Sua graça, eu tinha granjeado conhecimentos que antes não possuía. Hoje eu tinha uma noção diversa das coisas. Via o mundo como uma coisa distante, a que eu estava vinculado, de que não esperava nada e que não me inspirava desejo algum. Numa palavra, nenhuma conexão tinha eu com ele, nem provavelmente jamais viria a ter, de maneira que eu o via como talvez nos possa revelar-se o Além, a saber: como um lugar onde eu tinha vivido, mas de onde me vi excluído. E eu bem podia dizer, como o Patriarca

Abraão a Lázaro, "Entre nós e vós está posto um grande abismo".[31]

Em primeiro lugar, aqui me vi libertado de todos os males do mundo: não me acometiam nem a concupiscência da carne, nem a concupiscência dos olhos, nem a soberba da vida.[32] Nada tinha eu a cobiçar, pois possuía tudo a que hoje poderia dar valor. Era senhor de todo aquele domínio ou, se quisesse, podia me declarar rei, ou imperador, de toda a terra de que hoje tinha plena posse. Rivais não havia. Não tinha competidor, quem pudesse contestar minhas ordens ou soberanias. Podia colher cereais suficientes para encher vários navios, mas não carecia de tanto, de maneira que só cultivava o quanto me bastava àquela altura. Tinha tartarugas de sobra mas, de tempos em tempos, uma era o máximo que podia consumir. Tinha madeira suficiente para construir toda uma frota de navios. E uvas suficientes para produzir vinho, ou transformar em passas, na quantidade necessária para carregar toda essa frota depois de construída.

Mas só o que tinha valor era aquilo de que eu precisava. Contava com o suficiente para comer e suprir minhas necessidades, e de que me interessava o resto? Se eu matasse mais caça do que poderia comer, meu cão ou os vermes precisariam comê-la. Se semeasse mais grãos do que tinha como comer, eles se estragariam. As árvores que eu derrubava ficavam tombadas no chão e ali

31 Refere-se à parábola de Jesus sobre o homem rico e Lázaro, o mendigo pobre, na qual o patriarca Abraão, do Velho Testamento, responde (Lucas, 16,25-6) aos rogos que o rico lhe faz do inferno para que lhe envie Lázaro, que se encontra no seio de Abraão (o Paraíso), para que molhe na água a ponta do dedo e lhe refresque a língua, "porque estou atormentado nesta chama" (16,24).

32 1 João, 2,16.

apodreciam. Só me serviam como lenha; e de fogo eu só carecia para preparar minha comida.

Numa palavra, a natureza e a experiência das coisas me ditavam, depois de uma ponderada reflexão, que todas as boas coisas deste mundo só são boas para nós na medida em que nos têm algum proveito, e que tudo que podemos juntar para dar a outros só nos vale alguma coisa na medida em que nos for útil, e não mais. Em meu lugar, o avarento mais ganancioso do mundo se veria curado de seu vício da cobiça, pois eu possuía muito mais do que podia dispor. Não me sobrava lugar para o desejo, só de coisas que me faltavam, mas essas eram todas simples, ainda que pudessem me ser de grande serventia. Eu tinha, como já contei, um fardo de dinheiro, tanto ouro quanto prata, num total de cerca de trinta e seis libras. E lá, ai de mim, ficava essa coisa triste, funesta e inútil. Não tinha para ela nenhum emprego, e muitas vezes pensava comigo mesmo que pagaria um bom quinhão daquele ouro por uma porção de cachimbos, ou por um moinho manual para moer meus grãos. Na verdade, trocaria tudo por seis vinténs de sementes de nabo e cenoura da Inglaterra, ou por um punhado de lentilhas e feijões e um frasco de tinta. Naquelas condições, o ouro e a prata não me traziam proveito ou benefício nenhum. Lá quedavam, guardados numa gaveta, acumulando mofo devido à umidade da caverna na estação das chuvas, e se eu tivesse a gaveta cheia de diamantes daria no mesmo: não teriam qualquer valor para mim, porque não me serviam de nada.

Agora, as condições da minha vida tinham ficado muito mais fáceis que no início, e mais confortáveis tanto para a minha mente quanto para o corpo. Muitas vezes eu me instalava diante do meu alimento com gratidão, e reverenciava as obras da Providência Divina, que desse modo me proporcionava fartura na solidão. Aprendi a atentar para o lado mais luminoso da minha existência, e menos para o lado sombrio; e a pensar no que tinha, em vez de ruminar sobre o que me faltava. E isso às vezes me proporcionava um conforto interior tamanho que nem tenho como definir, e que assinalo aqui para conhecimento dos descontentes que não conseguem tirar um proveito confortável do que Deus lhes dá, por só terem olhos e cobiça para o que Ele não lhes deu. Toda a insatisfação que sentimos devido ao que nos falta me parecia fruto da falta de gratidão pelo que temos.

Outra reflexão me foi de grande utilidade, e sem dúvida pode ter o mesmo efeito em quem passar por provações tão grandes quanto as minhas: comparar minha condição atual com aquela que, num primeiro momento, imaginei que viesse a me caber. Melhor dizendo, com a que por certo me caberia, não tivesse a boa Providência de Deus ordenado ao navio o prodígio de encalhar perto da costa, onde não só me foi possível subir a bordo, como ainda pude trazer para a terra tudo o que tirei de seu casco para meu socorro e conforto, sem o que me teriam faltado ferramentas para o trabalho, armas para a defesa e munição para me prover de comida.

Passei horas e horas, posso dizer dias inteiros, imaginando com as cores mais vivas qual teria sido minha sorte se não recolhesse nada no navio. Como nem sequer teria sido capaz de conseguir qualquer alimento, afora peixe e tartarugas: e visto que levei algum tempo até encontrar uma dessas, antes disso teria perecido. E que estaria vivendo, se não tivesse morrido, como um mero selvagem. Que se por acaso tivesse conseguido matar uma cabra, ou alguma ave, de alguma forma, não teria meio de abri-los, separar a carne da pele e das entranhas ou cortá-las: precisaria devorar as presas como uma besta feroz, arrancando-lhes pedaços com os dentes e as garras.

Essas reflexões me tornaram muito sensível à bondade da Providência para comigo, e muito grato por minha condição presente, mesmo depois de todas as provações e infortúnios. E essa parte também não posso deixar de recomendar àqueles que, em sua hora de sofrimento, tendem a dizer, "Nenhuma dor se compara à minha!". Que ponderem como outros casos são muito piores, e podiam ser o deles, se assim conviesse à Providência.

E outra reflexão me ocorreu que ajudou a consolar meu espírito com esperanças: comparar minha condição atual com a que eu merecia, e portanto teria motivo para esperar da Mão da Providência. Tive uma vida de pecados, perfeitamente destituída do conhecimento e do temor de Deus. Fui bem instruído por meu pai e minha mãe; nenhum dos dois me faltou na primeira quadra da vida, procurando infundir em meu espírito um temor religioso a Deus, o senso do dever e do que minha natureza e a finalidade da minha existência requeriam de mim. E ainda, ai de mim, tendo caído cedo na vida de marujo, que de todas é a que menos se regula pelo temor a Deus, embora se depare sempre com os Seus terrores; e, como dizia, tendo caído cedo na vida de marujo, o pouco senso de religião que eu antes tinha perdi, à força de gracejos dos meus companheiros de bordo, de um desprezo calejado ao perigo e à visão da morte, que se tornou habitual para mim, e da falta prolongada de alguma oportunidade de conversar com qualquer criatura que não me fosse semelhante e escutar palavras boas, ou tendentes ao bem.

Tanto me faltava qualquer toque de virtude, ou o menor senso de quem eu era, ou devia ser, que nas grandes salvações de que me beneficiei, como em minha fuga de Salé, ao ser recolhido pelo Capitão Português, ao ter me instalado tão bem nos Brasis, ao receber minha carga da Inglaterra, e assim por diante, nunca me ocorreram sequer à mente, quanto mais à língua, as palavras "graças a Deus". E nem nos momentos de maior provação cheguei a pensar em rogar a Deus, ou mesmo em dizer "Deus tenha Piedade de mim", nem jamais fazia menção ao nome de Deus, exceto para usá-lo em maldições e, assim, blasfemar.

Pensamentos terríveis me passaram pela mente por vários meses, como já observei, devido a meu passado de pecador contumaz. E quando olhava à minha volta, e considerava as providências especiais que me haviam socorrido desde a minha chegada a esse lugar, e como Deus me premiava com a abundância, não só deixando de me castigar da forma que mereceria minha iniquidade como ainda me suprindo com tal largueza, isso me despertava grandes esperanças de que meu arrependimento tivesse sido aceito, e de que Deus ainda me destinava à Sua Misericórdia.

Com essas reflexões convenci meu espírito não só a se conformar com a vontade de Deus naquelas circunstâncias, mas ainda a cultivar uma gratidão sincera por minha condição. Eu, que ainda vivia, não devia me queixar, tendo em vista que não fora submetido ao devido castigo por meus pecados. Recebia tantas graças, que não teria motivo de esperar naquela parte do mundo, que nunca mais devia me queixar da minha condição e sim me regozijar, dando graças todo dia pelo pão cotidiano que só mesmo uma legião de prodígios poderia me trazer. Que devia considerar ter sido alimentado à custa de milagres, na verdade tão grandes quanto Elias ter sido sustentado pelos corvos;[33] na verdade, por uma série de milagres. E que não teria como citar algum lugar habitável do mundo onde pudesse ter naufragado com maior proveito. Um lugar em que não tinha companhia, o que me afligia por um lado, mas tampouco me deparava com bestas famintas, lobos ou tigres furiosos que pusessem em risco minha vida; com nenhuma criatura venenosa ou peçonhenta com que, me alimentando, eu pudesse sofrer algum mal; com nenhum selvagem para me assassinar e devorar.

Numa palavra, minha vida por um lado era de dor, mas por outro era abençoada, e para transformá-la numa

33 Quando Deus determina ao profeta Elias que se transfira para as bandas do Jordão, revela que deu ordem aos corvos dali para que o alimentassem (1 Reis, 17,4-6).

vida de conforto eu só precisava ser capaz de extrair meu consolo diário dos sinais da bondade de Deus para comigo, e de como me amparava naquela condição. Depois que cheguei à postura justa em relação a essas coisas, segui em frente e nunca mais fiquei triste.

Agora fazia tanto tempo que estava aqui que muitas coisas que tinha transportado para a terra a fim de me servir ou tinham acabado ou já estavam muito gastas e quase esgotadas.

Minha tinta, como já observei, tinha se acabado fazia algum tempo, salvo uma quantidade muito pequena, que eu tinha diluído aos poucos em água até deixar tão clara que mal produzia uma sombra de preto no papel. Enquanto durou, usei para ir assinalando os dias do mês em que alguma coisa de notável me acontecia, e num primeiro momento para registrar também fatos do passado. Lembro de haver uma surpreendente coincidência de datas nos estranhos caprichos da Providência que sucederam comigo, e que, se eu tivesse a inclinação supersticiosa a observar certos dias do ano como nefastos ou afortunados, podia ter motivos para refletir a respeito com grande curiosidade.

Primeiro observei que, na mesma data em que deixei meu pai e meus amigos e fugi para Hull a fim de partir para o mar, nesse mesmo dia, anos mais tarde, fui capturado pela caravela de Salé e transformado em cativo.

No mesmo dia do ano em que escapei do naufrágio daquele primeiro navio na rota de Yarmouth, nesse mesmo dia, anos depois, escapei de Salé de barco.

No mesmo dia do ano em que nasci, a saber, o dia 30 de setembro, nesse mesmo dia tive minha vida salva por milagre vinte e seis anos mais tarde, quando dei à praia nesta ilha.[34] De maneira que minha vida de pecador e minha vida solitária começaram ambas na mesma data.

34 O cálculo de Crusoé está equivocado: ele nasceu em 1632 e naufragou em 1659, de modo que tinha 27 anos.

Depois do fim da minha tinta, foi a vez do meu pão, quer dizer, da cesta que eu tinha trazido do navio e que racionei ao mais alto grau, só me permitindo um pedaço de pão ao dia por mais de um ano. Ainda assim, fiquei sem pão por quase mais um ano antes de obter grão com minha lavoura, e grande motivo tinha para dar graças por isso, já que o surgimento dessas plantas, como já observei, foi quase um milagre.

Minhas roupas começaram a se desfazer quase por completo. Quanto às roupas de baixo, já fazia tempo que não tinha nenhuma, além de umas poucas camisas quadriculadas que tinha encontrado nas arcas dos outros marujos do navio, e que guardei com todo o cuidado, porque havia muitas ocasiões em que não conseguia tolerar mais roupas no corpo que uma simples camisa. E me valia muito que tivesse recolhido, das roupas de todos os homens a bordo do navio, quase três dúzias delas. Havia também vários capotes grossos de marinheiro, que tinham sobrado mas eram quentes demais para usar ali e, embora seja verdade que o clima era de um calor tão violento que roupas não eram necessárias, ainda assim eu não poderia andar de um lado para o outro totalmente nu. Não, mesmo que eu me sentisse tentado a tanto, o que não era o caso, não poderia aceitar a ideia de viver assim, ainda que me encontrasse totalmente só.

O motivo pelo qual não poderia andar totalmente nu é que, inteiramente despojado de roupas, o calor do sol me causaria mais dano do que coberto com poucas delas. O calor muitas vezes era tal que deixava minha pele coberta de bolhas. Vestindo uma camisa, por outro lado, o ar fazia algum movimento e, passando por baixo da camisa, ficava duas vezes mais fresco que do lado de fora. E tampouco eu conseguia sair exposto ao sol sem um gorro ou chapéu; o calor do sol, com a violência que tem naquelas paragens, me deixaria com uma dor de cabeça permanente se atingisse diretamente o alto do meu crânio sem a proteção de um chapéu ou gorro, o que eu não suportaria. Já usando meu chapéu, eu conseguia me resguardar.

Por esses motivos comecei a cogitar de pôr alguma ordem nos poucos andrajos que tinha e ainda chamava de roupas. Eu já havia dado cabo de todas as jaquetas que possuía, e agora decidi ver se conseguia fabricar jaquetas menores a partir dos capotes, e com os demais materiais de que dispunha, e então me pus a trabalhar como alfaiate ou, melhor dizendo, um remendão, pois meus produtos eram francamente deploráveis. Ainda assim, consegui fabricar um arremedo de duas ou três novas jaquetas, que todavia não pareciam prometer uma vida longa. Quanto a calças ou calções, produzi uns artefatos realmente tristes, que me duraram algum tempo.

Já mencionei que guardava as peles de todas as criaturas que abatia, as de quatro patas, bem entendido, que esticava com varas e expunha ao sol, depois do que algumas delas ficavam tão ressecadas e duras que se prestavam a muito pouco, mas outras acabaram me sendo muito úteis. A primeira coisa que fiz com elas foi um gorro para a minha cabeça, com o pelo virado para fora a fim de repelir a chuva. E ficou tão bom que em seguida produzi um conjunto de roupas inteiramente feito dessas peles, a saber: um colete e calções até os joelhos, e bem folgados, pois se destinavam mais a manter-me fresco que aquecido. Não posso deixar de reconhecer que tinham um feitio assustador: pois se eu era mau carpinteiro, como alfaiate era pior ainda. No entanto, as roupas me prestaram bons serviços e, quando eu estava fora de casa, se acontecesse de chover, como a pelagem do meu casaco e do meu gorro era virada para fora, eu me molhava muito pouco.

Depois disso, empreguei muito tempo e trabalho na produção de um guarda-sol; de fato, era algo que me fazia muita falta, e desejava muito fabricar um deles;

tinha visto como eram fabricados nos Brasis, onde são muito úteis nos grandes calores que lá ocorrem. E aqui eu sentia um calor idêntico, e maior ainda, pois estava mais próximo do Equinócio; além disso, como toda hora precisava andar ao ar livre, seria um artigo da maior utilidade para mim, podendo me proteger tanto do calor como das chuvas. Precisei de um trabalho infinito para fabricá-lo, e levei muito tempo até conseguir produzir algo que não deixasse passar nada. Na verdade, depois de achar que tinha descoberto a maneira de fazer um guarda-sol, estraguei dois ou três antes de conseguir fabricar o que eu queria; mas acabei produzindo um guarda-sol que sempre me serviu bem. A maior dificuldade que encontrei era fazê-lo desarmar. Conseguia armar com facilidade mas, se ele não se fechasse, ficando de menor tamanho, eu só poderia carregá-lo aberto acima da cabeça, o que não me convinha. No entanto, finalmente, como já disse, consegui fabricar uma armação adequada, que cobri de peles com a pelagem para fora, a fim de repelir a chuva como um telhado e me manter protegido do sol para poder caminhar nos dias mais quentes com mais comodidade ainda do que antes sentia nos dias mais frescos. E quando não precisava dele, podia fechá-lo e carregá-lo debaixo do braço.

Assim eu vivia com razoável conforto, com o espírito plenamente conciliado por me resignar à vontade de Deus, e totalmente entregue aos desígnios de Sua Providência. Minha vida assim era melhor que a vida em sociedade pois, toda vez que eu deplorava a falta de conversação, eu me perguntava se esse diálogo com os meus pensamentos e, espero poder dizer, com o próprio Deus, por meio de orações curtas, não seria melhor que o mais refinado convívio com a sociedade dos homens no mundo.

Não posso dizer que depois disso, por cinco anos, alguma coisa fora do comum me tenha ocorrido: minha vida guardava o mesmo curso, a mesma postura e a mesma posição de antes. As principais coisas que me ocupavam, além da minha faina anual de plantar minha cevada e meu arroz e curar minhas passas, dos quais eu sempre conservava quantidade suficiente para me bastar por todo um ano; como eu dizia, além dessa faina anual, e do meu serviço diário de sair com a minha arma, ainda me empenhei na fabricação de uma canoa, que finalmente terminei. Em seguida, cavando até ela um canal com seis pés de largura por quatro de profundidade, consegui conduzi-la até o riacho, a quase meia milha dali. Quanto à primeira, que tinha ficado tão grande e produzi sem ter pensado de antemão, como devia ter feito, na maneira de lançá-la à água, ou trazer a água até ela, fui obrigado a deixá-la onde estava, como forma de me trazer à memória que de outra vez deveria refletir melhor. De fato, na tentativa seguinte, embora não tenha conseguido encontrar uma árvore adequada a uma distância menor da água do que já disse, de quase meia milha, ainda assim, ao ver que a obra era finalmente praticável, não perdi o ânimo. E, embora tenha gasto quase dois anos para chegar ao fim, nunca me queixei do meu trabalho, na esperança de produzir um barco que finalmente me permitisse sair para o mar.

Entretanto, embora minha modesta piroga tenha ficado pronta, suas dimensões não correspondiam de maneira alguma ao projeto que eu tinha em mente quando produzi a primeira; digo, o de me arriscar na direção da *terra firma*, num ponto onde o mar tinha mais de quarenta milhas de largura. Dessa forma, o pequeno porte do meu barco contribuiu para pôr fim a esse desígnio, em que agora eu não pensava mais. Mas como agora tinha um barco, meu próximo intento era o de dar a volta à ilha. Pois como já estivera do outro lado, num dado ponto, aonde cheguei, como já descrevi, caminhando por terra, os descobrimentos que fiz nessa minha pequena viagem engendraram em mim uma grande ambição de ver outros trechos da costa e, agora que tinha um barco, só pensava em fazer a volta da ilha por mar.

Para tanto, para que eu pudesse fazer tudo com critério e consideração, ajustei um pequeno mastro ao meu barco e fabriquei uma vela para ele a partir de alguns pedaços de pano da vela do navio, que eu tinha guardado e de que ainda me restava bastante.

Tendo ajustado o mastro e a vela, e experimentado o barco, descobri que ele vogava muito bem. Em seguida fabriquei pequenos baús, ou caixas, que ajustei em cada ponta do meu barco, para neles guardar provisões, objetos necessários, munição etc., de maneira a manter tudo seco, protegido tanto da chuva quanto da espuma do mar; e ainda entalhei uma grande fenda por dentro do casco onde podia guardar minha arma, fabricando uma aba que se desdobrava para cobri-la e manter a arma também a salvo da água.

Prendi também meu guarda-sol num ressalto da popa, como um mastro, de maneira a ficar aberto sobre a minha cabeça e me manter protegido do sol, à guisa de um toldo. E assim, de tempos em tempos, fazia pequenas viagens por mar, sem nunca porém me arriscar muito ao largo ou me afastar em demasia do estuário do meu riacho. Mas finalmente, desejoso de conhecer a circunferência do meu pequeno império, resolvi partir em minha navegação, e com esse intento aprovisionei o barco para a viagem com duas dúzias dos meus pães (que na verdade faria melhor se chamasse de biscoitos) de cevada, um pote de barro cheio de arroz cozido e depois seco, alimento que usava em grande quantidade, um frasco pequeno de rum, meio cabrito, pólvora e chumbo para caçar mais, e dois capotes grandes, daqueles que, como mencionei acima, tinha recuperado das arcas dos marujos: levei um deles para deitar-me em cima, e outro para me cobrir à noite.

Foi no dia 6 de novembro, no sexto ano do meu reinado, ou do meu cativeiro, como preferirem, que parti nessa viagem, que viria a ser bem mais longa do que eu esperava, pois, embora a terra não fosse muito extensa, quando cheguei de seu lado leste me deparei com um extenso braço de recifes que se projetava mais de duas léguas mar adentro, parte à flor d'água e parte submersos e, mais além, um banco de areia que emergia da água por mais uma légua, de maneira que fui obrigado a seguir bastante ao largo para contornar essa ponta.

Quando descobri essas pedras, resolvi desistir do meu intento e retornar em seguida, sem saber até que ponto me obrigariam a me afastar da costa e, acima de tudo, de que maneira eu poderia voltar; o que me fez decidir ancorar, pois tinha fabricado uma âncora com um pedaço de gancho recuperado do navio.

Tendo ancorado bem o meu barco, peguei a minha arma e segui para a margem, subindo um morro que parecia se erguer justo acima daquela ponta, de onde podia ver até onde se estendia, avaliando o risco que representava.

Observando o mar do alto dessa encosta, percebi uma correnteza forte, na verdade furiosa, que corria para o leste, e passava bem perto da ponta. Prestei muita atenção em seu curso pois vi que podia representar algum perigo, e que, quando eu chegasse a ela, poderia ser arrastado mar afora por sua força, sem conseguir depois retornar à ilha. E de fato, se antes não tivesse subido aquele morro, acredito que seria este o meu destino, porque a mesma correnteza também passava do outro lado da ilha, só que a uma distância maior da costa. E vi que havia uma forte contracorrente de retorno, provocada pela presença de terra; de maneira que tudo que eu precisava fazer era aproveitar a primeira correnteza para me afastar de terra e depois rumar de volta com a contracorrente.

Fiquei parado ali, entretanto, por dois dias; porque o vento soprava muito forte de leste-sudeste, exatamente a direção oposta à da correnteza, e fazia o mar quebrar com muita força nos recifes da ponta. De modo que não era seguro bordejar muito perto da costa, por causa das ondas que se chocavam nas pedras, nem muito longe, por causa da correnteza.

Na manhã do terceiro dia, como o vento diminuiu durante a noite e o mar estava calmo, decidi partir. Mas de novo sirvo de mau exemplo, a ser evitado por todos os pilotos atrevidos e ignorantes; pois mal cheguei à ponta, a menos de um comprimento de barco das pedras, me encontrei em águas muito profundas, e fui arrastado pela correnteza que parecia a calha de um moinho. Puxava meu barco com tamanha violência que, por mais que eu fizesse, não conseguia mantê-lo junto à borda da corrente. E descobri que ela me puxava com grande celeridade cada vez mais para longe da contracorrente que retornava para a costa, que se mantinha à minha esquerda. Não havia vento algum para me ajudar, toda a força que eu pudesse fazer com meus remos de nada me valeria, e agora comecei a acreditar que estava perdido. Pois como a correnteza passava dos dois lados da ilha, eu sabia que dali a poucas léguas seus dois braços haviam de se reunir, e que então eu seria levado para longe sem possibilidade de retorno; e não via qualquer meio de evitar essa sorte. De maneira que só me restava perecer; não tragado pelo mar, que estava calmo, mas de fome. Na verdade eu tinha encontrado uma tartaruga na praia, quase do tamanho máximo que conseguia levantar, jogando-a dentro do barco; e tinha ainda uma jarra grande cheia de água doce, ou melhor, um dos meus vasos de barro. Mas de que isso havia de me valer se eu fosse arrastado para o vasto oceano, onde, que eu soubesse, não havia terra, fosse continente ou ilha, por pelo menos mil léguas?

E agora eu via como era fácil para a Providência Divina tornar ainda pior a mais miserável condição em que um homem pudesse se encontrar. Agora a minha ilha deserta e solitária me parecia o lugar mais deleitável da terra, e toda a felicidade que meu coração poderia almejar não era outra senão estar de volta às suas praias. Eu estendia minhas mãos para a ilha, numa ânsia de desejo. "Ó feliz deserto", disse eu, "nunca mais hei de te ver! Ó criatura infeliz", disse eu, "aonde irei parar?" Então me censurei por meu gênio ingrato e por todas as vezes que deplorei minha condição solitária, e nesse momento o que não daria para me ver lá de volta! E é assim que só percebemos o verdadeiro estado da nossa condição quando ele se torna patente em contraste com o seu oposto; e é assim que só sabemos dar valor ao que temos quando nos falta. Nem é possível imaginar a consternação que eu sentia ao me ver impelido para longe da minha querida ilha (pois era assim que ela agora me aparecia) e rumo à vastidão do oceano, quase duas léguas afora, e na mais extrema desesperança de jamais retornar a ela. Ainda assim, persisti até quase esgotar minhas forças, e mantinha meu barco o mais possível apontado para o norte, ou seja, o lado da correnteza por onde passava a contracorrente, quando, em torno do meio-dia, no momento em que o sol passava o meridiano, julguei sentir um leve sopro de brisa no rosto, vindo de sul-sudeste. Isso trouxe algum alívio ao meu coração, especialmente depois que, mais ou menos meia hora mais tarde, senti soprar claramente um vento moderado mas gentil. A essa altura eu já me encontrava a uma distância tremenda da ilha, e caso tivesse surgido a menor das nuvens ou o mais leve dos nevoeiros, eu me teria perdido também de outro modo, pois não tinha bússola a bordo e jamais saberia como tomar o rumo de volta, se porventura perdesse a ilha de vista. Mas o tempo continuou claro, e trabalhei para erguer meu mastro e abrir minha vela, derivando o mais que podia para o rumo norte, a fim de me livrar da correnteza.

Assim que armei o mastro e abri minha vela, e o barco começou a desviar um pouco seu curso, pude ver, até pela limpidez da água, que alguma alteração da correnteza estava próxima; pois onde a correnteza era mais forte, a água era turva. Entretanto, percebendo águas mais claras, vi que a correnteza se enfraquecia, e logo avistei a leste, dali a cerca de meia milha, ondas do mar que se quebravam em alguns recifes; eram eles, descobri, que faziam a correnteza se dividir: o fluxo principal se dirigia mais para o sul, deixando os recifes a nordeste, e o outro voltava repelido pelas rochas, formando uma forte contracorrente que rumava de volta para noroeste, com um curso bastante nítido.

Aqueles que sabem o que é beneficiar-se de um indulto já nos degraus do cadafalso, que já foram salvos de salteadores prestes a assassiná-los ou que viveram outros momentos assim extremos podem adivinhar qual não foi minha alegria inesperada, e com qual satisfação fiz meu barco tomar o curso dessa contracorrente e, como o vento também ficava mais forte, com quanta felicidade abri minha vela a seu sopro, vogando satisfeito com esse vento de popa e tendo sob os pés uma forte contracorrente ou maré que conduzia de volta a terra.

Essa contracorrente me carregou por quase uma légua de volta no rumo direto da ilha, só que umas duas léguas mais ao norte que a correnteza que me havia arrastado para longe. Assim, quando me aproximei da ilha, vi que estava de frente para a sua costa norte, ou seja, o lado da ilha oposto àquele de onde tinha partido.

Depois de ter percorrido pouco mais de uma légua do caminho com a ajuda dessa maré ou contracorrente, descobri que ela perdia a força e não me servia mais de nada. Entretanto, descobri que me encontrava a meio caminho entre as duas grandes correntezas, a saber, a do lado sul, que me arrastou para longe, e a do norte, que ficava mais ou menos uma légua para o outro lado. Como eu dizia, a meio caminho entre as duas correntes, nas proximidades da ilha, encontrei finalmente águas tranquilas, sem correnteza alguma, e tendo ainda uma brisa amena que soprava a meu favor, segui navegando diretamente para a ilha, embora agora avançasse com mais lentidão que antes.

Em torno das quatro da tarde, encontrando-me a mais ou menos uma légua da ilha, dei com a ponta dos rochedos que provocava aquele fenômeno nefasto. Apontando, como descrevi acima, para o sul, e desviando nessa mesma direção a correnteza, criava por consequência uma outra contracorrente para o norte, que constatei ser bem forte, mas não exatamente no rumo que eu desejava, o de oeste-noroeste. No entanto, como soprava um bom vento, atravessei essa contracorrente num rumo enviesado para noroeste, e em mais ou menos uma hora já estava perto de uma milha da costa e, as águas estando muito calmas, logo cheguei a terra.

Quando desci na praia, caí de joelhos e dei graças a Deus por minha salvação, resolvendo deixar de lado qualquer ideia de partir da ilha em meu barco. Restaurando as forças com o que tinha levado comigo, arrastei meu barco areia acima até uma área abrigada que tinha vislumbrado à sombra de umas árvores, onde me estendi para dormir, extenuado com os trabalhos e a fadiga daquela viagem.

Não sabia agora qual rota deveria tomar a fim de voltar para casa com meu barco, depois de todos os riscos que tinha corrido. Percebi que não devia tentar retornar pelo mesmo caminho da vinda, pois desconhecia o que poderia haver do outro lado (falo do lado oeste) da ilha e não me sentia disposto a outras tentativas da mesma ordem. Portanto, só pela manhã decidi seguir para oeste caminhando ao longo da costa, para ver se não haveria algum rio que desembocava no mar e onde eu pudesse deixar minha embarcação em segurança, de modo a poder contar de novo com ela, se assim desejasse. Dali a três milhas, ou perto disso, ao longo da costa, cheguei a uma ótima enseada ou baía que media em sua entrada mais ou menos uma milha, e depois se estreitava até chegar a um riacho ou ribeiro bem modesto, onde encontrei um abrigo muito conveniente para meu barco e onde podia guardá-lo como que ancorado a uma doca criada especialmente para ele. Ali deixei o barco, que amarrei com grande segurança, voltando depois para a praia a fim de explorar a área e ver onde me encontrava.

Logo descobri que estava apenas um pouco além do local aonde já chegara a pé caminhando até aquela costa. Assim, sem tirar nada do meu barco além da minha arma e do meu guarda-sol, pois o calor era extremo, comecei minha caminhada. A trilha me parecia extremamente confortável depois de uma viagem como a que havia acabado de fazer, e cheguei ao anoitecer à minha antiga cabana, onde encontrei tudo exatamente como deixei; pois eu sempre procurava manter em boa ordem aquela que era, como eu já disse acima, a minha casa de campo.

Passei por cima da cerca e me deitei na sombra para descansar o corpo; pois estava exausto, e adormeci. Mas tente imaginar, se puder, leitor da minha história, a surpresa que não senti ao ser despertado do meu sono por uma voz que chamava meu nome repetidas vezes: "Robin, Robin, Robin Crusoé, pobre Robin Crusoé, onde está você, Robin Crusoé? Onde está? Por onde andou?".

Num primeiro momento, eu estava tão profundamente adormecido, de tanto remar e governar meu barco na primeira parte daquele dia, e de tanto caminhar em seguida, que não cheguei a acordar por completo mas, dormitando entre o sono e a vigília, pensei que sonhava com alguém dizendo meu nome. Mas, como a voz continuava a repetir, "Robin Crusoé, Robin Crusoé", comecei afinal a despertar de verdade, e de início senti um medo terrível, que me provocou a mais extrema perturbação. Mas assim que abri os olhos vi meu papagaio Poll empoleirado no alto da cerca; e percebi imediatamente que era ele quem falava comigo, pois usava exatamente aquele tom de queixume em que eu costumava me dirigir a ele, e em que aprendeu a falar. E aprendeu com tamanha perfeição que se empoleirou no meu dedo, aproximou o bico do meu rosto e dizia em tom choroso: "Pobre Robin Crusoé! Onde está você? Onde você se meteu? Como veio parar aqui?", e as outras coisas que eu tinha ensinado.

Entretanto, embora eu soubesse que era apenas o papagaio, e que na verdade não haveria mais ninguém que pudesse aparecer, precisei de algum tempo para me recobrar. Primeiro, fiquei curioso de saber como a criatura tinha chegado até ali, permanecendo por perto em vez de seguir para outro lugar. Mas, assim que constatei que não podia ser ninguém senão o honesto papagaio, eu me refiz e, estendendo a mão, chamei o papagaio pelo nome, que era Poll. A amigável criatura se aproximou de mim, agarrou meu polegar, como sempre fazia, e continuou a me dizer: "Pobre Robin Crusoé", "como veio parar aqui?" e "onde você se meteu?", como se realmente estivesse feliz por tornar a me ver. E assim eu o levei de volta para casa comigo.

Por algum tempo não pensei mais em me aventurar mar afora, e por muitos dias só consegui ficar parado, pensando no perigo que tinha corrido. Ficaria muito satisfeito se conseguisse trazer o barco para o meu lado da ilha, mas não sabia como poderia retornar pelo lado leste da ilha, que eu tinha contornado. Sabia perfeitamente que não havia como bordejar por ali; meu coração ficava apertado e meu sangue gelava, só de pensar nisso. Quanto ao outro lado da ilha, não sabia como podia ser; mas, caso a correnteza passasse ali com a mesma força que tinha na costa do leste, eu tanto podia ser trazido pelas correntes de volta para a ilha, como aconteceu antes, quanto arrastado para longe dela. E com esses pensamentos me resignei a permanecer sem o barco, embora tivesse empregado muitos meses de trabalho em sua construção, e mais ainda para levá-lo até o mar.

Nesse controle dos meus impulsos passei quase um ano, levando uma vida muito tranquila e retirada, como bem se pode imaginar e, com meus pensamentos sempre muito comedidos quanto à minha condição, e totalmente reconfortados por minha resignação aos desígnios da Providência, eu julgava viver de fato muito feliz em todas as coisas, menos o convívio humano.

Nesse meio-tempo, melhorei minha situação me dedicando a todas as obras mecânicas suscitadas por minhas necessidades, e acredito que, com mais tempo, poderia ter me tornado um bom carpinteiro, especialmente se levarmos em conta como eram poucas as ferramentas de que eu dispunha.

Além disso, cheguei a uma perfeição inesperada em meus artefatos de barro cozido, e conseguia fabricá-los bastante bem com uma roda, que achava infinitamente mais fácil e melhor, porque assim produzia artigos arredondados e podia dar-lhes forma, quando antes eram objetos horríveis de se contemplar. Mas acho que nunca me envaideci mais do meu desempenho, ou senti mais alegria com alguma descoberta, do que quando consegui fabricar um cachimbo para fumar tabaco. E embora fosse um objeto feio e desajeitado quando ficou pronto, e queimado até ficar vermelho como todos os meus outros produtos de barro, mas duro e firme, podendo ser usado para fumar, ele me trouxe um conforto extremo, pois antes eu costumava fumar e havia cachimbos no barco, mas me esqueci deles num primeiro momento, sem saber que havia tabaco na ilha; e depois, quando tornei a vasculhar o navio, não encontrei mais cachimbo algum.

Também fabricava agora artigos melhores de vime, produzindo uma abundância das cestas de que precisava, a partir do que tinha na lembrança. Embora não ficassem muito bonitas, eram úteis e convenientes para armazenar algo, ou trazer coisas para casa. Por exemplo, quando eu matava um cabrito longe de casa, agora podia pendurar o animal numa árvore, esfolá-lo e cortá-lo em pedaços, que depois trazia para casa, e o mesmo com as tartarugas, que podia cortar, recolher os ovos e mais um ou dois pedaços da carne, o que me bastava, e trazer tudo para casa numa cesta, deixando o resto para trás. E era também em cestas grandes e fundas que eu guardava meus grãos depois da colheita, antes de debulhar as espigas já secas, curá-los e guardá-los em outras cestas grandes.

Comecei a perceber agora que minha pólvora tinha diminuído consideravelmente, uma falta que eu não teria como suprir, e comecei a pensar seriamente no que faria quando não dispusesse mais de pólvora: melhor dizendo, como faria para matar cabras. Como já contei, em meu terceiro ano na ilha pus num cercado uma jovem cabrita, que amansei, e estava na esperança de capturar também um cabrito novo, mas não consegui de maneira alguma antes que essa minha cabra envelhecesse. E nunca tive coragem de matá-la, até que ela morreu de simples velhice.

Mas estando agora no décimo primeiro ano da minha residência na ilha, e, como já disse, com meu paiol em declínio, pus-me a estudar algum meio de surpreender ou capturar as cabras, para ver se conseguia pegar alguns animais vivos e, especialmente, alguma cabra pejada de filhote.

Com esse fim, fabriquei várias armadilhas para apanhar alguma cabra, e creio que mais de uma vez um desses animais caiu nela, mas minhas amarras não se mostravam à altura, visto que eu não possuía arame e sempre encontrava minhas armadilhas quebradas, com as iscas consumidas.

Finalmente resolvi experimentar um mundéu cavado no chão, e para tanto abri vários fossos na terra em lugares onde observara as cabras indo comer, e cobri esses buracos com armações de madeira que fabriquei para suportar um certo peso. E várias vezes distribuí espigas de cevada ou arroz por cima delas, sem acionar a armadilha, e podia facilmente perceber que as cabras tinham passado por ali e comido as espigas, pois via as suas pegadas. Finalmente armei três armadilhas na mesma noite e, na manhã seguinte, encontrei todas ainda inteiras, embora as iscas tenham sido devoradas ou levadas. Foi muito desanimador. No entanto, modifiquei minhas armadilhas e, sem querer aborrecer o leitor com os detalhes, numa bela manhã, indo verificar, encontrei numa delas um bode grande e, numa das outras, três cabritos, um macho e duas fêmeas.

Quanto ao animal mais velho, não sabia o que fazer com ele, pois era tão feroz que eu não me atrevia a entrar no fosso onde estava; ou melhor, não sabia como fazer para tirá-lo de lá vivo, conforme pretendia. Eu poderia ter abatido o animal, mas isso não me convinha nem servia às minhas finalidades. Então dei um jeito de ajudá-lo a escapar, e ele saiu numa carreira, como que apavorado. Mas naquele momento eu tinha esquecido do que mais tarde sempre lembraria: que a fome amansa até um leão. Se eu o tivesse deixado ficar lá sem comida por três ou quatro dias, e depois disso lhe levasse um pouco de água para beber, além de um pouco de alimento, ele ficaria tão manso como um dos filhotes, pois são criaturas muito astuciosas e dóceis, quando bem tratadas.

No entanto, àquela altura eu o deixei fugir, pois não sabia de melhor escolha. Em seguida, saí em busca dos três filhotes e, tirando-os da armadilha um a um, atei os bichinhos uns aos outros com cordões e, com alguma dificuldade, trouxe os três comigo para casa.

Passou algum tempo antes que aceitassem comida, mas eu os seduzi atirando-lhes um pouco de grão, e eles começaram a amansar. Pois eu havia concluído que, se tinha a intenção de me abastecer de carne de cabra depois que acabassem minha pólvora e minha munição, a única escolha era criar algumas cabras mansas, que talvez pudesse manter em redor da minha casa como um rebanho de carneiros.

Mas em seguida me ocorreu que era preciso manter as cabras mansas separadas das selvagens, ou então elas sempre fugiriam quando chegassem à idade adulta, e a única maneira seria ter uma parcela de terreno reservada, bem cercada com estacas ou uma paliçada, para mantê-las presas de modo que as que estavam dentro não pudessem sair, nem as de fora pudessem entrar.

Era uma tarefa considerável para um único par de mãos mas, como a julgava absolutamente necessária, minha primeira iniciativa foi encontrar um local apropriado, a saber, um terreno onde houvesse relva para os animais comerem, água que pudessem beber e alguma cobertura para protegê-los do sol.

As pessoas que entendem desses apriscos podem julgar que me faltou habilidade ao escolher o lugar que atendia a essas exigências, um trecho aberto de campo coberto de relva, ou "savana" (como é chamada nas colônias ocidentais), com duas ou três pequenas nascentes de água doce e, num dos extremos, um trecho de mata. E sei que irão sorrir da minha escolha quando eu lhes contar que comecei a demarcar meu terreno com tais medidas que minha cerca ou paliçada precisaria ter pelo menos duas milhas de comprimento. E a insensatez maior não era o tamanho, pois mesmo que o contorno fosse de dez milhas é provável que ainda assim eu tivesse tempo de concluir a cerca. Mas não me ocorreu que minhas cabras ficariam tão à solta nesse pasto imenso quanto se pudessem percorrer a ilha inteira, e que depois eu me veria obrigado a tentar capturá-las numa área tão vasta que jamais conseguiria lhes deitar a mão.

Comecei a construir minha cerca, e completei, acredito, umas cinquenta jardas antes de me aperceber disso. Então interrompi o trabalho, e para começar decidi cercar um trecho de umas cento e cinquenta jardas de comprimento por cem de largura, pois essa área poderia sustentar o máximo de cabras que eu seria capaz de juntar num prazo razoável e, crescendo meu rebanho, eu sempre poderia acrescentar mais terreno àquele meu cercado, ou aprisco.

Foi medida prudente, e me pus a trabalhar com ânimo. Levei cerca de três meses para completar o primeiro trecho de cerca, e até que ela ficasse pronta eu mantinha os cabritos amarrados a maior parte do tempo, e procurava acostumá-los a pastar o mais perto de mim quanto possível, de modo a deixá-los habituados. E muitas vezes eu lhes levava algumas espigas de cevada, ou um punhado de arroz, e lhes dava comida na boca, de maneira que quando minha cerca ficou pronta e eu os soltei no pasto, eles me seguiam de um lado para o outro, balindo atrás de mim para me pedir um punhado de grãos.

Isso correspondia à minha intenção, e em coisa de um ano e meio eu já possuía um rebanho de umas doze cabeças, incluindo os filhotes. E em dois anos mais já somavam quarenta e três, já descontados vários que peguei e abati para comer. E depois disso cerquei mais cinco lotes de terreno para servir-lhes de pasto, com pequenos currais para os quais podia conduzi-los a fim de apanhar quantos quisesse, e pequenas cancelas ligando cada pasto aos demais.

Mas não foi só isso, pois agora eu não só tinha carne de cabra para me alimentar sempre que quisesse como leite também, coisa que num primeiro momento nem me tinha ocorrido e, assim, constituiu-se afinal num benefício inesperado. E então passei a contar com um rebanho leiteiro, do qual às vezes tirava um ou dois galões de leite ao dia. E embora a natureza, que supre o alimento de todas as criaturas, também dite naturalmente o uso que dele se faz, eu jamais tinha ordenhado uma vaca, muito menos uma cabra, ou visto a maneira mais fácil de se fabricar queijo ou manteiga, embora depois de muitas tentativas e fracassos tenha aprendido a produzir tanto manteiga como queijo, que nunca mais haveriam de me faltar.

Como pode ser misericordioso nosso Criador no trato com as Suas criaturas, mesmo nas condições em que elas parecem totalmente sobrepujadas e reduzidas à destruição. Como Ele é capaz de adoçar a mais amarga das Providências, e nos dar motivo para louvá-Lo mesmo dos calabouços e prisões. Que mesa encontrei aqui posta à minha espera, em pleno isolamento, onde num primeiro momento só via a possibilidade de morrer de fome!

Traria um sorriso aos lábios de um Estoico[35] contemplar o momento em que eu e minha pequena família nos sentávamos para comer. Lá estava minha majestade, Príncipe e Senhor de toda a ilha, com as vidas de todos os súditos à minha absoluta disposição. Eu podia condená-los à forca ou a ser arrastados por cavalos, conceder ou retirar sua liberdade, sem causar revolta a nenhum dos meus súditos.

E depois ver como, à semelhança de um Rei, eu também comia sozinho atendido por meus criados, e Poll, como se fosse meu favorito, era o único que tinha permissão de falar comigo. Meu cão, que a essa altura tinha ficado muito velho e demente, sem ter encontrado com quem pudesse perpetuar sua espécie, sentava-se sempre à minha direita, e dois gatos, cada um de um lado da mesa, esperavam de tempos em tempos algum bocado da minha mão, como sinal de um favor especial.

Mas não eram os dois gatos que eu trouxe para a ter-

35 Os estoicos era membros de uma escola filosófica grega fundada por Zenon, *c.* 300 a.C., segundo a qual a sabedoria se produz pelo cultivo da apatia, uma indiferença às paixões, à dor e a outros sentimentos e emoções do homem. Crusoé quer dizer que mesmo um estoico desprovido de sentimentos teria ficado satisfeito com sua boa sorte na ilha.

ra depois do meu naufrágio, pois esses já tinham morrido e sido enterrados junto à minha morada por minhas próprias mãos; mas um deles, tendo conseguido se multiplicar graças a nem sei que tipo de criatura, tinha me deixado aqueles dois que consegui amansar, enquanto os demais corriam soltos pelas matas e, na verdade, no fim das contas começaram a me criar problemas; pois toda hora entravam em minha casa e pilhavam meus víveres, até eu finalmente me ver obrigado a caçá-los e matar muitos deles. Finalmente me deixaram apenas com aquela pequena corte, e era em meio a essa abundância que eu vivia. Não se pode dizer que me faltasse alguma coisa além de companhia, e isso, um pouco mais tarde, eu teria de sobra.

Sentia uma certa impaciência, como já observei, para tornar a usar o meu barco, embora com grande aversão a correr mais perigos. Assim, às vezes ficava cismando, cogitando maneiras de trazê-lo até o meu lado da ilha, e noutras ocasiões ficava quieto, conformado de não usar o barco. Mas sentia no espírito uma estranha ansiedade de voltar ao ponto da ilha onde, como já contei, em minha última excursão, subi a um morro para de lá ver como era o traçado da costa, e como eram as correntezas, para decidir o que fazer. Essa vontade aumentava em mim a cada dia, e afinal resolvi caminhar até lá por terra, seguindo a linha da costa. Mas se alguém na Inglaterra um dia se deparasse com um homem como eu vivia, ou teria sentido um grande medo ou soltado grandes risadas; e toda vez que eu olhava para mim mesmo não conseguia deixar de sorrir, imaginando uma viagem pelo Yorkshire com o equipamento que eu usava, e trajado da maneira como andava. E me limito a uma descrição rápida da minha figura, como se segue.

Usava um gorro alto sem forma, feito de pele de cabra, com uma aba pendente na nuca, tanto para me proteger do sol quanto para evitar que a chuva escorresse por meu pescoço abaixo; pois não havia nada mais incômodo naqueles climas que a chuva correndo pela pele por baixo das roupas.

Usava uma jaqueta curta de pele de cabra, com fraldas que me chegavam ao meio das coxas, e um par de calças abertas no joelho do mesmo material, feitas da pelagem de um bode mais velho, cujos fios pendiam a tal ponto dos dois lados que, como pantalonas, chegavam ao meio das minhas pernas. Meias e sapatos eu não tinha, mas fabricara um par de coisas que mal sei como chamar, semelhante a botinas ou borzeguins, que me subiam pela perna e eu amarrava dos dois lados como polainas compridas; mas tinham um aspecto bárbaro, o que de resto se aplica a todas as minhas roupas.

Usava um cinto largo de couro de cabra curtido, que prendia com dois cordões do mesmo material, em vez de uma fivela, com uma espécie de bainha de cada lado. Em vez de uma espada e uma adaga, dali pendiam uma serra pequena e uma machadinha, uma de um lado e outra do outro. Tinha outro cinto, menos largo, que atava da mesma forma e usava atravessado sobre o ombro; e presas a este, abaixo do meu braço esquerdo, vinham duas bolsas, ambas também feitas de couro de cabra: numa eu carregava a minha pólvora, e na outra as minhas balas. Às costas eu trazia a minha cesta; ao ombro, minha arma, e, por cima da cabeça, um grande, feio e desajeitado guarda-sol de pelo de cabra, que no entanto, no fim das contas, era o utensílio mais necessário que eu carregava comigo, afora a minha arma. Quanto ao meu rosto, sua cor não era tão "mulata"[36] quanto se poderia esperar de um homem que dele descuidava tanto, vivendo a menos de dezenove graus do Equinócio. Minha barba eu tinha certa vez deixado crescer até chegar a um quarto de jarda de comprimento. Mas, como dispunha de tesouras e

36 No original, "*moletta*". (N. T.)

navalhas, agora eu a mantinha bem curta, menos a parte que crescia acima dos meus lábios, que eu tinha aparado de modo a se transformar num par de grandes suíças do tipo maometano, como tinha visto sendo usadas por certos turcos de Salé. Os Mouros não usavam, mas os turcos sim; desses bigodes, ou suíças, não direi que eram de tamanho suficiente para pendurar o meu chapéu, mas ainda assim eram de um tamanho e de um feitio monstruosos, e na Inglaterra teriam provocado verdadeiro pavor.

Mas tudo isso só interessa de passagem; pois quanto à minha figura, eram tão poucos a me observar que ela não tinha qualquer importância; de maneira que disso não falo mais. E foi assim aparelhado que me lancei em minha nova viagem, e nela gastei de cinco a seis dias. Comecei caminhando pela costa diretamente até o primeiro lugar onde tinha ancorado meu barco, para subir no morro. Mas agora, sem barco de que precisasse cuidar, tomei o rumo por terra, seguindo um caminho mais curto, até a mesma altura a que chegara antes, para de lá examinar a ponta rochosa que se projetava da ilha e que fui obrigado a contornar em meu barco, como contei acima. Fiquei surpreso ao ver como o mar estava liso e tranquilo, sem ondas, sem movimento, sem mais correnteza ali que em qualquer outro lugar.

Tive dificuldade em entender como isso era possível, e resolvi passar algum tempo observando as águas, para ver se não era a fase da maré que causava aquilo. Mas logo percebi o que ocorria, a saber: que a maré vazante corria de oeste e, unindo-se ao despejo de algum grande rio que ali desaguava, devia ser a causa daquela correnteza; e que, à proporção que o vento soprava mais forte de oeste, ou do norte, aquela correnteza passava mais perto ou mais longe da costa. Pois esperando por ali até o anoitecer, tornei a subir no morro, e então, já estando a maré em plena vazante, vi claramente a mesma correnteza de antes, só que agora corria bem ao longe, a quase meia légua da costa, quando no meu caso estava mais próxima, arrastando-me a mim e à minha canoa, o que num outro momento não teria ocorrido.

Essa observação me convenceu de que bastava eu observar a vazante e a enchente da maré para poder retornar com meu barco, fazendo a volta à ilha. Mas quando comecei a pensar em pôr a ideia em prática, meu espírito se viu tomado de tamanho terror ante a memória do perigo que eu não conseguia pensar com calma nesse intento. Ao contrário, adotei outra resolução que era mais segura, embora mais laboriosa: a de construir, ou na verdade fabricar, outra piroga ou canoa e, assim, ficar com uma deste lado da ilha, e outra do lado oposto.

O leitor precisa entender que a essa altura eu possuía, por assim dizer, duas propriedades na ilha: uma era a minha pequena fortaleza ou tenda, com a muralha em volta e protegida pela face de pedra da montanha, e tendo às costas a caverna, que a essa altura eu havia ampliado e convertido em várias divisões, ou furnas, uma dentro da outra. A mais seca e maior de todas tinha uma porta de saída que desembocava fora da minha muralha ou fortificação ou, melhor dizendo, além do ponto onde minha muralha encontrava a pedra, bloqueada pelos grandes vasos de barro de que já falei e mais catorze ou quinze grandes cestos, cada um com capacidade de cinco a seis alqueires, onde eu armazenava minhas reservas de provisões, especialmente meus cereais, parte deles ainda na espiga, só separada da palha, e outra parte já debulhada à mão.

Quanto à minha muralha, era feita, como contei acima, com esteios ou pilares altos, que todos agora tinham brotado como árvores e, a essa altura, crescido a tal ponto, espalhando fronde tão ampla, que não havia sinal visível de haver atrás deles alguma habitação.

Perto dessa minha morada, mas um pouco mais para longe da costa e em terreno mais baixo, ficavam minhas duas plantações de cereais, que eu mantinha devidamente lavradas e semeadas, e que me rendiam regularmente duas safras por ano, na devida estação. Sempre que eu tinha necessidade de mais grãos, agregava um pouco mais de terra aos lotes plantados.

Além disso, tinha minha sede campestre, onde agora também contava com uma plantação razoável. Primeiro, lá, construí minha cabana, como a chamava, que mantinha bem conservada ou, melhor dizendo, cuidava da paliçada que a protegia, constantemente aparada em sua altura costumeira, com a escada sempre guardada do lado de dentro. Cuidava das árvores que tinham sido inicialmente minhas estacas, mas agora cresceram muito em volume e altura. Mantinha as árvores sempre podadas, para que pudessem abrir suas copas e engrossar os troncos, produzindo a sombra mais conveniente, o resultado que visava a minha intenção. No meio delas eu tinha a minha tenda sempre armada, consistindo de um pedaço de vela apoiado em postes fincados no chão que nunca precisavam de conserto ou troca; e debaixo dessa tenda eu tinha fabricado um catre ou estrado, forrado com peles de animais que eu matava e outras coisas macias, e um cobertor trazido das roupas de cama do navio, que eu tinha guardado, além de um capote de vigia que também usava para me cobrir. E era aqui, sempre que eu tinha a oportunidade de me ausentar da minha sede principal, que eu me instalava no campo.

Ali ao lado eu mantinha meus cercados para a criação ou, melhor dizendo, minhas cabras. E, assim como eu me dera a um trabalho inconcebível para cercar essa área e mantê-la isolada, sentia-me na obrigação de cuidar para que a cerca não se rompesse e as cabras não pudessem escapar, a ponto de nunca sair de lá sem antes reforçar com um trabalho infinito o lado exterior da cerca com inúmeras estacas pequenas, tão próximas umas das outras que na verdade formavam antes uma paliçada que uma cerca, mal sobrando espaço para que eu pudesse passar uma das mãos entre elas. E mais tarde, quando essas varas cresceram, como aconteceu com todas na estação chuvosa seguinte, a cerca ficou forte como uma muralha, na verdade mais forte que qualquer muro de pedra.

Isso já atesta que eu não vivia ocioso, e que não poupava esforços para produzir o que me parecesse necessário para minha subsistência e conforto; pois eu sabia que manter uma criação de animais domesticados assim à mão me garantiria um suprimento vivo de carne, leite, manteiga e queijo enquanto eu vivesse naquele lugar, mesmo que fosse por mais quarenta anos e, ainda, que mantê-los ao meu alcance dependia inteiramente de conservar minhas cercas e aperfeiçoá-las a ponto de me sentir convencido de que não cederiam, o que logrei dessa maneira com tamanha eficiência que, quando essas estacas começaram a brotar, como eu as tinha cravado no solo muito cerradas, fui forçado a arrancar algumas.

Nesse lugar também cresciam as minhas uvas, de que eu dependia para meu estoque de passas para o inverno, e que eu nunca deixava de acumular com o máximo cuidado, com a gulodice mais saborosa e agradável de toda a minha dieta. E de fato não eram apenas saborosas como nutritivas, saudáveis, reconstituintes e refrescantes no mais alto grau.

Como esse local também ficava a meio caminho entre minha outra habitação e o ponto onde eu havia deixado o meu barco, era ali que eu geralmente pernoitava sempre que me dirigia para aqueles lados, pois costumava visitar meu barco com certa frequência, empenhado em conservar todas as coisas à sua volta, e os seus apetrechos, sempre em boa ordem. Às vezes saía nele por diversão, mas nunca mais em jornadas arriscadas, e nunca a uma distância de mais de um lanço ou dois de pedra da praia, tanta era minha apreensão de ser novamente surpreendido pelas correntezas ou pelos ventos, ou por qualquer outro acidente. Mas agora chego a um novo capítulo da minha vida.

Aconteceu um dia, quando em torno do meio-dia me encaminhava para o meu barco, de eu ficar extraordinariamente surpreso com a marca de um pé descalço de homem na praia, claramente visível na areia: foi como se um raio me tivesse atingido, ou como se tivesse avistado uma aparição. Eu me pus à escuta, olhei a toda a volta, mas não ouvi e nem vi nada. Subi a um ponto mais elevado para enxergar mais longe, percorri toda a praia de ida e de volta, mas tudo sem resultado, e não vi outra pegada além daquela. Voltei até lá para verificar se encontrava alguma outra e se não podia ser minha imaginação; mas não havia a menor possibilidade disso, pois era exatamente a marca de um pé descalço, com todos os dedos, o calcanhar e todas as partes de um pé. Como tinha chegado ali eu não sabia, nem tinha como imaginar. Mas depois de inúmeros pensamentos agitados, completamente confuso e quase fora de mim, cheguei de volta à minha fortificação sem sentir, como se diz, o chão debaixo dos meus pés, mas aterrorizado até o último grau, olhando para trás a cada dois ou três passos, confundindo cada arbusto ou árvore e imaginando que cada tronco a uma certa distância era um homem. E nem sei descrever de quantas formas a imaginação assustada me representava as coisas, quantas ideias insensatas brotavam a cada momento em minha fantasia, e quantos caprichos estranhos e incontáveis ocorreram no caminho aos meus pensamentos.

Quando cheguei ao meu castelo, pois era assim que me parecia depois daquilo, entrei nele correndo, como se alguém me perseguisse. Se passei pela cerca usando a escada, como planejava originalmente, ou se entrei pelo buraco na pedra que chamava de porta, não me lembro. E nem consegui lembrar na manhã seguinte, pois nunca houve uma lebre amedrontada que se enfiasse em sua toca, ou uma raposa em seu covil, com a mente mais aterrorizada do que a minha voltando ao meu refúgio.

Não dormi aquela noite. Quanto mais longe eu me encontrava da causa do meu medo, maiores eram minhas apreensões, o que é um tanto contrário à natureza dessas coisas e especialmente aos modos habituais de todas as criaturas dominadas pelo medo. Mas eu me sentia tão tolhido por minhas ideias mais assustadoras acerca da situação que dela só me ocorriam as imagens mais sinistras, muito embora eu me encontrasse a grande distância daquela pegada. Houve momentos em que achei que fosse o Diabo; e logo minha razão fez eco a essa conjectura. Pois como alguma outra coisa com forma humana haveria de chegar àquela ilha? Onde estava a nau que a teria trazido? Que sinais havia de outras pegadas? E como seria possível que um homem chegasse até ali? Mas depois, pensar que Satã fosse assumir a forma humana num lugar como aquele, onde não havia a menor necessidade de tanto, além de deixar para trás a marca do seu pé, e isso também sem qualquer finalidade, pois não podia ter certeza de que eu a veria, era na verdade um sinal contrário, que me levava na direção oposta. Ainda me ocorreu que o Diabo poderia ter encontrado centenas de outras maneiras de me aterrorizar, além daquela marca única de um pé humano. Que, como eu morava do outro lado da ilha, ele jamais faria a tolice de deixar aquela pegada num lugar onde só havia uma chance em mil de eu vir a encontrá-la, e logo na areia onde, à primeira incursão de ondas impelidas por um vento forte, ela se teria apagado por completo. Tudo isso me parecia inconsistente com a coisa, e com todas as noções que geralmente cultivamos quanto à sutileza do Demônio.

Uma abundância de ideias como essa me ajudou a abandonar a apreensão de que pudesse tratar-se do Diabo. E concluí, em seguida, que havia de ser criatura mais perigosa, a saber: um dos selvagens do continente do outro lado do mar, que tinham saído ao mar com suas canoas e, trazidos pelas correntezas ou por ventos contrários, chegaram à minha ilha; e lá estiveram em terra mas logo retornaram ao mar, tão pouco dispostos, talvez, a permanecerem naquela ilha deserta como eu me sentiria a recebê-los.

Enquanto essas reflexões se desenrolavam em meu espírito, em meus pensamentos eu me sentia muito grato, muito feliz por não me encontrar naqueles arredores àquela altura, ou por eles não terem visto o meu barco, a partir do qual teriam concluído que havia habitantes naquele lugar, saindo talvez à minha procura. Então, minha imaginação foi assolada por pensamentos terríveis, de que teriam encontrado meu barco e ainda havia gente na ilha. Se era esse o caso, eu certamente os veria chegar em grande número e me devorar e, se acontecesse de não me encontrarem, ainda assim haviam de achar minhas plantações, destruir minha lavoura, roubar todo o meu rebanho de cabras mansas, e me deixar perecer, afinal, pela mera privação de alimento.

E assim meu medo expulsou toda a minha esperança religiosa, toda a minha confiança anterior em Deus, baseada nas provas prodigiosas que eu tivera de Sua bondade mas que agora me sumiam das vistas, como se Aquele que antes me alimentava por milagre não fosse capaz de conservar, com Seu poder, a provisão que me concedera por Sua generosidade. Eu me censurava por meu descuido, por não semear mais cereais num ano do que precisaria na estação seguinte, como se nenhum acidente pudesse interceder para me impedir de usufruir as safras que tirava da terra. E achei essa repreensão tão justa que resolvi, para o futuro, acumular dois ou três anos de cereais antecipados, para que, em caso algum, eu jamais viesse a perecer por falta de pão.

Como a vida do homem é uma obra estranha e variável da Providência! E como são diferentes as molas secretas que comandam nossos sentimentos quando as circunstâncias que se apresentam também diferem! Hoje amamos o que amanhã detestamos; hoje procuramos o que amanhã evitamos; hoje desejamos o que amanhã tememos e, na verdade, nos faz estremecer de pavor. Essa mudança me foi revelada a essa altura da maneira mais clara que se pode imaginar, porque eu, cujo maior tormento era ter sido excluído da sociedade humana, estar sozinho, cercado pelo oceano infinito, separado da humanidade e condenado ao que eu chamava de uma vida de silêncio; que eu fosse como alguém que os Céus não julgassem digno de ser contado entre os vivos, ou figurar entre o resto de Suas criaturas, a tal ponto que tornar a ver um membro da minha própria espécie me pareceria uma verdadeira ressurreição, a maior bênção que os Céus poderiam me conceder, afora a graça suprema da Salvação; digo, que agora eu tremesse daquela forma diante da possibilidade de me deparar com um homem, e quisesse me enfiar na terra à mera vista de uma sombra, do indício silencioso de que um homem havia pisado naquela ilha.

Eis o quanto é desigual o estado da vida humana. E isso alimentaria mais tarde muitas curiosas especulações, depois que me recobrei um pouco da surpresa inicial. Concluí que aquela era a situação na vida que a infinitamente sábia e boa Providência de Deus reservara para mim, e que como eu não podia antever quais seriam as intenções da Sabedoria Divina naquilo tudo, tampouco me cabia questionar a soberania d'Aquele quem, sendo eu Sua criatura, tinha um direito inquestionável, por me ter criado, a me conduzir e a dispor de mim da maneira que melhor Lhe parecesse; e quem, visto eu ser uma criatura que O ofendera, tinha ademais o direito acabado de me condenar ao castigo que mais Lhe aprouvesse. E que meu papel era o de me submeter à Sua indignação, porque eu havia pecado contra Ele.

Refleti então que se porventura Deus, que não só era justo como onipotente, tinha julgado certo me punir e atormentar daquela sorte, também seria, Ele, capaz de me libertar. Que se Ele preferisse não me tratar assim, meu dever inquestionável era o de me resignar absoluta e inteiramente à Sua vontade e, por outro lado, era meu dever igual ter esperança n'Ele, dirigir-Lhe as minhas preces e receber com calma os ditames e os comandos de Sua Providência diária.

Esses pensamentos me tomaram muitas horas e dias; na verdade, posso dizer, semanas e meses. E um efeito singular das minhas cogitações dessa ocasião, que não posso omitir, é que, um dia de manhã bem cedo, deitado em minha cama e assolado pelos pensamentos sobre o perigo que corria com o surgimento dos selvagens, eu me senti extremamente indisposto, ao que me ocorreram à mente as seguintes palavras das Escrituras: "Invoca-me no dia da angústia; eu te livrarei, e tu me glorificarás".

Depois disso, eu me levantei animado da cama, e não só meu coração estava reconfortado, como eu me sentia instado e impelido a rogar seriamente a Deus por minha salvação. Depois das minhas preces, peguei a minha Bíblia e, ao abri-la para ler, as primeiras palavras que se apresentaram aos meus olhos foram, "Espera pelo Senhor; anima-te, e fortalece o teu coração; espera, pois, pelo Senhor".[37] Impossível descrever o consolo que isso me trouxe. Em resposta, pousei o Livro, agradecido, e não senti mais nenhum desalento, pelo menos não nessa hora.

No meio dessas cogitações, apreensões e reflexões, um dia me ocorreu ao pensamento que tudo isso podia ser apenas uma quimera da minha invenção, e que aquela pegada podia ter sido produzida por meu próprio pé, ao descer do meu barco na areia. Essa ideia me fortaleceu um pouco, e comecei a me convencer de que

37 Salmos, 27,14.

tudo não passava de um equívoco, nada mais que minha própria pegada. E por que eu não podia ter descido por aquele caminho do barco, visto que encontrei a pegada quando estava a caminho dele? Pensei também que eu não tinha como saber ao certo onde eu havia pisado e onde não pusera os pés e que, se afinal se tratava da marca do meu próprio pé, eu tinha feito o papel de um desses tolos que insistem em inventar histórias de espectros e aparições, e em seguida sentem mais medo delas que qualquer outra pessoa.

Comecei então a ganhar coragem e tornei a sair de casa, pois não pusera os pés fora do meu castelo por três dias e três noites, o que já começava a me deixar com fome por falta de provisões, pois tinha pouco ou nada guardado comigo, além de água e uns biscoitos de cevada. Sabia também que minhas cabras precisavam ser ordenhadas, o que eu normalmente fazia ao cair da tarde, e que as pobres criaturas haviam de estar sentindo grande dor e desconforto por falta da ordenha. Na verdade, quase estraguei várias delas e fiz secar seu leite.

Reforçando então meu espírito com a convicção de que aquela pegada não era mais que a marca do meu próprio pé, de tal maneira que se podia dizer que eu estava com medo da minha própria sombra, comecei de novo a circular por fora da minha habitação, chegando até a minha casa de campo, para tirar leite do rebanho. Mas qualquer um acharia que eu estava assombrado e perseguido por minha própria má consciência, ou que ultimamente teria vivido um grande pavor, o que aliás era verdade, só de ver com quanto temor eu avançava, com que frequência olhava para trás, como a cada instante chegava perto de pousar minha cesta e sair de carreira, como para salvar minha vida.

No entanto, depois de passar assim dois ou três dias, nada tendo avistado, adquiri uma certa coragem, e comecei a achar que na verdade não havia ali motivo para medo, além da minha imaginação. Mas não conseguia me convencer totalmente, de maneira que resolvi voltar até a praia e tornar a examinar aquela pegada, para compará-la com o tamanho da minha e ver se havia semelhança ou encaixe que me assegurasse tratar-se mesmo do meu pé. Mas quando cheguei ao local, primeiro, ficou claro para mim que, quando fui guardar meu barco, não poderia ter passado de maneira alguma por aquele ponto. Em segundo lugar, ao comparar a pegada com a marca do meu pé, verifiquei que meu pé era bem menor que aquele. Esses dois fatos encheram-me a cabeça com novas fantasias e tornaram a despertar os vapores mais exaltados em minha mente. Tanto que comecei a sentir calafrios, como se sofresse um acesso de febre. E tornei a voltar para casa, com a convicção de que algum homem, ou vários deles, tinham desembarcado naquele trecho de praia ou, em suma, que a ilha era habitada, e que eu poderia ser surpreendido de uma hora para outra. E que ignorava as medidas a tomar para garantir a minha segurança.

Ah, como são ridículas as decisões dos homens dominados pelo medo! Ele anula o uso dos meios que a razão nos proporciona para atenuá-lo. A primeira coisa em que pensei foi derrubar minhas cercas e soltar na mata todos os animais mansos da minha criação, para que o inimigo não os encontrasse e pudesse decidir vir à ilha com o propósito de roubá-los ou transformá-los em espólio. Em seguida, simplesmente revolver minhas duas lavouras de cereais, para que não pudessem encontrar nelas um grão sequer, o que os poderia atiçar a invadir a ilha. Depois, demolir minha cabana e minha tenda, para que não encontrassem vestígio nenhum de habitação e não ficassem curiosos de seguir procurando, em busca das pessoas que ali moravam.

Essa foi a matéria das cogitações da primeira noite depois que voltei para a minha casa, enquanto as apreensões que tanto me haviam perturbado a mente ainda estavam frescas e minha cabeça, como relatei acima, era tomada por seus vapores. O medo do perigo é dez mil vezes mais aterrorizante que o próprio perigo que os olhos conseguem ver, e o fardo da ansiedade nos pesa bem mais do que o mal que nos deixa ansiosos. E o pior de tudo é que eu não encontrava, nessa tribulação, alívio na resignação que até então costumava praticar, e com cujo consolo contava. E me sentia como Saul, que se queixava não só do ataque dos Filisteus como ainda de que Deus lhe voltava as costas,[38] e já não conseguia recompor meu espírito rogando a Deus em minha dificuldade e me entregando à Sua Providência, como antes, minha defesa e minha salvação. Se o tivesse feito, poderia, pelo menos, ter encontrado algum apoio nessa provação inesperada, e talvez respondesse a ela com uma postura mais resoluta.

Essa confusão dos meus pensamentos me manteve acordado a noite inteira, mas ao amanhecer eu adormeci, tendo, com tantos exercícios da mente, recaído em grande cansaço. Com os espíritos exaustos, dormi profundamente e acordei muito mais composto do que jamais tinha me sentido; e agora comecei a pensar com mais calma. E no final de um debate definitivo comigo mesmo, concluí que aquela ilha, sendo extremamente amena, frutífera e não tão distante do continente, como eu tinha visto, não devia ser tão inteiramente abandonada como eu podia imaginar. Que embora não houvesse habitantes nela instalados, vivendo em suas terras, era bem possível que barcos partissem vez por outra das praias do continente, e, fosse por desígnio expresso, ou talvez apenas por força do acaso, impelidos por ventos cruzados, viessem tocar naquelas plagas.

38 1 Samuel, 28,15: "Estou muito angustiado, porque os filisteus guerreiam contra mim, e Deus se tem desviado de mim, e já não me responde".

Que eu agora tinha completado quinze anos sem encontrar sombra ou vulto de qualquer pessoa; e que, se em algum momento tivessem sido impelidos até ali, era provável que partissem o mais cedo que pudessem, tendo em vista que até aquele momento nunca haviam achado conveniente fixar-se ali em tempo algum.

Que o máximo que me podia trazer de perigo era algum daqueles desembarques acidentais ou ocasionais de gentes que por acaso viessem do alto-mar e que, como era provável, ali chegassem arrastadas contra a vontade. De maneira que aqui não tinham pouso, partindo de volta o mais depressa que podiam, raramente passando uma noite em terra, com medo de perderem a assistência da maré e de não conseguirem fazer a viagem de regresso à luz do dia; e que portanto me bastava recuar para algum refúgio seguro, no caso de ver algum selvagem desembarcar em qualquer das praias da ilha.

Agora eu começava a me arrepender muito de ter aumentado tanto minha caverna com minhas escavações que chegara ao ponto de abrir uma porta, porta que, como já contei, dava além do ponto onde minha fortificação encostava na pedra. Refletindo ponderadamente sobre essa questão, a partir desse momento, resolvi construir uma segunda fortificação, com o mesmo traçado de semicírculo, a uma certa distância da minha muralha, onde havia plantado uma fileira dupla de árvores uns doze anos antes, o que já relatei: árvores plantadas tão junto umas das outras que só precisavam de mais umas poucas estacas cravadas entre elas para ficarem ainda mais cerradas e mais impenetráveis, completando em pouco tempo a minha fortificação.

De modo que agora eu tinha uma muralha dupla, e minha camada exterior era reforçada por pranchas de madeira, velhas cordas e tudo mais de que pude dispor para deixá-la mais resistente, tendo nela sete buracos, cada um mais ou menos de tamanho suficiente para que por ele pudesse pôr para fora um dos meus braços. Pelo lado de dentro, engrossei minha muralha até que ela alcançasse mais de dez pés de espessura, com a terra que trazia de dentro da caverna e depositava ao pé do muro, e depois pisoteava. E em cada um dos sete buracos fixei os mosquetes que, como relatei, tinha retirado em número de sete do navio; como dizia, dispus esses mosquetes na muralha como se fossem minha artilharia, e prendi cada um deles com uma armação que os sustentava à moda de um carrinho de canhão, de maneira que eu poderia disparar todas as sete armas em matéria de dois minutos. Esse muro me tomou vários meses de trabalho para ser concluído, e só me considerei realmente a salvo quando ficou pronto.

Depois disso, cravei pelo terreno a toda a volta da minha muralha, até uma grande distância para todos os lados, grande quantidade de estacas ou varas feitas de uma madeira semelhante ao salgueiro, que eu tinha descoberto ter grande facilidade para brotar, fincadas com firmeza. E tantas que julgo poder ter plantado quase vinte mil dessas estacas, deixando um espaço razoavelmente largo entre elas e minha muralha para permitir que eu visse o inimigo e este não pudesse contar com a cobertura das árvores jovens, se tentasse atacar minha muralha exterior.

Assim, ao cabo de dois anos se formou um matagal cerrado, e dali a cinco ou seis uma verdadeira floresta em torno da minha habitação, tendo crescido com uma força e uma proximidade tão tremendas que se tornou perfeitamente impenetrável. E homem algum, do tipo que fosse, poderia imaginar que houvesse alguma coisa para além dela, muito menos uma habitação. Quanto ao modo que escolhi para entrar e sair, pois não deixei uma alameda aberta, era por meio de duas escadas: uma até um trecho da pedra onde havia um ressalto a pouca altura que avançava para dentro, em que podia apoiar outra escada. Assim, quando as duas escadas eram retiradas, não havia homem que pudesse chegar a mim sem se ferir; e se algum lograsse descer, ainda estaria fora da minha muralha exterior.

Tomei portanto todas as medidas que a prudência humana poderia sugerir para minha preservação; e veremos mais adiante que não eram de todo desprovidas de motivo justo, embora àquela época eu não antevisse nada além do que meu simples medo sugeria.

Enquanto trabalhava nisso, não descurei totalmente das minhas outras tarefas, pois me ocupava muito com meu pequeno rebanho de cabras: não só agora me supriam o tempo todo como começavam a me bastar sem que eu me visse obrigado a despender pólvora e chumbo, além de me poupar da fadiga da caça a seus parentes selvagens; e de modo algum eu admitia perder a vantagem que representavam para mim, se precisasse amansá-las todas de novo.

Para tanto, depois de muita ponderação, só me ocorreram dois modos de protegê-las: um era encontrar outro local conveniente e ali abrir uma cova debaixo da terra, para a qual pudesse conduzi-las toda noite, e outro era cercar dois ou três trechos menores de terreno, distantes uns dos outros, e o mais bem escondidos que eu conseguisse, mantendo cerca de meia dúzia de cabras em cada um deles. Assim, se alguma calamidade acontecesse ao rebanho em geral, eu poderia recuperá-lo com pouco trabalho e em tempo curto. E essa, embora demandasse muito tempo e trabalho, me pareceu a saída mais racional.

Da mesma forma, precisei de algum tempo para encontrar os pontos mais remotos da ilha, e escolhi um deles que me pareceu o mais protegido que meu coração poderia esperar. Era um terreno pantanoso no centro de um bosque cerrado mas oco, onde, como já relatei, quase me perdi numa ocasião passada, só conseguindo regressar de lá pelo lado leste da ilha. Ali encontrei um trecho limpo de terreno com perto de três acres, tão rodeado de matas que era quase um pasto cercado pela Natureza, e pelo menos não me exigiria tanto trabalho para lhe dar a mesma proteção de outros locais, onde eu precisei me esfalfar tanto.

Comecei imediatamente a trabalhar naquela parcela de terra, e em menos de um mês já a tinha cercado tão bem que os animais do meu rebanho ou da minha criação, podem chamar como quiserem, que já não eram tão selvagens como num primeiro momento podiam ser considerados, ficariam ali muito seguros. Assim, sem mais demora, levei dez cabritas e dois cabritos jovens para aquele lugar; e mesmo depois que lá chegaram, continuei a reforçar a cerca até deixá-la tão sólida quanto a outra, porém feita com mais vagar, consumindo ainda muito do meu tempo.

Toda essa faina eu só tive por conta das minhas apreensões depois de ver a pegada de um homem, pois até essa altura não tinha percebido qualquer criatura humana sequer se aproximando da ilha. E a essa altura já fazia dois anos que eu vivia nessa inquietação, que de fato deixava minha vida muito menos confortável do que era antes, como bem poderá imaginar qualquer um que saiba o que é viver presa constante do *medo do homem*. E devo observar também, com algum pesar, que a indisposição da minha mente também tinha um poderoso efeito sobre a porção religiosa dos meus pensamentos, pois o horror e o medo de cair nas mãos de selvagens e canibais tanto pesavam no meu espírito que raramente eu me encontrava agora na disposição certa para me dirigir a meu Criador, pelo menos não com a calma serena e a resignação da alma que deveriam me dominar. Eu costumava rogar a Deus em grande ansiedade ou com a mente sob pressão, acossado pelo perigo, e toda noite na expectativa de ser morto e devorado antes do amanhecer, e posso declarar, a partir da minha experiência, que um estado de espírito de paz, gratidão, amor e afeto é muito mais adequado à prece que uma disposição aterrorizada e descomposta. E que diante do pavor de um mal iminente nenhum homem se vê justamente preparado para o seu dever da prece diária a Deus, assim como nenhum se vê pronto ao arrependimento em seu leito de doente. Pois essas perturbações afetam a mente, como a moléstia afeta o corpo; e a perturbação da mente constitui necessariamente um mal tão grande quanto alguma enfermidade do corpo, e maior ainda, visto ser a prece a Deus, na verdade, uma atividade da mente, e não do corpo.

Mas prosseguindo: depois de ter assim protegido uma parte do meu pequeno rebanho, percorri toda a ilha à procura de outro lugar seguro, onde pudesse guardar outra porção igual dos animais que criava, quando, me aproximando mais da ponta oeste da ilha do que nunca antes, e olhando na direção do mar, julguei ter visto um barco na água, a uma grande distância. Eu tinha encontrado uma ou duas lunetas na arca de um dos marinheiros que achei no navio; mas não trazia nenhuma delas comigo, e aquilo estava tão distante que eu não sabia ao certo do que se tratava, embora tenha olhando em sua direção até meus olhos não conseguirem mais divisar nada. Se era ou não um barco, não sei; mas depois de descer a encosta não enxergava mais nada, e desisti; só resolvi que nunca mais sairia sem levar uma luneta comigo.

Quando cheguei ao pé da encosta, naquela ponta da ilha onde na verdade nunca tinha estado, fiquei convencido de que avistar a pegada de um homem não era algo tão estranho naquela ilha como eu imaginava, e sim que tinha sido uma providência especial eu ter dado à praia no lado da ilha onde os selvagens nunca vinham. Teria sido fácil descobrir que nada era mais frequente que canoas vindas do mar alto, quando se afastavam um pouco mais do continente, virem dar naquela parte da ilha em busca de porto. Da mesma forma, como em muitas ocasiões pelejavam e guerreavam em suas canoas, toda vez que os vitoriosos faziam prisioneiros traziam-nos para aquela praia onde, em obediência a seus terríveis costumes, sendo todos canibais, eles os matavam e comiam; do que falarei mais adiante.

Quando cheguei ao pé da encosta, na praia, como disse acima, na ponta sudoeste da ilha, fiquei absolutamente confuso e pasmo; nem sei como explicar o horror que me veio à mente ao ver a areia coalhada de crânios, mãos, pés e outros ossos de corpos humanos; e avistei ainda um lugar especial onde um fogo tinha sido aceso em um círculo cavado na areia, como uma cova, à cuja roda se pode imaginar que aqueles selvagens infelizes se tenham sentado em seus festins desumanos com a carne de seus semelhantes.

Fiquei tão aturdido com essa visão que, por muito tempo, nem sequer pensei no perigo que podia estar correndo; toda a minha apreensão desapareceu, tragada pela ideia daquele extremo de brutalidade bestial e demoníaca, e meu horror ante aquela degradação da natureza humana, coisa de que muitas vezes eu tinha ouvido falar mas que nunca antes tinha visto com meus olhos. Em suma, desviei o rosto daquele espetáculo horrendo; meu estômago se revirou, e me sentia a ponto de desmaiar quando a Natureza provocou a descarga do desconforto que se acumulava em meu estômago e, devolvendo com rara violência o que eu tinha comido, senti um alívio ligeiro, mas não consegui ficar naquele lugar nem mais um instante. De modo que tornei a subir a encosta com toda a velocidade de que era capaz, e continuei andando até chegar à minha habitação.

Quando me distanciei um bocado daquela parte da ilha, fiquei um bom tempo parado, como que incapaz de me mover. Então, depois de me recuperar, ergui os olhos com o mais profundo fervor da minha alma e, com lágrimas a me correr dos olhos, dei graças a Deus, que tinha conduzido o meu destino naquela parte do mundo de forma a me poupar de criaturas tão horrendas. E embora eu considerasse minha situação atual muito penosa, ainda assim me dava nela a tantos confortos que ainda tinha mais motivos para dar graças do que para me queixar; e, acima de tudo, até mesmo naquela situação infeliz eu me consolava com o conhecimento de Deus e a esperança de Sua bênção, uma felicidade que mais que compensava todos os males por que eu tinha passado, ou poderia passar.

Nessa disposição de agradecimento, voltei para o meu castelo, e comecei agora a me sentir bem melhor que nunca antes com a solidez das minhas circunstâncias. Pois observei que aqueles infelizes nunca vinham à minha ilha em busca do que poderiam lá encontrar. Talvez nunca viessem à procura de nada, sem cobiçar coisa alguma nem esperando com nada deparar; e sem dúvida teriam muitas vezes estado na parte da ilha coberta de mata, sem nada encontrar que lhes servisse. Eu só sabia que agora já eram quase dezoito anos que eu lá vivia, e nunca antes tinha avistado sequer uma pegada de criatura humana, e poderia passar outros dezoito, tão escondido quanto me encontrava agora, se não me revelasse a eles, o que não tinha meio nem oportunidade de fazer, podendo apenas continuar completamente escondido onde estava, a menos que encontrasse criaturas de tipo melhor que canibais, e a elas me desse a conhecer.

No entanto, comecei a cultivar tamanho horror a esses selvagens nefandos de que falo, e de seu costume desumano e execrável de devorarem uns aos outros, que continuei pensativo, e triste, e me mantive restrito ao meu próprio círculo por quase dois anos depois desses acontecimentos. Quando falo do meu círculo, quero dizer as minhas três herdades, a saber: meu castelo, minha sede de campo, que eu chamava de minha cabana, e o campo cercado no meio da mata. E eu nem pretendia dar a este último qualquer outro emprego além de pasto para as minhas cabras, pois a aversão que a Natureza me provocava a esses infelizes era tamanha que meu medo de me deparar com eles era igual ao de me confrontar com o Demo em pessoa, e nem sequer saí para cuidar do meu barco esse tempo todo. Preferi planejar construir um outro, pois nem me passava pela cabeça fazer qualquer nova tentativa de trazer o outro barco até minha habitação contornando a ilha, pelo risco de topar em pleno mar com algumas dessas criaturas, ao que, caindo eu em suas mãos, ignorava o que poderia suceder comigo.

O tempo, entretanto, e mais a conclusão de que eu não corria o perigo de ser descoberto por eles, começou a atenuar meu desconforto; e recomecei a viver em moderação igual à de antes, com a única diferença de que era mais cauteloso e me mantinha mais vigilante que no passado, cuidando de não ser visto por nenhum deles. E, especialmente, disparava mais raramente minha arma, para o caso de algum deles se encontrar na ilha e escutar o tiro. E assim, era uma providência muito boa eu ter formado aquele rebanho manso de cabras, pois não precisava mais sair à caça pelas matas, abatendo as presas a tiros e, quando capturei alguma delas depois disso, foi com armadilhas e mundéus, como antes. De maneira que por dois anos depois desses fatos creio não ter disparado minhas armas uma vez sequer, embora nunca andasse sem elas. E mais, como ainda tinha recuperado três pistolas do navio, sempre as portava comigo, ou pelo menos duas delas, enfiadas em meu cinto de couro de cabra, além de me armar também com um dos sabres maiores que tinha trazido do navio, fabricando um cinto para ele também. De maneira que agora eu produzia um efeito francamente tremendo quando circulava pela ilha, se o leitor acrescentar à descrição que já fiz de mim mesmo o detalhe das duas pistolas e de uma espada longa e larga pendendo de um cinto, desembainhada, em meu flanco.

As coisas prosseguiram assim, como já mencionei, por algum tempo. Excetuando essas precauções, eu parecia devolvido ao meu sereno e tranquilo modo de vida anterior, em que todas as coisas tendiam cada vez mais a me revelar o quanto minhas condições estavam longe da infelicidade, se comparadas às de alguns outros; na verdade, a muitos outros tipos de vida que podia ter sido vontade de Deus transformar em meu destino. E isso me fazia refletir como haveria poucas queixas na humanidade, em todas as condições de vida, se as pessoas preferissem comparar sua condição com a dos que vivem em situação pior, dando graças assim pela sua, que com a dos que vivem melhor, o que alimenta suas queixas e gemidos.

Pois em minha situação atual não havia realmente muito que me faltasse. Assim, julguei que na verdade o medo que me assolava por conta desses selvagens ferozes, e meus cuidados com minha preservação, tinham prejudicado a invenção de novos artefatos para o meu conforto. E eu tinha desistido de um bom plano, que antes absorvia bastante meus pensamentos: a ideia de tentar transformar parte da minha cevada em malte, e depois convertê-lo em cerveja. Era na verdade um capricho, e muitas vezes me censurei por sua insensatez, pois em seguida me dei conta de que me faltavam várias coisas necessárias para a fabricação de cerveja, coisas que eu não teria como obter. Antes de mais nada, barris para conservá-la, objeto que, como já observei antes, jamais consegui fabricar; nunca, embora tenha passado muitos dias, semanas e até meses tentando, mas sem resultado. Em seguida, não tinha lúpulo para temperar, fermento para preparar, caldeirão ou panela grande onde ferver a mistura; ainda assim, malgrado tudo isso, acredito que se não tivessem intervindo outros acontecimentos, falo do medo e do terror que me provocaram os selvagens, eu teria tentado, e talvez também conseguido; pois raras vezes, depois que me dispunha a começar, eu capitulava sem chegar ao que pretendia.

Mas minha invenção agora se aplicava em outra direção; pois noite e dia eu só pensava em como poderia aniquilar alguns daqueles monstros em sua diversão cruel e sangrenta e, se possível, salvar a vítima que trariam à ilha para abater. Eu precisaria de um volume muito maior do que pode ter esta obra para relacionar todos os estratagemas que cogitei, ou que ruminei em meus pensamentos, visando dar cabo dessas criaturas, ou pelo menos amedrontá-las para que nunca mais tornassem à ilha. Mas nada teria consequência, e não havia o que pudesse ter efeito, a menos que eu agisse em pessoa. E o que podia fazer um homem no meio deles, quando talvez fossem ao todo vinte ou trinta juntos, com suas lanças, ou seus arcos e flechas, que saberiam usar com tanta pontaria quanto eu ao disparar minha arma?

Houve um momento em que cogitei cavar um fosso por baixo do lugar onde costumavam fazer fogo, e ali enterrar de cinco a seis libras de pólvora, a qual, quando eles acendessem sua fogueira, inflamaria em consequência a pólvora, fazendo explodir tudo à sua volta; mas antes de mais nada eu receava muito desperdiçar tanta pólvora com eles, agora que meu estoque se encontrava reduzido a um quarto de barril. E eu nem poderia ter certeza de que explodiria depois de algum tempo, quando poderia sim causar-lhes algum espanto, e, no máximo, espalhar chamas à volta deles e assustá-los com o estrondo, mas não o suficiente para fazê-los abandonar o lugar para sempre. De maneira que deixei essa ideia de lado, e decidi que armaria uma emboscada em local conveniente, com minhas três armas, todas com os dois canos carregados, e que no meio de sua cerimônia sangrenta abriria fogo contra eles, ocasião em que certamente havia de matar ou ferir dois ou talvez três deles com cada tiro. E então, caindo em cima deles com minhas três pistolas e minha espada, cuidaria de matar a todos, mesmo que chegassem a vinte. Essa imagem acalentou meus pensamentos por várias semanas, e tomou conta de mim a tal ponto que várias vezes sonhei com ela; e noutras só que abria fogo contra eles.

Fui tão longe em minha imaginação que passei vários dias empenhado em descobrir os pontos certos para armar a cilada que descrevi acima, e ficar de vigia à espera deles. E muitas vezes fui até aquele lugar na praia, com que a essa altura já estava mais habituado, especialmente quando minha mente era assim tomada por pensamentos de vingança e a ideia do momento em que passaria vinte ou trinta deles, como se diz, no fio da espada. O horror que aquele lugar despertava em mim, além dos vestígios daqueles ferozes selvagens se entredevorando, me faziam perder o ânimo.

Finalmente, encontrei um ponto na encosta onde me convenci de que poderia esperar em segurança até ver um dos barcos deles se aproximando, momento em que, antes mesmo que estivessem desembarcados, poderia me deslocar sem ser visto até um trecho coberto de árvores, numa das quais havia um oco de tamanho suficiente para me esconder inteiro. E ali eu poderia ficar sentado, observando suas ações sanguinárias, e com toda a calma fazer pontaria em suas cabeças para o momento em que estariam tão próximos que seria quase impossível eu errar meu tiro, ou deixar de atingir três ou quatro deles com o primeiro disparo.

Nesse lugar então resolvi armar meu plano, e de acordo com ele preparei dois mosquetes, além da espingarda que normalmente usava para a caça. Os dois mosquetes carreguei cada um com um par de balaços maiores e quatro ou cinco chumbos menores, mais ou menos do tamanho de balas de pistola; e a outra arma carreguei com quase um punhado inteiro de chumbo graúdo, do tipo usado para a caça ao cisne. E também carreguei minhas pistolas com mais ou menos quatro balas cada uma; e tomadas essas disposições, fornido de munição para a segunda e a terceira salvas, preparei-me para a expedição.

Depois de ter assim definido a ordem do meu plano, e em minha imaginação levado tudo a cabo, passei a caminhar toda manhã até o alto dessa encosta, que do meu castelo, como eu chamava, distava umas três milhas, talvez mais, para ver se avistava algum barco no mar, aproximando-se da ilha ou tomando o rumo de suas praias. Mas comecei a me cansar dessa árdua tarefa, depois de manter vigilância constante por dois ou três meses e voltar todo dia sem nada enxergar, não tendo nesse período percebido coisa alguma, não só na praia ou perto dela como em todo o oceano, até onde meus olhos ou minha luneta podiam alcançar em todas as direções.

Enquanto cumpri meu dever da jornada diária até o posto de sentinela no alto da encosta, acreditei também na solidez dos meus planos, e o tempo todo meu espírito parecia perfeitamente preparado para uma ação tão extravagante quanto a matança de vinte ou trinta selvagens nus, por uma ofensa que até então eu nem sequer havia começado a debater em meus pensamentos, tirante a ira desde o início inflamada em mim pelo horror que me despertavam os costumes contra a Natureza do povo daquela terra, aparentemente condenado pela Providência, em Sua sábia disposição do mundo, a não ter outro guia além de suas paixões perversas e abomináveis. E assim se entregaram, talvez desde muitos séculos, a práticas tão horrendas e costumes tão execráveis, de um tipo que apenas uma Natureza inteiramente ignorante dos Céus, e por efeito de alguma degeneração infernal, poderia induzi-los a adotar. Mas quando, como contei, comecei a me cansar daquelas excursões infrutíferas, que fiz por tanto tempo e caminhando tantas distâncias, toda manhã em vão, minha opinião a respeito desses atos começou a mudar, e passei a dedicar pensamentos mais frios e serenos aos fatos em que estava me metendo. Que autoridade ou direito tinha eu de me arrogar em juiz e carrasco daqueles homens, como se fossem criminosos, mas que aprazia ao Céu por tanto tempo deixar impunes, permitindo-lhes a execução de suas sentenças uns sobre os outros? Até que ponto aquelas pessoas tinham ofendido a mim, e que direito tinha eu de me envolver na contenda em torno daquele sangue, que derramavam uns dos outros de maneira tão promíscua? Debati assim muitas vezes comigo mesmo. Como podia conhecer o juízo do próprio Deus naquele caso? É certo que aquela gente não enxerga essas suas práticas como crime; não se trata de algo que suas próprias consciências reprovem ou seu entendimento condene. Ignoram que seja uma afronta, que assim cometem em desafio à justiça divina, como no caso de quase todos os nossos pecados. Para eles, não é mais criminoso matar um prisioneiro de guerra do que, para nós, abater um boi; nem acham pior comer carne humana do que, nós, comer a carne de um cordeiro.

Quando pensei mais um pouco, decorreu necessariamente disso que eu estava enganado quanto ao caso, que esses homens não eram assassinos da forma como eu antes os condenava em pensamento; não mais do que seriam assassinos os Cristãos que muitas vezes executam os prisioneiros de guerra ou, mais amiúde, em tantas ocasiões, passaram batalhões inteiros ao fio da espada, sem piedade, mesmo depois de terem deposto as armas em rendição.

Em seguida me ocorreu que, embora o destino que nessa hora dessem uns aos outros fosse de fato bestial e desumano, na verdade não me dizia respeito. Aquelas pessoas nada tinham feito contra mim. Se atentassem contra mim, ou se eu julgasse necessário atacá-las para minha preservação imediata, ainda haveria o que dizer, mas, como eu permanecia fora de seu alcance, e na realidade nem tinham conhecimento da minha existência, e portanto nenhum plano contra mim, podia não ser justo que eu as atacasse. De outro modo, seria possível justificar a conduta dos Espanhóis em todas as barbaridades que praticaram na América, onde exterminaram milhões desses habitantes que, embora idólatras e bárbaros, praticando rituais sangrentos em seus costumes, tais como o sacrifício de corpos humanos a seus ídolos, ainda assim, em relação aos Espanhóis, eram de todo inocentes. E o extermínio deles em sua terra é tratado com o maior horror e aversão até pelos próprios Espanhóis em nossos dias, e por todas as demais nações Cristãs da Europa, como uma simples carnificina, uma crueldade sangrenta e insólita, injustificável tanto perante Deus quanto aos olhos dos homens, a tal ponto que a simples palavra "Espanhol" desperta medo e terror em todos na humanidade, ou nas criaturas dotadas de compaixão Cristã. Como se o reino de Espanha se distinguisse especialmente por ter produzido uma raça de homens desprovida de princípios ou ternura, ou das tripas comuns da piedade pelos infelizes, sinal da inclinação generosa do espírito.[39]

39 A evocação que Crusoé faz dos espanhóis como um povo mais cruel que os demais europeus no trato com as populações nativas da América é no mínimo unilateral, refletindo a chamada "lenda negra", que os ingleses e outros rivais imperialistas invocavam para descrever a conduta dos espanhóis no Novo Mundo. Os conquistadores como Cortés e Pizarro eram impiedosos e traiçoeiros, e os espanhóis virtualmente exterminaram alguns grupos nativos, como os aruaques das Antilhas. Mas outros colonizadores e exploradores europeus tiveram uma atuação igualmente cruel e espoliadora contra os povos nativos, e não se pode dizer que, nesse aspecto, os ingleses na América do Norte tenham sido moralmente superiores aos espanhóis. "Tripas da piedade": segundo a fisiologia tradicional, as tripas eram consideradas a sede da piedade e das emoções mais benévolas, como a compaixão.

Essas considerações me fizeram de fato decidir por uma pausa, e até quase parar de todo. E aos poucos comecei a desistir do meu plano, concluindo que tinha escolhido as medidas erradas ao decidir atacar os selvagens; que não era da minha conta me meter com eles, a menos que me atacassem primeiro, o que me cabia evitar enquanto pudesse. Mas se eu fosse descoberto, e atacado, sabia qual era o meu dever.

Por outro lado, respondi a mim mesmo que na verdade aquela não era a maneira de me salvar, e sim de me destruir e me arruinar por completo, pois, a menos que eu tivesse a certeza de ter matado todos que não só estivessem na praia naquele momento, mas ainda que jamais pudessem voltar a ela, ou seja, se um só deles escapasse, indo contar ao seu povo o que tinha ocorrido, eles haviam de voltar aos milhares para vingar a morte de seus camaradas, e eu só causaria com certeza a minha própria destruição, o que àquela altura eu não desejava de maneira alguma.

No fim das contas concluí que, nem por princípio nem por cálculo, eu devia interferir da maneira que fosse. Que o melhor seria, por todos os meios possíveis, continuar a me esconder deles, e não dar qualquer sinal que lhes permitisse adivinhar haver alguma criatura vivendo na ilha; de forma humana, claro.

A religião também concordava com essas considerações da prudência, e me vi convencido de várias maneiras que era totalmente estranho à minha obrigação traçar todos aqueles planos de batalha, tramando a destruição de criaturas inocentes; inocentes, claro esteja, em relação a mim. Quanto aos crimes de que eram culpados uns em relação aos outros, com esses eu nada tinha a ver; eram nacionais, e eu devia deixá-los por conta da justiça de Deus, que governa todas as nações e sabe como usar as formas nacionais de punição como paga justa pelos delitos locais;[40] e fazer o julgamento público daqueles que praticam seus delitos publicamente, da maneira que mais Lhe convém.

Isso agora me parecia tão claro que nada me deixou mais satisfeito do que ter decidido não ter praticado as ações que, a essa altura, tantos motivos me diziam que teriam sido um pecado tão grande quanto o do homicídio deliberado, se eu as tivesse levado a cabo. E, de joelhos, dei humildes graças a Deus, que assim me poupava da culpa de derramar sangue; rogando-Lhe ainda que me concedesse a proteção de Sua Providência para que eu não caísse nas mãos daqueles bárbaros; ou que eu não lhes pusesse as mãos em cima, a menos que tivesse algum sinal mais claro dos Céus de que era obrigado a fazê-lo em defesa da minha vida.

Nessa disposição prossegui por quase mais um ano. E tão pouco desejava uma oportunidade para atacar aqueles infelizes que, em todo esse tempo, nenhuma vez subi ao alto da encosta para verificar se havia algum deles ao alcance dos olhos, ou saber se teriam ou não vindo dar à praia naquele ponto, de maneira a não me sentir tentado a renovar todos os meus estratagemas contra eles, ou a atacá-los em alguma ocasião vantajosa que se apresentasse. Só o que fiz foi remover meu barco, que eu guardava do outro lado, e levá-lo até o extremo leste da ilha, onde o escondi numa pequena gruta que encontrei debaixo de alguns rochedos altos, e onde eu sabia que, devido às correntezas, os selvagens não se atreveriam a vir, pelo menos não com suas canoas, por nenhum motivo.

Junto com meu barco, tirei dali tudo que deixara de sua aparelhagem, mesmo que não necessária para levá-

40 Crusoé conclui que a responsabilidade pelo crime de canibalismo cabe à comunidade ou "nação" canibal como um todo, e não a qualquer dos seus indivíduos em particular.

-lo ao mar, a saber: um mastro e uma vela que fiz para ele, e o que lhe servia de âncora, mas na verdade não podia ser chamado de âncora nem propriamente de gancho. No entanto, era o melhor que eu tinha podido produzir com essa finalidade. E removi dali todas essas coisas, de modo a não deixar rastro algum que pudesse ser descoberto, ou qualquer sinal de barco, ou de presença humana na ilha.

Além disso, procurava me manter, como já disse, mais recolhido que nunca, e raras vezes deixava a minha cela que não fosse para me dedicar às minhas atividades constantes, a saber: ordenhar as minhas cabras e cuidar do meu rebanho encerrado na mata que, por ficar quase do outro lado da ilha, era o que corria menos perigo. Pois é certo que aqueles selvagens que às vezes assolavam a ilha nunca chegavam aqui com a ideia de encontrar alguma coisa e, portanto, jamais se afastavam da praia. E não duvido nada que pudessem ter estado ali várias vezes depois que encontrei aqueles vestígios que me deixaram apreensivo e bem mais cauteloso que antes. Na verdade, eu pensava com algum horror no que poderia ter acontecido se eu tivesse topado com eles, ou fosse descoberto antes disso quando, nu e desarmado, exceto pela espingarda, ainda assim carregada só de chumbo miúdo, eu caminhava por toda parte explorando cada canto da ilha, para ver o que encontrava. Qual não teria sido a minha surpresa se, em vez de descobrir a pegada de um homem, eu tivesse topado com quinze ou vinte selvagens, que depois saíssem em minha perseguição, graças à velocidade com que corriam, sem que me restasse a menor possibilidade de escapar.

Esses pensamentos às vezes faziam minha alma perder o fundo dentro de mim, e perturbavam a tal ponto a minha mente que eu levava tempo para reaver o juízo e pensar no que teria feito, concluindo que não só não conseguiria lhes resistir, como nem sequer teria a presença de espírito de fazer o que podia e, menos ainda, o que agora, depois de muita reflexão e preparação, eu lograria fazer. Na verdade, depois de pensar muito nessas coisas, eu ficava muito abatido, e às vezes a melancolia persistia por muito tempo; mas finalmente tudo converti em gratidão à Providência, que me livrou de tantos males nem sequer vistos e me protegeu de danos que eu, sozinho, jamais teria recursos para evitar; porque não tinha a menor ideia de que ameaça semelhante fosse iminente, ou sequer possível.

E isso reavivou uma meditação que muitas vezes me ocorrera aos pensamentos em tempos passados, nas primeiras ocasiões em que vislumbrei as disposições misericordiosas dos Céus nos perigos por que passamos nesta vida. Quão prodigiosamente somos salvos, sem de nada saber. Como, quando estamos em dúvida ou hesitando (num dilema, como se diz) entre tomar este ou aquele rumo, uma indicação secreta nos conduz para um dos lados, quando é para ele que devemos ir; mesmo quando a razão, nossa inclinação ou talvez algum interesse nos convoca para o lado oposto, ainda assim uma impressão incômoda em nosso espírito, que não sabemos de onde brota, e produzida não sabemos por qual poder, acaba por nos fazer tomar o caminho de cá: e mais tarde fica evidente que, tivéssemos tomado o rumo que pretendíamos, e que chegamos a nos imaginar tomando, seriam certas nossa ruína e nossa perdição. Por causa desses e muitos outros pensamentos, adotei em seguida a regra de, sempre que percebia essas sugestões secretas, ou uma certa tendência da mente, no sentido de fazer ou deixar de fazer qualquer coisa, ou de seguir nesta ou naquela direção, jamais deixar de obedecer a seus ditames; mesmo sem qualquer outro motivo além dessa mera sensação, ou inclinação do meu espírito. E poderia dar muitos exemplos do sucesso dessa regra de conduta ao longo da minha vida; mais especialmente, entretanto, no período final que vivi naquela ilha infeliz, além de muitas outras ocasiões que eu certamente teria destacado, caso as tivesse visto com os mesmos olhos de agora. Mas nunca é tarde demais para exercer o bom juízo. E posso apenas aconselhar todos os homens ponderados em cujas vidas ocorrem incidentes tão extraordinários como os da minha, ou mesmo nem tão raros, a não desdenhar essas intimações secretas da Providência, venham de que inteligência invisível vierem, o que não quero discutir, e talvez nem se possa explicar.[41] Mas certamente são prova do entendimento entre os espíritos, e da comunicação secreta entre os encarnados e os desencarnados, uma prova que jamais poderá ser contestada. De que terei ocasião de dar alguns exemplos simplesmente notáveis, no resto do tempo que vivi nesse lugar desolado.

Creio que o leitor não irá achar estranho se eu admitir que essas ansiedades, esses perigos constantes em que eu vivia, e a inquietação que agora me assolava, puseram fim a toda a minha invenção, e a todos os planos que eu tinha traçado para o futuro das minhas acomodações e áreas de uso. Agora, eu atentava mais para os cuidados com a minha segurança que para a obtenção de alimento. Nem me dava ao trabalho de pregar um prego ou rachar uma tora de lenha, por medo de que alguém ouvisse o barulho que eu pudesse produzir; e tampouco disparava minhas armas, pelo mesmo motivo; e, acima de tudo, sentia um desconforto considerável em acender uma fogueira, por medo de que a fumaça, visível a grande distância à luz do dia, pudesse trair minha posição. E por esse motivo abandonei toda a parte dos meus trabalhos que requeria o uso

41 A sintaxe do original, aqui, é confusa. Crusoé quer dizer que essas "intimações secretas" podem ou não vir de Deus; não quer discuti-las porque não tem certeza de onde se originam. Mas provam, diz ele em seguida, que os espíritos se comunicam com os seres humanos (os "encarnados").

do fogo, como a queima de vasos e cachimbos de barro etc., em minhas novas instalações da mata, onde depois de algum tempo descobri, para meu imenso alívio, uma caverna natural aberta na terra que afundava por uma grande distância e onde, posso dizer, nenhum selvagem, caso chegasse à sua entrada, teria a coragem de penetrar, e tampouco qualquer outro homem; a menos que estivesse, como eu, tão desejoso de um refúgio seguro.

A boca dessa cova ficava ao pé de um grande rochedo, onde por mero acidente (eu diria, se não visse agora motivo abundante para atribuir todas essas coisas à Providência) eu estava cortando alguns galhos grandes de árvore para fazer carvão; e, antes de seguir adiante, preciso assinalar o motivo para fazer esse carvão, que era o seguinte:

Eu tinha medo de emitir fumaça da minha habitação, como disse antes. Entrementes, não tinha como viver sem assar meu pão, cozinhar minha carne etc., de maneira que imaginei queimar um pouco de lenha, como tinha visto fazerem na Inglaterra, coberta de terra, até que se transformasse em carvão seco, ou carvão de madeira. Em seguida, apagando o fogo, guardava esse carvão e o levava para casa; e assim podia fazer os outros serviços para os quais carecia de fogo em casa, sem perigo de produzir fumaça.

Mas isso não vem ao caso. Enquanto cortava alguma lenha ali, percebi que por trás de um galho de uma planta baixa, ou um arbusto, havia uma espécie de oco. Fiquei curioso de explorar como era, e conseguindo entrar com alguma dificuldade pela boca dessa cova descobri que era bastante grande; melhor dizendo, suficiente para que eu ficasse de pé dentro dela, com talvez outro homem ao lado. Mas devo admitir que saí de lá ainda mais depressa do que entrei quando, explorando o lugar, que estava absolutamente escuro, vi dois olhos grandes e luminosos de alguma criatura, fosse homem ou Demônio eu não sabia, cintilando como duas estrelas à luz da entrada da caverna, que batia diretamente neles e os fazia desprender aquele reflexo.

Entretanto, após algum tempo, eu me refiz e comecei a me chamar de mil vezes idiota, e a me dizer que um homem com tanto medo de ver o Diabo não tinha como viver vinte anos sozinho numa ilha, e que eu duvidava que pudesse haver naquela caverna criatura mais assustadora que eu próprio. Depois disso, juntando minha coragem, tirei um galho grande do fogo e tornei a entrar na cova, com o galho em chamas na mão; mal tinha dado três passos para dentro e senti quase tanto medo quanto antes, pois ouvi um gemido muito alto, como o de um homem nas vascas da agonia, seguido por um ruído entrecortado, como de palavras pronunciadas pela metade, e de mais um gemido profundo. Dei um passo atrás e me vi na verdade tomado de tamanho espanto que irrompi num suor frio; e se estivesse de chapéu, creio que meus cabelos arrepiados o fariam cair da minha cabeça. Mas, ainda assim, convocando meu ânimo o melhor que podia, e encontrando coragem na ideia da proteção do poder e da presença de Deus em toda parte, dei mais um passo à frente, e à luz daquela tocha, que segurei um pouco acima da minha cabeça, vi estendido no solo um monstruoso e assustador bode velho, despedindo-se da vida, como se diz, e arquejando em sua dificuldade de respirar: na verdade, morria de mera velhice.

Empurrei um pouco o animal, para ver se conseguia fazê-lo sair, e ele fez menção de se levantar, mas não conseguiu se pôr de pé; e pensei comigo mesmo que seria melhor deixá-lo deitado ali. Pois se ele tinha me inspirado tanto medo, certamente haveria de assustar qualquer dos selvagens, caso algum deles se atrevesse a chegar até ali, enquanto continuasse vivo.

Agora me recobrei da minha surpresa e comecei a olhar em volta. Descobri que a caverna era bastante acanhada, com talvez uns doze pés de comprimento, mas sem forma definida, nem redonda nem quadrada, pois mão alguma havia sido empregada em sua produção, além da simples Natureza. Observei também que havia um ponto no extremo oposto onde ela avançava mais além, mas era uma passagem tão baixa que eu precisaria me arrastar de gatinhas para passar por ela, sem saber onde iria dar. Assim, por não ter uma vela comigo, desisti por enquanto, resolvendo retornar no dia seguinte trazendo velas e um estojo de acender fogo com isca e pederneira, que eu tinha fabricado a partir do fecho de um dos meus mosquetes, com fogo grego na escorva.[42]

Assim, no dia seguinte, cheguei ali munido de seis velas grandes fabricadas por mim, pois a essa altura fabricava velas muito boas com sebo de cabra, e ingressando nessa passagem mais baixa fui obrigado a me arrastar de quatro, como já disse, por quase dez jardas. O que, aliás, me parecia uma aventura das mais arriscadas, visto eu não saber por qual extensão ainda podia avançar, nem ter ideia do que encontraria mais além. Quando cheguei ao fim desse corredor, percebi que o teto se levantava, acho que até quase uns vinte pés. Mas nunca minha visão tinha contemplado imagem mais gloriosa naquela ilha, posso dizer, como a que meus olhos encontraram ao percorrer as paredes e o teto daquela abóbada ou caverna: as paredes refletiam cem mil luzes à minha frente a partir das minhas duas velas. O que haveria na pedra, se eram diamantes, outras pedras preciosas, ou ouro, o que imagino ser o caso, eu não sabia.

O lugar em que eu me encontrava era uma cova, ou gruta, belíssima, mas, como se podia esperar, totalmente sem luz; o piso era seco e nivelado, e coberto de uma

42 Crusoé fabricou um dispositivo para fazer fogo com parte do mecanismo de disparo (o fecho) de um dos seus mosquetes de pederneira (a escorva é um pequeno reservatório destinado à pólvora a ser detonada no disparo do mosquete), usando em vez de pólvora algum líquido altamente combustível.

espécie de pequenos seixos soltos, de modo que não havia qualquer criatura nauseabunda ou venenosa à vista, nem qualquer umidade ou água nas paredes ou no teto da gruta. A única dificuldade ficava na entrada, que no entanto, como se tratava de um lugar seguro, do tipo de refúgio que eu queria, considerei muito conveniente. De modo que na verdade me alegrei sobremaneira com a descoberta, e resolvi de imediato trazer para lá alguns dos haveres que naquele momento mais me causavam inquietação. Especialmente, decidi transferir para lá meu estoque de pólvora e todas as minhas armas de reserva, a saber: duas espingardas de caça, pois eu possuía três no total, e três mosquetes, pois destes tinha ao todo oito. De maneira que mantive no castelo apenas cinco, que deixava permanentemente armados, como peças de artilharia, em minha cerca externa; e prontos também para ser transportados em qualquer expedição.

Na ocasião dessa transferência da minha munição, tive a oportunidade de abrir o barril de pólvora que eu tinha recolhido do mar, com o conteúdo molhado. E descobri que a água só tinha penetrado umas três ou quatro polegadas na pólvora de cada lado, a qual, endurecendo depois de secar, conservou a pólvora do interior como o miolo dentro de uma casca. De maneira que eu ainda tinha quase sessenta libras de pólvora excelente no centro do barril, o que àquela altura foi uma descoberta que muito me alegrou. E assim levei tudo para lá, jamais guardando mais que duas ou três libras de pólvora comigo no castelo, por medo de qualquer tipo de surpresa: também carreguei para lá todo o chumbo que me restava para fazer balas. Agora eu me imaginava como um dos gigantes de outrora, de quem se dizia viverem em covas e cavernas nos rochedos, onde ninguém conseguia alcançá-los. Pois estava convencido de que, mesmo que quinhentos selvagens viessem à minha caça, nunca me encontrariam; ou, se encontrassem, não se atreveriam a me atacar ali.

O bode velho, que eu tinha encontrado agonizante, morreu na entrada da caverna no dia seguinte ao da minha descoberta, e achei mais fácil abrir uma vasta cova no chão ali mesmo, e cobri-lo de terra, que arrastá-lo até o lado de fora; de modo que o enterrei lá, para prevenir o incômodo ao meu nariz.

Estava agora no vigésimo terceiro ano da minha residência na ilha, e a tal ponto ajustado ao lugar, e àquele modo de vida, que tinha praticamente a certeza de que, caso nenhum selvagem viesse perturbá-lo, eu poderia me conformar de passar ali o resto dos meus dias, até o último dos meus instantes, quando me deitaria para morrer como o bode velho da caverna. Também tinha minhas distrações e divertimentos, que faziam meu tempo passar de maneira bem mais agradável que antes. Primeiro, ensinei meu Poll, como contei acima, a falar; e ele tagarelava com tanta familiaridade, e pronunciava as palavras de maneira tão articulada e clara, que me deixava encantado; e viveu comigo não menos que vinte e seis anos. Por quanto tempo ainda poderia ter vivido depois disso, não sei dizer; embora lembre que, nos Brasis, corre a ideia de que chegam a viver cem anos; talvez o pobre Poll ainda esteja vivo por lá, chamando até hoje pelo "pobre Robin Crusoé". Espero que nenhum inglês tenha o infortúnio de chegar até lá e ouvir seu chamado; mas, se for assim, certamente irá achar que se trata do Diabo em pessoa. Meu cachorro foi um companheiro muito agradável e afetuoso por não menos de dezesseis anos do meu tempo, e em seguida morreu de simples velhice; quanto aos meus gatos, multiplicaram-se como já observei a tal ponto que, num primeiro momento, me vi obrigado a matar vários deles a tiros, para evitar que devorassem a mim e tudo que eu possuía. Mas finalmente, quando os dois gatos velhos que eu tinha trazido comigo se foram, e depois de algum tempo precisando expulsá-los continuamente de perto de mim, não deixando que comessem nada comigo, todos fugiram para a mata e se converteram em animais selvagens, com a exceção de dois ou três favoritos, que eu mantinha domesticados e cujos filhotes, quando nasciam, eu sempre afogava; esses faziam parte da minha família. Além deles, sempre mantinha dois ou três cabritos mansos por perto, que ensinava a comer na minha mão; e tinha mais dois papagaios que falavam bastante bem, e todos diziam "Robin Crusoé", mas nenhum como o primeiro, nem me ocupava tanto com eles quanto tinha me dedicado a Poll. Tinha também várias aves marinhas domesticadas, cujo nome não sei, que apanhei na praia e de quem cortava a ponta das asas; e como as estacas que eu tinha fincado diante da muralha do meu castelo tinham todas crescido e formado um arvoredo bem denso, essas aves viviam em meio às árvores baixas, e ali se reproduziam, o que me agradava muito. De maneira que, como eu disse mais acima, comecei a ficar muito satisfeito com a vida que levava, se pelo menos me visse a salvo do pavor dos selvagens.

Mas não era para ser assim; e pode não escapar a todas as pessoas que irão topar com minha história extrair dela a observação justa, a saber, de como é frequente, no decurso das nossas vidas, que o mal que mais tentamos evitar, e que, quando nele recaímos, é o mais terrível para nós, muitas vezes seja a porta de nossa salvação, a única via pela qual podemos ser resgatados da aflição em que nos víamos caídos. Eu poderia dar muitos exemplos disso no curso da minha vida atribulada; mas em nenhum caso essa ocorrência foi mais especialmente notável que nas circunstâncias dos meus últimos anos de residência solitária nessa ilha.

Estávamos agora no mês de dezembro, como eu disse acima, em meu vigésimo terceiro ano; e como era a época do Solstício do Sul, que não posso chamar de inverno, tinha chegado o momento certo para minha colheita, demandando que eu saísse muito para os campos.

Quando saí um dia bem cedo de manhã, antes ainda que rompesse a aurora, fiquei surpreso ao ver o clarão de alguma fogueira na praia, a uma certa distância, umas duas milhas na direção da ponta da ilha onde eu já tinha observado sinais da presença de alguns selvagens, como antes, mas do outro lado. Para minha grande aflição, dessa vez, era do meu lado da ilha.

Fiquei de fato terrivelmente assustado com essa visão, e parei de chofre dentro da minha plantação, sem me atrever a sair dela, pois poderia ser surpreendido. Mas nem assim tive sossego, pois continuava com a apreensão de que, saíssem aqueles selvagens andando pela ilha, haviam de dar com meus grãos plantados e crescidos, ou cortados, ou qualquer outro dos meus trabalhos e melhoramentos, concluindo imediatamente que havia gente naquele lugar, depois do que jamais desistiriam antes de me encontrar. Nesse aperto, voltei diretamente para o meu castelo, puxei a escada para dentro atrás de mim e deixei tudo do lado de fora do jeito mais selvagem e natural que pude.

Em seguida comecei a tomar minhas medidas prévias dentro de casa, para preparar minha posição de defesa. Carreguei toda a minha artilharia, como eu dizia; ou seja, meus mosquetes, que ficavam armados em minha nova fortificação, e todas as minhas pistolas, e tomei a decisão de me defender até o último fôlego, sem esquecer de me confiar com toda a sinceridade à Proteção Divina e de rogar fervorosamente a Deus que me salvasse das mãos dos bárbaros. E assim continuei por mais cerca de duas horas, mas comecei a ficar muito impaciente por informações de fora, pois não tinha espias que pudesse enviar.

Depois de passar mais algum tempo parado, e cismando sobre o que devia fazer naquele caso, não consegui mais ficar ali por nem um instante em total ignorância. Assim, erguendo minha escada do lado da montanha, onde havia um ressalto plano, como observei antes, e depois puxando a escada atrás de mim, tornei a pô-la de pé e subi até o alto da montanha, e empunhando a minha luneta, que tinha levado comigo exatamente para isso, me estendi de bruços, no chão, e comecei a esquadrinhar tudo. Logo descobri que eram não menos que nove selvagens nus, sentados em torno de uma fogueira pequena, que tinham feito não para se aquecer, pois disso não havia a menor necessidade, já que o tempo estava muito quente, mas, como eu imaginava, para preparar parte de sua bárbara dieta de carne humana, que tinham trazido consigo, se viva ou morta eu não tinha como saber.

Tinham com eles duas canoas, que haviam puxado para a praia. E como a maré naquele momento estava baixa, pareciam esperar a volta da maré cheia para tornarem a partir. Não é fácil imaginar a perturbação que essa visão despertou em mim, especialmente ao vê-los desembarcados do meu lado da ilha, e ainda por cima tão perto de onde eu me encontrava. Mas quando observei que sua chegada devia sempre coincidir com a correnteza da maré vazante, comecei depois a ficar mais calmo, ao concluir que poderia sair com segurança no momento em que a maré enchesse, se eles ainda não tivessem desembarcado. E tendo feito essa observação, podia sair para cuidar da minha lavoura com mais tranquilidade.

E confirmou-se o que eu esperava, pois, assim que a maré começou a rumar para o oeste, vi que todos embarcavam e tomavam dos remos. Devia ter assinalado que, por uma hora ou mais antes de partir, puseram-se a dançar, e que eu podia perceber com toda clareza seus gestos e trejeitos através das minhas lentes. Com a mais cuidadosa observação, verifiquei que estavam totalmente nus, sem nada que cobrisse seus corpos; mas se eram homens ou mulheres, isso não consegui distinguir.

Assim que vi todos em seus barcos, e em pleno mar, pus duas armas nos ombros e duas pistolas no cinto, e minha espada ao lado da perna, sem a bainha, e com toda a velocidade de que era capaz fui até a encosta de onde tinha avistado os selvagens pela primeira vez. Assim que lá cheguei, o que não levou menos de duas horas, pois não tinha como avançar mais depressa, de tão carregado que estava com minhas armas, percebi que três outras canoas de selvagens tinham estado naquele ponto; e, olhando na direção do mar alto, vi que seguiam todas juntas mar afora, avançando para o largo.

Foi uma visão terrível para mim, especialmente depois que, descendo à praia, pude ver os rastros pavorosos que haviam deixado atrás de si com suas atividades, a saber: o sangue, os ossos e parte da carne de corpos humanos, comidos e devorados por aqueles infelizes com regalo e alegria. Fiquei tão tomado pela indignação diante daquilo que, na mesma hora, comecei a premeditar a destruição dos próximos selvagens que lá aparecessem, fossem quais ou quantos fossem.

Ficou evidente então para mim que as visitas que faziam a esta ilha não eram tão frequentes, pois mais de quinze meses se passaram antes que outros selvagens aparecessem nas praias. Melhor dizendo, em todo esse tempo não vi nenhum deles, nem pegadas, nem qualquer sinal. Pois na estação chuvosa eles com certeza não viajavam, pelo menos não a um lugar tão distante; ainda assim, esse período vivi em extremo desconforto pela apreensão constante de que pudessem me atacar de surpresa, o que me leva a observar que a expectativa do mal é mais amarga que o próprio mal, especialmente quando não temos como nos livrar dessa expectativa ou dessas apreensões.

Durante esse tempo, vivi tomado por uma disposição assassina, e ocupava quase todo o meu tempo, a que deveria ter dado melhor emprego, no planejamento da maneira como poderia surpreender os selvagens e cair em cima deles da próxima vez que os visse, especialmente se estivessem divididos, como da última vez, em dois bandos. E nem me ocorreu que, se matasse um dos grupos, digamos dez ou uma dúzia deles, ainda assim precisaria, no dia seguinte, na outra semana, ou no outro mês, matar mais, e mais ainda, e assim *ad infinitum*, até finalmente me converter num assassino em nada menor do que eram em seu canibalismo, e talvez ainda mais sanguinário.

Passava agora meus dias em grande perplexidade, e num estado de espírito muito ansioso, esperando, mais dia menos dia, cair nas mãos daquelas criaturas impiedosas. E toda vez que me afastava de casa, nunca deixava de espiar a toda a volta com o mais extremo cuidado e a maior prudência que se pode imaginar. E então pude ver, para meu profundo consolo, como me favorecia ter à minha volta um rebanho ou manada de cabras mansas, pois nada me obrigava a correr o risco de usar minha arma, especialmente perto do lado da ilha onde eles geralmente aportavam, ante o perigo de atrair a atenção dos selvagens. E mesmo que eles fugissem de mim agora, eu certamente haveria de vê-los de novo, trazendo com eles dali a poucos dias duzentas ou talvez trezentas canoas, e então eu sabia o que me esperava.

No entanto, precisei de mais um ano e três meses para tornar a ver mais desses selvagens, e só então topei de novo com eles, como logo irei contar. É verdade que podem ter estado na ilha uma ou duas vezes; mas ou não desembarcaram, ou pelo menos não escutei sua presença. Mas no mês de maio, pelo que posso calcular, e em meu vigésimo quarto ano, tive um encontro muito estranho com eles, de que falarei a seu tempo.

A perturbação do meu espírito nesse intervalo de quinze ou dezesseis meses era enorme. Eu dormia inquieto, tinha sempre sonhos assustadores, e muitas vezes acordava apavorado no correr da noite. Durante o dia, minha mente era tomada de grande aflição, e à noite eu sonhava com frequência que matava os selvagens, com os motivos que pudesse ter para justificar a matança. Mas, deixando tudo isso de lado por algum tempo, foi no meio de maio, no dia 16, eu creio, até onde podia confiar em meu calendário de madeira, pois ainda fazia minhas marcas diárias no poste; como eu dizia, foi em 16 de maio que se abateu sobre mim uma violenta tempestade com muitos ventos, o dia inteiro, além de fartura de raios e trovões, e depois disso uma noite muito desagradável. Não sei qual foi o momento exato, mas, enquanto eu lia a Bíblia, entretido em pensamentos profundos sobre minha condição atual, fui surpreendido por um barulho vindo do mar que entendi como um disparo de canhão.

Era certamente uma surpresa muito diversa de qualquer uma que até então eu tivesse encontrado. Pois as ideias que me acorriam à mente eram de tipo muito diverso. Saí correndo o mais depressa que se pode imaginar, num instante apoiei minha escada na pedra, puxei-a atrás de mim e, subindo por ela uma segunda vez, cheguei ao alto da montanha no momento exato em que um clarão de fogo me fez esperar pelo som de um segundo tiro de canhão que, de fato, em mais ou menos meio minuto me chegou aos ouvidos. E, pelo som, percebi que vinha da parte do mar para onde a correnteza tinha arrastado meu barco.

Imaginei imediatamente que se tratasse de algum navio em dificuldade, e que estivesse viajando em comboio ou na companhia de outra nau, disparando agora seus canhões como sinal de alarme, ou pedido de socorro. No mesmo instante, ocorreu-me que, embora eu não tivesse meio de ajudá-los, eles por sua vez poderiam me socorrer. De maneira que reuni toda a lenha seca em que pude pôr as mãos e, empilhando tudo bem alto, acendi um fogo no alto da montanha. A lenha estava seca, e logo ardeu em chamas. E embora o vento soprasse com força, a fogueira queimava bem, de modo que tive a certeza de que, houvesse mesmo por lá algum navio, não teriam como deixar de me ver. E sem dúvida devem ter visto, pois assim que meu fogo ficou mais alto ouvi mais um disparo de canhão, e depois desse vários outros, todos vindos da mesma direção. Alimentei meu fogo a noite inteira, até o amanhecer, e quando o dia ficou claro avistei alguma coisa muito longe no mar, bem a leste da ilha, não conseguindo distinguir se era uma vela ou um casco, nem mesmo com minha luneta, porque a distância era muito grande e o tempo ainda se mostrava um tanto enevoado, pelo menos à flor das águas.

Olhei muitas vezes naquela direção por todo aquele dia, e logo percebi que, o que fosse, não estava se movendo. Concluí assim que era um navio ancorado, e ansioso, como devem imaginar, por tirar aquilo a limpo, peguei da minha arma e corri até a ponta sul da ilha, até as pedras de onde eu tinha sido arrastado mar afora pela correnteza, e lá chegando, a essa altura com um tempo totalmente limpo, pude ver claramente, para meu grande desalento, os restos de um navio encalhado durante a noite, nos mesmos recifes ocultos que eu tinha avistado ao sair em meu barco. Rochedos que, detendo a violência da correnteza e criando uma espécie de contracorrente, tinham permitido que eu me recuperasse da situação mais desesperada e desvalida em que jamais me encontrei na vida inteira.

Assim, a segurança de um homem é a destruição de outros; pois me pareceu que aqueles homens, fossem quem fossem, sem perceber os recifes totalmente submersos, tinham sido atirados em cima deles no meio da noite, enquanto o vento soprava com força de leste e leste-nordeste. Tivessem visto a ilha, como eu só podia supor que não tinham, deviam, a meu ver, ter tentado chegar a terra firme no bote do navio; mas aqueles disparos de canhão pedindo socorro, especialmente, imaginava eu, depois de terem visto minha fogueira, despertaram em mim muitos pensamentos. Primeiro, imaginei que, ao verem a luz do meu fogo, eles podiam ter embarcado no bote e tentado chegar à praia; no entanto, estando o mar dominado por altas vagas, podem ter sido afastados da terra. Noutro momento, imaginei que já podiam ter perdido o bote, como ocorre tantas vezes; especialmente pelo martelar das ondas contra o navio, que muitas vezes obriga os homens a quebrar ou despedaçar seu próprio bote e, às vezes, a lançá-lo ao mar com as próprias mãos. Outras vezes, imaginei que estivessem na companhia de alguma outra nau, ou de outras naus, que diante dos sinais de perigo que emitiam teriam recolhido os tripulantes, e levado todos embora. E havia ainda ocasiões em que me parecia que tinham todos descido ao mar a bordo do bote e, arrastados pela correnteza em que eu próprio tinha caído, seguiram no rumo do grande oceano, onde só os esperava o sofrimento e a morte e que talvez, a essa altura, se vissem às voltas com a fome, prestes a comerem uns aos outros.

Mas tudo isso eram, no máximo, simples conjecturas. Na condição em que eu me encontrava, só me era possível pensar no sofrimento daqueles pobres homens e me apiedar deles, o que ainda teve o bom efeito de me apresentar mais e mais motivos para dar graças a Deus, que me provia de tudo e me trazia tanta satisfação e conforto em minha situação isolada. E mais: das tripulações dos dois navios que até então haviam naufragado naquela parte do mundo, a única vida poupada havia sido a minha. Aqui, mais uma vez, aprendi que é muito raro a Providência de Deus nos reduzir a condição tão baixa, ou a sofrimento tão profundo, que não se possa ver nele pelo menos algum motivo de gratidão; e onde não seja possível perceber outros indivíduos em circunstâncias piores que as nossas.

O que era sem dúvida o caso daqueles homens, dentre os quais não parecia haver meio de imaginar algum a salvo. Nada podia justificar o desejo ou a esperança de que nem todos tivessem morrido, salvo a possibilidade de haverem sido recolhidos por outro navio que viajasse em sua companhia, e essa possibilidade era apenas remota, pois não vi sinal ou indício de que tenha sido esse o seu destino.

Não sei explicar, com qualquer combinação possível de palavras, que estranha ânsia ou tumulto de desejos senti em minha alma diante disso, e que me fazia dizer às vezes assim: "Ah, se tivessem sobrado apenas um ou dois; na verdade, uma única alma salva daquele navio, que viesse parar comigo, para que me coubesse ao menos um companheiro, um semelhante que falasse comigo, com quem eu pudesse conversar!". Em todo o tempo dessa minha vida solitária, nunca desejei de maneira tão intensa e sincera a companhia dos meus semelhantes, ou senti tamanha dor pela falta que me faziam.

Existem molas secretas nos sentimentos que, quando são postas em ação por algum objeto visível, ou algum objeto que, mesmo não visível, ainda assim se faz presente ao espírito graças ao poder da imaginação, o ímpeto desse movimento leva a alma a uma tal adoração desse mesmo objeto que sua ausência se torna insuportável.

Assim era meu desejo profundo de que pelo menos um daqueles homens tivesse conseguido se salvar! "Ah, se tivesse sobrado apenas um!" Acredito ter repetido essas palavras, "Ah, se tivesse sobrado apenas um!", umas mil vezes; e meus sentimentos eram mobilizados por elas com tamanha violência que, sempre que eu as dizia, minhas mãos se agarravam uma à outra, e meus dedos faziam tanta força contra as palmas que, tivesse eu alguma coisa mais tenra nas mãos, eu a esmagaria sem perceber; e meus dentes se entrechocavam, e se entrecerravam com tamanha força que por algum tempo eu não conseguia separá-los.

Mas os naturalistas que expliquem essas coisas, os motivos por que acontecem, e de que maneira. Só posso responder a eles descrevendo o fato, surpreendente mesmo para mim quando me deparei com ele, embora não saiba de onde possa ter vindo. Mas era sem dúvida efeito desses desejos ardorosos, e das fortes ideias formadas em minha mente, ao pensar no conforto que a conversa com um outro Cristão teria representado para mim.

Mas não estava escrito; a sorte deles, ou a minha, impediu que assim fosse; pois até o último ano da minha estada nesta ilha eu não soube se alguém se salvou ou não daquele navio, e só tive a aflição, alguns dias mais tarde, de ver o corpo de um rapaz afogado dar à praia, na ponta da ilha mais próxima aos destroços do navio. Não trazia roupas além de um colete de marujo, um par de calças de linho até o joelho e uma camisa de linho azul; mas nenhum sinal que me indicasse de que nação seria. Nada trazia nos bolsos além de dois pesos duros espanhóis de prata, e um cachimbo; e este último valia dez vezes mais para mim que os primeiros.

O tempo estava calmo, e eu desejava sair de novo em meu barco, até os destroços do navio encalhado. Não duvidava que poderia descobrir alguma coisa que me fosse útil, mas que não tinha tanta urgência de encontrar quanto de verificar se não poderia haver ainda alguma criatura viva a bordo cuja vida não só eu pudesse salvar, como, ao salvá-la, trazer o mais alto grau de conforto à minha própria. E esse pensamento se aferrou tanto ao meu coração que não consegui sossegar dia e noite enquanto não segui em meu barco até aqueles destroços; e entregando o resto à Providência Divina, pensei que essa impressão em meu espírito era tão forte que eu não tinha como resistir, e só podia vir de algum comando invisível, e que eu ficaria em falta comigo mesmo se não fizesse a jornada.

Movido pela força dessa impressão, apressei-me em voltar ao meu castelo e tudo preparar para a viagem: juntei uma quantidade de pão, uma jarra grande para levar água doce, uma bússola para me guiar, um frasco de rum, pois ainda me restava bastante, e uma cesta cheia de passas. E assim, carregando todo o necessário, fui até o meu barco, do qual tirei a água acumulada e empurrei até que flutuasse, acomodando nele toda a minha carga e depois voltando para casa em busca de mais. Meu segundo carregamento foi um saco grande cheio de arroz, o guarda-sol para abrir em cima da minha cabeça e poupá-la do sol, outro jarro grande cheio de água doce e mais ou menos duas dúzias dos meus pães pequenos, ou bolos de cevada, além dos que tinha separado antes, com mais uma garrafa de leite de cabra e um queijo; e isso tudo, com muito esforço e suor, levei até o meu barco. E pedindo a Deus que guiasse a minha jornada, lancei-me ao mar e, remando a canoa ao longo da costa, cheguei finalmente ao ponto extremo da ilha daquele lado, ou seja, a nordeste. E agora eu precisava afastar-me mar adentro, e decidir se me arriscava ou não. Examinei as velozes correntezas que passavam sempre dos dois lados da ilha, a uma certa distância, e que me pareciam terríveis na lembrança do perigo que eu corri, e a coragem começou a me faltar. Pois imaginei que, caso caísse em qualquer uma dessas correntezas, seria levado à deriva até uma vasta distância mar afora, e talvez ficasse fora do alcance ou sem visão alguma da minha ilha; e a partir daí, como meu barco era tão pequeno, se algum vento mais forte se levantasse, eu me perderia sem dúvida.

A tal ponto esses pensamentos oprimiram meu espírito que desisti do meu projeto e, tendo conduzido meu barco para um riacho que desembocava na praia, desci na areia e me sentei numa pequena elevação, muito pensativo e ansioso, entre o medo e o desejo de fazer minha viagem. Enquanto pensava, percebi que a maré mudava e começava a encher, o que tornava minha partida impraticável por várias horas. Nisso, pensei que devia procurar o ponto mais alto das cercanias e observar, se pudesse, como as águas e as correntezas se comportavam na maré cheia, e avaliar se, caso eu me visse arrastado para fora, não poderia contar com elas para regressar por outro caminho, com a velocidade da correnteza. Assim que o pensamento me ocorreu, lancei os olhos para um morro, de onde se enxergava bem longe o mar dos dois lados da ilha, e do qual se descortinava uma visão clara das correntezas ou dos movimentos da maré, e de que maneira eu deveria conduzir meu barco na volta; e ali descobri que, assim como o fluxo da vazante corria bem perto, passando pela ponta sul da ilha, o fluxo da montante passava perto da costa do lado norte, e eu só precisaria me manter a norte da ilha para navegar a salvo no retorno.

Encorajado por essas observações, resolvi na manhã seguinte zarpar com o começo da maré e, depois de passar a noite na canoa, coberto pela capa de vigia de que já falei, eu me lancei ao mar. Primeiro tomei a direção do mar aberto, no rumo norte verdadeiro, até começar a sentir o impulso da correnteza, que se deslocava para leste e me levou até bem longe, mas ainda assim não me afastou tanto da ilha quanto a correnteza do lado sul da outra vez, impedindo completamente meu governo do barco. Usando com energia o remo como leme, eu avançava a boa velocidade, diretamente no rumo dos destroços, e em menos de duas horas cheguei ao navio encalhado.

Era uma visão desalentadora. O navio, que pela construção era espanhol, estava encalhado com firmeza, preso entre dois recifes; toda a quadra da popa tinha sido despedaçada pela força do mar, e o castelo da proa, bem preso às pedras, batera nelas com muita violência, derrubando no convés tanto o mastro principal como o mastro de vante, partidos junto à base. Mas o gurupés estava inteiro, e toda a estrutura da proa parecia firme; quando me aproximei do navio, um cãozinho apareceu no convés e, ao me ver chegando, começou a ganir e chorar. Assim que o chamei, pulou no mar, em minha direção, e eu o puxei para o barco, mas descobri que estava quase morto de fome e sede. Dei-lhe um dos meus pães, e ele o devorou como um lobo faminto que tivesse passado quinze dias sem comer na neve. Em seguida dei um pouco de água doce à pobre criatura, e, se eu deixasse, ele acabaria rebentando de tanto beber.

Depois disso subi a bordo; mas a primeira visão que tive foi a de dois homens afogados, na cozinha ou no castelo de proa do navio, presos num abraço. Concluí, como de fato é mais provável, que quando o navio encalhou, no meio de uma tempestade, as ondas quebravam tão altas sobre o navio, e tão seguidas umas às outras, que os homens não conseguiram resistir, e sufocaram com o jorro constante da água, da mesma forma como se tivessem afundado no mar. Além do cãozinho, não sobrava mais nenhum ser vivo no navio, nem coisa alguma visível que a água não tivesse estragado. Havia alguns barris de bebida, não sei se vinho ou *brandy*, mais abaixo, no porão, que, quando a maré baixou, consegui ver bem. Mas eram grandes demais para que eu pensasse em transportá-los; e vi ainda várias arcas, que imagino pertencessem a alguns dos marujos, e levei duas delas para o barco, sem nem examinar o que continham.

Se a popa do barco estivesse inteira, e a frente partida, acredito que eu teria feito uma viagem proveitosa; pois pelo que encontrei nessas duas arcas tenho base para supor que o navio transportava muita riqueza. E se posso avaliar pelo rumo que seguia, devia estar vindo de Buenos Aires, ou do Rio da Prata, na parte sul da América, para além do Brasil, na direção de Havana, no Golfo do México, e de lá talvez para a Espanha. Levava sem dúvida algum grande tesouro, mas àquela altura sem qualquer utilidade para ninguém; e do destino do resto de sua tripulação, àquela altura não descobri nada.

Encontrei, além dessas arcas, um barrilete cheio de bebida, de uns vinte galões, que com muita dificuldade transferi para o meu barco. Havia vários mosquetes numa das cabines, e um grande polvorinho de chifre, contendo mais ou menos quatro libras de pólvora; quanto aos mosquetes, não tinha necessidade deles, de maneira que os deixei lá, mas trouxe o polvorinho. Trouxe ainda uma pá e pinças para o fogo, que me faziam muita falta, além de duas caçarolas pequenas de bronze, uma panela de cobre para fazer chocolate e uma grelha de ferro. E com essa carga, mais o cachorro, vim embora, pois a maré estava começando a virar de novo para a terra; e naquela mesma tarde, mais ou menos uma hora antes de anoitecer, cheguei de volta à ilha, extenuado a mais não poder.

Descansei aquela noite no barco, e pela manhã resolvi guardar o que tinha trazido em minha nova caverna, em vez de carregar tudo até o castelo. Depois de me refrescar, desembarquei toda a carga na praia e comecei a examinar seus detalhes. O barrilete de bebida continha uma espécie de rum, mas não igual ao que temos nos Brasis. Numa palavra, não era nada bom; mas quando finalmente abri as arcas, encontrei várias coisas de grande utilidade. Por exemplo, numa delas encontrei uma bela caixa com frascos de um tipo fora do comum, contendo cordiais finos e muito saborosos; cada frasco continha uns três quartilhos de bebida, e trazia uma tampa de prata. Encontrei dois potes contendo compotas ou doces de frutas, com as tampas igualmente tão bem atarraxadas que a água salgada não lhes causara estrago; e mais dois iguais, que a água do mar tinha arruinado. Encontrei algumas ótimas camisas, que vinham mesmo a calhar; e mais ou menos uma dúzia e meia de lenços brancos de linho, além de lenços coloridos para usar ao pescoço; os primeiros também chegaram em muito boa hora, pois eram imensamente refrescantes para enxugar o rosto nos dias quentes. Além disso, quando cheguei à gaveta da arca, lá encontrei três sacos grandes de pesos duros espanhóis de prata, contendo no total umas mil e cem moedas; e num deles, embrulhados em papel, seis dobrões de ouro, além de algumas barras e lascas de ouro; acho que, no todo, deviam pesar quase uma libra.

A outra arca que encontrei continha roupas, de menor valor. Mas as circunstâncias indicavam que deviam pertencer ao ajudante do artilheiro; embora não contivesse pólvora, só duas libras de pólvora em três frascos pequenos tampados com verniz, guardados, imagino, para carregar ocasionalmente suas espingardas de caça. No total, obtive muito pouca coisa nessa viagem que me fosse realmente útil pois, quanto ao dinheiro, não tinha meio nem ocasião de usá-lo: para mim, era a mesma coisa que o pó que eu pisava; e eu trocaria todo ele por três ou quatro pares de sapatos ingleses e de meias, que me faziam muita falta mas não calçava havia muitos e muitos anos. Na verdade, agora eu tinha conseguido os dois pares de calçados que tirei dos pés dos afogados que encontrei nos destroços, e ainda encontrei mais dois pares numa das arcas, que me chegaram em muito boa hora. Mas não eram como os nossos sapatos ingleses, nem os que usamos a passeio nem para o serviço; eram mais tamancos que propriamente sapatos. Encontrei ainda na arca desse marujo o equivalente a uns cinquenta pesos duros espanhóis em soberanos, mas nada de ouro. Imagino que pertencesse a um homem mais pobre que o da outra, por todos os sinais propriedade de um dos oficiais.

De qualquer maneira, carreguei todo esse dinheiro até minha caverna e ali tudo dispus da mesma forma que tinha arrumado antes o que trouxe do meu navio. Mas era uma pena, como já disse, que a outra parte deste navio de agora não tivesse chegado inteira até os recifes; pois imagino que carregaria a minha canoa várias vezes só com o dinheiro que, se algum dia eu voltasse à Inglaterra, poderia deixar entesourado em toda segurança na caverna, até poder voltar à ilha para buscá-lo.

Tendo trazido todas as minhas coisas para a terra, e guardado tudo, voltei para meu barco, que remei ao longo da costa até seu antigo ancoradouro, onde o deixei e voltei o mais depressa que pude à minha habitação, lá encontrando tudo em segurança e sossego. Comecei então a descansar, vivendo da maneira antiga e cuidando da minha família; e por algum tempo a vida foi muito agradável, só que eu andava mais vigilante que antes, olhando para o largo mais vezes e não me afastando de casa com muita frequência. E se durante esse tempo eu me deslocava com alguma liberdade, era sempre pela parte leste da ilha, pois estava praticamente convencido de que os selvagens nunca lá aportavam, podendo eu caminhar por ali sem maiores cuidados, desobrigado de toda a carga de armas e munição que sempre levava quando ia para o outro lado.

Vivi nessas condições por quase dois anos a mais. Mas a minha cabeça desafortunada, que sempre cuidava de me lembrar que só tinha nascido para a infelicidade do meu corpo, passou esses dois anos tomada de planos e projetos ligados a uma possível partida da ilha; pois às vezes eu sentia vontade de fazer uma nova viagem até os destroços, embora a razão me dissesse que nada tinha restado por lá que compensasse o risco da travessia. Às vezes pensava em navegar para um lado, às vezes para outro; e acredito piamente que, se eu ainda tivesse o barco em que fugi de Salé, teria zarpado para o mar, num rumo qualquer, em busca de não sei bem o quê.

Em todas as minhas circunstâncias, fui um exemplo para todos que se contaminam com a peste generalizada da humanidade da qual, eu bem sabia, deriva metade de seus males: falo de nunca se darem por satisfeitos com a situação em que os põem Deus e a Natureza. Pois, não tendo levado na devida conta minha situação de início nem os excelentes conselhos do meu pai, a oposição aos quais foi, como posso bem definir, meu *pecado original*, os erros dessa ordem que cometi em seguida foram o caminho que me conduziu àquela condição infeliz. Tivesse a Providência, que afortunadamente me instalou nos Brasis como dono de terras, também querido me conceder a bênção de desejos mais limitados, contentando-me eu em progredir gradualmente, poderia a essa altura, falo da altura em que estava na ilha, ser um dos mais importantes produtores de açúcar dos Brasis e, na verdade, estou convencido de que, diante de todos os progressos que conquistei no pouco tempo que lá vivi e, se tivesse permanecido, com os aumentos que provavelmente teria alcançado, poderia agora contar com uma fortuna de cem mil "moidores", ou portugueses de ouro.[43] E por que motivo eu resolvi deixar essa fortuna bem encaminhada, uma propriedade bem conduzida, que só fazia crescer e melhorar, para virar comissário de carga a caminho da Guiné, em busca de Negros, quando a paciência e o tempo bastariam para aumentar tanto nossa fortuna em casa que poderíamos tê-los comprado mesmo à nossa porta, junto aos homens cujo negócio era ir buscá-los? E, embora pudessem custar um pouco mais, essa diferença de preço de modo algum valia a pena de tamanho risco.

Mas, assim como esse é o destino comum das cabeças jovens, a reflexão sobre sua insensatez geralmente é exercida em anos posteriores, ou como resultado da

43 "*Moidore*" era uma moeda de ouro de origem portuguesa (em princípio no valor de dez cruzados da época) que circulava na Inglaterra no início do século XVIII. O nome, inclusive, segundo o *Oxford English Dictionary*, é uma corruptela do português "moeda d'ouro"; "portugueses de ouro" é a designação, equivalente, de várias moedas de ouro cunhadas em Portugal entre os séculos XVI e XVIII. Os "pesos duros de prata" espanhóis muito mencionados são as "*pieces of eight*" (em espanhol, "*real de a ocho*", "*peso fuerte*" ou "*peso duro*"), moeda de prata cunhada no império espanhol entre os séculos XV e XVIII e corrente em quase todo o mundo à época, com valor de oito *reales*, conhecida como "*peso*" nas colônias espanholas (dando origem a muitas denominações locais) e ainda, no mundo de língua inglesa, especialmente nos Estados Unidos, como "*spanish dollar*", ou "dólar espanhol". (N. T.)

experiência adquirida com o tempo e a alto custo. Era o que agora ocorria comigo; no entanto, tão fundas eram as raízes que aquele erro criou em minha mente que eu ainda não me conformava com minha situação, e vivia cismando com os meios e a possibilidade de escapar deste lugar. E para que eu possa, com maior prazer para o leitor, trazer a parte restante da minha história, pode não ser descabido relatar as primeiras ideias que cultivei em torno desse plano insensato de fuga; e como, e com base em quê, acabei agindo.

Eu deveria agora estar recolhido em meu castelo, depois da última viagem aos destroços do segundo navio, minha canoa guardada e escondida debaixo d'água, como de costume, e minhas condições restauradas ao que eram antes. Possuía agora, na verdade, mais fortuna que antes, mas de maneira alguma estava mais rico; pois não tinha para ela mais uso que os Índios do Peru antes da chegada dos Espanhóis.

Era uma das noites da estação chuvosa, em março, no vigésimo quarto ano desde a primeira vez em que pus os pés nesta ilha solitária; estava deitado em minha cama ou rede, acordado, muito bem de saúde, sem dores, sem desconfortos ou qualquer destempero do corpo; nada, nem qualquer incômodo da mente, além dos comuns. Mas de maneira alguma conseguia fechar os olhos; melhor dizendo, para dormir; não, nem um instante a noite inteira, que corria como vou descrever.

É tão impossível quanto desnecessário registrar a infinidade de pensamentos que rodopiava pela avenida principal do meu cérebro, a memória, naquela hora noturna. Repassei toda a história da minha vida em miniatura, ou em forma abreviada, como se poderia dizer, até minha chegada à ilha, e também a parte da minha vida desde que lá cheguei. Nas reflexões sobre minha condição depois de ter dado em terra nesta ilha, contrastava a situação satisfatória das minhas atividades, nos primeiros anos que aqui habitei, com a vida de ansiedade, medo e cuidados que tinha passado a viver depois de ver a pegada na areia. Não que para mim os selvagens não tivessem vindo à ilha durante todo aquele tempo, podendo mesmo ter descido em terra às centenas, em alguma ocasião. Mas eu ignorava sua presença, e não tinha a menor apreensão a respeito; vivia em perfeita satisfação, embora o perigo que corresse fosse o mesmo, e era tão feliz de desconhecer o perigo como se nunca tivesse corrido risco algum. Isso deu a meus pensamentos a ocasião de muitas proveitosas reflexões, e especialmente a seguinte: que a Providência é infinitamente boa, provendo em seu governo da humanidade um alcance limitado à visão e ao conhecimento que temos das coisas. E, embora o homem possa caminhar em meio a milhares de perigos, cuja visão, se ele os percebesse, assolariam sua mente, lançando seu espírito no desânimo, ele se mantém sereno, e calmo, por ter a verdade dos fatos oculta a seus olhos, desconhecendo as ameaças que o rodeiam.

Depois de algum tempo entretido nesses pensamentos, comecei a refletir com gravidade sobre o perigo real por que eu tinha passado tantos anos nesta ilha. Como eu caminhava por ela me achando em plena segurança, e com a maior tranquilidade possível, quando talvez apenas o topo de uma encosta, uma árvore maior ou a chegada da noite me separassem do pior tipo de destruição possível, a saber: cair nas mãos de canibais e selvagens, que podiam me apanhar com a mesma intenção com que eu caçava uma cabra ou uma tartaruga, e sem considerar mais criminoso me matar e devorar meu corpo do que eu julgava um delito matar e comer um pombo, ou alguma ave marinha. Seria uma injusta calúnia contra mim mesmo não dizer que senti uma gratidão sincera por meu Grande Salvador, a cuja proteção eu julgava humildemente dever toda essa minha liberdade e sem o qual eu decerto haveria de ter caído nas mãos impiedosas daquela gente.

Quando concluí esses pensamentos, minha mente se viu algum tempo ocupada por considerações a respeito daquelas infelizes criaturas; digo, os selvagens. E como podia ocorrer no mundo que o Sábio Governante de todas as coisas consentisse tamanha desumanidade de qualquer de Suas criaturas, não, vileza maior que a própria bestialidade, quanto devorar seus semelhantes. Mas como isso resultou em algumas especulações, àquela altura infrutíferas, decidi descobrir em que parte do mundo viviam aqueles infelizes; a que distância da costa ficava o local de onde vinham; por que motivo viajavam até tão longe de sua terra; que tipo de barco tinham; e por que eu não podia me organizar, a mim e às minhas coisas, de modo a poder chegar até lá, assim como eles eram capazes de chegar a mim.

Nunca me preocupei em cogitar o que eu faria quando lá chegasse, o que seria feito de mim se caísse nas mãos dos selvagens ou como poderia lhes escapar, se me atacassem. Não, nem mesmo como faria para chegar às suas terras e não ser atacado por eles sem possibilidade de salvação; e, caso não caísse em suas mãos, como faria para me aprovisionar, ou se deveria desviar meu curso. Nenhum desses pensamentos, volto a dizer, sequer me passou pela cabeça; e minha mente se via inteiramente voltada para a ideia de atravessar em meu barco até o continente. Eu considerava minha situação a mais infeliz de todas, e não conseguia imaginar nenhuma que se pudesse considerar pior que ela, afora a morte. Se eu chegasse às praias do continente, talvez pudesse encontrar socorro, ou seguir acompanhando a costa como na África, até alcançar alguma terra habitada, onde haviam de me socorrer; e talvez ainda me deparasse com algum navio Cristão que pudesse me recolher a bordo e, no pior dos casos, só podia morrer, o que poria fim a todos os meus sofrimentos de uma vez. Reparem, por favor, que isso brotava de uma mente perturbada, de uma disposição impaciente levada ao desespero pelo desdobramento constante das minhas provações e as decepções que tive ao subir a bordo do último naufrágio, onde cheguei tão perto de conseguir o que tanto almejava, a saber: alguém com quem conversar, e obter alguma informação sobre o lugar onde me encontrava, e os meios prováveis da minha salvação; quero dizer, eu vivia profundamente atormentado por esses pensamentos. Toda a minha paz de espírito, em minha resignação com a Providência, à espera da manifestação do que dispunham os Céus, parecia esgotada; e eu não dispunha, por assim dizer, de forças para dirigir meus pensamentos a qualquer outra coisa além desse projeto de viagem até o continente, que me arrebatava com tanta força e ímpeto de desejo que eu não encontrava meios de lhe resistir.

Depois que essas ideias agitaram meus pensamentos por duas horas ou mais, com tal violência que fez meu sangue fermentar e o pulso bater tão depressa que eu parecia tomado pela febre, só pelo intenso fervor da minha mente com o projeto, a Natureza, como se eu ficasse extenuado só de tanto pensar, mergulhou-me num sono profundo. Pode-se imaginar que eu tenha sonhado com a travessia. Mas não sonhei, nem com nada relacionado; sonhei que, quando saía de manhã como sempre do meu castelo, avistava na praia duas canoas, e onze selvagens desembarcando, trazendo com eles mais um selvagem, que tencionavam matar e comer. Inesperadamente, o selvagem que ia ser morto dava um salto e saía correndo como o vento, e pensei, em meu sonho, que corria na direção do arvoredo diante da minha muralha, para se esconder ali. Eu, ao vê-lo ali sozinho, sem perceber que os outros vinham pelo mesmo caminho em seu encalço, decidia me revelar e, sorrindo para ele, fazia-lhe sinais para seguir em frente, ao que ele se ajoelhava diante de mim, como suplicando que eu o ajudasse. Então eu lhe mostrava a minha escada, ajudava o pobre a subir e o levava até a minha caverna, onde ele se transformava em meu criado; e assim que esse homem entrava para o meu serviço, eu me dizia que agora eu certamente poderia viajar no rumo do continente, pois ele poderia me servir de Piloto, dizendo como fazer, onde encontrar provisões ou que lugares evitar, pelo perigo de ser devorado, que ponto poderia atingir e de quais precisaria passar ao largo. Acordei pensando no sonho, e senti tais inexprimíveis intimações de júbilo diante da possibilidade de salvação contida nele que a decepção que senti ao voltar a mim e descobrir que era apenas um sonho foi igualmente extrema no sentido oposto, e me deixou num extremo abatimento do espírito.

Diante disso, entretanto, cheguei à conclusão de que a minha única maneira de tentar partir daquela ilha seria, se possível, capturar um selvagem e me apossar dele; e, se possível, devia ser um prisioneiro que os demais destinavam a ser devorado, trazendo até a ilha para abater. Mas esses planos ainda tinham uma dificuldade: essa captura era impraticável sem que eu atacasse toda uma caravana desses selvagens e matasse a todos, o que era não só medida muito extrema, que podia facilmente sair pela culatra, como ainda, por outro lado, algo de cuja justeza eu duvidava seriamente. E meu coração tremia ante a ideia de derramar tanto sangue, ainda que em prol da minha salvação. Não preciso repetir os argumentos que me ocorreram contra o plano, pois eram os mesmos que já mencionei; mas, embora a essa altura eu tivesse novos motivos a considerar, a saber: que esses homens eram inimigos da minha vida, e me devorariam se pudessem; que se tratava de autopreservação no mais alto grau livrar-me dessa verdadeira morte em vida, e que eu agia em minha defesa, tanto quanto se eles me atacassem ou coisa semelhante. Mas repito que, embora esses argumentos favorecessem o meu propósito, a simples ideia de derramar sangue para me libertar parecia terrível, algo com que eu de modo algum conseguiria me reconciliar por muito tempo.

Entretanto, afinal, ao cabo de muitas discussões secretas comigo mesmo, e depois de grandes perplexidades em torno dos fatos, pois todos esses argumentos numa e na outra direção lutaram em minha cabeça por muito tempo, o desejo dominante e urgente de me libertar acabou prevalecendo; e decidi, caso fosse possível, pôr as mãos num daqueles selvagens, ao custo que fosse. Em seguida, precisava planejar como executar esse desígnio, o que era muito difícil de resolver. Mas, enquanto eu não conseguia decidir o meio que iria usar, resolvi ficar de atalaia, para vê-los quando dessem em terra, e deixar o resto para o momento, tomando as medidas que se apresentassem na oportunidade, quaisquer que fossem.

Com essa resolução no espírito, eu me organizei para ficar de vigia com a maior frequência possível, e na verdade com tamanha frequência que logo me fartei daquilo, pois precisei esperar mais de um ano e meio, e grande parte desse tempo indo até a ponta oeste e ao canto sudoeste da ilha, quase todo dia, à procura de canoas, sem que nenhuma aparecesse. Era muito desanimador, e começou a me causar grande incômodo, embora eu não possa dizer que nesse caso, como antes, meu desejo de que a coisa ocorresse tenha se dissipado. Entretanto, quanto mais ela parecia demorar, mais ansioso eu ficava; numa palavra, antes eu não tomava tanto cuidado para evitar a visão desses selvagens, e evitar ser visto por eles, quanto agora ansiava por cair em cima deles.

Além disso, eu me imaginava capaz de dar conta de um, não, de dois ou três selvagens, se conseguisse transformá-los completamente em meus escravos, para fazerem o que eu mandasse, impedindo que me causassem dano em qualquer momento. Por muito tempo cultivei esse plano, mas nada acontecia; todos os meus sonhos e planos deram em nada, pois nenhum selvagem apareceu em minha ilha por muito tempo.

Mais ou menos um ano e meio depois que comecei a

ter essas ideias, e que depois de muito cismar tinham por assim dizer dado em nada, por falta de oportunidade de pô-las em ação, fui surpreendido um dia, cedo pela manhã, ao ver não menos que cinco canoas juntas na praia, do meu lado da ilha. Seus passageiros todos tinham desembarcado, e estavam fora das minhas vistas. O número deles ultrapassava todas as minhas previsões, pois vendo tantos, e sabendo que sempre vinham quatro ou seis, ou às vezes mais em cada barco, fiquei sem saber o que pensar, ou que medidas tomar, para atacar sozinho vinte ou trinta homens. De maneira que permaneci em meu castelo, perplexo e desconsolado. Entretanto, adotei todas as medidas para o ataque que tinha antevisto, e fiquei pronto para a ação, caso alguma coisa acontecesse. Tendo esperado um bom tempo, atentando para ver se produziam algum barulho, finalmente, tomado pela impaciência, alinhei minhas armas ao pé da escada e subi até o alto da montanha, como sempre em duas etapas, tomando o cuidado de não deixar minha cabeça aparecer acima do topo para que não pudessem me ver de maneira alguma. De lá observei, com a ajuda da minha luneta, que eram em número de não menos que trinta, que tinham acendido uma fogueira, que tinham a carne preparada. Como eles a cozinhavam, eu não sabia nem o que era; mas dançavam fazendo não sei quantos volteios e trejeitos bárbaros, a seu modo, em torno do fogo.

Enquanto eu os observava assim, percebi de onde estava dois infelizes sendo arrastados dos barcos, onde aparentemente tinham sido deixados, e trazidos para o abate. Vi que um deles caiu imediatamente, derrubado, imagino, com a pancada de um bastão ou espada de madeira, pois era assim que faziam, e que dois ou três outros se puseram imediatamente a trabalhar para abri-lo e cortá-lo para o fogo, enquanto a outra vítima permanecia de pé, sozinha, até que chegasse a sua hora. Naquele exato momento, esse pobre infeliz se viu com uma certa liberdade, a Natureza lhe inspirou alguma esperança de vida e ele disparou para longe dos outros, correndo com incrível velocidade pela areia diretamente para onde eu me encontrava, melhor dizendo, no rumo da minha morada.

Fiquei terrivelmente assustado, isso devo reconhecer, quando percebi que ele corria em minha direção; e especialmente quando vi que era perseguido por todos os outros, e então acreditei que parte do meu sonho estava se realizando, e que ele viria decerto procurar abrigo em meu arvoredo. Mas eu não podia concluir que o resto dos acontecimentos se desse conforme o meu sonho, ou seja, que os outros selvagens não o seguiriam até ali, deixando de encontrá-lo. No entanto, fiquei onde estava, e meu ânimo começou a se recobrar quando descobri que apenas três homens vinham em seu encalço. E mais encorajado ainda me senti ao ver que ele os superava em muito na corrida, e ganhava terreno, de maneira que, se aguentasse por mais meia hora, percebi que conseguiria escapar facilmente de todos.

Havia, entre eles e o meu castelo, o rio que mencionei várias vezes na primeira parte da minha história, para onde eu trazia minhas jangadas do navio; e vi claramente que ele precisaria atravessar suas águas a nado, ou então o alcançariam ali. Mas quando o selvagem fugitivo chegou à margem, nem hesitou, embora a maré estivesse alta; mergulhando nas águas, atravessou toda a sua largura em cerca de trinta braçadas, saiu em terra e continuou a correr com grande força e velocidade. Quando os três perseguidores chegaram ao rio, vi que dois deles sabiam nadar, mas o terceiro não, e que, permanecendo do outro lado, este ficou acompanhando os outros com os olhos, mas sem segui-los; e logo depois fez meia-volta, o que, no fim das contas, foi muito bom para ele.

Observei que os dois que sabiam nadar precisaram de pelo menos duas vezes mais tempo para atravessar o riacho que o fugitivo à sua frente. Agora já me parecia possível, e até indiscutível, que fosse a minha hora de obter meu criado, talvez um companheiro e assistente, e que eu era claramente convocado pela Providência a salvar a vida daquela pobre criatura. Imediatamente desci as escadas com a pressa possível, peguei minhas duas armas, pois estavam ambas ao pé da escada, como observei acima, e voltando, com a mesma pressa, até o topo da montanha, saí caminhando na direção do mar e, tomando um atalho curto, todo morro abaixo, acabei me encontrando no caminho entre os perseguidores e o perseguido. Gritei alto para o homem que fugia, que olhando para trás talvez tenha sentido tanto medo de mim quanto deles, mas fiz um sinal com a mão, dizendo que voltasse, e nesse meio-tempo avancei lentamente na direção dos dois perseguidores. Em seguida, fazendo carga contra o primeiro destes, eu o derrubei com a coronha da minha arma; evitei disparar, pois não queria que os demais ouvissem, embora àquela distância não fosse fácil escutar e, sem poderem ver a fumaça, não teriam entendido facilmente o que haveria ocorrido. Depois que derrubei o primeiro, o que vinha atrás dele parou, como que paralisado de medo, e avancei devagar em sua direção, mas quando cheguei mais perto percebi que trazia um arco e flecha, que ajustava para atirar em mim. De maneira que fui obrigado a atirar nele antes, o que fiz, matando-o com o primeiro disparo; o pobre selvagem que tinha fugido mas agora estava parado, mesmo vendo seus dois inimigos caídos e mortos, como achava, ainda assim ficou tão assustado com o fogo e o estrondo da minha arma que se quedou imóvel, sem avançar nem recuar, embora parecesse mais inclinado a continuar fugindo que a se aproximar de mim. Tornei a chamá-lo, e pude perceber que ele tremia de pé, como se tivesse sido aprisionado e estivesse a ponto de ser morto, como seus dois inimigos. Fiz novamente um gesto para que se aproximasse, e dei-lhe todos os sinais de encorajamento que me ocorreram, ao que ele foi chegando cada vez mais perto, ajoelhando-se a cada dez ou doze passos, em sinal de reconhecimento por eu ter salvado sua vida. Sorri para ele, com uma expressão amistosa, e fiz gestos para que viesse mais perto ainda; finalmente ele se aproximou e então tornou a cair de joelhos, beijou o chão, apoiou a cabeça na terra e, pegando meu pé, pôs a sola em sua cabeça. Isso, ao que parece, era um sinal pelo qual jurava tornar-se meu escravo para sempre; eu o pus de pé e o tratei muito bem, procurando animá-lo de todas as maneiras que podia. Mas ainda havia outras coisas a fazer, pois percebi que o selvagem que eu tinha derrubado não estava morto, só atordoado com o golpe, e começava a voltar a si. Apontei para ele e, mostrando-lhe o homem caído, fiz ver que não estava morto; a isso ele respondeu me dizendo algumas palavras que, embora eu nada tenha entendido, achei muito agradáveis de escutar, pois eram os primeiros sons de voz humana que eu ouvia, tirante a minha própria, em mais de vinte e cinco anos. Mas não havia tempo para essas reflexões agora que o selvagem derrubado se recobrava a ponto de sentar-se no chão, e percebi que meu selvagem mostrava sinais de medo; mas, ao vê-lo, apontei minha outra arma para o homem, como se fosse atirar nele, ao que o meu selvagem, pois assim eu o chamava agora, fez-me um gesto pedindo que lhe emprestasse a minha espada, que pendia nua do cinto em meu flanco, o que fiz; e assim que a pegou, ele correu até seu inimigo e com um só golpe cortou-lhe a cabeça com uma habilidade que nem mesmo os carrascos da Alemanha teriam maior, o que achei espantoso para uma pessoa que eu tinha motivos para crer nunca antes ter visto uma espada em toda a vida, além das espadas de madeira que usavam. Entretanto, parece, como mais tarde fiquei sabendo, que eles fazem espadas de pau tão afiadas e pesadas, e de madeira tão dura, que até chegam a cortar cabeças com elas, e braços, com um só golpe. Depois disso, ele voltou em minha direção rindo em sinal de triunfo, devolveu-me a espada e, com uma abundância de gestos que não entendi, pousou-a, junto com a cabeça do selvagem que tinha matado, bem à minha frente.

Mas o que mais o deixou atônito foi a maneira como eu tinha matado o outro índio a uma tal distância. Assim, apontando para o corpo, fez sinais pedindo que eu o deixasse ir até ele, com o que assenti o melhor que pude. Quando chegou ao corpo, ficou ali parado, como alguém muito perplexo, olhando para o morto, que virou primeiro para um lado, depois para o outro, examinando o buraco que a bala tinha aberto que, pelo visto, tinha sido só no peito, onde abrira um furo por onde não se despejou muito sangue, mas o homem atingido tinha sangrado por dentro, pois estava bem morto. Ele pegou o arco e as flechas e voltou, e então me virei para ir embora, e fiz gestos para que me seguisse, sinalizando que mais inimigos podiam estar vindo atrás dos outros.

A isso ele respondeu gesticulando que precisava enterrar os dois na areia, para os outros não os encontrarem se viessem até ali. Então gesticulei concordando, ele se pôs a trabalhar e, num instante, tinha aberto um buraco na areia, com as mãos, grande o bastante para acomodar o primeiro morto, que depois arrastou até lá, cobrindo o corpo, e fazendo em seguida o mesmo com o outro. Acredito que tenha enterrado os dois num quarto de hora; e então eu o chamei para me seguir e o levei não para meu castelo, mas para longe dali, na direção da minha caverna, do lado oposto da ilha; e assim não deixei que meu sonho se realizasse nessa parte, a saber, que ele acabasse refugiado no arvoredo que plantei em volta da muralha.

Lá eu lhe dei um pouco de pão, um cacho de passas para comer e um gole de água, e descobri que ele estava com muita sede, de tanto correr; e depois de dar-lhe de comer e beber, fiz gestos sinalizando que ele se deitasse e fosse dormir, apontando para um local onde eu tinha espalhado grande quantidade de palha de arroz, estendendo um cobertor por cima, onde às vezes eu próprio passava a noite, e ele adormeceu.

Era um sujeito de ótima aparência, muito bem-feito de corpo, com braços e pernas retos e compridos, não muito corpulento; era alto e bem formado, e, pelo que calculo, contaria uns vinte e seis anos de idade. Tinha um semblante bondoso, não um aspecto arrogante e feroz, mas parecia ter algo de muito másculo no rosto, ao mesmo tempo que transmitia a doçura e a suavidade de um Europeu também na expressão, especialmente ao sorrir. Tinha os cabelos longos e negros, não encaracolados como lã; a testa era muito alta e larga, e seus olhos eram de uma perspicácia vivaz e cintilante. A cor de sua pele não era exatamente preta, mas muito crestada; não de um moreno feio e amarelado como são os Brasileiros e os Virginianos, e outros nativos da América; mas de um tipo mais claro de cor parda ou olivácea de impressão muito agradável, embora não muito fácil de descrever. O rosto era redondo e cheio; o nariz pequeno, não chato como o dos Negros, uma bela boca, lábios finos e os bons dentes bem distribuídos, e brancos como o marfim. Depois que ele descansou, mais que propriamente dormiu, por mais ou menos meia hora, acordou e saiu da caverna à minha procura, pois eu estava ordenhando as cabras reunidas no cercado próximo. Quando me avistou, veio correndo em minha direção, tornando a se estender no solo com todos os sinais possíveis da gratidão mais humilde, fazendo muitos gestos exagerados de demonstração. Finalmente, encostou o rosto no chão, perto do meu pé, e pôs meu outro pé sobre sua cabeça, como tinha feito antes; e depois disso, ainda deu todos os sinais de sujeição, servidão e submissão que se pode imaginar, para me dizer que seria meu criado pelo resto da vida. Percebi muitas coisas do que me dizia, e dei a entender que ficava muito satisfeito; dali a pouco comecei a falar com ele, e a ensinar-lhe a falar comigo. Primeiro, dei-lhe a saber que seu nome seria Sexta-Feira, o dia em que eu tinha salvado a sua vida; dei-lhe este nome em memória da data. Ensinei-lhe também a me chamar de "amo", dando a entender que era este o meu nome. Entreguei-lhe um pouco de leite, numa vasilha de barro, e deixei que me visse beber antes dele, mergulhando no leite o meu pão; e lhe dei um pedaço de pão para que fizesse o mesmo, o que ele logo imitou, gesticulando que achava muito bom.

Fiquei lá com ele aquela noite inteira mas, assim que amanheceu, fiz um sinal para que me acompanhasse, mostrando que lhe daria algumas roupas, pelo que ele me pareceu muito agradecido, pois estava totalmente nu. Quando passamos pelo local onde ele tinha enterrado os dois homens, ele me apontou o ponto exato e me mostrou as marcas que tinha deixado para encontrá-los, explicando-me por sinais que devíamos tirá-los da terra e comer os dois. A isso eu respondi fazendo um ar muito contrariado, manifestando o horror que sentia daquilo, fazendo menção de vomitar à mera ideia, e sinalizando com a mão para que ele se afastasse, o que ele fez na mesma hora, com grande obediência. Então eu o levei até o alto da montanha, para ver se os seus inimigos tinham ido embora; e, pegando minha luneta, olhei e vi claramente o local onde eles tinham estado, mas nenhum sinal deles ou de suas canoas. Ficou claro então que tinham ido embora, deixando os dois camaradas para trás, sem sair à sua procura.

Não fiquei contente com essa descoberta, mas me sentindo agora com mais coragem, e consequentemente mais curioso, levei meu Sexta-Feira comigo, entregando-lhe a espada para levar na mão, tendo às costas o arco e as flechas que percebi que ele usava com grande destreza, fazendo-o carregar uma arma para mim enquanto eu mesmo carregava outras duas, e fomos caminhando até o local onde aquelas criaturas tinham estado, pois agora eu estava decidido a obter mais informações a respeito deles. Quando cheguei ao local, o sangue gelou em minhas veias, e meu coração se apertou no peito ante o horror do espetáculo. Era de fato uma cena medonha, pelo menos para mim, ainda que Sexta-Feira não ficasse nada impressionado. O lugar estava coalhado de ossos humanos, o solo coberto de sangue seco, com grandes nacos de carne espalhados por toda a parte, meio comidos, mastigados e chamuscados pelo fogo. Em suma, todos os sinais do festim triunfal que tinham feito ali depois de uma vitória sobre os inimigos. Contei três crânios, cinco mãos e os ossos de três ou quatro pernas e pés, e uma abundância de outras partes de corpos; e Sexta-Feira, por meio de seus sinais, fez-me entender que tinham trazido quatro prisioneiros para devorar, que três deles tinham sido comidos e que ele, apontando para si mesmo, era o quarto. Que havia ocorrido uma grande batalha entre eles e o rei vizinho, entre cujos súditos ele, Sexta-Feira, parecia contar; e que tinham feito grande número de prisioneiros, todos transportados a vários lugares pelos captores para poderem devorar a sua carne, como tinham feito aqueles desgraçados com os que trouxeram para a ilha.

Mandei que Sexta-Feira recolhesse todos os crânios, ossos, pedaços de carne e o que mais restasse, juntei tudo numa pilha e acendi em cima uma grande fogueira, reduzindo tudo a cinzas. Percebi que Sexta-Feira ainda nutria algum desejo de comer um pouco daquela carne, e ainda era um canibal por sua natureza; mas revelei tamanho horror diante da simples ideia, ou qualquer sinal daquilo, que ele não se atreveu a manifestar seu apetite. Porque eu, de alguma forma, tinha dado a entender que o mataria se tentasse.

Depois disso, voltamos ao nosso castelo, e lá eu me pus a trabalhar por meu Sexta-Feira. Antes de mais nada, dei-lhe um par de calções de linho, tirado da arca do pobre artilheiro que eu havia encontrado nos destroços e que, com um pequeno ajuste, ficou do tamanho certo. Em seguida, fiz para ele uma jaqueta de pele de cabra, segundo o melhor das minhas habilidades, visto que agora eu me tornara um alfaiate tolerável; e lhe dei um gorro que fabriquei de uma pele de lebre, muito conveniente e bastante elegante. E assim ele ficou vestido por enquanto, toleravelmente bem, e muitíssimo satisfeito de se ver quase tão bem trajado quanto o seu amo. É verdade que num primeiro momento essas roupas o estorvavam um pouco; usar calças era novidade para ele, e as mangas da jaqueta irritavam seus ombros e a parte interna dos braços; mas abri um pouco as costuras nos pontos onde ele se queixava do incômodo e, acostumando-se aos trajes, no fim das contas se afeiçoou muito a eles.

No dia seguinte à minha chegada com ele à cabana, comecei a me perguntar onde deveria alojá-lo, um lugar que fosse bom para ele e me deixasse à vontade. Construí uma pequena tenda para ele no espaço vazio entre as minhas duas fortificações, do lado interno da última e do lado de fora da primeira; e como havia uma entrada, ou porta, para a minha caverna, fabriquei uma moldura formal de porta e uma porta de tábuas para elas, que ergui na passagem, um pouco para dentro da entrada. E como a porta só abria por dentro, eu a trancava à noite, recolhendo também as minhas escadas, de maneira que Sexta-Feira não tinha como chegar a mim dentro da minha muralha interna sem fazer tanto barulho no processo que necessariamente haveria de me despertar, pois o espaço cercado por minha primeira muralha ficava agora totalmente coberto por um telhado construído sobre longas travessas, protegendo toda a minha tenda e apoiando-se na encosta da colina, guarnecido de galhos mais finos atravessados no lugar de ripas, nos quais se apoiava uma grande espessura de palha de arroz, que era forte como caniços. E no buraco ou passagem deixada para que eu pudesse entrar ou sair pela escada, eu tinha feito uma espécie de alçapão, que se tentassem abrir por fora não tinha como ser manejado, caindo para dentro e fazendo muito barulho. E, em matéria de armas, eu recolhia todas para o meu lado a cada noite.

Mas nem precisaria de todas essas precauções; pois homem nenhum jamais teve um criado mais fiel, afetuoso e sincero que Sexta-Feira. Sem caprichos, cismas ou estratagemas, perfeitamente fiel à sua palavra e muito esforçado; seu afeto estava ligado a mim, como o de um filho ao respectivo pai; e posso dizer que teria sacrificado a vida para salvar a minha, caso a ocasião se apresentasse. Os muitos testemunhos que me deu disso afastaram qualquer dúvida, e logo me convenceram de que eu não precisava de precaução alguma, nem temer por minha segurança da parte dele.

Isso me deu muita ocasião de observar, e com admiração, que assim como aprouve a Deus, em sua Providência e em Seu governo das obras de Suas mãos, tirar de tão grande parte do mundo de Suas criaturas os melhores usos a que se prestariam suas faculdades, e os poderes de suas almas, ainda assim Ele os dotou dos mesmos poderes, da mesma razão, das mesmas sensibilidades, dos mesmos sentimentos de gentileza e obrigação, das mesmas noções de gratidão, sinceridade, fidelidade e de todas as capacidades para o bem, e receber o bem, que deu a nós. E que quando Ele decide lhes proporcionar alguma ocasião de exercer essas virtudes, eles se mostram tão prontos, na verdade, mais prontos ainda que nós, a aplicá-las no uso certo a que se destinam. E isso às vezes me deixava muito melancólico, ao pensar, quando várias dessas ocasiões se apresentaram, como fazemos um uso limitado dessas qualidades, muito embora tenhamos esses poderes muito iluminados pelas grandes luzes da instrução, com o espírito de Deus e o conhecimento de Sua

Palavra somado à nossa compreensão; e por que motivo quis Deus manter oculto esse conhecimento salvador de tantos milhões de almas que, a julgar por aquele pobre selvagem, teriam feito dele muito melhor uso que nós.

A partir daí, eu às vezes ia longe demais e invadia a soberania da Providência, e por assim dizer questionava a justiça de uma disposição tão arbitrária das coisas, escondendo a luz de alguns e revelando seu brilho a outros, mas ainda assim esperando de todos os mesmos deveres. Mas eu me calava e continha meus pensamentos com a seguinte conclusão: primeiro, que não sabíamos à qual luz, e em nome de qual lei, eles deviam ser condenados, mas que, como Deus era necessariamente, e pela natureza de Seu ser, infinitamente santo e justo, essas criaturas só podiam estar todas condenadas à Sua ausência por terem pecado contra a luz que, nas palavras das Escrituras, era uma lei para eles;[44] de acordo com as regras que suas consciências reconheciam como justas, mesmo que em bases desconhecidas por nós. E, segundo, que, apesar de sermos todos barro nas mãos do Oleiro, nenhum vaso poderia dizer-Lhe, "Por que me criaste dessa forma?".[45]

Mas voltando ao meu companheiro; ele me trazia grande satisfação, e me empenhei em lhe ensinar tudo que servisse para torná-lo útil, habilidoso e prestativo; mas especialmente a falar e entender quando eu falava, e ele era o aluno mais dotado que jamais existiu, e es-

44 Romanos, 2,19 e 2,14: "Confia que és guia dos cegos, luz dos que estão nas trevas", e "porque quando os gentios, que não têm lei, fazem por natureza as coisas da lei, eles, embora não tendo lei, para si mesmos são lei".

45 Romanos, 9,20-21: "Mas, ó homem, quem és tu, que a Deus replicas? Porventura a coisa formada dirá ao que a formou: Por que me fizeste assim? Ou não tem o oleiro poder sobre o barro, para da mesma massa fazer um vaso para uso honroso e outro para uso desonroso?". Cf. Jeremias, 18,6, e Isaías, 45,9.

pecialmente tão alegre, de esforço tão constante e tão satisfeito quando conseguia me entender ou me dar a entender o que pretendia, que para mim era um prazer conversar com ele. E agora a minha vida se tornava tão fácil que comecei a me dizer que, se pelo menos pudesse estar totalmente a salvo de mais selvagens, não me importava nunca mais ser resgatado do lugar onde vivia.

Dois ou três dias depois de voltar ao meu castelo, pensei que, a fim de afastar Sexta-Feira daqueles horríveis hábitos de alimentação, e dos gostos de um estômago de canibal, eu devia dar-lhe outras carnes a provar. Então saí com ele uma bela manhã pela mata. Na verdade, minha intenção era abater um cabrito do meu próprio rebanho, trazê-lo para casa e prepará-lo. Mas no caminho vi uma cabra estendida na sombra, com dois cabritos perto dela. Segurei Sexta-Feira e lhe disse, espere, fique parado, e fiz sinais para que não se mexesse, ao que apontei minha arma, disparei e matei um dos cabritos. O pobre, que já tinha me visto matar à distância o selvagem seu inimigo, mas não sabia, ou não era capaz de imaginar, como aquilo se dava, ficou profundamente surpreso, tremendo da cabeça aos pés, e com um ar tão perplexo que achei que fosse cair desacordado. Ele não viu o cabrito que eu tinha alvejado nem percebeu que eu tinha matado o animal, mas abriu seu colete para verificar se não tinha sido atingido e, pelo que entendi, concluiu que eu tivesse resolvido matá-lo; pois veio ter comigo e, caindo de joelhos e se abraçando às minhas pernas, disse muitas coisas que não entendi, mas cujo sentido era fácil de entender: implorava que eu não o matasse.

Logo encontrei um modo de convencer Sexta-Feira que eu não queria lhe fazer mal, e pegando sua mão ri para ele e apontei o cabrito que tinha abatido, sinalizando para que fosse buscar o animal, o que ele obedeceu. E enquanto ele se admirava e examinava a criatura para ver como tinha sido morta, tornei a carregar a minha arma e, depois de algum tempo, avistei uma ave grande, parecida com um falcão, pousada numa árvore ao meu alcance. Então, para que Sexta-Feira entendesse um pouco o que eu iria fazer, chamei-o novamente para perto de mim, apontei para a ave, que na verdade era um papagaio, depois para a minha arma, depois para o chão debaixo do papagaio, onde ele iria cair. Fiz Sexta-Feira entender que eu ia atirar na ave e matá-la; disparei, mandando que ele olhasse, e ele, assim que viu o papagaio cair, pareceu novamente muito assustado, apesar de tudo que eu tinha acabado de mostrar; e descobri que estava mais admirado por não me ter visto pôr nada dentro da arma, achando que aquela coisa devia conter alguma reserva mágica de morte e destruição, capaz de abater homem, animal, ave ou qualquer coisa, próxima ou distante; e o espanto que isso despertava nele era tamanho que demorou muito a ceder. E acredito que, se eu deixasse, ele teria começado a idolatrar a mim e à minha arma. Quanto a ela própria, por vários dias depois disso ele nem sequer se atrevia a lhe encostar um dedo; mas falava com ela, em conversa, como se ela pudesse lhe responder, quando ficava sozinho. Sempre, como depois me contaria, para convencê-la a não causar a sua morte.

Bem, depois que seu espanto passou um pouco, gesticulei para que fosse apanhar a ave que eu tinha abatido, que ele foi buscar mas demorou um pouco, pois o papagaio não tinha morrido de todo, e ainda bateu um pouco as asas para longe do lugar onde caiu. Entretanto, achou a ave, pegou-a e trouxe para mim e, como eu percebi antes sua falta de compreensão da arma, aproveitei esse momento para tornar a carregá-la sem deixar que ele visse, a fim de estar pronto para outro alvo que se apresentasse. Porém nada mais surgiu naquele momento, de maneira que levei o cabrito para casa, e na mesma noite tirei sua pele e dividi sua carne em partes da melhor maneira que pude e, tendo uma vasilha para essa finalidade, cozinhei ou ensopei parte da carne, produzindo um caldo muito bom. E depois que comecei a comer, dei um pouco ao meu Sexta-Feira, que pareceu ficar muito agradecido, e gostou muito, mas o que achou mais estranho era eu comer a carne com sal. Fez-me um sinal, indicando que sal não era bom de comer e, pondo um pouco na boca, indicou ter ficado nauseado, cuspindo o sal e depois lavando a boca com água doce. Por outro lado, pus um pouco de carne na boca sem sal, e fingi que cuspia e ficava enojado pela falta de sal, da mesma forma que ele fizera por causa de sua presença; mas não adiantou, e ele jamais veio a gostar de sal na carne ou na sopa; por muito tempo sal nenhum, e depois disso só em muito pequena quantidade.

Tendo-lhe dado de comer assim carne cozida e um caldo, resolvi no dia seguinte regalar meu Sexta-Feira assando um pedaço do cabrito, o que fiz pendurando a carne perto do fogo num cordão, como vi muita gente fazer na Inglaterra, cravando duas varas no chão, uma de cada lado do fogo, e apoiando uma outra atravessada nas duas, à qual amarrei o cordão, fazendo a carne girar o tempo todo. Isso Sexta-Feira admirou muito; mas, quando provou a carne, deu-se a tamanho esforço para me dizer o quanto tinha gostado que eu não tinha como deixar de entender. E finalmente me disse que nunca mais haveria de comer carne humana, o que ouvi com grande satisfação.

No dia seguinte mandei-o trabalhar separando os grãos dos cereais das espigas, e depois peneirando da maneira que eu costumava fazer, como observei antes, e logo ele aprendeu tão bem como eu a dar conta da tarefa, especialmente depois de entender o que significava, e que era dali que saía o pão. Em seguida, deixei que me visse preparar e assar o pão, e em pouco tempo Sexta-Feira tornou-se capaz de fazer todo o trabalho para mim, tão bem quanto eu próprio.

Comecei agora a considerar que, tendo duas bocas a alimentar, em vez de apenas uma, precisava de mais terreno para a minha lavoura, e plantar uma quantidade maior de grãos. Demarquei então um trecho maior de terreno, que comecei a cercar da mesma forma que antes, no que Sexta-Feira não só se pôs a trabalhar com grande disposição e afinco mas ainda com grande alegria, e eu lhe disse a que aquilo se destinava, que era para plantar grãos para fazer mais pão, porque agora ele estava comigo, de maneira a ter o suficiente para ele, além de mim. Ele pareceu muito tocado por essa parte, e me fez saber que julgava que eu estava tendo mais trabalho, por causa dele, do que tinha só para cuidar de mim; e que ele iria trabalhar mais por mim, se eu lhe dissesse o que precisava fazer.

Foi o ano mais agradável de toda a vida que tive naquele lugar; Sexta-Feira começou a falar bastante bem e a entender os nomes de todas as coisas que eu tinha ocasião de lhe pedir, e de todos os lugares aonde precisei mandar que fosse, e conversava muito comigo. Tanto que, em pouco tempo, recomecei a encontrar uso para minha língua, que antes tinha tão pouca ocasião de empregar; melhor dizendo, a fala; além do prazer de conversar com ele, sentia uma satisfação singular com ele próprio: sua franqueza simples e sem fingimento se revelava mais a cada dia, e comecei na verdade a amar essa criatura e, de seu lado, acredito que ele me amasse mais do que jamais tinha sido possível amar qualquer outra coisa.

Um dia resolvi descobrir se ele tinha algum desejo secreto de retornar à sua terra, e tendo-lhe ensinado tão bem o inglês que ele era capaz de responder a qualquer pergunta minha, indaguei se a nação a que ele pertencia nunca tinha triunfado na guerra. Ao que ele sorriu, e respondeu, "Sim, sim, sempre melhor na luta"; ou seja, quis dizer que eles sempre venciam as guerras; e então começamos o diálogo que se segue. "Vocês sempre lutam melhor", disse eu, "mas então como você acabou prisioneiro, Sexta-Feira?"

Sexta-Feira: Minha nação vence muito, mesmo assim.

Amo: Vence como? Se a sua nação venceu, como você foi apanhado?

Sexta-Feira: Eles muito mais que minha nação no lugar onde eu foi; eles pega um, dois, três, e eu. Minha nação no outro lugar venceu eles, onde eu não foi; lá minha nação apanhou um, dois, muitos mil.

Amo: Mas por que o seu lado não veio aqui salvar você das mãos dos inimigos?

Sexta-Feira: Eles correu com um, dois, três e eu, fez entrar na canoa; minha nação naquela hora sem canoa.

Amo: Mas Sexta-Feira, o que a sua nação faz com os homens que apanha? Leva para longe e come também, igual a esses?

Sexta-Feira: Isso mesmo, minha nação come os homem também, come todo mundo.

Amo: E leva para onde?

Sexta-Feira: Vai pra outro lugar onde eles pensa.

Amo: Eles vêm para cá?

Sexta-Feira: Vem, vem pra cá; vem também pra outro lugar.

Amo: Você já veio aqui com eles?

Sexta-Feira: Já, vim aqui (aponta para o lado noroeste da ilha, que aparentemente era o lado deles).

Por essas palavras, entendi que meu Sexta-Feira tinha estado entre os selvagens que já haviam desembarcado na praia da outra ponta da ilha, em ocasiões de canibalismo como aquela em que foi trazido para cá; e algum tempo depois, quando tomei coragem de ir com ele até o outro lado, no mesmo local de que já falei antes, ele conhecia bem o lugar, e me disse que uma vez tinham vindo e devorado vinte homens, duas mulheres e uma criança: ele não sabia contar até vinte em inglês, mas contou quantos eram enfileirando pedras no chão e apontando para que eu contasse.

Só falo dessa passagem porque serve de introdução ao

que vem em seguida; que depois dessa conversa que tive com ele, perguntei qual era a distância da nossa ilha até o continente, e se as canoas não se perdiam no caminho. Ele me disse que não havia perigo, e que canoa nenhuma se perdia; mas que um pouco depois de seguir mar adentro havia uma correnteza, e um vento, sempre para o mesmo lado de manhã e para o lado oposto à tarde.

Entendi que eram apenas as mudanças da maré, vazante ou cheia; mas em seguida entendi que a correnteza era ocasionada pela grande influência, para os dois lados, do poderoso Rio Orinoco; em cuja embocadura, ou golfo, mais tarde descobri que ficava a nossa ilha. E essas terras que eu distinguia a oeste e noroeste eram da grande Ilha de Trinidad, na ponta norte da embocadura do rio. Fiz a Sexta-Feira mil perguntas sobre as terras, os habitantes, o mar, a costa e as nações que ficavam perto; ele me contou tudo que sabia com a maior franqueza que se pode imaginar; perguntei a ele os nomes das várias nações de pessoas do tipo dele; mas o único nome que obtive foi *Caribs*, a partir do que logo entendi que estes eram os Caraíbas,[46] que nossos mapas situam na parte da América que vai da boca do Rio Orinoco até a Guiana, e mais adiante até Santa Marta.[47] Ele me contou que para muito além da lua, quer dizer, do ponto em que se punha a lua, que devia ser a oeste de sua terra, havia brancos de barba, como eu, e apontou para as minhas grandes suíças, de que já falei antes; e que tinham matado "muitas gentes", nas palavras dele; pelo que entendi, falava dos Espanhóis, cujas crueldades na América têm sido relatadas em todos os países e são contadas de pai para filho em todas as nações.

Perguntei se ele sabia me dizer como eu podia partir

46 Os caraíbas e os aruaques eram os povos nativos que habitavam as ilhas do Caribe e a costa da Venezuela.
47 Santa Marta: cidade da Colômbia.

daquela ilha e ir parar junto a esses brancos; e ele me disse que sim, sim, que eu poderia ir em "duas canoas"; não entendi o que ele quis dizer nem consegui que descrevesse o que significavam para ele "duas canoas", até finalmente, com grande dificuldade, perceber que sua ideia era que eu precisava usar um barco maior, do tamanho de duas canoas.

Essa parte das conversas com Sexta-Feira começou a me agradar muito, e a partir desse momento passei a cultivar alguma esperança de que, em algum momento, pudesse encontrar uma oportunidade de escapar daquele lugar; e de que esse pobre selvagem pudesse me ajudar.

Durante o longo período que a essa altura Sexta-Feira já tinha passado comigo, depois que começou a me falar e a entender o que eu dizia, eu não quis propor as bases de nenhum conhecimento religioso em seu espírito; especialmente, perguntei a ele certa vez quem o tinha criado. A pobre criatura não entendeu, e pensou que eu tinha perguntado quem era o seu pai; mas tomei outro ponto de partida e perguntei quem tinha criado o mar, o chão que nós pisamos, as montanhas e as florestas; ele me respondeu que tinha sido um certo velho, Benamuque, que vivia para além de tudo. Não sabia o que dizer para descrever essa eminente pessoa, só que era muito velho; muito mais velho, disse ele, que o mar ou a terra; que a lua ou as estrelas. Perguntei então: se esse velho tinha criado todas as coisas, por que todas as coisas não lhe prestavam adoração? Sexta-Feira, com uma expressão muito séria e de perfeita inocência, disse, "Todas as coisas dizem *Oh* para ele". Eu perguntei se as pessoas que morriam naquela terra iam para algum lugar; ele respondeu que sim, que todas iam ao encontro de Benamuque. Então perguntei se as pessoas que eram devoradas também iam para lá, e ele respondeu que sim.

A partir daí, comecei a lhe ensinar algumas coisas sobre o Deus verdadeiro. Disse a ele que o grande Criador de todas as coisas vivia lá no alto, apontando para o Céu. Que Ele governa o mundo com o mesmo poder e Providência com que criou todas as coisas. Que Ele é onipotente, pode fazer tudo por nós, dar tudo para nós e tirar tudo de nós; e assim, aos poucos, fui abrindo seus olhos. Sexta-Feira me ouvia muito bem-disposto, e escutou com atenção a ideia de que Jesus Cristo tinha sido mandado para nos redimir, a maneira de fazer as preces a Deus e que Ele era capaz de nos ouvir, mesmo dos Céus. E um dia me disse que, se o nosso Deus era capaz de nos ouvir de mais além que o Sol, só podia ser um Deus maior que o Benamuque de seu povo, que vivia mais perto mas ainda assim não escutava o que lhe diziam, a menos que subissem as grandes montanhas onde morava. Perguntei se ele já tinha ido até lá, falar com ele; Sexta-Feira respondeu que não, que os jovens nunca iam; só quem fazia a jornada eram os mais velhos, que ele chamava de Ouocaque, ou seja, como me explicou, seus religiosos, ou sacerdotes; e que iam dizer *Oh* (como ele chamava fazer as preces) e depois voltavam, contando o que Benamuque respondeu. Observei a partir disso que existem sacerdotes mesmo entre os mais ignorantes e cegos dos pagãos do mundo; e que a ideia de criar uma religião cheia de segredos, a fim de preservar a veneração das pessoas aos sacerdotes, não era praticada apenas pelos Católicos Romanos, mas por todas as religiões do mundo, mesmo entre os selvagens mais bárbaros e ferozes.

Mas consegui desfazer essa fraude para o meu Sexta-Feira, e disse que aquela história dos velhos, de que subiam a montanha para dizer *Oh* ao deus deles, Benamuque, era uma farsa, e que trazerem de lá a resposta do deus era uma falsidade ainda maior; que se eles tinham alguma resposta, ou falavam com alguém lá em cima, só podia ser com algum espírito maléfico. E então comecei uma longa conversa com ele a respeito do Demônio, de suas origens, de sua rebelião contra Deus, de sua inimizade ao homem, dos motivos disso, de como ele procurava as partes mais sombrias do mundo para lá ser adorado como Deus no lugar de Deus,[48] além dos muitos estratagemas que ele usava para burlar a humanidade e levá-la à ruína: como tinha um acesso secreto às nossas paixões e aos nossos sentimentos, de maneira a adaptar suas artimanhas às nossas inclinações, de maneira a nos fazer nós mesmos cair em tentação, e tomar o rumo da nossa destruição por escolha própria.

Descobri que era bem mais fácil firmar em seu espírito as noções corretas sobre a existência de um Deus que a respeito do Diabo. A Natureza servia de prova a todos os argumentos que eu usava, inclusive a necessidade de uma Grande Causa Inicial e de um poder soberano sobre tudo que acontece,[49] uma Providência que tudo governa em segredo, a equidade e a justiça de render tributo Àquele que nos criou, e assim por diante. Mas nada disso aparecia na noção de um espírito do mal, de suas origens, de sua existência e de sua natureza e, acima de tudo, de sua inclinação para cometer o mal e nos induzir a fazer o mesmo. E a pobre criatura me deixou uma vez tão embaraçado com uma pergunta totalmente natural e inocente que eu mal soube o que responder. Eu vinha falando muito sobre o poder de Deus, Sua onipotência, Sua aversão terrível ao pecado, sobre como Ele operava como um fogo que consumia os praticantes da iniquidade,[50] de como, por ter criado a todos nós, Ele

48 Crusoé esboça uma antiga ideia, que remonta aos antigos Pais da Igreja, de que os cultos idólatras e pagãos eram inspirados pelo Diabo e que os deuses pagãos, na verdade, eram demônios.
49 Grande Causa Inicial é uma definição filosófica de Deus, o criador do universo.
50 A argumentação de Crusoé, aqui, e ao longo de toda a sua conversa visando à conversão de Sexta-Feira, ecoa a Bíblia, por exemplo, Deuteronômio, 4,24: "Porque o Senhor vosso Deus é um fogo consumidor, um Deus zeloso". "Praticantes da iniquidade", em muitos pontos da Bíblia, são os pecadores.

podia nos destruir, e ao mundo inteiro, num instante; e Sexta-Feira me ouvia o tempo todo com a mais profunda gravidade.

Depois disso, eu lhe contei como o Diabo era o inimigo de Deus no coração dos homens, usando toda a sua malícia e habilidade para derrotar os grandes desígnios da Providência e causar dano ao Reino de Cristo sobre a terra, e assim por diante. "Então", perguntou Sexta-Feira, "mas Amo não diz que Deus é poderoso e grande, mais forte e poderoso que o Diabo?" "Sim, sim", respondi, "Sexta-Feira, Deus é mais forte que o Diabo, Deus está acima do Diabo, e por isso pedimos a Deus para sermos capazes de esmagar o Demônio com os nossos pés, resistindo às suas tentações e extinguindo o fogo de seus dardos em chamas."[51] "Mas", respondeu ele, "se Deus tão forte, mais poderoso que Diabo, por que Deus não mata Diabo, pra ele deixar de fazer maldade?"

Fiquei surpreso com a pergunta, e afinal, embora a essa altura já estivesse velho, era novo como professor, e mal qualificado como casuísta, alguém capaz de explicar questões difíceis. E num primeiro momento não soube o que responder, de maneira que fingi não ter escutado as suas palavras, e perguntei o que ele tinha dito. Mas ele estava ansioso demais por uma resposta para esquecer de sua pergunta, que repetiu em seguida nas mesmas palavras incorretas que contei acima. A essa altura eu tinha recobrado parte da minha presença de espírito, e respondi: "No fim, Deus vai castigar seriamente o Diabo; há um julgamento à sua espera, e ele será lançado no abismo, onde irá queimar num fogo eterno".[52] Mas isso não bastou para Sexta-Feira, que re-

51 Mais ecos da Bíblia, de Romanos, 16,20, e Efésios, 6,16.
52 Novamente, ecos da Bíblia: 2 Pedro, 2,4, Mateus, 25,41, e Apocalipse, 20,1-3.

trucou, repetindo minhas palavras: "'Espera, no fim', eu não entende: por que não matar Diabo agora, por que não matar muito atrás?". "Você também poderia perguntar", disse eu, "por que Deus não nos mata, a você e a mim, quando fazemos coisas erradas aqui que ofendem a Ele? Ele espera para ver se nos arrependemos, e para nos perdoar." Sexta-Feira pensa um pouco em minhas palavras. "Ora", disse ele, com boa vontade, "assim bom: então o senhor, eu, o Diabo, tudo mau. Tudo espera, se arrepende, Deus perdoa tudo." Aqui me vi de novo totalmente batido por ele, o que me serviu de prova de que embora o mero conhecimento da Natureza possa conduzir as criaturas racionais à consciência de um Deus, e da adoração ou das homenagens devidas à existência suprema de Deus, como consequência da nossa natureza, só mesmo a Revelação divina pode formar uma consciência de Jesus Cristo e de uma redenção granjeada para nós, de um Mediador do novo pacto[53] e de um escabelo aos pés do trono de Deus;[54] digo, só mesmo a revelação dos Céus pode formar essas noções na alma e, portanto, o Evangelho de Nosso Senhor e Salvador Jesus Cristo, ou seja, só a Palavra de Deus, e o Espírito de Deus, prometido como guia e santificador de seu povo, são os instrutores absolutamente necessários das almas dos homens para o conhecimento salvador de Deus e dos meios da salvação.

Portanto, interrompi a conversa que vinha travan-

53 Mais ecos da Bíblia, dessa vez uma expressão usada por são Paulo, "novo pacto" ou "nova aliança": "Eis que virão dias, diz o Senhor, em que estabelecerei com a Casa de Israel e a Casa de Judá um novo pacto" (Hebreus, 8,8). Ver também Hebreus, 8,13 e 12,24.

54 "Eu, porém, vos digo que de maneira nenhuma jureis; nem pelo Céus, que é o trono de Deus, nem pela Terra, que é o escabelo de seus pés." (Mateus, 5,34-35)

do com meu Sexta-Feira, levantando-me bruscamente como se tivesse urgência de sair; então, mandando que ele fosse fazer alguma coisa bem longe, roguei fervorosamente a Deus, pedindo-Lhe que me capacitasse a instruir criteriosamente aquele pobre selvagem, assistindo com Seu espírito o coração da pobre criatura de modo a poder receber a luz do conhecimento de Deus em Cristo, reconciliando-se consigo mesmo e guiando-me para lhe comunicar a Palavra de Deus de maneira a convencer sua consciência, abrir seus olhos e salvar sua alma. Quando ele voltou, encetei uma longa conversa acerca da redenção do homem pelo Salvador do Mundo e da doutrina do Evangelho ditado pelos Céus, a saber: do arrependimento perante Deus e da fé em nosso abençoado Senhor Jesus. Expliquei-lhe então o melhor que pude por que nosso Santo Redentor não tinha assumido a natureza dos anjos, nascendo da Semente de Abraão,[55] e como, por esse motivo, os anjos caídos não tinham sido redimidos; que ele veio apenas pelas ovelhas perdidas da Tribo de Israel,[56] e assim por diante.

Eu tinha, sabe Deus, mais sinceridade que conhecimento em todos os métodos que empreguei na instrução da pobre criatura; e devo admitir o que, a meu ver, todos que atuam da mesma forma acabam descobrindo: que, ao lhe expor desse modo as coisas, na verdade eu me informava e me instruía em muitas coisas que antes não sabia, ou a que não tinha dedicado a devida consideração, mas que ocorriam naturalmente ao meu espírito quando eu as examinava para a instrução daquele pobre selvagem. E nessa

55 Expressão bíblica designando o povo judeu. Crusoé cita são Paulo: “Pois na verdade, não presta auxílio aos anjos, mas sim à descendência de Abraão”. (Hebreus, 2,16)
56 Jesus instrui seus discípulos a pregarem para os judeus: “Mas ide antes às ovelhas perdidas da casa de Israel”. (Mateus, 10,6)

ocasião senti um entusiasmo maior em minhas reflexões do que jamais havia sentido antes; de modo que, tenha ou não esse infeliz feito algum progresso graças a mim, eu tinha muitos motivos para dar graças por sua chegada. Minha dor me era mais leve, minha habitação ficou muito mais cômoda; e quando eu pensava que, na vida solitária a que estivera confinado, eu não só me sentira levado a olhar para os Céus e a procurar a mão que me trouxera até lá, como agora a Providência me transformava num instrumento para salvar a vida e, até onde eu soubesse, a alma de um pobre selvagem, e trazer-lhe o conhecimento verdadeiro da religião e da doutrina Cristãs, para que ele conhecesse o Cristo, cujo conhecimento é a vida eterna;[57] digo, quando refletia sobre todas essas coisas, uma alegria secreta circulava por cada canto da minha alma, e eu sentia um júbilo frequente por ter sido conduzido para aquele lugar, o que tantas vezes eu tinha considerado a mais terrível aflição que poderia me assolar.

Nessa disposição agradecida continuei pelo resto do meu tempo, e a conversação que se estendia por horas entre mim e Sexta-Feira era tal que fazia a perfeita e completa felicidade dos três anos que passamos ali juntos, se é que pode ocorrer uma felicidade completa na esfera sublunar. O selvagem era agora um bom Cristão, muito melhor que eu; embora eu tenha razão para esperar, louvado seja Deus, que éramos penitentes no mesmo grau, reconfortados e restaurados pela penitência; tínhamos a Palavra de Deus para ler, e não estávamos mais distantes da instrução de Seu espírito do que se vivêssemos na Inglaterra.

Eu sempre me dedicava à leitura das Escrituras, para fazê-lo saber, o melhor que eu podia, o significado do

57 A ideia ecoa vários textos dos Evangelhos, especialmente João, 17,3: "E a vida eterna é esta: que te conheçam a ti, o único Deus verdadeiro, e a Jesus Cristo, aquele que enviaste".

que lia; e ele, novamente, com suas reflexões sérias e suas perguntas, fazia de mim, como já disse antes, um conhecedor muito melhor das Escrituras do que teria sido apenas lendo a sós. Outra coisa que não tenho como deixar de também observar aqui, a partir da experiência nessa fase da minha vida, é de como representa uma bênção infinita e inexprimível o conhecimento de Deus e a doutrina da salvação por Jesus Cristo estarem tão claramente expostos na Palavra de Deus, tão fáceis de ser ouvidos e compreendidos. Que a mera leitura dos Evangelhos me tenha tornado capaz de entender bem meu dever e levado a meu grande empenho de arrependimento sincero por meus pecados, de adotar um Salvador para a vida e a libertação, para a reforma da conduta e a obediência a todos os mandamentos de Deus, e isso sem professor ou instrutor: melhor dizendo, humano. E a mesma instrução simples também servir para esclarecer aquela criatura selvagem, e transformá-lo num Cristão como poucos que conheci em minha vida.

Quanto a todas as disputas, lutas, querelas e desentendimentos ocorridos no mundo em torno da religião, quer por detalhes das doutrinas ou por questões de governo da Igreja, eram tão perfeitamente inúteis para nós quanto, até onde posso ver, haviam sido para o resto do mundo. Tínhamos um guia seguro para os Céus, a saber, a Palavra de Deus; e tínhamos, louvado seja Deus, visões reconfortantes do espírito de Deus, que nos ensinava e instruía por sua palavra, conduzindo-nos a toda a Verdade[58] e nos tornando, aos dois, sensíveis e obedientes à instrução em sua Palavra. E não vejo qualquer utilidade que o conhecimento dos pontos polêmicos da religião, tendo engendrado tantos conflitos no mundo, podia ter tido para nós se estivesse ao nosso alcance;

58 "Quando vier, porém, aquele, o Espírito da verdade, ele vos guiará a toda a verdade." (João, 16,13)

mas preciso prosseguir com a parte histórica das coisas, e tratar de cada fato em sua devida ordem.

Depois que Sexta-Feira e eu nos conhecemos mais intimamente, e que ele se tornou capaz de entender quase tudo que eu lhe dizia, e falar fluentemente comigo, embora em inglês imperfeito, contei-lhe a minha história, pelo menos a parte relacionada com a minha chegada a esse lugar, de que maneira eu vivia ali, e fazia quanto tempo. Revelei-lhe o mistério, pois para ele era um mistério, da pólvora e das balas, e lhe ensinei a atirar. Dei-lhe uma faca, com que ficou encantado, e fiz-lhe um cinto, com um ilhós do tipo que na Inglaterra se usa para prender ganchos; e para prender nesse ilhós, em vez de um gancho, eu lhe dei uma machadinha, que não só era uma ótima arma em algumas circunstâncias, como ainda mais útil em outras.

Descrevi para ele a terra da Europa, e especialmente a Inglaterra, de onde eu vinha; como vivíamos, como adorávamos Deus, como nos comportávamos uns com os outros e como comerciávamos, com nossos navios, por todas as partes do mundo. Falei-lhe do navio naufragado a que eu voltei tantas vezes, e mostrei a ele, o melhor que pude, o lugar onde ele tinha afundado; mas estava totalmente destruído, sem deixar qualquer vestígio.

Mostrei-lhe ainda as ruínas do bote do nosso navio, que perdemos ao fugir do naufrágio e que eu não consegui deslocar na época com toda a minha força, mas agora estava quase desfeito em pedaços. Ao ver esse barco, Sexta-Feira ficou cismando um longo tempo, mas não disse nada; perguntei o que ele tanto pensava; finalmente, disse ele, "Acho um barco assim chegou minha terra".

Demorei um pouco para entender o que ele dizia; mas finalmente, quando refleti melhor, entendi que um barco parecido com aquele havia chegado à costa da terra onde ele vivia; quer dizer, como ele explicou, tinha sido conduzido até lá pelos ventos. Imaginei então que algum navio europeu devia ter afundado perto da costa, e o bote, desprendido, podia ter sido empurrado para a praia. Mas fui tão estúpido que nem me ocorreu que os homens pudessem ter escapado nele de algum naufrágio, muito menos me perguntei de onde poderiam estar vindo: só pedi uma descrição do barco.

Sexta-Feira descreveu o bote bastante bem, mas cheguei mais perto de entender quando acrescentou, com alguma emoção: "Nós salvou os brancos de afogar". Perguntei então se havia brancos a bordo. "Sim", ele respondeu, "barco cheio de homens branco." Perguntei quantos: com os dedos, ele mostrou que eram dezessete. Perguntei a ele o que tinha sido feito deles, e ele me respondeu: "Tudo vivos, mora com a minha nação".

Isso me trouxe novos pensamentos ao espírito, pois imaginei que podiam ser os homens do navio que se perdeu à vista da minha ilha, como hoje eu a chamo, e que, depois de seu navio encalhar nos rochedos, tinham partido em seu bote, tendo desembarcado naquela costa desconhecida, em meio aos selvagens.

A partir daí, perguntei-lhe com mais insistência o que tinha acontecido com eles. Ele me garantiu que ainda estavam vivos por lá, já fazia uns quatro anos; que os selvagens os deixavam em paz e lhes davam mantimentos para viver. Então perguntei por que motivo não matavam aqueles homens para devorá-los. E ele respondeu, "Não, eles ficou tudo irmão"; ou seja, pelo que entendi, uma trégua. E então acrescentou, "Eles só come as gentes quando tem luta de guerra"; ou seja, só devoram homens com que lutam em combate e tomam como prisioneiros de guerra.

Foi um tempo considerável depois disso que, estando nós no alto da encosta do lado leste da ilha, de onde, já contei, eu tinha avistado num dia claro a linha do continente da América, Sexta-Feira, como o tempo estava muito sereno, olhou fixamente para a terra firme e, de surpresa, começou a saltar e a dançar, e me chamou, pois eu estava a uma certa distância dele. Perguntei o que tinha havido. "Ó, alegria!", disse ele. "Ó felicidade! Ali a minha terra, a minha nação!"

Observei a expressão extraordinária de júbilo que apareceu em seu rosto; seus olhos cintilavam e seu rosto revelava uma estranha decisão, como se tivesse resolvido voltar à sua terra. E essa alegria que observei despertou muitos pensamentos em mim, deixando-me num primeiro momento menos à vontade que antes com o meu Sexta-Feira; e não tive dúvida de que, se conseguisse retornar à sua nação, Sexta-Feira não só deixaria de lado toda a sua religião como todas as suas obrigações para comigo. E não se pejaria de dar a seus conterrâneos um relato a meu respeito, e talvez voltar, com uma ou duas centenas deles, e banquetear-se comigo, o que poderia satisfazê-lo como antes, quando devorava seus inimigos capturados na guerra.

Mas era grande minha injustiça com a pobre e honesta criatura, pelo que mais tarde muito me arrependi. No entanto, à medida que crescia o meu despeito, e tomou conta de mim por semanas, fui um pouco mais reservado com ele, sem as mesmas familiaridade e gentileza de antes, no que certamente também estava enganado, pois a leal e agradecida criatura nem tinha aqueles pensamentos, só os que concordavam com os melhores princípios, tanto na condição de Cristão religioso quanto de amigo penhorado, como mais tarde ficaria claro para minha plena satisfação.

Enquanto durou minha desconfiança, todo dia eu o interrogava, para ver se ele me expunha algum dos novos pensamentos que, suspeitava eu, vinha cultivando. Mas verificava que tudo que ele me dizia era tão honesto, e tão inocente, que nada servia de alimento para as minhas suspeitas e, malgrado todo o meu desconforto, ele tornou a me conquistar por completo, e não percebeu nem um pouco do meu embaraço, e portanto eu não podia suspeitar de falsidade.

Um dia, ao subir ao alto da mesma encosta, mas com uma pesada névoa sobre o mar, de maneira que não se avistava o continente, chamei Sexta-Feira e lhe disse: "Sexta-Feira, você queria estar na sua terra, com a sua nação?". "Sim, oh, eu muito contente se voltar pra minha nação." "E o que você faria lá?", perguntei. "Voltaria a viver solto como antes, comendo carne humana e sendo o mesmo selvagem que era?" Ele fez um ar muito preocupado e, sacudindo a cabeça, disse: "Não, não, Sexta-Feira diz a eles pra viver bom, diz a eles pra rezar pra Deus, diz a eles pra comer pão, carne de gado, leite, não comer mais gentes". "Mas então", disse eu, "eles vão matá-lo." Ele fez uma expressão preocupada, e depois disso: "Não, eles não me mata, eles vai gosta aprender". Querendo dizer que estariam dispostos a aprender. E acrescentou que tinham aprendido muitas coisas com os homens barbados que tinham chegado no barco. Então eu perguntei se ele queria voltar para junto deles. Ele sorriu, e me disse que não conseguiria nadar até lá. Eu disse que podia fazer uma canoa para ele. E ele me disse que iria, se eu fosse com ele. "Eu, ir?", disse eu. "Mas eles não vão me devorar quando eu chegar lá?" "Não, não", disse ele, "eu faz eles não comer o Amo, eu faz eles amar muito o Amo." Queria dizer que pretendia contar a eles como eu tinha matado seus inimigos, salvando a sua vida, e que assim ele os faria me amar. Depois me contou, o melhor que conseguiu, como eles tinham sido bondosos com os dezessete homens brancos, ou homens barbados, como ele dizia, que tinham desembarcado nas praias de lá em dificuldade.

A partir desse momento, admito que passei a pensar na travessia para o continente, a ver se conseguia me encontrar com aqueles homens barbados, que decerto haviam de ser Espanhóis ou Portugueses. Sem dúvida, caso eu conseguisse, poderíamos encontrar algum modo de deixar aquele lugar, pois estaríamos no continente e num grupo grande, bem mais do que me seria possível sozinho, sem ajuda, numa ilha a quarenta milhas da costa. Assim, no final de alguns dias, chamei Sexta-Feira de volta ao trabalho, numa conversa, e disse que lhe daria um barco para voltar à sua nação. Em seguida, levei-o até o meu barco, que estava guardado do outro lado da ilha e, esvaziando o casco, pois sempre guardava o barco afundado na água, tirei-o de lá e mostrei a ele, e nós dois subimos a bordo.

Descobri que ele tinha grande habilidade no manejo do barco, que conseguia fazer navegar quase tão depressa quanto eu. Assim, quando ele entrou, perguntei: "E então, Sexta-Feira, vamos para a sua terra?". Ele quase não reagiu ao que eu disse, ao que me parece, pois achava o barco pequeno demais para chegar tão longe. Então eu contei que tinha um maior e, no dia seguinte, fui até o lugar onde ficava o primeiro barco que fiz, mas não consegui levar até a água. Ele disse que era de tamanho suficiente mas que, como eu não tinha cuidado dele, largando o casco ali por vinte e três anos, o sol tinha secado e rachado a madeira, que de algum modo ficou estragada. Sexta-Feira me disse que um barco como aquele daria perfeitamente, e aguentaria carregar "muita bastante comida, bebida e pão"; era esse o seu modo de falar.

No fim das contas, a essa altura eu estava tão firme em meu plano de atravessar com ele até o continente que lhe falei de fabricar outro barco do mesmo tamanho daquele, a fim de que ele pudesse voltar para casa. Ele não respondeu nada, mas fez um ar muito sério e triste. Perguntei o que havia de errado, e ele me respondeu perguntando de volta: "Por quê, Amo com raiva de Sexta-Feira? O que eu fez?". Perguntei o que ele queria dizer, e disse que não estava com raiva alguma dele. "Não raiva! Não raiva!", disse ele, repetindo a palavra várias vezes. "Então por que mandar Sexta-Feira de volta pra minha terra?" "Ora, Sexta-Feira", respondi, "você não disse que desejaria estar lá?" "Sim, sim", respondeu ele, "queria nós dois lá, não queria Sexta-Feira sem Amo lá." Numa palavra, não lhe passava pela cabeça ir até lá sem mim. "Se eu for, Sexta-Feira", disse eu, "o que hei de fazer por lá?" E ele se virou bruscamente para mim ao ouvir essas palavras. "Amo faz muito bem", disse ele, "Amo ensina gentes feroz da mata ser gente mansa e sóbria; Amo conta a eles conhecer Deus, rezar Deus, e ter vida nova." "Ora, Sexta-Feira", disse eu, "você não sabe o que diz, não passo de um homem ignorante." "Sim, sim", disse ele, "Amo ensinou eu bem, ensina eles bem." "Não, não, Sexta-Feira", disse eu, "você irá sem mim, e me deixará aqui vivendo sozinho, como antes." Ele fez novamente um ar confuso ao ouvir essa palavra, e correndo até uma das machadinhas que usava, pegou a ferramenta, veio até mim e me entregou. "O que você quer que eu faça com ela?", perguntei. "Pega e mata Sexta-Feira", disse ele. "E por que eu devo matá-lo?", tornei a perguntar. E ele respondeu de imediato, "Por que manda Sexta-Feira ir? Pega, mata Sexta-Feira, e não manda Sexta-Feira ir". E disse essas palavras com tanto fervor que vi lágrimas brotando em seus olhos. Numa palavra, percebi claramente o sentimento extremo que havia nele por mim, a tal ponto que lhe disse na mesma hora, e muitas vezes depois, que nunca o mandaria para longe de mim, se ele quisesse ficar comigo.

No fim das contas, como descobri em toda essa conversa um afeto constante por mim, e que nada o faria me deixar, percebi que todo o seu desejo de voltar para a sua terra se devia à sua afeição ardorosa por seu povo, e à sua esperança de que eu pudesse fazer-lhes bem, uma coisa que, como não era noção minha, eu nunca tivera a menor ideia, nem a intenção, nem o desejo de empreender. Ainda assim, sentia uma forte inclinação a tentar escapar como mencionei acima, com base na suposição daquelas conversas, a saber: de que havia lá dezessete homens barbados. E portanto, sem mais demora, pus-

-me a trabalhar com Sexta-Feira à procura de uma árvore grande própria para derrubar e transformar numa piroga ou canoa maior para realizar a travessia. Havia na ilha árvores suficientes para construir toda uma frota, não de pirogas ou canoas, mas de naus de bom tamanho. Mas o que eu de fato procurava era uma árvore próxima à água, para poder lançar o barco depois de pronto e evitar o erro cometido da primeira vez.

Finalmente, Sexta-Feira escolheu uma árvore, pois descobri que ele sabia muito melhor que eu qual tipo de madeira servia. E até hoje não sei dizer como se chama a madeira da árvore que derrubamos, além de afirmar que lembrava uma árvore do tipo que chamamos de sumagre, alguma coisa entre ela e uma espécie de pau-brasil, pois tinha uma cor e um aroma semelhantes a este último. Sexta-Feira queria que abríssemos a fogo um oco ou cavidade nesse tronco, para transformá-lo num barco. Mas eu lhe mostrei como podíamos cortar a madeira com ferramentas que, depois que lhe ensinei como usar, aprendeu a manejar com muita destreza, e com mais ou menos um mês de trabalho contínuo terminamos o barco, que ficou muito bonito, especialmente quando, com nossos machados, que lhe ensinei como usar, aparamos e entalhamos a parte de fora na forma certa de um casco. Depois disso, entretanto, precisamos de quase duas semanas para transportar o barco palmo a palmo até a água, em cima de grandes rolos. Mas quando ele finalmente flutuou, poderia comportar vinte homens com grande facilidade.

Quando pusemos a canoa na água, e embora fosse bem grande, fiquei impressionado ao ver com quanta destreza e rapidez meu Sexta-Feira a governava, fazendo voltas e remando sozinho. Então eu lhe perguntei se ele estava disposto, e se podíamos atravessar naquele barco. "Sim", ele respondeu, "nós pode atravessar muito bem esse barco, mesmo com vento sopra muito forte." No entanto, eu tinha outro plano de que ele não sabia, o de fabricar um mastro e uma vela, além de uma âncora com cabo para o barco. Quanto ao mastro, era fácil de obter; então derrubei um cedro novo, que encontrei ali perto, e de que havia grande quantidade na ilha, e pus Sexta-Feira a trabalhar no corte, dando-lhe instruções quanto à forma e ao tamanho que devia ter. Mas a vela cabia aos meus cuidados; eu sabia que tinha velas antigas, ou melhor, pedaços de velas antigas, em quantidade suficiente. Mas, como tinham se passado vinte e seis anos, em que não tomei nenhum cuidado especial para conservá-las, sem imaginar que algum dia fosse ter aquele uso para elas, acreditava que estariam todas apodrecidas, e na verdade boa parte estava danificada. Entretanto, achei dois pedaços que me pareceram em bom estado e me pus ao trabalho a partir deles, e com grande esforço, e pontos de costura desajeitados e difíceis de dar, podem acreditar, por falta de agulhas, finalmente produzi uma coisa triangular bem feia, do tipo que se chama de bujarrona e, na Inglaterra, "costeleta de carneiro", que se prenderia por baixo a uma retranca e pelo alto a uma espicha curta, como são normalmente as velas dos botes dos nossos navios, o tipo que eu sabia manejar melhor, pois era uma dessas que eu tinha no barco que usei para escapar da Barbária, como relatei na primeira parte da minha história.

Gastei quase dois meses nesse trabalho, a saber: a produção e a montagem do meu mastro e das minhas velas. E dei a tudo um bom acabamento, armando depois um pequeno estai e uma vela menor, ou vela de vante; além de tudo, ainda fabriquei um leme que fixei à popa do barco, para governá-lo. E, embora fosse desajeitado como fabricante de barcos, ainda assim, como sabia da utilidade e até da necessidade dessa peça, eu me apliquei com tamanho esforço em sua fabricação que acabei por conseguir, embora se for levar em conta as muitas ideias ruins que tive e deram errado, creio ter empregado na tarefa quase tanto tempo quanto na fabricação do barco.

Depois disso, precisava ensinar ao meu Sexta-Feira tudo que dizia respeito à navegação daquele barco, pois, embora ele soubesse remar muito bem uma canoa, nada entendia de vela nem de leme, e ficou muito espantado quando me viu manobrar o barco para cá e para lá em pleno mar só com o leme, e de que maneira virava de bordo a vela, que tornava a se enfunar de um lado ou do outro do barco quando mudava o curso de nossa navegação. Quando ele viu a vela em funcionamento, ficou paralisado de espanto, e muito admirado. No entanto, com um pouco de prática, tornei tudo isso familiar para ele, e Sexta-Feira se transformou num excelente navegador, menos no que dizia respeito à bússola, que eu não conseguia fazê-lo entender. Por outro lado, como o tempo ficava muito pouco encoberto, e raramente ou quase nunca se erguia um nevoeiro naquela área, a necessidade de usar a bússola era menor, já que as estrelas sempre podiam ser vistas à noite e a costa durante o dia, menos na estação chuvosa, quando ninguém se dava ao incômodo de sair de viagem, nem por terra nem por mar.

Eu tinha entrado agora em meu vigésimo sétimo ano de cativeiro naquele lugar; embora talvez devesse deixar de fora da conta os últimos três anos, que passei com aquela criatura ao meu lado, pois esse período foi muito diverso do que tinha sido a minha vida em todo o período anterior. Eu seguia observando o aniversário do meu desembarque na ilha da mesma forma, desde os primeiros anos, com a mesma gratidão a Deus por sua misericórdia. E se no começo já tinha motivo de agradecimento, agora tinha muito mais, com aquele testemunho adicional do favor com que a Providência me tratava, e com a grande esperança que tinha de conseguir me libertar por completo, e muito em breve: pois tinha uma impressão indestrutível na mente de que minha libertação estava próxima, e que eu não passaria nem mais um ano naquele lugar. Ainda assim, continuava a cuidar de tudo, cavando, plantando, reformando as cercas, como sempre; colhi e curei minhas uvas, e fiz todo o necessário, como antes.

Entrementes chegou a estação chuvosa, época em que eu ficava mais dentro de casa que no resto do ano. De modo que guardei nosso barco com a máxima segurança que podia, subindo com ele o rio onde, como disse no começo, aportava as jangadas que trouxe do navio e, puxando o barco até a margem, na marca das águas mais altas, fiz meu Sexta-Feira cavar um pequeno ancoradouro só para segurar o barco, profundo o suficiente para mantê-lo flutuando, e depois, quando a maré baixou, construímos uma barragem forte na saída, para impedir que a água entrasse, de maneira que o barco ficasse a salvo das marés e do mar. E para barrar a chuva, estendemos vários ramos de árvore por cima dele, tão densamente que parecia o telhado de uma casa; e assim nos pusemos a aguardar os meses de novembro e dezembro, em que eu tencionava partir em minha aventura.

Quando a época esperada chegou, e a ideia do meu projeto retornou com o bom tempo, comecei a me preparar diariamente para a jornada. A primeira coisa que fiz foi separar uma quantidade de víveres como provisão para a nossa viagem, e meu plano era, dali a uma semana ou duas, abrir a barragem e lançar nosso barco. Estava ocupado certa manhã nesses afazeres quando chamei Sexta-Feira e lhe pedi que fosse até a praia, para ver se conseguia encontrar uma tartaruga, o que geralmente fazíamos uma vez por semana, tanto pelos ovos quanto pela carne. Pouco depois de ter saído, Sexta-Feira voltou correndo, passando por cima da minha muralha, ou cerca exterior, como alguém que nem sentia o chão onde pisava, ou os degraus da escada que subia. E antes que eu tivesse tempo de lhe dizer alguma coisa, exclamou, “Ó Amo! Ó Amo! Ó tristeza! Ó ruim!”. “O que houve, Sexta-Feira?”, perguntei. “Ali, mais adiante”, disse ele, "uma, duas, três canoa! Uma, duas, três!" Pela maneira como ele falava, imaginei que seriam seis mas, perguntando melhor, descobri que eram apenas três mesmo. "Bem, Sexta-Feira", disse eu, "não tenha medo", e assim tentei acalmá-lo o melhor que pude. No entanto, vi que a pobre criatura estava terrivelmente assustada; pois a única coisa que lhe passou pela cabeça era que tivessem vindo à sua procura, para cortá-lo em pedaços e devorá-lo; e tremia tanto que eu nem sabia o que fazer com ele. Procurei reconfortá-lo o melhor que pude, e lhe disse que corria tanto perigo quanto ele. "Mas Sexta-Feira", disse eu, " precisamos estar prontos para lutar com eles; você consegue lutar, Sexta-Feira?" "Eu atira", respondeu ele, "mas eles chega em muitos." "Isso não importa", respondi, "nossas armas irão espantar os que não conseguirmos abater." E lhe perguntei se, caso eu prometesse defendê-lo, ele também me defenderia, e ficaria ao meu lado, e faria exatamente o que eu lhe dissesse. E ele disse: "Eu morre se o Amo manda morrer". Então eu lhe trouxe uma boa dose de rum, de que ainda me sobrava muito. Depois que bebeu, eu lhe entreguei as duas espingardas de caça, que sempre levávamos conosco, e carreguei ambas com chumbo grosso, do tamanho de balas de pistola. Em seguida peguei quatro mosquetes e carreguei cada um com duas balas grandes e cinco menores; e carreguei minhas duas pistolas com um punhado de balas cada uma. Pendurei minha espada, como sempre, nua ao meu lado, e entreguei a Sexta-Feira sua machadinha.

Depois de me preparar dessa maneira, peguei minha luneta e fui até o alto da montanha, para ver o que descobria. E logo pude ver, graças ao meu óculo de alcance, que eram ao todo vinte e um selvagens, três prisioneiros e três canoas, e que sua finalidade parecia ser apenas um banquete triunfal com aqueles três corpos humanos (um festim bárbaro, sem dúvida), mas nada além do que já tinha observado no caso deles.

Percebi também que tinham desembarcado não no mesmo lugar de antes, no dia em que Sexta-Feira tinha fugido, e sim mais perto do meu rio, onde a praia era mais baixa e a mata fechada chegava quase até o mar. Isso, somado ao horror da finalidade bestial daqueles infelizes, me deixou tão tomado de indignação que desci de volta para junto de Sexta-Feira e perguntei se ele lutaria do meu lado. Ele agora tinha superado o susto e, com o espírito um pouco recomposto pelo rum que eu lhe tinha dado, mostrava-se muito animado, e me disse, como antes, que morreria se eu lhe desse ordem de morrer.

Em meu arranco de fúria, primeiro peguei e dividi entre nós as armas que já havia carregado. Entreguei a Sexta-Feira uma pistola para que ele enfiasse no cinto, além de três armas para carregar nos ombros. Peguei uma pistola e as outras três armas e, assim aparelhados, marchamos para fora. Levei um frasco pequeno de rum no bolso, e entreguei a Sexta-Feira uma sacola grande, contendo mais pólvora e balas, dando-lhe a ordem de vir logo atrás de mim e não se mexer, nem atirar, nem fazer coisa alguma até que eu desse a ordem e, antes disso, não dizer nada. Dessa forma, observei a bússola em minha mão direita por quase uma milha, tanto para ultrapassar o rio quanto para entrar na mata, de modo a chegar a uma distância que me permitisse alvejá-los sem ser descoberto, o que, pela luneta, vi que não seria coisa difícil.

Enquanto avançava nessa marcha, passando em revista meus pensamentos anteriores, comecei a ficar abalado em minha resolução. Não estou dizendo que tive medo do número de inimigos, pois os miseráveis estavam nus e desarmados, e eu tinha certeza da minha superioridade: e isso mesmo se estivesse sozinho. Mas o que me ocorreu ao espírito foi perguntar que urgência, que ocasião e que necessidade tinha eu de tingir minhas mãos de sangue, de atacar pessoas que não tinham feito, nem tinham a intenção de me fazer mal algum? Que, em relação a mim, eram inocentes, e cujos costumes bárbaros eram uma calamidade para eles mesmos, na verdade um sinal de que Deus os tinha abandonado, junto com outras nações dessa parte do mundo, relegadas àquela estupidez e àqueles costumes desumanos. Todavia, Ele não me havia designado juiz dos atos dessa gente, e menos ainda executor de Sua justiça. Na hora em que Ele quisesse, tomaria essa causa em Suas próprias mãos e através de uma vingança nacional castigaria a todos, o povo inteiro, pelos crimes da nação; mas, enquanto isso, não era coisa que coubesse a mim. Sexta-Feira, é bem verdade, estaria bem justificado, pois era um inimigo declarado, em estado de guerra com aqueles homens em especial, e para ele era legítimo atacá-los, mas de mim eu não poderia dizer o mesmo. Essas coisas ocorreram com tanta intensidade aos meus pensamentos, durante todo o caminho, que resolvi que iria apenas me aproximar deles, observar seu bárbaro festim e, depois disso, agir como Deus me guiasse, mas que, a menos que ocorresse alguma intimação que me parecesse maior do que eu havia tido até aquele momento, eu nada faria contra eles.

Tomada essa decisão entrei na floresta e, com todo o cuidado e silêncio possíveis, trazendo Sexta-Feira em meus calcanhares, caminhei até chegar à orla da mata, bem ao lado deles. Só que ainda havia uma ponta de mata entre mim e eles; então chamei baixinho Sexta-Feira e, mostrando-lhe uma árvore alta, bem no canto da mata, disse-lhe que subisse até o alto da árvore e voltasse para me dizer se, dali, podia ver bem o que eles estavam fazendo. Ele obedeceu, e logo depois voltou até onde eu estava, dizendo que dali podia vê-los claramente; que estavam todos em volta da fogueira, comendo a carne de um dos prisioneiros, e que um outro estava amarrado na areia um pouco mais além e, segundo ele, seria morto em seguida, o que me incendiou a alma. Disse que não era ninguém de sua nação, mas um dos homens de barba de que ele tinha falado, que tinham chegado à sua terra de barco. Fiquei horrorizado quando ele mencionou o homem branco de barba e, subindo na árvore, vi claramente, por minha luneta, um branco estendido na areia perto do mar, com as mãos e os pés atados com talos de plantas ou uma espécie de junco; era um Europeu, e usava roupas.

Havia outra árvore, e mais um braço de mata além, umas cinquenta jardas mais perto deles do que onde eu estava. E descobri que, fazendo uma pequena volta, eu poderia chegar até lá sem ser visto, e que estaria então a meio tiro de distância deles. Assim, controlei meu ardor, embora minha fúria se encontrasse no mais alto grau, e, voltando cerca de vinte passos, passei por trás de uns arbustos que se estendiam até uma outra árvore; cheguei então a uma pequena elevação de onde todos estavam plenamente à minha vista, à distância de umas oitenta jardas.

Não tinha um momento a perder, pois dezenove desses horrendos infelizes estavam sentados no chão, muito juntos, e tinham acabado de mandar outros dois abaterem o pobre Cristão, e talvez trazê-lo já desmembrado para a fogueira, e esses dois estavam abaixados para desfazer as amarras que prendiam os pés do prisioneiro. Virei-me para Sexta-Feira e disse a ele: “Agora, Sexta-Feira, faça o que eu disser”. Sexta-Feira respondeu que sim. “Então, Sexta-Feira, faça exatamente o mesmo que me vir fazer, sem tirar nem pôr.” Pousei um dos mosquetes e a espingarda de caça no chão, e Sexta-Feira repetiu o gesto de seu lado; com o outro mosquete, fiz pontaria nos selvagens, dizendo que ele me imitasse; então, perguntei se ele estava pronto. Ele disse que sim. “Então pode atirar neles”, disse eu, e no mesmo instante disparei também.

Sexta-Feira fez uma pontaria tão melhor do que a minha que, do lado onde atirou, matou dois deles, ferindo três outros; por meu lado, matei um e feri dois. Os selvagens, acredite o leitor, foram tomados de grande confusão, e todos que não tinham sido feridos levantaram-se de um salto, mas não entenderam imediatamente para que lado deviam correr nem para onde olhar, pois não sabiam de onde vinha sua destruição. Sexta-Feira continuava com os olhos pregados em mim, pois eu lhe tinha dito que observasse tudo que eu faria. Então, logo depois de disparar o primeiro tiro, soltei minha arma e peguei a espingarda de caça, no que Sexta-Feira me imitou; depois, viu que eu engatilhava a arma e me copiou de novo. "Está pronto, Sexta-Feira?", perguntei. "Estou", disse ele. "Então pode atirar, em nome de Deus", e a essas palavras tornei a disparar no meio dos miseráveis, seguido por Sexta-Feira. E como nossas armas estavam carregadas com chumbo grosso, que se chama de chumbo de cisne, ou balas pequenas de pistola, só vimos dois cair ao chão. Mas foram muitos os atingidos, que saíram correndo aos berros e guinchos como criaturas enlouquecidas, sangrando e, na maioria, bastante feridos. Em seguida, mais três caíram no chão, embora não exatamente mortos.

"Agora, Sexta-Feira", disse eu, largando as armas descarregadas e pegando o mosquete que ainda estava carregado, "venha comigo." Ele obedeceu, com grande bravura, ao que saí correndo da mata e me revelei, com Sexta-Feira junto a mim, e assim que percebi que me avistaram, gritei o mais alto que podia, mandei que Sexta-Feira fizesse o mesmo e, correndo com a maior velocidade possível, que, aliás, nem era tão grande, carregado de armas como estava, segui direto no rumo da pobre vítima, que estava, como já disse, estendida na praia, entre o lugar onde os selvagens se instalaram e o mar. Os dois carniceiros que se preparavam para o abate tinham se afastado, com a surpresa da nossa primeira carga, fugindo com um medo terrível na direção do mar e subindo numa das canoas, e três outros dos restantes fizeram o mesmo. Eu me virei para Sexta-Feira e dei-lhe ordem de avançar e atirar neles. Ele entendeu imediatamente e, correndo cerca de quarenta jardas para chegar mais perto, disparou contra eles, e achei que tinha matado a todos, pois vi que caíam amontoados dentro do barco. Mas pouco depois vi que dois deles tornavam a se levantar; ainda assim, Sexta-Feira tinha matado dois deles e ferido o terceiro, que continuava deitado no fundo do barco, como que morto.

Enquanto meu Sexta-Feira disparava contra eles, puxei minha faca e cortei os talos de planta que prendiam a pobre vítima e, soltando seus pés e mãos, levantei-o e lhe perguntei, na língua portuguesa, de onde ele era. Ele respondeu em latim, "*christianus*", mas estava tão débil e abatido que mal conseguia ficar de pé ou falar. Tirei meu frasco do bolso e lhe entreguei, gesticulando para que bebesse, o que ele fez; e lhe dei também um pedaço de pão, que em seguida ele comeu. Então lhe perguntei de que país ele era, ele respondeu "Espanhol" e, já estando um pouco recuperado, deu-me a entender, pelos sinais que conseguia fazer, o quanto ficava grato a mim por sua libertação. "*Señor*",[59] disse eu, com o máximo de espanhol que conseguia evocar, "conversaremos mais tarde; mas agora precisamos lutar. Se alguma força lhe resta, pegue esta pistola, e esta espada, e leve consigo." Ele aceitou as armas, muito agradecido e, assim que as teve nas mãos, foi como se elas lhe conferissem um vigor renovado, pois se lançou contra os seus assassinos, furioso, e já reduziu dois a pedaços num instante. Pois a verdade é que, presas de grande surpresa, as pobres criaturas estavam tomadas de pavor com o estrondo das nossas armas, que as fazia cair de mero sobressalto e medo, e não tinham mais condições de fugir que sua carne de resistir ao nosso chumbo, caso dos cinco em que Sexta-Feira atirou no barco: pois enquanto três deles caíram por força dos ferimentos que sofreram, os dois outros caíram de susto.

59 No original, o homem se diz "*espagniole*", e Crusoé, em seu "máximo de espanhol", dirige-se a ele como "*seignior*". (N.T.)

Fiquei mais um tempo com a arma na mão, sem disparar, decidido a poupar minha munição, porque havia entregado minha pistola e minha espada ao Espanhol. Então chamei Sexta-Feira e pedi que subisse à árvore junto ao local de onde tínhamos atirado primeiro e apanhasse as armas que lá tinham ficado descarregadas, o que ele atendeu com grande rapidez; e, entregando-lhe o meu mosquete, sentei-me no chão para recarregar todas as outras armas, dizendo que me chamassem quando necessário. Enquanto carregava as armas, travou-se um combate feroz entre o Espanhol e um dos selvagens, que o atacou com sua espada grande de madeira, a mesma arma com que antes, não fosse por mim, planejavam matá-lo. O Espanhol, que era tão corajoso e audaz quanto se possa imaginar, embora debilitado, lutou com esse Índio bastante tempo e abriu dois ferimentos em sua cabeça; mas o selvagem, vigoroso e resoluto, aproximando-se dele, derrubou o homem no chão (pois estava fraco), e já quase arrancava a minha espada de suas mãos quando o Espanhol, ainda aferrado à espada, puxou a pistola do cinto e deu um tiro que atravessou o corpo do selvagem, matando-o ali mesmo, antes ainda que eu, correndo para socorrê-lo, tivesse tempo de me aproximar.

Sexta-Feira, agora entregue à própria iniciativa, perseguia os miseráveis sem outra arma na mão além da machadinha, e com ela aniquilou os três que tinham sido feridos e derrubados com o primeiro tiro, e todos os demais que conseguiu alcançar, e como o Espanhol se dirigisse a mim pedindo uma arma, entreguei-lhe uma das espingardas de caça, com que ele foi atrás de dois dos selvagens e feriu a ambos. Entretanto, como não conseguia correr, os dois fugiram dele para dentro da mata, onde Sexta-Feira entrou atrás deles e matou um dos dois; mas o outro era mais rápido e, embora ferido, mergulhou no mar e saiu nadando com toda a força na direção dos dois que ainda sobravam na canoa: e os três da canoa, um deles ferido, que não sabíamos se tinha morrido ou não, foram todos que escaparam das nossas mãos, dos vinte e um. E eis a conta dos demais:

Três mortos ao primeiro tiro disparado da árvore.

Três mortos com o tiro seguinte.

Dois mortos por Sexta-Feira no barco.

Dois mortos pelo mesmo, dos feridos com o primeiro tiro.

Um morto pelo mesmo, na mata.

Três mortos pelo Espanhol.

Quatro mortos, caídos em vários lugares devido aos ferimentos, ou mortos por Sexta-Feira, que saiu em sua perseguição.

Quatro fugidos no barco, dos quais um ferido, se não morto.

Vinte e um, ao todo.

Os que se encontravam na canoa se esforçavam ao máximo para escapar ao alcance dos nossos tiros; e embora Sexta-Feira tenha disparado duas ou três vezes contra eles, acho que não atingiu nenhum. Sexta-Feira insistia para que eu pegasse uma das canoas e saísse em seu encalço; e na verdade fiquei muito apreensivo com a fuga daqueles homens, que podiam levar notícia da nossa presença e em seguida voltar, talvez, com duzentas ou trezentas de suas canoas, e nos devorar, esmagados por sua maioria. De maneira que consenti em sairmos atrás deles por mar e, correndo para uma de suas canoas, saltei dentro, chamando Sexta-Feira para que me seguisse. Quando entrei na canoa, porém, fiquei surpreso ao encontrar outra pobre criatura ali deitada e viva, com as mãos e os pés amarrados para o sacrifício, como o Espanhol, e quase morta de medo, sem saber o que estava acontecendo, pois não tinha como olhar por cima da borda da canoa, tão apertados eram os laços que o prendiam no pescoço e nos calcanhares. E tinha permanecido tanto tempo amarrado que, na verdade, restava pouca vida em seu corpo.

Cortei imediatamente os talos ou juncos enleados que tinham usado para prendê-lo e tentei ajudar o pobre. Mas ele não conseguiu se levantar nem falar, só emitia os gemidos mais deploráveis, acreditando por todos os sinais que só tinha sido solto para ser abatido.

Quando Sexta-Feira se aproximou dele, mandei que falasse com o selvagem, dizendo-lhe que tinha sido salvo e, tirando do bolso meu frasco de rum, ordenei que desse um gole ao pobre infeliz que se reanimava com a notícia de que tinha sido salvo, sentando-se no fundo do barco. Mas, quando Sexta-Feira se aproximou para ouvi-lo e divisar seu rosto, foi de levar qualquer um às lágrimas ver como o cobriu de beijos e abraços, chorando, rindo, gritando, dando pulos de alegria, dançando, cantando e depois chorando de novo, torcendo as mãos, golpeando o próprio rosto e a cabeça, depois tornando a cantar e dando mais alguns saltos à roda, como se tivesse perdido o juízo. Foi preciso um bom tempo até eu conseguir que falasse comigo ou me explicasse o ocorrido. Entretanto, quando recobrou um pouco a razão, ele me contou que aquele era o seu pai.

Não é fácil para mim descrever o quanto me comoveu presenciar o êxtase e o afeto filial que tomaram conta do pobre selvagem à vista do pai, daquela forma salvo da morte. E eu nem conseguiria descrever metade da extravagância com que, depois disso, se manifestava, pois entrava e saía do barco vezes sem conta. Quando subia, sentava-se ao lado do pai, abria os braços e apertava sua cabeça contra o peito, segurando-a assim por meia hora, para dar-lhe força. Depois pegava seus pulsos e tornozelos, enrijecidos e dormentes por causa das amarras, e os esfregava e massageava com as mãos. Eu, percebendo qual era o caso, dei-lhe um pouco do rum do meu frasco para usar em suas fricções, o que teve muito bom efeito.

Esse acontecimento fez com que desistíssemos de sair em perseguição da canoa com os outros selvagens, a essa altura quase fora do alcance das nossas vistas. E foi bom para nós que tenha sido assim, porque dali a duas horas o vento soprou com tanta força, e continuou a soprar duro por toda a noite, de noroeste, a direção contrária à deles, que não posso imaginar que a canoa tenha sobrevivido, ou que jamais tenham conseguido retornar à sua terra.

Mas voltando a Sexta-Feira. Estava tão entretido com seu pai que não tive coragem de separar os dois mas, assim que me pareceu que ele podia afastar-se um pouco, eu o chamei, ao que ele veio rindo e saltando, satisfeito a mais não poder. Então eu lhe perguntei se tinha dado algum pão ao seu pai. Ele sacudiu a cabeça e respondeu: "Não, cachorro feio comeu tudo só", de modo que peguei para ele um pedaço de pão numa bolsa que eu carregava para isso, dando-lhe também uma dose de bebida, que ele não quis e levou para o pai. Eu também trazia no bolso dois ou três cachos de passas, e lhe entreguei um punhado para que as desse ao pai. Assim que ele fez isso, eu o vi sair correndo do barco como que possuído, de tanto que corria, porque eu nunca tinha visto carreira mais rápida. Como eu dizia, saiu correndo tanto que sumiu da minha vista, por assim dizer, num instante e, apesar de eu ter chamado, e gritado, não tive resposta, e lá foi ele. Dali a um quarto de hora eu o vi voltar, mas não tão depressa quanto tinha partido e, ao se aproximar, descobri que vinha mais devagar porque trazia alguma coisa nas mãos.

Quando chegou mais perto, descobri que tinha ido até em casa em busca de uma vasilha ou jarro de barro para buscar água doce para seu pai, e que também trazia mais dois pães. O pão ele entregou a mim, mas a água levou para o pai. No entanto, como eu também estava sedento, dei um gole. A água reanimou seu pai mais que o rum ou qualquer bebida que eu pudesse lhe dar, porque ele estava desfalecendo de sede.

Depois que seu pai bebeu, eu o chamei e perguntei se tinha sobrado alguma água; ele disse que sim, e mandei que desse ao pobre Espanhol, que estava tão carecido dela quanto seu pai, mandando também um dos pães, que Sexta-Feira tinha trazido, para o Espanhol que, de fato, estava muito fraco e descansava num local verde à sombra de uma árvore, e tinha também os braços e pernas muito enrijecidos, e muito inchados com as amarras grosseiras usadas para o prender. Quando eu vi, assim que Sexta-Feira chegou perto dele com a água, o Espanhol se sentar e beber, pegar um pão e começar a comer, fui até ele e lhe entreguei ainda um punhado de passas; ele olhou para o meu rosto com todos os sinais de gratidão que um rosto humano poderia exibir. Mas estava tão fraco, ainda mais com todo o esforço que havia feito na luta, que nem conseguia se pôr de pé. Tentou se levantar duas ou três vezes mas não pôde, de tanto que seus tornozelos estavam inchados e doloridos, de maneira que mandei que ficasse parado, e disse a Sexta-Feira que esfregasse seus tornozelos, usando o rum, como tinha feito com seu pai.

Percebi que a afetuosa criatura, a cada dois minutos, ou até menos, o tempo todo que estava ali, virava a cabeça para ver se o pai continuava no mesmo lugar e na mesma postura, pois o deixara sentado. Quando, mais adiante, deixou de avistá-lo, levantou-se num salto e, sem dizer palavra, correu para junto dele com tamanha velocidade que mal se viam seus pés pisando o chão enquanto avançava, mas, ao lá chegar, descobriu que o pai tinha apenas decidido se estender para descansar os membros. Então ele voltou para onde eu estava, e eu disse ao Espanhol que deixasse Sexta-Feira ajudá-lo como podia para andarem até o barco, depois do que o levaria até nossa casa, onde eu cuidaria dele. Mas Sexta-Feira, um sujeito forte e vigoroso, levantou o Espanhol nas costas e o carregou até o barco, onde o pousou suavemente na lateral ou casco da canoa, com os pés para dentro, sentando-o em seguida dentro do barco ao lado de seu pai; depois, saindo do barco, deu-lhe um empurrão e começou a remar ao longo da praia mais depressa do que eu conseguia caminhar, embora o vento soprasse com muita força. E assim chegou a salvo com os dois ao nosso rio e, deixando ambos no barco, saiu correndo para pegar a outra canoa. Quando passou por mim, perguntei aonde ia e ele me respondeu, "Buscar mais barco". E lá foi ele, com a presteza do vento; pois nunca homem ou cavalo correu tanto quanto ele, e já tinha entrado no rio com a outra canoa quase no mesmo momento em que lá cheguei por terra. Então ele passou por mim, remando pelas águas do rio, e em seguida foi ajudar nossos hóspedes a descerem do barco. Mas nenhum dos dois estava em condições de andar, de maneira que o pobre Sexta-Feira não sabia o que fazer.

Para solucionar isso, pensei e, dizendo a Sexta-Feira que mandasse os dois se sentar na margem enquanto ele se aproximava de mim, fizemos uma espécie de cadeirinha com as mãos para sustentá-los, e Sexta-Feira e eu subimos carregando os dois entre ele e eu. Entretanto, quando chegamos do lado de fora da nossa fortificação, ficamos ainda mais perdidos que antes, pois era impossível passar por cima da muralha com os dois; mas eu estava longe de desistir. De maneira que me pus novamente a trabalhar, e Sexta-Feira e eu, em mais ou menos duas horas, fabricamos uma bela tenda, coberta de pedaços antigos de vela e, por cima deles, de ramos de árvore, logo além da nossa cerca exterior, entre esta e o bosque de jovens árvores que eu tinha plantado. E ali fizemos camas para os dois com as coisas que eu tinha, a saber, boa palha de arroz, com cobertores estendidos por cima, para se deitarem, e mais um cobertor para cada um se cobrir em sua cama.

Minha ilha estava agora bastante povoada, e eu me

considerava muito rico em súditos. E era uma reflexão alegre que muitas vezes eu fazia, como eu de fato parecia um rei. Em primeiro lugar, toda a terra era de minha propriedade, de modo que eu tinha sobre ela um direito inquestionável de domínio. Segundo, meu povo era perfeitamente submisso: eu era senhor e juiz absoluto, todos deviam as vidas a mim e por mim se dispunham a sacrificá-las, se preciso fosse. Era notável, também, que, entre apenas três súditos, houvesse três religiões diferentes. Meu Sexta-Feira era protestante, seu pai era pagão e canibal, e o Espanhol era papista. Ainda assim, eu consentia a liberdade de consciência em meus domínios: mas estou me adiantando.

Assim que pus em segurança os dois débeis prisioneiros resgatados e lhes dei abrigo num local onde pudessem repousar, comecei a pensar em juntar mais provisões para eles, e a primeira coisa que fiz foi ordenar a Sexta-Feira que apanhasse um cabrito de um ano, já entre o tamanho de cabrito e o de bode, em meu rebanho particular, para ser abatido. Em seguida, cortei-lhe os quartos traseiros e, picando em pedaços menores, mandei Sexta-Feira aferventar e ensopar, preparando para eles uma ótima refeição, garanto, de carne e caldo, acrescentando ainda ao ensopado um pouco de cevada e arroz. E como a comida foi preparada ao ar livre, pois eu não acendia fogo dentro da minha muralha interna, pudemos carregar tudo para a tenda nova e lá, arrumando uma mesa para eles, sentei-me também, jantei com eles e, o melhor que pude, tentei animá-los e lhes dar coragem. Sexta-Feira era meu intérprete, especialmente para o seu pai, e na verdade para o Espanhol também, pois este falava bastante bem a língua dos selvagens.

Depois do jantar, ou melhor, da ceia, mandei que Sexta-Feira pegasse uma das canoas e voltasse para ir buscar os mosquetes e as outras armas de fogo que, por falta de tempo, tínhamos deixado no local da batalha, e no dia seguinte mandei que fosse sepultar os corpos dos selvagens, que tinham ficado expostos ao sol e àquela altura já estariam ofensivos. E mandei também que enterrasse os restos horrendos de seu bárbaro festim, que eu sabia serem abundantes, o que eu próprio não me imaginava fazendo: na verdade, não aguentaria sequer vê-los, se fosse naquela direção. Ele obedeceu a todas as ordens e sumiu com todos os vestígios da presença dos selvagens. De maneira que, quando estive lá outra vez, só pude distinguir direito onde tudo tinha acontecido pelo canto de mata que apontava para aquele trecho de praia.

Travei então várias conversas com meus dois novos súditos. Primeiro disse a Sexta-Feira que perguntasse a seu pai o que ele achava da fuga dos selvagens naquela canoa, e se podíamos esperar que voltassem com uma força além das nossas possibilidades de resistência. A primeira resposta foi de que os selvagens naquela canoa jamais poderiam ter resistido à tempestade que caiu na noite em que fugiram, e que deviam necessariamente ter se afogado ou sido empurrados para o sul, na direção de outras terras onde, então, teriam sido devorados, com a mesma certeza de que se afogariam se a canoa virasse. Já quanto ao que fariam se chegassem a salvo em sua terra, disse que não sabia, mas julgava que tinham ficado tão terrivelmente assustados com o modo como haviam sido atacados, o estrondo e as explosões, que ele acreditava que iriam contar à sua gente que todos tinham sido mortos por raios ou trovões, não pela mão do homem, e que aqueles dois que apareceram, a saber, Sexta-Feira e eu, só podiam ser espíritos dos céus ou deuses vingadores que decidiram destruí-los, e não homens armados. Isso ele disse que sabia porque os tinha ouvido gritando entre si na língua deles, pois lhes era impossível de conceber que um homem pudesse disparar fogo, produzir trovoadas e matar de longe sem erguer a mão, como tinha ocorrido. E o velho selvagem tinha razão, pois, como fiquei sabendo mais tarde através de outros, os selvagens nunca mais tentaram atravessar até a ilha: ficaram tão aterrorizados com o relato daqueles quatro homens (pois parece que conseguiram sobreviver à travessia) que se convenceram de que qualquer um que chegasse àquela ilha enfeitiçada acabaria destruído pelo fogo dos deuses.

Entretanto eu não sabia disso, e portanto fiquei algum tempo tomado por uma apreensão constante, sempre em guarda, eu e todo o meu exército; pois como agora éramos quatro, eu teria atacado com vantagem até cem deles em batalha, no momento que fosse.

Dali a pouco tempo, todavia, como nenhuma outra canoa aparecesse, o medo de que voltassem foi minguando, e comecei a retomar em consideração minha ideia anterior de uma travessia até o continente, depois que o pai de Sexta-Feira também confirmou que, se lá chegasse, eu poderia contar com o bom tratamento de seu povo, por tê-lo resgatado.

Mas meus planos ficaram algo suspensos depois que tive uma séria conversa com o Espanhol, entendendo que havia mais dezesseis compatriotas seus, além de Portugueses que, tendo naufragado e fugido para aquele lado, viviam de fato por lá em paz com os selvagens, mas careciam muito de tudo, e na verdade corriam risco de vida. Perguntei-lhe todos os detalhes de sua viagem, e descobri que era um navio espanhol que tinha zarpado do Rio da Prata na direção de Havana, com ordens de ali deixar a sua carga, na maior parte peles e prata, e trazer de volta todas as mercadorias europeias que pudessem encontrar; que tinham cinco marujos portugueses a bordo, resgatados de um outro naufrágio; que cinco de seus homens se afogaram quando o primeiro navio se perdeu, e que os que escaparam passaram por infinitos riscos e perigos, e chegaram quase mortos de fome à costa dos canibais, onde achavam que seriam devorados a qualquer momento.

Contou-me que tinham algumas armas, mas perfeitamente inúteis, pois não traziam nem pólvora nem balas, já que as águas do mar estragaram praticamente toda a pólvora que possuíam, sobrando apenas um pouco, que usaram ao desembarcar em terra para conseguir o que comer.

Perguntei-lhe o que achava que iria ocorrer com eles lá, e se não tinham traçado planos de escapar de algum modo. Ele respondeu que discutiam muito a respeito, mas que não tendo outra nau, nem ferramentas para construí-la, nem provisões de qualquer tipo, suas reuniões sempre terminavam em lágrimas e desespero.

Perguntei o que ele acharia se eu lhe propusesse uma fuga. E se, caso os demais também viessem para cá, a jornada não seria possível. Disse a ele, com toda a franqueza, que o que mais temia seria um comportamento traiçoeiro e a violência da parte deles, caso pusesse a minha vida em suas mãos, visto que a gratidão não é uma virtude inerente à natureza do homem e nem sempre os homens guiam seus atos pelos favores que recebem, mas antes pelas vantagens que esperam conseguir. Disse a ele que seria muito duro se eu fosse o instrumento de sua libertação e, depois, eles me aprisionassem na Nova Espanha, onde qualquer Inglês seria certamente destinado ao sacrifício, caso chegasse àquelas bandas por força de qualquer necessidade ou circunstância, e que eu preferia ser entregue aos selvagens, e ser devorado vivo, que cair nas garras impiedosas dos padres e ser submetido à Inquisição. Acrescentei que, por outro lado, eu estava convencido de que, todos reunidos aqui, poderíamos, com tantos homens, construir uma nau de tamanho suficiente para nos levar embora, fosse para os Brasis, ao sul, ou para as ilhas ou a costa espanhola, ao norte. Mas que se em resposta eles, quando eu pusesse armas em suas mãos, decidissem me levar à força na direção de seu povo, esta seria uma resposta indigna ao tratamento caridoso que eu lhes dava, e me deixaria em situação pior ainda que antes.

Ele respondeu, com muita sinceridade e engenho, que a situação deles era tão infeliz, e lhes causava tamanho sofrimento, que ele julgava que fosse lhes despertar horror a ideia de tratar mal qualquer homem que contribuísse para a sua libertação e que, se eu quisesse, ele iria até lá com o velho e trocaria ideias com eles a respeito, voltando em seguida para me trazer a resposta dos homens. Que combinaria as condições com eles sob juramento solene de que se submeteriam inteiramente às minhas ordens, na qualidade de seu comandante e capitão, e que jurariam pelos Santos Sacramentos e pelos Evangelhos não trair minha confiança, seguindo para a terra cristã que eu determinasse, e mais nenhuma, e se submeterem total e absolutamente às minhas ordens, até desembarcarem em segurança no país a que eu decidisse rumar. E que ele traria um contrato, com a assinatura de todos, comprometendo-se a tanto.

Em seguida me disse que, primeiro, jurava em seu próprio nome que nunca deixaria o meu lado enquanto vivesse, até que eu lhe desse a ordem de partir; e que tomaria o meu partido até a última gota de seu sangue, se alguma traição ocorresse da parte de seus conterrâneos.

E me afirmou que eram todos homens muito educados e honestos, e que viviam na maior aflição que se possa imaginar, não tendo armas, nem roupas nem comida, mas sujeitos à mercê daqueles selvagens, sem qualquer esperança de jamais retornar ao seu país. E que tinha a certeza de que, caso eu os libertasse, estariam prontos a dar a vida por mim.

Com essas garantias, resolvi correr o risco de libertá-los, se conseguisse, mandando o velho selvagem e esse Espanhol irem vê-los para negociar. Mas quando tudo estava pronto para a partida, o próprio Espanhol apresentou uma objeção, tão marcada de prudência por um lado, e de tanta probidade por outro, que só pude ficar muito satisfeito com ela; e, ouvindo seu conselho, adiei a libertação de seus companheiros por pelo menos meio ano. E a seguir conto o que ele argumentou.

Fazia quase um mês que ele vivia conosco, tempo durante o qual eu deixei que visse de que maneira eu cuidava de tudo, com a ajuda da Providência, para o meu sustento. E é evidente que viu o estoque de arroz e grãos que eu tinha acumulado e que, embora fosse mais que suficiente para mim, não bastaria da mesma forma, pelo menos sem um racionamento muito estrito, para a minha família, agora em número de quatro. E menos bastaria se os seus conterrâneos, que eram, pelo que disse, catorze ainda vivos, viessem viver aqui; e menos ainda bastaria para prover o nosso navio, se chegássemos a construí-lo, para uma viagem até qualquer das colônias cristãs da América. E então ele me disse que achava muito mais aconselhável eu deixar que ele e os dois outros cavassem e plantassem mais terras, o máximo que eu tivesse de grãos para semear, e que devíamos esperar a colheita seguinte para juntarmos um estoque de grãos para os seus conterrâneos, quando chegassem; pois a falta de alimento poderia resultar na tentação da discórdia, ou fazer com que não se considerassem libertados, mas só trasladados de uma provação a outra. "O senhor sabe", disse ele, "os filhos de Israel, embora muito satisfeitos num primeiro momento por terem sido libertados do Egito, ainda assim se revoltaram contra o próprio Deus que os salvou, quando o pão lhes faltou no deserto."[60]

Sua cautela era tão oportuna, e seu conselho tão bom, que só pude ficar muito satisfeito com o que me propunha, além de convencido de sua fidelidade. Então nos pusemos os quatro a cavar, na melhor medida que nos permitiam nossas ferramentas de madeira e, em mais ou menos um mês, no final do qual já era o momento de semear, tínhamos tanta terra limpa e lavrada que plantamos vinte

60 Êxodo, 16,2-3.

e dois alqueires de cevada e dezesseis jarras de arroz, o total das sementes que tínhamos de reserva. Nem sequer reservamos cevada suficiente para nós próprios, pelos seis meses que precisávamos esperar pela nossa colheita, melhor dizendo, calculados a partir do dia em que separamos as sementes que iríamos plantar; pois naquela área elas não precisam passar seis meses na terra.

Agora tendo bastante companhia, e número suficiente para nos guardar do medo dos selvagens, caso viessem, a menos que chegassem em grandíssimo número, caminhávamos livremente por toda a ilha, sempre que tínhamos a oportunidade. E como agora trazíamos nossa fuga ou libertação sempre no espírito, era impossível, pelo menos para mim, desviar o pensamento dos meios para tanto; com essa finalidade, marquei várias árvores que achava adequadas para o nosso trabalho, e mandei que Sexta-Feira e seu pai as derrubassem. Depois fiz o Espanhol, a quem eu tinha confiado minhas ideias a respeito do projeto, supervisionar e dirigir o trabalho dos dois. Mostrei-lhes como era penoso reduzir grandes toras a pranchas, e fiz com que seguissem meu exemplo, até cada um ter produzido cerca de doze tábuas de bom carvalho, com quase dois pés de largura, trinta e cinco pés de comprimento e de duas a quatro polegadas de espessura. O trabalho prodigioso que foi necessário, qualquer um pode imaginar.

Ao mesmo tempo, procurei aumentar meu rebanho de cabras mansas o máximo que podia e, para tanto, mandei Sexta-Feira e o Espanhol saírem um dia, e eu com Sexta-Feira no dia seguinte, pois nos revezávamos. E desse modo trouxemos mais de vinte cabritos jovens para misturar ao resto, pois, sempre que abatíamos uma cabra mãe a tiros, salvávamos os filhotes e os juntávamos ao nosso rebanho. Mas acima de tudo, com a chegada da estação adequada para a secagem das uvas, penduramos uma tal quantidade para secar ao sol que acredito que, se estivéssemos em Alicante,[61] onde se produzem passas secas ao sol, poderíamos ter enchido sessenta ou oitenta barris, e elas, juntamente com o pão, eram grande parte da nossa alimentação, e muito boa, eu lhes garanto; pois se trata de vitualha muito nutritiva.

Chegou a época da colheita, e nossa lavoura estava em boa ordem. Não foi a multiplicação mais abundante que eu já tinha visto na ilha, mas ainda assim o suficiente para atender à nossa necessidade, pois, a partir dos nossos vinte e dois alqueires de cevada, colhemos e separamos mais de duzentos e vinte alqueires, além de uma proporção semelhante de arroz, que era estoque suficiente de comida até a colheita seguinte, mesmo que eu tivesse todos os dezesseis espanhóis na ilha comigo ou, se estivéssemos prontos para uma viagem, o bastante para abastecer nosso navio de modo a podermos alcançar qualquer parte do mundo, quero dizer, da América.

Quando recolhemos e armazenamos esse estoque de grãos, pusemo-nos ao trabalho para fabricar mais cestos, grandes cestos de vime para guardá-lo. O Espanhol era muito engenhoso e habilidoso nesse trabalho, e muitas vezes me censurou por não ter fabricado alguns artigos de defesa com aquele tipo de arte; mas eu não via a necessidade disso.

E agora, tendo um amplo estoque de alimentos para todos os hóspedes que podia esperar, autorizei o Espanhol a fazer a travessia até o continente, para ver o que conseguia com aqueles que tinha deixado para trás. Dei-lhe ordens estritas, por escrito, de não trazer com ele nenhum homem que antes não tivesse feito um juramento na presença dele e do velho selvagem, garantindo de maneira alguma prejudicar, combater ou atacar a pessoa que encontrasse na ilha, que tinha demonstrado

61 Cidade no sudeste da Espanha, porto às margens do Mediterrâneo.

a generosidade de mandar buscá-los para ser salvos e, ao contrário, comprometendo-se a ficar do lado dele e defendê-lo contra qualquer atentado, e que, onde quer que fossem, era ele quem teria o comando absoluto; e que isso tudo fosse registrado por escrito, e assinado de próprio punho por cada um. Como obter esses contratos assinados, quando eu sabia que não tinham pena nem tinta, foi na verdade uma pergunta que nunca fizemos.

Com essas instruções, o Espanhol e o velho selvagem, pai de Sexta-Feira, partiram numa das canoas, em que se pode dizer que chegaram, ou foram trazidos, quando deram à ilha como prisioneiros, para ser devorados pelos selvagens.

Entreguei a cada um deles um mosquete com pederneira, e cerca de oito cargas de pólvora e balas, recomendando-lhes que fossem muito parcimoniosos com a munição e que só usassem as armas em caso de urgência.

Foram acontecimentos animadores, pois eram as primeiras medidas que eu tomava tendo em vista a minha libertação depois de um tempo que já somava vinte e sete anos e alguns dias. Entreguei-lhes uma provisão de pão e de passas, suficiente para muitos dias, e que bastaria ainda a mais oito dias de seus conterrâneos e, desejando-lhes boa viagem, assisti a sua partida, combinando com eles um sinal que deviam hastear em sua volta, pelo qual eu pudesse reconhecê-los à distância quando retornassem, antes de chegarem à praia.

Partiram com uma brisa forte no dia em que a lua, por minhas contas, estava cheia, no mês de outubro. Mas quanto ao registro dos dias, depois que eu o perdi nunca mais consegui recuperá-lo, nem tinha anotado o número de anos com a pontualidade necessária para estar certo de sua exatidão, embora depois, quando examinei minha contagem, eu tenha descoberto que o número dos anos estava certo.

Já fazia não menos de oito dias que estava à espera

deles quando um incidente estranho e imprevisto aconteceu, de que provavelmente nunca se ouviu falar em toda a história. Eu estava profundamente adormecido certa manhã na cabana quando meu Sexta-Feira chegou correndo e chamando alto: “Amo, eles vêm chegar, eles vêm chegar”.

Levantei-me de um salto e, sem pensar no perigo, saí assim que acabei de me vestir, atravessando o meu arvoredo, que aliás, a essa altura, tinha crescido até se transformar num bosque bastante cerrado. Quero dizer que, a despeito do perigo, saí sem as minhas armas, o que não era meu costume. Mas fiquei surpreso quando, voltando meus olhos para o mar, avistei um barco a mais ou menos uma légua e meia de distância, rumando para a costa, com uma vela triangular que chamam de bujarrona, e o vento soprando a favor de sua rota. Observei também, em seguida, que não vinham do lado onde ficava o continente, mas da ponta sul da ilha. A essa altura, chamei Sexta-Feira e lhe dei ordens de ficar por perto, pois não eram as pessoas que estávamos esperando, e ainda não tínhamos como saber se eram amigos ou inimigos.

Em seguida, fui buscar minha luneta, para ver o que conseguia distinguir e, retirando a escada, subi ao alto da montanha, como costumava fazer quando ficava apreensivo por alguma razão, para ver tudo com mais clareza sem poder ser visto.

Mal pus o pé no alto da montanha e meus olhos divisaram claramente um navio ancorado a uma distância de mais ou menos duas léguas e meia de onde eu me encontrava, no rumo sul-sudeste, a não mais de légua e meia da costa. Minha observação revelou sem dúvida que se tratava de um navio inglês, e o barco na água me parecia um bote do tipo que as naus inglesas sempre levavam a bordo.

Nem sei explicar a perturbação que tomou conta de mim, embora a alegria de ver um navio, e mais, um navio que eu tinha motivo para julgar ser tripulado por meus compatriotas, e portanto amigos, também não saberia descrever. Ainda assim, eu cultivava algumas dúvidas íntimas, que não sei de onde vinham e me recomendavam que ficasse alerta. Em primeiro lugar, perguntei o que um navio inglês podia estar fazendo naquela parte do mundo, pois ali não era caminho de ida nem de volta para nenhuma parte do mundo onde os ingleses tivessem negócios, e eu sabia não ter ocorrido nenhuma tempestade que pudesse ter arrastado aquele navio para lá, em dificuldades. E, se fossem realmente ingleses, o mais provável é que não estivessem ali com propósitos benfazejos, e era melhor eu continuar como estava que cair nas mãos de ladrões e assassinos.

Que ninguém despreze os sinais e as indicações secretas de perigo que às vezes percebe, mesmo quando achar que podem não ter fundamento. Que esses sinais e indicações nos chegam, creio que poucos bons observadores possam negar; que sejam revelações de um mundo invisível e de uma comunicação entre espíritos, não podemos duvidar; e se a sua intenção parece consistir em nos advertir do perigo, por que não podemos supor que venham de algum agente amigo, não interessa se superior ou inferior e subordinado, e que sua finalidade seja o nosso bem?

A ocasião de que falo confirma amplamente a justeza desse raciocínio; pois, caso alguma advertência secreta não me tivesse recomendado cautela, de onde quer que tenha vindo, eu teria sido inevitavelmente dominado, terminando numa condição bem pior que a de antes, como o leitor poderá ver a seguir.

Não fiquei muito tempo ali parado, e logo vi que o barco se aproximava da costa como se procurasse algum estuário onde pudesse entrar para facilitar o desembarque. No entanto, como não avançaram o bastante, não avistaram a pequena enseada com o rio onde eu tinha encostado minhas jangadas ao chegar. Acabaram encalhando o barco na própria praia, a mais ou menos meia milha de onde eu estava, o que me convinha muito, pois de outro modo teriam desembarcado por assim dizer à minha porta, e logo conseguiriam me expulsar do meu castelo, pilhando talvez tudo que eu possuía.

Quando chegaram à praia, pude me convencer sem a menor dúvida de que eram mesmo ingleses. Um ou dois talvez fossem holandeses, mas não tive certeza. Ao todo eram onze homens, três dos quais percebi que estavam desarmados, e, pelo que pude ver, amarrados; e quando os primeiros quatro ou cinco dos outros saltaram em terra, tiraram esses três do barco como prisioneiros. Um deles, pude ver, fazia os mais apaixonados gestos de súplica, aflição e desespero, até com extravagância; os outros dois vi que às vezes erguiam as mãos, e pareciam muito atormentados, mas não ao mesmo ponto que o primeiro.

Fiquei bastante confuso com aquela visão, e não sabia o que poderia significar. Sexta-Feira me disse, em seu melhor inglês: "Ó Amo! Vê que os homem inglês também come os preso, igual os selvagem?". "Ora, Sexta-Feira", disse eu, "você acha que eles vão comer os presos?" "Vai", respondeu Sexta-Feira, "vai comer eles sim." "Não, não, não", disse eu, "Sexta-Feira, acho que vão matar os três, é verdade, mas pode ter certeza de que não vão comer."

Enquanto isso, eu não tinha ideia do que estaria realmente ocorrendo. Só tremia diante do horror daquilo, esperando a cada momento a execução dos três prisioneiros. Na verdade, houve um momento em que vi um dos vilões erguer o braço armado com um imenso cutelo, como dizem os marujos, ou espada, para golpear um dos pobres prisioneiros; e esperei vê-lo cair a qualquer momento, ao que senti meu sangue gelar nas veias.

Agora eu dava grande falta do meu Espanhol, e do selvagem que saiu em viagem com ele; ou de algum modo que eu tivesse de chegar sem ser visto à distância de um tiro daqueles homens, para poder salvar os três prisioneiros, pois não me parecia que tivessem armas de fogo; mas outro plano acabou ocorrendo à minha mente.

Depois que observei o tratamento abominável que os marujos insolentes davam aos três homens, vi que se espalhavam por terra, como se pretendessem explorar a área; observei que os três homens também tinham a liberdade de ir aonde quisessem, mas ficaram os três sentados no chão muito cabisbaixos, com ar de desespero.

E isso me lembrou a primeira noite depois que cheguei à ilha e comecei a olhar à minha volta, dando-me por perdido. Como eu tinha corrido os olhos, ensandecido, a toda a volta, e as apreensões fatais que experimentei, e como passei a noite empoleirado numa árvore por medo do ataque de feras selvagens.

Assim como eu nada sabia, naquela noite, dos suprimentos que havia de juntar em razão do providencial encalhe do navio perto da costa, pela força dos ventos e das ondas, e graças aos quais eu já me alimentava e sustentava fazia tanto tempo, aqueles três pobres homens desolados não sabiam como eram certos seu socorro e sua libertação, como estavam próximos deles e como os três se encontravam praticamente em segurança, no momento mesmo em que se julgavam perdidos e numa situação desesperada.

Tão pouco enxergamos adiante no mundo, e tantos motivos temos para confiar alegremente nossa sorte ao grande Criador do Universo, que jamais deixa em total desamparo Suas criaturas, que mesmo nas piores circunstâncias sempre temos algo por que dar graças e, às vezes, estamos mais próximos da salvação do que imaginamos; na verdade, somos conduzidos à salvação pelos próprios meios que pareciam levar-nos ao nosso fim.

A maré estava no ponto mais alto quando ocorreu esse desembarque, e ao tempo que conversavam com os prisioneiros que trouxeram, e ainda enquanto andavam à roda para ver que tipo de lugar era aquele, tiveram o descuido de continuar em terra firme mesmo depois que a maré baixou e a água se afastou bastante da praia, largando seu barco no seco.

Tinham deixado dois homens a bordo que, como descobri mais tarde, tendo bebido um pouco de aguardente além da conta, haviam adormecido. Um deles, porém, despertando antes do outro e descobrindo que a água tinha se afastado demais do barco para poderem se mover, convocou aos gritos os demais, que caminhavam pelos arredores mas logo acorreram para o barco; entretanto, nem todos juntos tiveram força suficiente para empurrá-lo até a água, pois era um barco muito pesado e a areia da praia, daquele lado, macia e solta, quase uma areia movediça.

Nessa situação, como verdadeiros marujos, que talvez sejam, de toda a humanidade, as pessoas menos dotados de antevisão, eles desistiram, e saíram novamente a caminhar ao redor; e ouvi um deles responder, em voz bem alta e em inglês sonoro, a um outro que os chamava do barco, "Ora, deixe o barco em paz, Jack; quando a maré subir de novo ele volta a flutuar", o que me confirmou claramente de que país eles eram.

Esse tempo todo fiquei bem escondido, não me atrevendo em momento algum a pôr os pés fora do meu castelo para além do meu ponto de observação, perto do alto da montanha. E muito grato eu ficava de pensar no quanto estava bem fortificado. Sabia que pelo menos dez horas se passariam antes que o barco deles pudesse voltar a navegar, que àquela altura já seria noite e eu teria mais facilidade de ver o que faziam e ouvir o que diziam, enquanto falavam entre si.

Entrementes, comecei a me preparar para a batalha como da outra vez, embora com mais cautela, sabendo que tinha pela frente outro tipo de inimigo. Mandei também Sexta-Feira, que se revelou um atirador de excelente pontaria, pegar em armas: para mim escolhi duas espingardas de caça, e a ele entreguei três mosquetes. Minha aparência era realmente assustadora: usava minha formidável jaqueta de pele de cabra, com o gorro de que já falei, uma espada nua enfiada a meu lado no cinto, além de duas pistolas, e uma espingarda em cada ombro.

Meu plano, como já disse acima, era nada fazer antes que anoitecesse. Mas em torno das duas da tarde, em pleno calor do dia, descobri que todos eles tinham se enfiado nas matas, e, pelo que me parecia, se deitaram para dormir. Os três pobres homens aprisionados, ansiosos demais com sua condição para poderem adormecer, ficaram entrementes sentados à sombra de uma árvore grande, a cerca de um quarto de milha de onde eu me encontrava e, até onde eu podia avaliar, fora das vistas dos demais.

Diante disso, resolvi me revelar a eles e descobrir qual era sua situação. Imediatamente me adiantei, com a aparência que descrevi acima, seguido do meu Sexta-Feira a uma certa distância, tão formidavelmente armado quanto eu, mas sem uma figura tão apavorante quanto a minha.

Eu me aproximei deles o mais que poderia sem ser visto, e então, antes que algum dos três me visse, disse a eles, em voz alta e em espanhol: "Quem são os cavalheiros?".

Eles se assustaram com o barulho, mas ficaram dez vezes ainda mais perturbados quando viram minha figura extravagante. Não me responderam nada mas, quando julguei ter percebido que se preparavam para fugir de mim, disse a eles em inglês: "Cavalheiros, não se assustem; talvez os senhores tenham um amigo inesperado por perto". "Então ele só pode ter sido mandado pelos Céus", respondeu um deles em tom sério, tirando o chapéu para mim ao mesmo tempo, "pois nossa situação está além das possibilidades humanas de ajuda." "Toda ajuda vem do Céu, senhor", disse eu. "Mas queira explicar a um estranho como poderia ajudá-los, pois me parecem em grandes apuros. Vi quando desembarcaram, e quando o senhor parecia pedir alguma coisa aos sanguinários que chegaram junto, e vi um deles erguer a espada para matá-lo."

O pobre homem, com lágrimas a lhe correr pelas faces, e tremendo, com ar de espanto, respondeu, "Estou falando com Deus ou um homem? É um homem de verdade, ou um anjo?". "Não tenha medo, senhor", respondi, "se Deus mandasse um anjo para socorrê-lo, ele usaria roupas melhores e portaria armas diferentes das que trago comigo; por favor, esqueçam seus medos, sou um homem, um inglês, e decidido a ajudá-los. Só tenho um criado, mas dispomos de armas e munição. Respondam claramente: podemos ajudar? O que aconteceu com os senhores?"

"Nossa história, senhor", respondeu ele, "é longa demais para ser contada com nossos assassinos tão perto; mas em suma, senhor, eu era comandante daquele navio, meus homens se amotinaram contra mim; foi por pouco que se convenceram a não me matar, e finalmente resolveram me deixar em terra nesse lugar deserto, na companhia desses dois homens, um o meu Imediato, o outro um passageiro, para aqui perecermos, pois julgam o lugar desabitado, e ainda não sabem da verdade."

"Onde estão esses seus inimigos bestiais?", perguntei. "O senhor sabe aonde foram?" "Estão deitados ali, meu senhor", respondeu ele, apontando para um arvoredo; "meu coração treme de pensar que nos tenham visto e ouvido o senhor falar; se isso aconteceu, certamente hão de nos matar a todos."

"E eles contam com alguma arma de fogo?", perguntei. Ele respondeu que só tinham duas armas, uma das quais haviam deixado no barco. "Muito bem, então", disse eu, "deixem o resto por minha conta; estou vendo que dormiram, e é coisa fácil matar a todos; mas não seria melhor aprisioná-los?" Ele me disse que havia entre eles dois celerados em desespero que não era seguro tratar com misericórdia mas, que se esses dois fossem presos, ele acreditava que os demais retornariam aos seus deveres. Perguntei quais eram. Ele me respondeu que àquela distância não tinha como apontá-los, mas que acataria as minhas ordens, quaisquer que fossem. “Pois bem”, respondi, “vamos nos retirar de suas vistas ou ouvidos, para que não acordem, e mais adiante resolveremos.” Então eles me acompanharam, até que as matas nos encobriram dos demais.

“Escute, senhor”, disse eu, “se eu empreender a sua libertação, aceita duas condições que lhe proporei?” Ele antecipou minhas propostas, e me disse que tanto ele quanto seu navio, se o recuperasse, ficariam totalmente sob o meu comando e direção em tudo; e que, caso o navio não fosse recuperado, ele se comprometia a viver e morrer comigo em qualquer lugar do mundo para onde eu o mandasse; e os dois outros homens disseram o mesmo.

“Bem”, disse eu, “minhas condições são apenas duas. Primeiro, que no tempo em que estiver comigo nesta ilha, não irá reivindicar nenhuma autoridade e, se eu puser armas em suas mãos, mais adiante irá devolvê-las, sem causar dano a mim ou aos meus, nesta ilha, obedecendo enquanto isso às minhas ordens. Segundo, que se o navio for, ou puder ser, recuperado, o senhor irá transportar a mim e ao meu criado para a Inglaterra, sem termos de pagar pela passagem.”

Ele me deu todas as garantias que a imaginação e a fé do homem poderiam conceber, afirmando que atenderia àquelas exigências, mais que razoáveis, e que além disso me deveria sua vida, o que havia de reconhecer em qualquer ocasião, até o fim de seus dias.

“Pois bem”, disse eu, “eis aqui três mosquetes para os senhores, com pólvora e balas. Diga o que acha melhor fazermos.” Ele manifestou toda a gratidão que podia, mas se pôs inteiramente sob meu comando. Eu lhe disse que seria difícil tentar qualquer coisa; mas que o melhor método que me ocorria era atacar imediatamente os outros a tiros, enquanto ainda estivessem deitados. E que se alguns deles não fossem mortos pelos primeiros disparos, e preferissem se render, poderíamos poupá-los, e assim entregar totalmente a direção das balas à Providência Divina.

Ele respondeu, com grande clemência, que lhe repugnava matá-los se pudesse evitar, mas que os tais dois eram vilões incorrigíveis, e tinham sido os autores de todo o motim do navio; e que se esses escapassem seria o nosso fim, pois voltariam a bordo e tornariam à ilha trazendo toda a tripulação, que nos mataria a todos. "Pois bem, então", disse eu, "a necessidade justifica a minha opinião; pois é o único meio de garantir nossas vidas." No entanto, ao vê-lo ainda hesitar em derramar sangue, disse então que fossem eles até lá, cuidando do assunto como melhor lhes parecesse.

No decorrer dessa conversa, ouvimos que alguns daqueles homens despertavam, e pouco depois vimos dois deles já de pé. Perguntei se algum dos dois era um dos homens de que tinha me falado, e que tinham chefiado o motim, e ele respondeu que não. "Então", disse eu, "pode deixá-los escapar, e a Providência parece ter despertado os dois na ocasião certa para se salvarem. Agora", disse eu, "se o resto escapar de vocês, a culpa é sua."

Animado com essas palavras, ele pegou o mosquete que eu lhe entreguei, pôs uma pistola no cinto e levou seus dois camaradas com ele, cada um com uma arma nas mãos. Os dois homens que chegaram com ele caminhavam na frente e fizeram algum ruído, ao que um dos marujos, que estava acordado, virou-se e, ao vê-los chegando, acordou os outros aos gritos. Mas já era tarde demais, porque, assim que ele gritou, eles dispararam; falo dos dois homens, porque o Capitão teve a sensatez de poupar a sua carga. Fizeram tão boa pontaria nos homens que reconheciam que um deles foi morto na hora, e o outro ficou muito ferido mas, não tendo morrido, pôs-se de pé de um salto, e pediu ajuda aos demais.

Mas o Capitão, aproximando-se dele, disse que era tarde demais para pedir ajuda, que precisava pedir perdão a Deus por sua vilania, e com essas palavras derrubou-o com uma pancada da coronha do mosquete, e o homem não disse mais nada. Havia três outros homens no grupo, e um deles ficou levemente ferido. A essa altura eu cheguei e, ao verem o perigo que corriam, e que qualquer resistência seria em vão, os amotinados apelaram para a nossa misericórdia. O Capitão disse que pouparia as suas vidas, se lhe garantissem que renunciavam à traição de que eram culpados, jurando ser-lhe fiéis para recuperar o navio e, depois, conduzi-lo de volta à Jamaica, de onde vinham. Todos fizeram os maiores votos de sinceridade que se podia esperar, e ele decidiu acreditar neles e poupar suas vidas, ao que eu não me opus; só obriguei o Capitão a mantê-los de pés e mãos atados enquanto permanecessem na ilha.

Enquanto isso ocorria, mandei Sexta-Feira com o Imediato do Capitão até o barco encalhado na areia, com ordens de tomá-lo e trazer de volta os remos e a vela, o que fizeram; e, aos poucos, os três homens que tinham se afastado e (felizmente para eles) separado dos demais foram voltando, ao ouvir os disparos das armas, e vendo o Capitão, que antes era seu prisioneiro, agora vencedor, submeteram-se também às amarras; e assim nossa vitória foi completa.

Faltava agora que o Capitão e eu explicássemos um ao outro as nossas situações. Comecei primeiro, e contei-lhe toda a minha história, que ele ouviu com atenção e até admiração, especialmente pela maneira como eu me mantinha abastecido de mantimentos e munição. E na verdade, como a minha história é de fato uma sequência de prodígios, ele ficou muito comovido, mas, quando refletiu sobre si mesmo e lhe ocorreu que eu parecia ter sido preservado ali para ter a ocasião de salvar sua vida, as lágrimas correram por suas faces, e ele ficou sem palavras.

Depois que terminamos essa conversa, levei o Capitão e seus dois homens até a minha habitação, entrando com eles por minha saída, isto é, pelo alto da casa, onde os restaurei com as provisões que tinha, e mostrei-lhes os artefatos que tinha fabricado durante os longuíssimos anos da minha residência na ilha.

Tudo que mostrei e contei a eles era surpreendente; mas acima de tudo o Capitão admirou minha fortificação, e como ocultei de maneira perfeita o meu refúgio com as árvores, que tendo sido plantadas havia já mais de vinte anos, e crescendo naquelas terras muito mais depressa que na Inglaterra, tinham se transformado num pequeno bosque, e tão cerrado que era impossível de atravessar em qualquer ponto, menos de um dos lados, onde eu havia deixado uma passagem tortuosa. Comentei que ali era o meu castelo e minha residência; mas que eu tinha outra casa no campo, como a maioria dos príncipes, para onde eu podia me transferir sempre que quisesse, lugar que eu lhe mostraria em outra ocasião. No momento, porém, nosso problema era resolver de que maneira recuperar o navio. Ele concordou comigo nesse ponto; mas me disse que não fazia ideia de quais medidas tomar, pois ainda havia vinte e seis homens a bordo que, tendo entrado numa conspiração maldita, que pela lei deveriam pagar com a vida, agora estariam ainda mais determinados ao motim pelo desespero, e levariam a conjuração em frente, sabendo que, caso fossem dominados, seriam mandados para as galés assim que chegassem à Inglaterra ou a qualquer das colônias inglesas. E que portanto não devíamos atacá-los, sendo nós tão poucos.

Refleti algum tempo no que ele disse, admitindo que sua conclusão era muito racional e que, portanto, seria necessário tomar alguma outra decisão bem depressa, tanto para atrair os homens do navio a alguma armadilha que os surpreendesse quanto para impedir que viessem nos atacar em terra firme e nos matassem. Então me ocorreu que dali a pouco a tripulação do navio, em dúvida quanto ao que haveria ocorrido com seus camaradas e com o bote, certamente decidiria vir a terra firme com o outro bote, para ver por si mesmos, e que talvez viessem armados, e em número grande demais para nós, e isso ele concordou que fazia sentido.

Respondi então que a primeira coisa que precisávamos fazer era abrir um rombo no casco do bote encalhado na praia, para que não pudessem levá-lo embora, e, depois de tirar tudo que tinha a bordo, deixá-lo inutilizável, de maneira que nem sequer flutuasse. Fomos até o bote, pegamos as armas que tinham sobrado a bordo e ainda tiramos de lá tudo mais que encontramos, a saber: uma garrafa de *brandy* e outra de rum, alguns biscoitos, um polvorinho de chifre e um pão grande de açúcar enrolado num pedaço de lona. O açúcar pesaria umas cinco ou seis libras, e tudo era muito bem-vindo em meu caso, especialmente o *brandy* e o açúcar, de que já não me restava nada havia muitos anos.

Depois que descemos com isso tudo para a areia (os remos, o mastro, a vela e o leme do bote, como já contei, foram retirados antes), abrimos um furo grande no fundo do casco, para que, mesmo que viessem em número suficiente para nos dominar, ainda assim não tivessem como levar o barco embora.

Na verdade, eu nem estava muito convencido de que conseguiríamos recuperar o navio, mas achava que, se eles partissem sem aquele barco, sem dúvida eu conseguiria fazê-lo voltar a navegar e nos levar até as Ilhas de Sotavento, recolhendo no caminho nossos amigos, os Espanhóis, pois ainda os tinha em meu pensamento.

Enquanto traçávamos esses planos, e antes de mais nada, puxamos o bote da praia, à força bruta, mais acima na praia, de modo que a maré não teria como alcançá-lo mesmo na marca mais alta, além de abrirmos no fundo do casco um rombo grande demais para ser remendado às pressas, ficamos sentados pensando no que devíamos fazer. Ouvimos o navio disparar um de seus canhões e hastear uma de suas flâmulas, como sinal para o bote voltar a bordo. Mas não houve resposta, e deram vários outros disparos, mandando outros sinais para o bote.

Finalmente, quando todos os seus sinais e tiros de canhão se mostraram infrutíferos, e perceberam que o bote não voltava, vimos, com a minha luneta, que desciam outro bote, em que vieram remando na direção da praia. E descobrimos, quando se aproximaram mais, que vinham em não menos que dez homens, e traziam armas de fogo.

Como o navio estava a quase duas léguas da costa, tivemos tempo para examiná-los perfeitamente enquanto se aproximavam, vendo com clareza cada um dos homens a bordo do bote, até mesmo seus semblantes, pois a maré os empurrou para um pouco a leste do primeiro bote, e precisaram remar contra a corrente para chegar ao mesmo lugar onde ele tinha encalhado na praia, e ainda estava na areia.

Desse modo, como eu dizia, pudemos vê-los claramente, e o Capitão conhecia os nomes e o caráter de cada um dos homens do bote, comentando que três deles eram sujeitos muito honestos, que estava certo de ter sido envolvidos na conspiração pelos demais, visto estarem em minoria e com medo.

Já o Contramestre, por todos os sinais o oficial mais graduado entre eles, e os outros eram dos mais celerados dentre toda a tripulação, e sem dúvida estariam desesperados naquela nova investida, e ele ficava terrivelmente apreensivo, temendo que fossem fortes demais para nós.

Sorri para ele e disse que, em circunstâncias como as nossas, os homens se encontravam além do alcance do medo. Vendo que quase toda condição possível era melhor que a nossa, devíamos considerar que as consequências, fossem elas a morte ou a vida, só podiam ser uma libertação. Perguntei o que ele pensava das circunstâncias da minha vida. E se a salvação não era algo que valia o risco. "E onde, meu senhor", perguntei, "está sua convicção de que fui preservado aqui com a finalidade de salvar a sua vida, que tanto elevou seu espírito pouco tempo atrás? Por meu lado", disse eu, "só parece haver uma coisa fora do lugar em todo esse panorama." "E o que é?", perguntou ele. "Ora", respondi, "é que se, como diz o senhor, três ou quatro desses homens são honestos, eles deviam ser poupados; fossem todos da parcela má da tripulação, eu pensaria que a Providência de Deus os tinha separado para entregá-los em nossas mãos; pois pode ter certeza de que cada um dos homens que desembarcar na ilha estará em nossas mãos, e irá morrer, ou viver, conforme se comportar conosco."

Como pronunciei essas palavras com voz firme e o semblante animado, vi que o deixaram refeito, e nos dedicamos com grande vigor aos nossos preparativos. Assim que vimos o bote deixar o navio, pensamos em separar os nossos prisioneiros, e antes amarramos muito bem a todos.

Dois deles, que inspiravam ao Capitão menos segurança, mandei com Sexta-Feira, e um dos três (homens libertados) para a minha caverna, onde ficariam bem longe, sem perigo de serem ouvidos ou descobertos, ou de encontrarem algum meio de fugir para as matas, caso conseguissem se soltar. Lá eles os deixaram amarrados, mas lhes entregaram provisões e prometeram que, se ficassem em silêncio, viriam soltá-los dali a um ou dois dias. Mas que, se tentassem fugir, seriam mortos sem piedade. Eles juraram que suportariam o confinamento com toda a paciência, e agradeceram muito o bom tratamento, a ponto de lhes deixarem mantimentos e luz. Pois Sexta-Feira lhes deu velas (como as que fazíamos para nós) para seu conforto, e eles não sabiam que ele ficou postado de sentinela na entrada.

Os outros prisioneiros tiveram melhor destino; dois deles ficaram na verdade amarrados, pois o Capitão não confiava neles; mas os outros dois foram admitidos em meu serviço por recomendação de seu Capitão, depois de um juramento solene de viver e morrer por nós. De maneira que, com eles e mais os três homens honestos, éramos sete ao todo, bem armados; e eu não tinha dúvida de que seríamos capazes de fazer frente aos dez que estavam a caminho e derrotá-los, considerando que o Capitão tinha dito que, entre eles, também havia três ou quatro homens honestos.

Assim que chegaram ao lugar onde estava deitado o outro bote, encalharam o seu na areia e todos desceram em terra firme, puxando atrás deles o barco, o que fiquei satisfeito de ver; pois temia que eles preferissem deixar o bote ancorado ao largo, a alguma distância da costa, com uns poucos marujos de guarda a bordo; e assim não teríamos como nos apossar do barco.

Em terra firme, a primeira coisa que fizeram foi correrem todos na direção do outro bote, e era fácil ver que ficaram muito surpresos ao vê-lo totalmente despojado, como descrevi acima, de tudo que trazia a bordo, e com um buraco imenso no casco.

Depois de passarem algum tempo discutindo o assunto, deram dois ou três gritos fortes, berrando o mais alto que podiam, para tentarem fazer-se ouvir pelos companheiros, mas sem resultado. Em seguida, formaram um círculo fechado, e dispararam vários tiros com suas armas menores, que escutamos e cujos ecos ficaram ressoando pelas matas. Mas não adiantou de nada, os que estavam na caverna nós sabíamos que não podiam escutar, e os que estavam sob nossa guarda, embora ouvissem perfeitamente, não se atreveriam a lhes dar qualquer resposta.

Ficaram tão desconcertados que, como nos disseram mais tarde, resolveram todos voltar para bordo do navio, e contar para os que lá tinham ficado que todos os homens foram assassinados e o bote estava com o casco inutilizado. Assim, puseram imediatamente seu bote de volta na água, e todos subiram de novo a bordo.

O Capitão ficou muito surpreso, e até confuso, diante disso, acreditando que tinham decidido voltar para bordo do navio e zarpar, dando os camaradas por perdidos, o que representava a perda do navio, que ele mantinha esperança de recobrar; mas logo foi tomado pelo medo oposto.

Os homens se afastaram um pouco no bote antes de vermos que estavam voltando para a praia; mas com outra disposição, que aparentemente tinham decidido de comum acordo, a saber: deixar três homens a bordo, enquanto o resto descia em terra firme e saía explorando a área à procura de seus companheiros.

Para nós, foi uma grande decepção, pois agora não sabíamos o que fazer. Capturar os sete homens em terra firme não seria vantagem para nós, se o bote nos escapasse; porque então eles iriam remando até o navio, e em seguida, junto com os demais, certamente haveriam de levantar a âncora e zarpar, e assim perderíamos a oportunidade de recuperar o navio.

No entanto, não tínhamos remédio além de esperar e ver de que maneira as coisas iriam resultar; os sete homens desceram na ilha, e os três que ficaram no bote se afastaram a uma boa distância da costa, e ancoraram para ficar à espera dos outros; de modo que nos era impossível chegar até eles.

Os que desceram na ilha mantinham-se juntos, marchando na direção do alto da montanha além da qual ficava a minha habitação; e podíamos vê-los claramente, embora eles não nos percebessem. Teria sido preferível para nós se eles passassem mais perto, para que pudéssemos atirar neles, ou se tivessem ido para mais longe, de modo a podermos sair de onde estávamos.

Mas quando chegaram ao alto da montanha, de onde podiam ver longe nos vales e nas matas que se estendiam a nordeste, na parte onde a ilha era mais baixa, começaram a gritar, e berraram até a exaustão; ao que tudo indica, decididos a não se arriscar muito longe da costa, nem uns dos outros, reuniram-se sentados à sombra de uma árvore, para discutir os acontecimentos. Se tivessem decidido dormir ali, como fora o caso do outro grupo, teriam facilitado o nosso trabalho; mas estavam por demais assolados de apreensões de perigo para correrem o risco de dormir, embora tampouco soubessem dizer qual era o perigo que os espreitava.

O Capitão me fez uma proposta muito razoável, depois de consultar os seus homens, a saber: que os outros talvez tornassem a disparar as suas armas, para tentar ser ouvidos pelos companheiros, e que devíamos aparecer para eles no momento exato em que suas armas estivessem todas descarregadas, quando certamente haveriam de se render, e poderíamos prendê-los sem derramar sangue. Gostei do plano, que dependia porém de estarmos perto o bastante para podermos chegar a eles antes que conseguissem recarregar as armas.

Mas isso não aconteceu, e ficamos parados por um longo tempo, muito indecisos quanto ao curso a seguir. Finalmente, eu disse a eles que não haveria nada a fazer antes que chegasse a noite, e que, se eles não voltassem para o bote, talvez precisássemos encontrar algum meio de nos colocar entre eles e a praia, e assim usar algum estratagema com os homens que tinham ficado no bote, de modo que também viessem para terra firme.

Esperamos bastante, embora muito impacientes, que se movessem; e ficamos muito desconcertados quando, no final de longas consultas, vimos que se levantavam e começavam a descer o morro na direção da praia. Parecia que percebiam um risco tão terrível naquele lugar que resolveram voltar para bordo do navio, dando os companheiros por perdidos e, assim, zarpar de uma vez no navio.

Assim que percebi que desciam na direção da praia, imaginei que fosse essa a sua decisão, desistir da busca e voltar para bordo do navio. E o Capitão, quando eu lhe disse o que pensava, ficou a ponto de desabar, de tão preocupado. Mas imaginei um estratagema para fazê-los voltar, e que atendia perfeitamente às minhas finalidades.

Mandei que Sexta-Feira e o Imediato fossem até o riacho a oeste, perto do lugar onde os selvagens desceram na praia quando salvei Sexta-Feira e, assim que chegassem a um ponto mais elevado, a mais ou menos meia milha de distância, berrassem o mais alto que pudessem. Assim que ouvissem uma resposta dos marujos, deviam começar a caminhar, mantendo-se fora das vistas deles e dando uma volta, respondendo sempre que gritassem e fazendo com que se aprofundassem o mais possível na ilha e nas matas, e depois voltar até onde eu estava, da maneira que lhes indiquei.

Os outros estavam chegando ao barco quando Sexta-Feira e o Imediato berraram, eles ouviram e, respondendo, saíram correndo pela praia na direção oeste, rumo à voz que tinham escutado, quando inesperadamente viram seu caminho interrompido pelo rio num ponto em que, a maré estando alta, não tinham como atravessar, e chamaram o bote para ir buscá-los e levá-los ao outro lado, como eu imaginava desde o início.

Depois que atravessaram, observei que o bote avançou um bocado rio acima e encontrou, por assim dizer, um ancoradouro na margem; os demais levaram um dos três homens que estava a bordo para seguir com eles, deixando apenas dois no barco, que amarraram ao tronco de uma árvore pequena na margem.

Era o que eu desejava, e deixando na mesma hora que Sexta-Feira e o Imediato continuassem a fazer seu papel, levei o resto dos homens comigo e, atravessando o rio num ponto fora das vistas dos dois sentinelas do barco, conseguimos surpreendê-los antes que nos notassem: um deles estava deitado na margem, o outro no barco. O sujeito que tinha descido se encontrava entre o sono e a vigília, e quando estava a ponto de acordar, o Capitão, que seguia na frente, chegou a ele correndo e o deixou desacordado com um golpe, dizendo depois ao homem a bordo que se rendesse, caso contrário estava morto.

Poucos argumentos foram necessários para convencer o homem isolado a se render, quando se viu atacado por cinco, com seu camarada caído no chão. Além disso, ao que parece, aquele era um dos três que tinham participado do motim sem o mesmo empenho do resto da tripulação, e portanto se convenceu com facilidade não só a se render mas, em seguida, a aderir sinceramente ao nosso lado.

Enquanto isso, Sexta-Feira e o Imediato cumpriam também seu papel com os outros e, gritando e respondendo, conduziram o grupo de morro em morro, e de mata em mata, até não só deixá-los extenuados mas também isolados num local de onde jamais conseguiriam retornar ao bote antes do anoitecer. E, na verdade, os dois também estavam muito cansados quando chegaram novamente aonde estávamos.

Agora só nos restava ficar à espera dos outros, no escuro, para atacá-los de um modo que nos levasse a uma vitória segura.

Várias horas se passaram, depois de Sexta-Feira voltar ao meu encontro, antes que os homens estivessem de volta ao bote; e muito antes que chegassem já ouvíamos os que vinham na frente dizendo aos outros que se apressassem, escutando também a resposta dos outros, que se queixavam de como estavam cansados e doídos, sem conseguir andar mais depressa, o que para nós era muito boa notícia.

Finalmente eles chegaram ao bote; mas seria impossível descrever sua confusão quando se depararam com o barco encalhado alto na margem do rio, a maré muito baixa e distante, e os dois homens desaparecidos. Ouvimos os homens chamando os outros em tom deplorável, comentando que tinham ido parar numa ilha enfeitiçada; que ou havia habitantes nela, que precisavam ser todos mortos, ou demônios e espíritos, caso em que eles próprios seriam todos capturados e devorados.

Tornaram a gritar, chamando seus dois camaradas pelos nomes, muitas vezes, mas sem resposta. Depois de algum tempo, nós os vimos, à pouca luz que ainda havia, correndo de um lado para o outro e torcendo as mãos como homens desesperados; às vezes entravam no bote e se sentavam um pouco para descansar, depois voltavam à margem e à praia, por onde andavam a esmo, e depois começavam tudo de novo.

Meus homens queriam que eu lhes desse ordem de atacar na mesma hora, mesmo no escuro; mas eu preferia lhes dar mais alguma vantagem, para poupá-los e matar o menor número que pudesse. E, especialmente, queria evitar o risco de morte de algum dos meus próprios homens, sabendo que os outros estavam muito bem armados. Resolvi esperar para ver se eles não se separavam e assim, para me certificar, fechei meu cerco, e dei ordens a Sexta-Feira e ao Capitão para que se arrastassem de gatinhas, o mais perto do chão que pudessem, a fim de não serem descobertos, e se aproximar o máximo que pudessem dos outros antes de se aprontarem para atirar.

Fazia pouco que estavam nessa posição quando o Contramestre, que era o principal líder do motim e a essa altura se mostrava o mais desolado e desanimado de todos os demais, veio andando na direção deles acompanhado de dois outros tripulantes. O Capitão ficou tão impaciente, ao ver o principal amotinado assim ao seu alcance, que mal deixou que se aproximasse o suficiente para ter certeza de acertá-lo, pois só tinham ouvido a sua voz. Mas, quando chegaram mais perto, o Capitão e Sexta-Feira se puseram de pé e dispararam contra eles.

O Contramestre caiu morto ali mesmo, o homem seguinte foi atingido no peito e caiu a seu lado, embora só tenha morrido dali a uma ou duas horas, e o terceiro saiu correndo.

Ao som do tiro, avancei imediatamente com todas as minhas forças, que agora contavam oito homens, a saber: eu próprio no comando supremo, Sexta-Feira meu tenente-geral, o Capitão e seus dois homens e mais os três prisioneiros de guerra, que tínhamos armado.

Caímos em cima deles no escuro, de maneira que não conseguiam ver quantos éramos e, por minha ordem, o homem que tínhamos deixado no bote, e a essa altura era um dos nossos, chamava os outros pelo nome, para tentar convocá-los a uma conversa e, talvez, convencê-los à rendição, o que ocorreu exatamente como queríamos. Pois de fato era fácil imaginar, na condição em que se encontravam, que estariam muito inclinados a capitular. Ele se dirigiu o mais alto que podia a um deles, dizendo: "Tom Smith, Tom Smith". Tom Smith respondeu na mesma hora: "Quem é? Robinson?", pois aparentemente reconheceu a voz. O outro respondeu: "Sim, sim, pelo amor de Deus, Tom Smith, entregue as suas armas e se renda, ou todos vocês estão mortos neste instante".

"E para quem devemos nos render? Onde eles estão?", perguntou novamente Smith. "Estão aqui", respondeu ele, "nosso Capitão e mais cinquenta homens, que estão perseguindo vocês há duas horas; o Contramestre foi morto, Will Frye está ferido, e eu fui feito prisioneiro; e se vocês não se entregarem, estão todos perdidos."

"Eles nos poupam, então", disse Tom Smith, "se nós nos rendermos?" "Eu pergunto a eles, se você prometer se entregar", respondeu Robinson. Em seguida, fez a pergunta ao Capitão, que respondeu em voz alta: "Você, Smith, conhece a minha voz; se depuser as suas armas imediatamente, e se render, todos terão as vidas poupadas. Menos Will Atkins".

A isso, Will Atkins exclamou: “Pelo amor de Deus, Capitão, me poupe, o que eu fiz? Todos se portaram tão mal quanto eu”. O que aliás não era verdade, pois parece que esse Will Atkins foi o primeiro homem que pôs as mãos no Capitão quando começou o motim, e o tratou de maneira bárbara ao amarrar suas mãos, com violência e insultos. No entanto, o Capitão só lhe disse que ele precisava depor as armas e se entregar à nossa vontade, e confiar na misericórdia do Governador, maneira como se referiu a mim, pois todos me chamavam de Governador.

Em suma, todos depuseram as armas, pedindo por suas vidas, e mandei o homem que tinha conversado com eles, e dois mais, que amarrassem a todos. E então meu grande exército de cinquenta homens que, incluindo esses três, só chegava a oito, apareceu e se apoderou de todos, e mais do bote: só eu fiquei escondido e fora das vistas, por razões de Estado.

Nossa tarefa seguinte era consertar o bote e planejar a retomada do navio. Quanto ao Capitão, agora teve tempo para falar com seus homens: discorreu sobre a vilania do que tinham feito contra ele e, longamente, sobre a iniquidade daquele motim, e como certamente a conspiração lhes causaria desgraça e sofrimento, e talvez ainda os mandasse para as galés.

Todos tinham um ar muito arrependido, e suplicaram por suas vidas. Nesse ponto, o Capitão lhes disse que não eram prisioneiros dele, mas do Comandante daquela ilha; eles achavam que o tinham desembarcado numa ilha deserta e desabitada, mas tinha sido a vontade de Deus conduzi-los a uma ilha habitada, e governada por um Inglês, que podia enforcá-los a todos ali mesmo, se assim preferisse. Mas que, como concedeu clemência a todos, imaginava que fosse mandá-los à Inglaterra para lá serem julgados, na forma da lei, menos Atkins, que o Governador tinha determinado que se preparasse para morrer, pois seria enforcado na manhã seguinte.

Embora tudo isso fosse uma invenção, ainda assim teve o efeito desejado; Atkins caiu de joelhos e implorou ao Capitão que intercedesse junto ao Governador para salvar a sua vida; e todo os demais lhe pediram, pelo amor de Deus, que não fossem mandados para a Inglaterra.

Ocorreu-me a essa altura que o momento de nossa libertação tinha chegado, e que seria fácil arregimentar aqueles homens para participar da retomada do navio. De maneira que me mantive nas sombras, para que não vissem o tipo de Governador que tinham pela frente, e chamei o Capitão. De uma boa distância, dei a um dos homens a ordem de dizer ao Capitão: “Capitão, o Comandante está chamando”. Em seguida o Capitão respondeu, “Diga a Sua Excelência que já estou indo”. Isso os deixou perfeitamente iludidos, e todos acreditaram que o Comandante estava logo ali ao lado, à frente de seus cinquenta homens.

Assim que o Capitão se juntou a mim, eu lhe contei meu plano para a retomada do navio, de que ele gostou muito, e resolveu pôr em execução na manhã seguinte.

Mas, a fim de levá-lo a cabo com mais perfeição, e mais seguros do sucesso, eu disse a ele que precisávamos separar os prisioneiros, e que ele devia pegar Atkins e mais dois dos piores e mandá-los a ferros para a caverna onde tínhamos deixado os outros. A tarefa foi entregue a Sexta-Feira e aos dois homens que chegaram à ilha com o capitão.

Levaram-nos até a caverna, à guisa de masmorra, e era de fato um lugar sinistro, especialmente para homens na condição em que se encontravam.

Mandei que levassem os outros para a minha cabana, como eu chamava, de que já dei uma descrição completa; e como era totalmente cercada, e os homens estavam amarrados, era um lugar seguro, considerando que tinham jurado bom comportamento.

A esses, pela manhã, enviei o Capitão, que devia conversar com eles e numa palavra sondá-los, e depois me dizer se achava que mereciam confiança, ou não, para ir conosco a bordo e tomar o navio de surpresa. O Capitão lhes falou dos crimes cometidos contra ele, da condição a que estavam reduzidos e que, embora o Governador tivesse decidido poupar-lhes a vida, por enquanto, ainda assim seriam mandados para a Inglaterra, onde todos seriam postos a ferros, com toda a certeza. Mas que se aderissem a uma certa tentativa de recobrar o navio, ele conseguiria que o Governador apoiasse um indulto para todos.

Qualquer um pode imaginar como tal proposta seria aceita na mesma hora por homens naquela situação. Ajoelharam-se diante do Capitão e prometeram, com os juramentos mais solenes, que lhe seriam fiéis até o fim, que deveriam suas vidas a ele e iriam com ele a qualquer ponto do mundo, e que o teriam como um pai pelo resto de suas vidas.

"Bem", respondeu o Capitão, "preciso voltar e contar ao Governador o que me disseram, e ver o que posso fazer para obter a sua concordância." Em seguida, ele me trouxe o relato da disposição em que tinha encontrado os homens, dizendo acreditar que de fato cumpririam a palavra.

No entanto, para ficarmos seguros, eu disse que ele devia voltar e escolher cinco dentre eles, e dizer que, como podiam ver, não lhe faltavam homens, que só levaria esses cinco para ajudá-lo e que o Governador preferia manter os outros dois, além dos três que já se encontravam cativos no castelo (a minha caverna), como reféns, em penhor da fidelidade desses cinco; e que se eles o atraiçoassem em seu plano, os cinco reféns seriam abandonados na praia, vivos e pendurados em correntes.

Parecia uma pena severa, e convenceu a todos de que o Governador era tenaz. Assim, a única saída que lhes restava era aceitar; e agora cabia também aos prisioneiros, tanto quanto ao Capitão, persuadir os outros cinco a cumprir seu dever.

Nossa força para a expedição, a essa altura, era a seguinte: primeiro, o Capitão, seu Imediato e o passageiro; segundo, os dois prisioneiros da primeira leva, aos quais, tendo seu caráter garantido pelo Capitão, eu tinha dado a liberdade e confiado armas; terceiro, os outros dois, que até então eu mantinha amarrados em meus alojamentos mas, a pedido do Capitão, agora mandei soltar; quarto, o homem capturado no bote; quinto, os cinco soltos por último. De maneira que eram treze ao todo, além dos cinco que mantivemos presos na caverna como reféns.

Perguntei ao Capitão se ele estava disposto a se arriscar com esse contingente a bordo do navio; pois quanto a mim e ao meu Sexta-Feira, não achava que nós devêssemos ir, deixando sete homens para trás, julgando que já era trabalho bastante para nós dois guardá-los e mantê-los alimentados.

Quanto aos cinco da caverna, resolvi deixá-los amarrados, mas Sexta-Feira ia a seu encontro duas vezes por dia, para lhes levar o necessário; e eu mandava os outros dois carregarem as provisões até uma certa distância, de onde Sexta-Feira seguia sozinho adiante.

Quando apareci para os dois reféns, foi ao lado do Capitão, que lhes disse que eu era a pessoa que o Governador tinha encarregado de tomar conta deles, e que era a vontade do Governador que não fossem a parte alguma sem ordem minha e que, se desobedecessem, seriam levados para o castelo e postos a ferros. De modo que, como nunca chegaram a me ver como o Governador, eu lhes aparecia como outra pessoa, e falava do Governador, da guarnição, do castelo e assim por diante em todas as ocasiões.

O Capitão tinha agora pela frente apenas a dificuldade de aparelhar seus dois botes, tapar o rombo no casco de um deles e guarnecer os dois. Nomeou seu passageiro para o comando de um deles, com quatro outros homens; e ele próprio, seu Imediato e mais seis homens embarcaram no outro. E planejaram suas ações muito bem, pois alcançaram o navio em torno da meia-noite. Assim que chegaram nas imediações do navio, mandou Robinson gritar para eles e dizer que vinha trazendo os homens e os botes, mas que tinham demorado muito para encontrá-los, e assim por diante, mantendo uma conversa com os homens a bordo até os botes chegarem ao costado do navio; ao que o Capitão e o Imediato, subindo primeiro com as armas em punho, imediatamente derrubaram o segundo Contramestre e o Carpinteiro de bordo com as coronhas de seus mosquetes, sendo fielmente seguidos por seus homens. Dominaram todos os outros que estavam pelo convés e pelo tombadilho, e começaram a trancar os alçapões para manter debaixo da coberta os homens que tinham descido, quando os homens do outro bote, subindo a bordo pelas amarras da frente, tomaram o castelo de proa do navio e a escada que dava para a cozinha, aprisionando os três tripulantes que lá encontraram.

Mais adiante, com o convés em segurança, o Capitão mandou que o Imediato e mais três homens irrompessem na cabine de popa, onde estava o capitão dos amotinados que, tendo ouvido o alarme, se levantou e, com dois homens e um criado, pegou armas de fogo e, quando o Imediato com um pé de cabra arrombou a porta, o capitão rebelde e seus homens abriram fogo e atingiram o Imediato com uma bala de mosquete, que quebrou seu braço e feriu dois outros de seus homens, mas não matou ninguém.

O Imediato, pedindo ajuda, irrompeu ainda assim na cabine, mesmo ferido e, com sua pistola, atingiu o capitão rebelde na cabeça, a bala entrando pela boca e saindo por trás de um dos ouvidos, de modo que ele nem chegou a dizer nada: ao que os demais se renderam, e o navio foi tomado, sem mais perda de vidas.

Assim que o navio foi recuperado, o Capitão deu ordem para que disparassem sete tiros de canhão, o sinal combinado comigo, para me comunicar seu sucesso, que o leitor pode imaginar a minha satisfação ao ouvir, depois de ficar sentado na praia à sua espera até quase as duas horas da madrugada.

Depois de ouvir claramente o sinal, eu me deitei e, no final desse dia de grandes fadigas, dormi muito profundamente, até despertar surpreso com o som de um tiro. E então, ao me levantar, ouvi um homem que me chamava pelo nome de "Governador, Governador". Reconheci a voz do Capitão, e subindo ao alto do morro lá estava ele que, apontando para o navio, me deu um abraço. "Meu caro amigo e salvador", disse ele, "ali está o seu navio; pois é todo seu, assim como nós todos e tudo mais que ele contém." Ergui os olhos para o navio, e lá estava ele, flutuando a menos de meia milha da costa, pois tinham levantado âncora assim que o tomaram e, como o tempo estava bom, tinham voltado a ancorá-lo bem diante do estuário do riozinho e, a maré estando alta, o Capitão tinha vindo no bote até um ponto próximo àquele onde eu tinha encostado as minhas jangadas, desembarcando bem junto à minha porta.

Num primeiro momento, quase desmaiei de surpresa. Pois ali estava a minha salvação visível, ao alcance das minhas mãos, com toda a facilidade: um navio grande pronto para me levar aonde eu quisesse ir. Por algum tempo, não fui capaz de lhe dizer coisa alguma; mas, como ele me abraçou, apoiei-me nele, para não desabar no chão.

Ele percebeu minha surpresa, e imediatamente puxou um frasco do bolso, dando-me uma dose de cordial, que já tinha trazido pensando em mim. Depois de beber, sentei-me no chão e, embora tenha voltado a mim, ainda assim precisei de um bom intervalo antes de conseguir lhe dizer qualquer coisa.

Esse tempo todo, o pobre homem sentia um êxtase equivalente ao meu, mas sem a mesma surpresa que eu sentia; e me disse mil gentilezas, para me recompor e me trazer de volta à consciência. Mas a alegria jorrava com tanta força em meu peito que deixava meu espírito tomado de confusão; finalmente brotou em lágrimas, e dali a pouco consegui recobrar a fala.

Então foi minha vez: abracei o meu salvador, e celebramos juntos. Eu disse que o considerava um enviado dos Céus para me salvar, e que todos aqueles acontecimentos me pareciam uma chuva de prodígios; que fatos como aqueles eram o testemunho que tínhamos da Mão Secreta da Providência que governa o universo, e uma prova de que olhos de um poder infinito podem percorrer os cantos mais distantes do mundo e enviar ajuda aos infelizes no devido momento.

Não me esqueci de elevar meu coração em graças aos Céus, e que coração poderia conter as bênçãos a Ele, que não só de maneira milagrosa me sustentara naquele lugar deserto, em condições tão desoladas, mas de Quem se deve reconhecer provir sempre toda a salvação.

Depois que conversamos um pouco, o Capitão me disse que tinha trazido alguma comida, que haviam encontrado no navio e que os celerados que se apossaram dele por tanto tempo não tinham pilhado. Chamou então os homens que estavam no bote e mandou que trouxessem para a praia as coisas destinadas ao Governador. Na verdade era um presente, como se eu não fosse partir de viagem com eles mas pretendesse continuar morando na ilha, e eles partissem sem mim.

Primeiro ele me entregou uma caixa com frascos de excelentes cordiais, seis garrafas grandes de vinho da Madeira, cada uma contendo dois litros, duas libras de tabaco excelente, doze bons pedaços de carne do navio e seis pedaços de carne de porco, com um saco de ervilhas e mais ou menos cem porções de biscoito.

Deu-me ainda uma caixa de açúcar, uma caixa de farinha, um saco repleto de limões, duas garrafas de suco de limão verde e mais uma abundância de outras coisas. Mas além de tudo isso, e o que me foi mil vezes mais útil, trouxe para mim seis camisas novas, seis ótimos lenços de pescoço, dois pares de luvas, um par de sapatos, um chapéu e um par de meias, além de um traje completo que era dele, e com muito pouco uso. Numa palavra, vestiu-me da cabeça aos pés.

Foi um presente muito generoso e satisfatório, como bem se pode imaginar, para uma pessoa em minhas circunstâncias. Entretanto, coisa alguma no mundo jamais foi tão incômoda, desajeitada e desconfortável quanto vestir essas roupas pela primeira vez.

Depois dessas cerimônias, e depois que todos esses presentes foram transportados para minha habitação, começamos a conversar sobre o destino que iríamos dar aos nossos prisioneiros, pois era conveniente pensar se devíamos ou não correr o risco de levá-los conosco, especialmente os dois deles que sabíamos ser incorrigíveis e refratários ao mais alto grau. O Capitão disse julgar que existia um tipo de bandido que não havia como fazer mudar, e que, se os levasse a bordo, precisaria ser a ferros, como malfeitores a ser entregues à justiça na primeira colônia inglesa a que chegássemos; e entendi que o próprio Capitão estava muito preocupado com isso.

Em resposta, eu lhe disse que, se ele desejasse, eu poderia convencer os dois homens de quem ele falava a me pedirem, por vontade própria, para ser deixados na ilha. "Pois eu lhe agradeceria muito", respondeu o Capitão do fundo do peito.

"Pois bem", respondi, "vou mandar trazer os dois, e falarei com eles em seu nome." E então mandei até lá Sexta-Feira e os dois reféns, pois a essa altura, como seus camaradas tinham cumprido a palavra, já estavam soltos. Como eu dizia, mandei que fossem até a caverna e trouxessem os cinco prisioneiros, ainda amarrados, até a cabana, e ficassem com eles por lá até a minha chegada.

Depois de algum tempo, cheguei à cabana já usando

os meus novos trajes, e agora voltava a ser chamado de Governador. Estando todos reunidos, e o Capitão comigo, mandei que trouxessem os homens à minha presença, e lhes disse que tinha ouvido um relato completo da maneira criminosa como tinham tratado o Capitão, e de como tinham fugido com o navio, na intenção de cometer novos roubos, mas que a Providência cuidara de aprisioná-los a seu modo, e que tinham, eles, caído no fosso que cavaram para os outros.

Contei-lhes que sob as minhas ordens o navio tinha sido tomado, e que agora estava a ponto de zarpar. E que eles podiam ver com os próprios olhos que o comandante do motim tinha recebido a devida recompensa por sua torpeza, pois poderiam avistar seu corpo pendurado no lais de verga da proa do navio.

Que quanto a eles, eu queria saber o que tinham a declarar, e por que, a seu ver, eu não deveria mandar executá-los como piratas apanhados em flagrante delito, o que eles não podiam duvidar que estivesse ao alcance da minha autoridade.

Um deles respondeu em nome do resto que só tinha a dizer que, quando foram capturados, o Capitão prometera poupar suas vidas, e que imploravam humildemente a minha misericórdia. Mas eu lhes disse que não sabia qual clemência devia exercer com eles; que, quanto a mim, tinha decidido partir da ilha com todos os meus homens, embarcando com o Capitão rumo à Inglaterra. E, quanto ao Capitão, ele só teria como levá-los para a Inglaterra como prisioneiros a ferros, para ser julgados por motim e pelo roubo do navio, crimes cuja pena, eles deviam saber, seriam as galés. De maneira que eu não tinha como dizer o que seria melhor para eles, a menos que decidissem correr o risco de permanecer na ilha. Se eles assim desejassem, eu não me importava, já que agora tinha o ensejo de partir e me sentia algo inclinado a poupar suas vidas, se eles achassem que podiam compartilhar aquela terra.

Os dois me pareceram muito gratos pela oferta, e disseram preferir de longe ficar por ali que ser levados para a Inglaterra, onde acabariam enforcados, o que me fez não dizer mais nada sobre o assunto.

No entanto, o Capitão parecia ver nisso alguma dificuldade, pois não se convencia a deixá-los ali. Fiquei um pouco agastado com o Capitão, e disse que os dois eram meus prisioneiros, e não dele, e que, tendo lhes oferecido misericórdia, pretendia manter minha palavra. Que se ele preferisse não concordar com aquilo, eu os libertaria e os devolveria à condição em que os encontrara, e ele, em desacordo, poderia tornar a capturá-los, se conseguisse.

Diante dessas palavras os dois prisioneiros se mostraram muito agradecidos, e eu os pus em liberdade, dizendo que voltassem para a mata, o lugar de onde tinham vindo, que eu lhes deixaria algumas armas de fogo, um pouco de munição e instruções sobre as maneiras como poderiam viver muito bem ali, se assim preferissem.

Em seguida comecei meus preparativos para embarcar, mas disse ao Capitão que ficaria mais uma noite arrumando as minhas coisas e preferia que enquanto isso ele voltasse para bordo, ficasse no navio e mandasse o bote à praia no dia seguinte para me buscar. E que enquanto isso mandasse pendurar o comandante do motim, que tinha sido morto, no lais de verga da proa, para que os homens o vissem da ilha.

Depois que o Capitão foi embora, chamei os homens para a minha habitação, travando com eles uma conversa séria sobre a sua situação. Disse a eles que a meu ver tinham feito a escolha certa; que, se o Capitão os levasse embora, seriam sem dúvida enforcados. Mostrei-lhes o comandante do motim, pendendo da proa do navio, e disse a eles que poderiam esperar o mesmo destino.

Quando todos declararam sua intenção de ficar na ilha, eu lhes disse que ia contar a história do período que tinha vivido ali, e ensinar-lhes os meios de ter uma vida mais fácil. Contei-lhes assim toda a história do lugar, e de como eu ali cheguei. Mostrei a eles as minhas fortificações, a maneira como fazia meu pão, plantava meus cereais, curava as minhas uvas e, numa palavra, tudo que era necessário para deixá-los atendidos. Contei também a história dos dezesseis Espanhóis que podiam chegar, e para os quais deixei uma carta, obtendo daqueles homens a promessa de que os tratariam como amigos.

Deixei-lhes minhas armas de fogo, a saber, cinco mosquetes e três espingardas de caça, além de três espadas. Ainda me sobrava mais de um barril e meio de pólvora, já que depois dos primeiros dois anos a usava com grande comedimento e nenhum desperdício. Descrevi a maneira como cuidava das cabras, e dei instruções sobre as maneiras de ordenhar e engordar os animais, e a fabricação de manteiga e queijo.

Numa palavra, contei todos os detalhes da minha história; e disse-lhes que pediria ao Capitão para deixar com eles outros dois barris de pólvora e algumas sementes de hortaliças, que comentei o quanto me teriam sido bem-vindas. Entreguei-lhes também o saco de ervilhas que o Capitão me trouxera para comer, e recomendei que as usassem como semente para multiplicar sua quantidade.

Depois de tudo isso, deixei-os no dia seguinte e subi a bordo do navio. Preparamo-nos imediatamente para zarpar, mas não levantamos âncora naquela noite. No início da manhã seguinte, dois dos cinco homens chegaram nadando até o costado do navio e, queixando-se dos outros três no tom mais deplorável, suplicaram para que os aceitássemos a bordo, pelo amor de Deus, caso contrário acabariam assassinados, e imploraram ao Capitão para que os recolhesse, mesmo que os mandasse enforcar mais adiante.

O Capitão respondeu que não tinha poder para decidir sem mim, mas, depois de alguma dificuldade e de que os homens fizessem promessas solenes de arrependimento, foram trazidos para bordo, sendo em seguida açoitados e tendo suas feridas esfregadas com sal e vinagre, castigo depois do qual apresentaram um comportamento honesto e tranquilo.[62]

Pouco depois disso, o Capitão mandou um dos barcos até a praia, na maré alta, levando as coisas prometidas aos homens, a que o Capitão, a pedido meu, acrescentou as respectivas arcas e roupas, que eles receberam e agradeceram muito. E também prometi, para lhes dar coragem, que se tivesse meio de mandar algum navio para recolhê-los não me esqueceria deles.

Quando fui embora da ilha, levava a bordo, como relíquias, o gorro que tinha feito de pelo de cabra, meu guarda-sol e meu papagaio. Também não esqueci de trazer o dinheiro de que falei antes, que me era inútil e guardei por tanto tempo que tinha acumulado ferrugem, ou perdido o brilho, e só poderia ser reconhecido como prata depois de ser um pouco lustrado e manuseado, além do dinheiro que eu tinha encontrado nos destroços do navio espanhol.

E assim deixei a ilha, no dia 19 de dezembro, como descobri pelo diário de bordo do navio, do ano de 1686, ao cabo de vinte e oito anos, dois meses e dezenove dias; tendo sido libertado desse segundo cativeiro no mesmo dia do mês em que tinha fugido pela primeira vez, no barco, dos Mouros de Salé.

A bordo desse navio, depois de uma longa viagem, cheguei à Inglaterra no dia 11 de junho do ano de 1687, depois de uma ausência de trinta e cinco anos.

Quando cheguei à Inglaterra, era um perfeito estranho

62 O castigo da chibata era comum a bordo dos navios ingleses, e depois dele as feridas do condenado eram esfregadas com sal e vinagre, tanto para aumentar a dor quanto para promover a cicatrização.

para todo mundo, como se jamais ninguém ali me tivesse conhecido. Minha benfeitora e fiel guardiã, a quem eu tinha confiado meu dinheiro, estava viva, mas havia passado por grandes infortúnios no mundo: enviuvou pela segunda vez, e vivia em posição muito baixa. Deixei-a à vontade quanto ao que ela me devia, garantindo que não lhe criaria nenhum problema mas que, ao contrário, em gratidão por seus cuidados e sua fidelidade a mim, eu lhe daria alguma assistência na medida do que permitisse minha pequena fortuna, que aliás àquela altura não me possibilitaria fazer muito por ela. Mas garanti que jamais esqueceria a bondade com que ela me tratou, nem me esqueci dela quando adquiri bens suficientes para lhe dar ajuda, como será contado a seu tempo.

Em seguida viajei para o Yorkshire; mas meu pai estava morto, assim como minha mãe, e toda a família estava extinta, menos duas irmãs que encontrei, e dois dos filhos de um dos meus irmãos. E como eu tinha sido dado por morto muito tempo antes, nenhuma provisão tinha sido feita para mim, de modo que, numa palavra, não encontrei nada que me amparasse ou me trouxesse conforto, e o pouco dinheiro que tinha não podia produzir muito resultado em matéria de me estabelecer no mundo.

Mas fui alvo de um gesto de gratidão que não esperava; o Capitão que eu tinha libertado, e que recuperou em seguida seu navio e sua carga, fez aos donos da embarcação um relato favorável sobre a maneira como eu tinha salvado as vidas dos homens e o navio, e estes me convidaram para um encontro com eles e alguns dos mercadores interessados na viagem, que juntos me fizeram um belo elogio por tudo, além de me presentear com quase duzentas libras esterlinas.

Mas depois de muita reflexão sobre as circunstâncias da minha vida, e de como aquilo ainda seria pouco para começar vida nova no mundo, resolvi ir até Lisboa e ver se não obtinha alguma notícia sobre a situação das minhas terras nos Brasis, e sobre o que tinha sido feito do meu sócio, que eu tinha motivos para crer que, já havia muitos anos, me dava por morto.

Com essa finalidade embarquei para Lisboa, onde cheguei em abril seguinte; meu Sexta-Feira me acompanhava lealmente em todos esses deslocamentos, atuando como criado fiel em todas as situações.

Quando cheguei a Lisboa, indaguei até encontrar, para minha especial satisfação, meu velho amigo, o Capitão do navio que primeiro me recolheu no mar, ao longo da costa da África. Ele tinha envelhecido e deixado a navegação, tendo entregue o navio a seu filho, que já estava longe de ser jovem, mas ainda traficava com o Brasil. O velho não me reconheceu, e na verdade eu também quase não o reconheci, mas logo me lembrei dele, e em seguida fiz com que se lembrasse de mim, quando lhe disse quem eu era.

Depois de algumas palavras afetuosas do velho conhecido, eu perguntei, claro, sobre as minhas terras e o meu sócio. O velho me contou que já não ia aos Brasis havia nove anos, mas podia me assegurar que, da última vez que lá esteve, meu sócio ainda estava vivo, só que os representantes que eu pusera em sociedade com ele para cuidar da minha parte estavam ambos mortos. Ainda assim, porém, ele acreditava que eu teria um resultado muito bom do progresso da propriedade; pois diante da crença geral de que eu estava perdido e tinha me afogado no mar, meus representantes tinham entregue o relatório da renda da minha parte da propriedade ao Procurador Fiscal, que se apropriou dela para o caso de eu nunca vir a reclamar meus ganhos: um terço ia para a Coroa e dois terços para o Mosteiro de Santo Agostinho, para ser gastos em benefício dos pobres e na conversão dos Índios à fé católica; mas se eu aparecesse, ou alguém se apresentasse em meu nome, para reclamar o legado, ele seria devidamente restituído: só seu aumento, ou seu rendimento anual, era distribuído com fins de caridade, não podendo ser devolvido. Mas ele me garantiu que o Inspetor da Renda (das terras) de el-Rei e o Provedor, ou administrador, do mosteiro tinham cuidado o tempo todo para que o beneficiário, ou melhor, meu sócio, apresentasse a cada ano um relatório fiel sobre as rendas da propriedade, a partir do qual recebiam regularmente a metade que me cabia.

Perguntei se ele sabia a que ponto de crescimento tinha chegado a minha propriedade. E se ele achava que valia a pena eu me interessar em recuperá-la. Ou se, viajando até lá, eu não encontraria algum obstáculo para retomar a justa posse da minha metade.

Ele me disse que não sabia ao certo até que ponto a propriedade tinha crescido; mas que tinha notícias de que meu sócio tinha ficado extremamente rico apenas com a sua metade dos rendimentos, e que, até onde se lembrava, tinha ouvido dizer que o terço da minha parte entregue a el-Rei, que ao que parece era doado a algum mosteiro, ou outra casa religiosa, chegava a mais de duzentas moedas de ouro por ano. Que quanto a minha posse me ser devolvida em paz, não havia a menor dúvida, pois meu sócio estava vivo para dar testemunho do meu direito e meu nome também estava anotado no registro do país; contou ainda que os herdeiros dos meus representantes eram gente muito honesta, além de muito próspera, e que julgava possível não só conseguir a ajuda deles para restaurar minha posse como ainda encontrar uma considerável soma de dinheiro em suas mãos, a meu crédito, produzida pela propriedade enquanto seus pais ainda eram meus representantes e antes que os rendimentos começassem a ser distribuídos como expliquei acima, o que, pelo que se lembrava, devia ter começado uns doze anos antes.

Fiquei um pouco preocupado e ansioso com esse relato, e perguntei ao velho Capitão como tinha sido possível que os meus representantes dispusessem assim do que me pertencia, quando ele sabia que eu tinha feito um testamento e nomeara a ele, o Capitão Português, meu herdeiro universal etc.

Ele me respondeu que era verdade mas que, não havendo prova da minha morte, ele só poderia agir como testamenteiro depois de receber notícia certa de que eu tinha morrido, e que além disso não sentira vontade de se meter em questões tão remotas. Mas é verdade que tinha registrado meu testamento e reclamado seus direitos e que, se pudessem lhe afirmar ao certo se eu estava morto ou vivo, ele teria podido agir com autoridade, tomando posse do "engenho",[63] como chamavam a casa de açúcar, e dando a seu filho, que se encontrava agora nos Brasis, ordens nesse sentido.

"Mas", disse o velho, "tenho uma notícia para o senhor que talvez não lhe seja tão agradável quanto as outras, e é que, acreditando que estava perdido, o que era convicção geral, seu sócio e os seus representantes me propuseram um acerto de contas em seu nome com seis ou oito anos de seus ganhos, o que recebi. Mas como havia na época", contou ele, "grandes gastos para ampliar as instalações, com a construção do engenho e a compra de escravos, a renda não chegou a ser da monta que mais tarde viria a atingir. Ainda assim", disse o velho, "eu lhe darei uma lista do total que recebi, e um relatório de como dispus da quantia."

Depois de mais alguns dias de entendimentos com esse velho amigo, ele me trouxe um relatório dos rendimentos dos seis primeiros anos da minha propriedade, assinado por meu sócio e pelos mercadores meus representantes, sempre entregue em mercadorias, a saber: tabaco em rolo e açúcar em caixas, além de rum, melaço etc., os produtos de um engenho de açúcar. E descobri,

63 No original, "*ingenio*". (N.T.)

por essas contas, que a cada ano a renda aumentava consideravelmente mas, conforme foi dito acima, como os gastos eram grandes, o montante no início era pequeno. No entanto, o velho me fez ver que me devia quatrocentos e setenta portugueses de ouro, além de sessenta caixas de açúcar e quinze rolos duplos de tabaco que se perderam em seu navio, tendo ele naufragado na chegada a Londres cerca de onze anos depois que eu de lá parti.

O bom homem começou então a deplorar seus infortúnios, e de como tinha sido obrigado a lançar mão do meu dinheiro para recuperar suas perdas e comprar uma participação em outro navio. "No entanto, meu velho amigo", disse ele, "não hás de ficar na falta de meios neste momento de necessidade; e assim que meu filho voltar, serás totalmente reembolsado."

Em seguida, puxou uma velha bolsa, dando-me cento e sessenta portugueses de ouro e, entregando a escritura de sua participação no navio em que seu filho tinha embarcado para os Brasis, de que possuía um quarto e seu filho outro, pôs tanto umas quanto a outra em minhas mãos, como garantia do resto.

Fiquei comovido demais com a honestidade e a gentileza do pobre homem para poder aceitar seu gesto e, lembrando o que tinha feito por mim, como me recolheu no mar e me tratou com generosidade em todas as situações e, especialmente, como era um amigo sincero que eu agora tinha, mal consegui conter o choro diante do que ele me disse. E assim lhe perguntei se suas circunstâncias permitiam que ele dispusesse de tanto dinheiro naquele momento, e se aquele desembolso não o deixaria em algum aperto. Ele me disse que não podia deixar de dizer que iria ficar um pouco limitado mas, de qualquer maneira, o dinheiro era meu, e eu podia estar precisando mais que ele.

Tudo que o bom homem dizia era carregado de carinho, e eu mal conseguia conservar os olhos secos enquanto ele falava. Em suma, aceitei cem das moedas de ouro, e pedi uma pena e tinta para lhe passar um recibo. Em seguida, devolvi o resto e lhe disse que, se um dia eu retomasse a posse da minha propriedade, devolveria também as cem moedas, como de fato mais tarde devolvi; e que, quanto à nota de compra de sua parte no navio do filho, isso eu não aceitaria de maneira alguma mas que, se viesse a precisar de dinheiro, sabia que ele era honesto e me pagaria; mas, se não precisasse e viesse a receber o que ele me dava motivo de esperar, nunca mais lhe pediria um tostão.

Depois disso, o velho começou a me perguntar se devia me ajudar a reclamar minha parte na propriedade. Respondi que eu pretendia cuidar disso pessoalmente. Ele respondeu que eu podia agir assim se quisesse, mas que, se preferisse, havia outros meios de assegurar os meus direitos e recuperar de imediato os rendimentos da propriedade para o meu uso; e, como havia navios no rio de Lisboa[64] prontos a zarpar para o Brasil, pediu que eu assinasse meu nome num registro público, com seu endosso, afirmando sob juramento que eu estava vivo, e que eu era a mesma pessoa que tinha comprado inicialmente as terras para a formação daquela propriedade.

Depois que tudo isso foi regularmente autenticado por um notário, e uma procuração emitida, ele me disse para mandá-la, com uma carta escrita por ele, a um comerciante que conhecia naquelas partes, propondo que eu ficasse hospedado com ele até recebermos alguma resposta.

Nunca houve nada mais honrado que a maneira como esse documento foi recebido, pois em menos de sete meses recebi um grande pacote dos herdeiros dos meus representantes, os mercadores em sociedade com os quais eu tinha partido em viagem, contendo um rol de cartas e papéis particulares.

Primeiro, havia uma conta corrente dos ganhos da mi-

64 O Tejo.

nha plantação, ou propriedade, desde o ano em que os seus pais tinham acertado contas com meu velho Capitão Português, no total de seis anos; o saldo era de mil cento e setenta e quatro portugueses de ouro em meu favor.

Segundo, havia a conta de quatro anos mais em que eles próprios guardaram meus haveres, antes que o governo reclamasse a administração deles por pertencerem a pessoa desaparecida, que eles chamavam de "morte civil"; e o saldo disso, com o aumento do valor da propriedade, somava 38 892 cruzados, equivalentes a 3241 portugueses de ouro.[65]

Terceiro, havia o relatório do Prior do Mosteiro de Santo Agostinho, que recebera meus rendimentos por mais de catorze anos; mas sem poder devolver o que tinha sido entregue ao hospital, muito honestamente declarava que ainda detinha oitocentos e setenta e dois portugueses de ouro que não havia distribuído e reconhecia a meu crédito; quanto à parte de el-Rei, esta não devolvia nada.

Havia uma carta do meu sócio, saudando-me muito afetuosamente por estar vivo, contando como a propriedade tinha progredido e o quanto produzia por ano, especialmente o número de tarefas ou acres que continha; como estavam plantados, quantos escravos lá trabalhavam e, desenhando vinte e duas cruzes que representavam bênçãos, disse que tinha mandado rezar o mesmo número de ave-marias para agradecer à Santa Virgem por eu estar vivo, convidando-me com grande entusiasmo a fazer a viagem e ir tomar posse do que era meu. E

65 Todas as edições de 1719 deixam essa cifra em branco. No início do século XX, William P. Trent, estudioso de Defoe, estimou o valor da fortuna de Crusoé em 38 892 cruzados, e a maioria das edições do romance vem usando esse valor desde então. (No original, "38 892 *Cruisadoes, which made* 3241 *Moidores*". [N. T.])

enquanto isso, que lhe desse instruções quanto a quem entregar o que me pertencia, se eu próprio lá não fosse, concluindo com uma sincera reafirmação de sua amizade e de sua família e me mandando, como presente, sete belas pelagens de leopardo, que ao que parece tinha recebido da África através de algum outro navio que para lá havia mandado, e que devia ter feito uma viagem bem melhor que a minha. Enviava-me também cinco caixas de doces excelentes, e cem peças de ouro sem marca de cunhagem, um pouco menores que os portugueses, as moedas de ouro correntes em Portugal.

No mesmo comboio, meus dois representantes me enviavam mil e duzentas caixas de açúcar, oitocentos rolos de tabaco e o resto de toda a conta em ouro.

Agora bem posso dizer, sem dúvida, que a parte final do livro de Jó é bem melhor que o seu início.[66] Seria impossível descrever aqui as palpitações do meu coração quando percorri essas cartas, e especialmente quando me vi coberto por toda a minha riqueza, pois, como os navios do Brasil vinham sempre em comboios, as mesmas naus que traziam minhas cartas também carregavam os meus bens, e as mercadorias já estavam a salvo no rio quando as cartas chegaram às minhas mãos. Numa palavra, empalideci e passei mal; e se o velho não me trouxesse um cordial, creio que aquela surpresa inesperada teria derrotado a Natureza e eu morreria ali mesmo.

E na verdade, depois disso continuei a passar mal, seguindo indisposto por algumas horas, até mandarem chamar um físico que, descobrindo parte da verdadeira causa da minha doença, mandou que me sangrassem, depois do que senti algum alívio, e melhorei. Mas realmente acredi-

66 Jó, 42,12. Posto à prova por Deus, Jó suporta muitos males, e no final de sua história é recompensado com riquezas ainda maiores do que antes possuía.

to que, se aquele mal não tivesse sido aliviado por aquele escoadouro criado para os espíritos, eu teria morrido.

De uma hora para outra, eu agora era dono de mais de cinco mil libras esterlinas em dinheiro, e de vastos domínios, como bem podem ser chamados, nos Brasis, que produziam mais de mil libras por ano, com a mesma segurança de uma propriedade senhorial na Inglaterra.[67] Numa palavra, eu me encontrava numa situação que mal conseguia compreender, nem sabia de que maneira poderia usufruir.

A primeira coisa que fiz foi recompensar meu primeiro benfeitor, meu bom e velho Capitão, o primeiro a me tratar caridosamente na dificuldade, generoso comigo no início e leal até o fim: mostrei-lhe tudo que me tinham enviado e disse que, depois da Providência dos Céus, que dispõe de todas as coisas, era a ele que eu mais devia e que, agora que eu podia recompensá-lo, queria fazê-lo cem vezes. Primeiro devolvi os cem portugueses de ouro que me deu, depois pedi que chamassem um notário e mandei que ele redigisse uma dispensa ou desobrigação referente às quatrocentas e setenta moedas de ouro que tinha reconhecido me dever, nos termos mais completos e firmes que fosse possível. Em seguida, mandei lavrar uma procuração dando-lhe poderes de receber os rendimentos anuais da minha propriedade, e dizendo a meu sócio que prestasse contas a ele, e que lhe enviasse regularmente, em meu nome, os rendimentos pelos navios de sempre, além de uma cláusula no final que lhe concedia uma renda anual de cem portugueses de ouro, enquanto vivesse, tirada dos rendimentos, e mais cinquenta portugueses de ouro por ano a seu filho, depois dele, até o fim de sua vida. E assim recompensei meu velho amigo.

67 A fortuna de Crusoé é considerável, e equivalente, em dinheiro e terras, ao que possuiria um membro da pequena nobreza na Inglaterra do início do século XVIII.

Agora eu precisava decidir qual seria meu rumo a partir de então, e o que fazer com os domínios que a Providência fizera assim chegar às minhas mãos. Na verdade, agora, eu tinha mais cuidados na cabeça do que na condição silenciosa da minha vida na ilha, onde desejava apenas o que tinha, e tinha apenas o que podia desejar. Agora eu possuía muitos bens, e meu principal cuidado era lhes dar segurança. Não tinha mais uma caverna onde pudesse esconder meu dinheiro, ou um lugar onde deixá-lo sem tranca ou chave até perder o lustro e mofar sem que ninguém lhe pusesse a mão. Pelo contrário, não sabia onde guardá-lo, ou a quem entregá-lo em confiança. Meu velho patrono, o Capitão, era na verdade honesto, e o único refúgio que eu tinha.

Em seguida, meu interesse nos Brasis parecia convocar-me para ir até lá, mas eu nem conseguia pensar na viagem antes de acertar meus negócios e deixar meus bens entregues a mãos seguras. Primeiro pensei em minha amiga, a viúva, que eu sabia ser honesta e leal a mim; mas era idosa e quase pobre, e bem podia estar endividada, de maneira que, numa palavra, minha única escolha era voltar eu mesmo para a Inglaterra, levando comigo as minhas posses.

Entretanto, passaram-se alguns meses antes que eu tomasse essa decisão; e assim, depois de ter plenamente recompensado o velho Capitão, dando ampla satisfação a quem me fez o bem, comecei a pensar na pobre viúva, cujo marido tinha sido meu primeiro benfeitor, e a qual, enquanto havia estado ao seu alcance, tinha sido minha agente e instrutora. A primeira coisa que fiz, então, foi pedir a um comerciante de Lisboa que escrevesse a seu correspondente em Londres, não só para pagar uma conta mas para ir procurá-la, e entregar-lhe cem libras esterlinas em dinheiro por mim, além de conversar com ela e consolá-la em sua pobreza, dizendo que, enquanto eu vivesse, ela haveria de receber mais. Ao mesmo tempo, mandei a cada uma das minhas irmãs, no interior, cem libras, pois, embora não passassem necessidades, não viviam em situação muito boa; uma tinha casado e enviuvado, e a outra tinha um marido que não a tratava tão bem quanto devia.

Mas entre todos os meus parentes, ou conhecidos, ainda não tinha decidido ou localizado alguém a quem pudesse confiar a totalidade dos meus bens de maneira a poder partir para os Brasis, deixando meu haveres em segurança; o que era uma grande dificuldade.

Num dado momento, pensei em partir para os Brasis e fixar-me por lá, pois já estava, por assim dizer, habituado àquele lugar; mas tinha algum escrúpulo por causa da religião, que insensivelmente me continha e de que falarei mais um pouco a seguir. No entanto, não era a religião que me impedia de partir para lá naquele momento; e assim como não tinha hesitado em aparentar em público a prática da religião da terra, enquanto vivia entre eles, tampouco hesitaria agora; só que ultimamente, tendo pensado mais no assunto que antes, toda vez que me ocorria ir viver e morrer no meio deles, eu me arrependia de ter afirmado ser católico papista, e achava que podia não ser aquela a melhor religião para me acompanhar no momento da morte.

Entretanto, como eu disse, não era essa a questão mais importante que me impedia de ir para os Brasis, e sim eu não saber com quem na verdade podia deixar a guarda dos meus haveres. De modo que decidi finalmente levá-los eu mesmo para a Inglaterra, onde, se eu chegasse, concluí que poderia conhecer alguém, ou encontrar algum parente que me fosse fiel; de maneira que comecei a preparar uma viagem até a Inglaterra com toda a minha fortuna.

A fim de cuidar das coisas para a minha partida, primeiro resolvi, pois a frota para o Brasil tinha acabado de partir, responder à altura aos relatos justos e fiéis que tinha recebido de lá. Primeiro, ao Prior do Mosteiro de

Santo Agostinho, escrevi uma carta cheia de agradecimentos por sua justiça e a oferta dos oitocentos e setenta e dois portugueses de ouro, de que abri mão, determinando que quinhentos fossem entregues ao mosteiro e trezentos e setenta e dois aos pobres, segundo a decisão do Prior, esperando que os bons padres rezassem por mim e assim por diante.

Em seguida, escrevi uma carta de agradecimento aos meus representantes, com todo o reconhecimento que sua justiça e lealdade demandavam; quanto a lhes mandar algum presente, estava longe de haver disso qualquer necessidade.

Finalmente, escrevi para o meu sócio, reconhecendo sua indústria no crescimento da propriedade e sua integridade na declaração do aumento das instalações, dando-lhe instruções para a gestão futura da minha parte, de acordo com os poderes que eu tinha atribuído a meu antigo patrono, para quem eu determinava que fosse enviado tudo que me coubesse, até ele ter de mim outra notícia, garantindo que minha intenção era não só de ir a seu encontro como de lá passar o resto da minha vida. A isso acrescentei um belo presente de sedas italianas para sua mulher e suas duas filhas, que o Capitão me informou que ele agora tinha, com mais duas peças de boa casimira inglesa, a melhor que encontrei em Lisboa, cinco peças de baeta negra e uma partida de valiosa renda de Flandres.

Tendo acertado assim meus negócios, vendido minha carga e convertido todos os meus bens em boas letras de câmbio, minha dificuldade seguinte foi decidir de que maneira seguiria para a Inglaterra. Estava acostumado ao mar, mas ainda assim sentia uma estranha aversão a navegar até a Inglaterra naquele momento e, mesmo não sabendo qual seria o motivo desse sentimento, minha dificuldade foi de tal monta que, embora eu tenha chegado a embarcar minha bagagem para partir, ainda assim mudei de ideia, e não só uma, mas duas ou três vezes.

É verdade que eu tinha passado por grandes provações no mar, e essa podia ser uma das razões. Mas que homem algum deixe de dar importância aos fortes impulsos de seus pensamentos em casos dessa ordem: dois dos navios em que eu tinha tencionado embarcar, isto é, que tinha escolhido para o meu transporte, melhor dizendo, a ponto de num deles ter embarcado a minha bagagem, e no outro de ter chegado a um acordo com o Capitão, dois desses navios, como eu dizia, se perderam, a saber: um foi tomado por Argelinos e o outro naufragou em Start, perto de Torbay,[68] e todos a bordo se afogaram, menos três. De maneira que em qualquer uma dessas naus eu teria padecido; em qual das duas teria sido pior, difícil dizer.

Depois de ter os pensamentos assim atormentados, meu velho Capitão, a quem eu comunicava tudo, insistiu comigo para que não viajasse por mar, mas ou seguisse por terra até La Coruña, conhecida pelos ingleses como "Groyne", e depois atravessasse a Baía de Biscaia até La Rochelle, de onde era fácil e segura a viagem por terra até Paris, e de lá a Calais e a Dover; ou subisse até Madri, e de lá seguisse por terra atravessando a França.

Numa palavra, eu estava tão decidido a não viajar de forma alguma por mar, exceto entre Calais e Dover, que resolvi fazer todo o caminho por terra que, como eu não tinha pressa e não precisava pagar passagem, era de longe a rota mais agradável; e para que ficasse ainda mais amena, meu velho Capitão me apresentou um cavalheiro inglês, filho de um comerciante de Lisboa, que gostaria de viajar comigo. Depois disso, ainda nos juntamos a mais dois comerciantes, também ingleses, e a dois jovens cavalheiros portugueses, um dos quais só ia até Paris; de maneira que éramos ao todo seis, com cinco criados. Os dois comerciantes e os dois portugueses se contentavam em dividir um criado cada dois, para economizar; quan-

68 A Ponta de Start, no Devonshire, à beira do canal da Mancha.

to a mim, contratei um marujo inglês para viajar como criado, além do meu Sexta-Feira, estrangeiro demais para cumprir o papel de criado numa viagem.

E assim parti de Lisboa; e nosso grupo, todo bem montado e bem armado, formava uma pequena tropa, da qual me fizeram a honra de nomear Capitão, tanto porque eu era o mais velho de todos como porque tinha dois criados, e na verdade estava na origem de toda a jornada.

Assim como não abusei dos leitores com nenhum dos meus diários marítimos, também não irei aborrecê-los com o diário dessa viagem por terra. Mas não tenho como omitir algumas aventuras que me aconteceram nessa jornada tediosa e difícil.

Quando chegamos a Madri, sendo todos estrangeiros na terra, decidimos ficar algum tempo para conhecer a Corte de Espanha e ver o que merecia ser observado; mas, como chegara a parte final do verão, apressamo-nos a partir, e deixamos Madri em meados de outubro. Quando chegamos aos confins de Navarra, porém, fomos alertados, em várias cidades do caminho, com o relato de que tanta neve tinha caído do lado francês das montanhas que vários viajantes se viram obrigados a voltar para Pamplona,[69] depois de correr riscos extremos na tentativa de passagem.

Quando chegamos à própria Pamplona, descobrimos que era esta de fato a situação; e para mim, acostumado a um clima quente, e na verdade a terras onde se usava bem pouca roupa, o frio era insuportável, e nem era tão penoso quanto inesperado, tendo chegado dez dias antes da velha Castela,[70] onde o clima era não só quente como tórrido, sentindo em seguida aquele vento dos montes Pireneus, tão implacável, tão cruelmente frio que chegava a

69 No original, "Pampeluna". (N. T.)
70 Província central da Espanha.

ser intolerável e submetia qualquer um ao perigo de perder a sensibilidade e a vida dos dedos dos pés e das mãos.

O pobre Sexta-Feira ficou muito assustado quando viu as montanhas todas cobertas de neve e sentiu aquele frio, que jamais tinha visto ou sentido em sua vida inteira.

Como se não bastasse, quando chegamos a Pamplona, continuou a nevar com tanta violência, e por tanto tempo, que diziam que o inverno tinha chegado antes da hora, e as estradas, que antes já eram difíceis, agora estavam impossíveis. Numa palavra, havia trechos em que a neve se acumulava em demasia para permitir que continuássemos. E não estava congelada, como ocorre nos países mais ao norte: não havia como avançar sem o risco de acabar enterrado vivo a cada passo. Ficamos não menos de vinte dias em Pamplona, até ver que o inverno estava chegando, e não era provável que o tempo melhorasse; pois era o inverno mais rigoroso de que se tinha lembrança em toda a Europa. Propus que fôssemos para até Fontarabia,[71] e de lá tomássemos um navio para Bordéus, que era uma viagem bem curta.

Mas enquanto cogitávamos isso, surgiram quatro cavalheiros franceses que, tendo ficado detidos do lado francês dos passos, como nós do lado espanhol, tinham encontrado um guia que, passando a região perto da ponta do Languedoc,[72] atravessara com eles as montanhas por um caminho tal que não foram muito incomodados pela neve e, nos pontos onde encontraram neve em maior quantidade, disseram que estava congelada a ponto de aguentar bem o peso deles e de seus cavalos.

Mandamos chamar esse guia, que nos disse que poderia atravessar conosco de volta pelo mesmo caminho sem correr riscos com a neve, contanto que tivéssemos

71 Cidade e porto espanhol no golfo de Biscaia (hoje Fuentearrabía ou Hondarribia). (N. T.)
72 Província do sul da França.

armas suficientes para nos proteger de feras selvagens, pois contou que naquelas grandes nevascas era frequente que lobos aparecessem ao pé das montanhas, famintos pela falta de alimento, pois o solo estava coberto de neve. Respondemos que estávamos bem preparados para criaturas como essas, se ele pudesse nos dar garantias contra uma outra espécie de lobos de duas pernas que, segundo nos disseram, constituíam um perigo ainda maior, especialmente do lado francês das montanhas.

Ele nos assegurou que não havia perigo desse tipo no caminho que iríamos atravessar e, assim, logo concordamos em usá-lo como guia, acompanhados de uma dúzia de outros cavalheiros com seus criados, alguns franceses, outros espanhóis, que, como já contei, tinham tentado cruzar as montanhas mas se viram forçados a voltar.

De acordo com o combinado, partimos de Pamplona, com nosso guia, no dia 15 de novembro. E de fato, fiquei surpreso quando, em vez de seguir em frente, ele nos conduziu no rumo oposto, pela mesma estrada que nos trouxe de Madri, por mais de vinte milhas. Depois de cruzarmos dois rios e chegarmos a terras planas, encontramos de novo um clima mais quente, onde a paisagem era agradável e não havia neve em parte alguma. Mas de maneira inesperada, tomando à sua esquerda, o homem enveredou por outro caminho para as montanhas e, embora seja verdade que as escarpas e os precipícios fossem assustadores, ainda assim deu tantas voltas, percorreu tantos meandros e descreveu tantas curvas que, sem sentir, ultrapassamos o cume das montanhas sem sermos muito obstados pela neve. E, de repente, ele nos mostrou a vista das férteis e amenas províncias de Languedoc e da Gasconha,[73] verdes e florescentes; embora a uma grande distância, e ainda tivéssemos caminhos difíceis pela frente.

73 Província no sudoeste da França (no original, "Gascoign"). (N. T.)

Ficamos um pouco preocupados, entretanto, quando descobrimos que tinha nevado um dia inteiro e mais uma noite, a tal ponto que não podíamos seguir viagem. Mas ele nos disse que ficássemos calmos, e que logo chegaríamos ao fim. E de fato, descobrimos que a cada dia descíamos mais, e rumávamos mais para o norte que antes. E assim, confiando em nosso guia, seguimos adiante.

Faltavam umas duas horas para o anoitecer quando, estando nosso guia um pouco adiantado em relação a nós e fora do alcance das nossas vistas, surgiram três lobos monstruosos e, atrás deles, um urso, saindo de uma caverna ao lado de uma mata cerrada. Dois dos lobos pularam em cima do guia e, se ele estivesse mais meia milha à nossa frente, teria sido devorado antes que pudéssemos fazer alguma coisa. Um dos lobos agarrou-se ao seu cavalo e o outro atacou o homem com tamanha violência que ele não teve o tempo, ou a presença de espírito, de sacar a pistola, mas berrou e gritou nos chamando muito alto. Eu disse ao meu Sexta-Feira, que cavalgava ao meu lado, que fosse até lá e verificasse o que estava acontecendo; assim que Sexta-Feira avistou o homem, gritou, tão alto quanto ele: "Ó Amo! Ó Amo!". Mas, com sua grande coragem, cavalgou depressa na direção do pobre homem, e com sua pistola alvejou na cabeça o lobo que o atacava.

Sorte do pobre homem que fosse meu Sexta-Feira pois, estando acostumado com esse tipo de criatura em sua terra, não tinha medo, ao contrário: chegou perto e deu-lhe o tiro de que falei acima, enquanto qualquer outro de nós teria disparado de maior distância, e talvez deixado de acertar o lobo, ou corrido o perigo de ferir o homem.

Mas era o suficiente para aterrorizar um homem mais corajoso que eu, e de fato todo o nosso grupo ficou muito alarmado quando, em seguida ao estampido da pistola de Sexta-Feira, ouvimos dos dois lados os mais lancinantes uivos de lobos, som redobrado pelo eco das montanhas a ponto de nos julgarmos cercados por uma prodigiosa multidão desses animais; e talvez de fato não fossem poucos, e nossas apreensões nem tão exageradas.

No entanto, assim que Sexta-Feira matou o primeiro lobo, o outro, que tinha pulado sobre o cavalo do guia, saltou imediatamente para o chão e fugiu, depois de tentar morder a montaria na cabeça, onde as protuberâncias do metal do freio tinham prendido seus dentes, impedindo que causasse muito dano. O homem estava mais ferido, pois a furiosa criatura lhe deu duas mordidas, uma no braço e outra um pouco acima do joelho; e estava a ponto de desabar do seu cavalo quando Sexta-Feira apareceu e matou o lobo.

É fácil imaginar que, ao som da pistola de Sexta-Feira, apressamos o passo e cavalgamos o mais depressa que o caminho, àquela altura bastante difícil, nos permitia, para ver o que estava acontecendo. Assim que transpusemos as árvores que antes nos barravam a vista, percebemos claramente o que tinha ocorrido e como Sexta-Feira tinha salvo o pobre guia, embora num primeiro momento ninguém conseguisse discernir que tipo de criatura ele tinha abatido.

Mas jamais houve luta conduzida com maior destemor, nem de forma tão surpreendente, quanto a que se seguiu entre Sexta-Feira e o urso, que todos (embora no início assustados e com medo por ele) achamos uma diversão muito interessante. Como o urso é uma criatura pesada e desgraciosa, incapaz de galopar como um lobo, que é leve e rápido, tem duas qualidades peculiares que, geralmente, governam suas ações. Primeiro, em relação aos homens, estes não lhe servem normalmente de presa; melhor dizendo, não de presa normal, porque não sabíamos o que uma fome excessiva podia causar, o que devia ser o caso naquele momento, em que o solo se encontrava totalmente coberto de neve; mas em relação aos homens, ele geralmente não tenta nada contra eles, a menos que o ataquem primeiro. Pelo contrário, se alguém encontrar um urso na mata e não fizer nada, ele tampouco irá fazer coisa alguma. Mas há que se tomar o cuidado de tratá-lo com a devida civilidade e dar-lhe passagem, pois é uma criatura muito altiva, que não se desvia nem por um príncipe. Na verdade, se a pessoa ficar com muito medo, o melhor é desviar os olhos e seguir em frente; pois às vezes, se resolve parar e ficar imóvel, olhando fixamente para ele, o animal pode tomar o gesto como uma afronta. Mas se a pessoa jogar ou arremessar alguma coisa na direção dele e acertá-lo com ela, mesmo que seja um pedacinho de pau do tamanho de um dedo, ele se ofende e deixa tudo o mais de lado para se vingar, pois para ele será uma questão de honra obter a devida reparação. Esta é a sua primeira qualidade. A segunda é que, depois de ofendido, ele nunca desiste, noite e dia, até conseguir a vingança, e perseguirá a pessoa a uma boa velocidade até alcançá-la.

Meu Sexta-Feira tinha salvado o nosso guia, e quando chegamos a eles ajudava o homem a apear do cavalo, pois o guia estava ferido e assustado, sofrendo na verdade mais de medo que de dor, quando, de repente, vimos o urso sair da mata. Era um urso grande e monstruoso, de longe o maior que já vi na vida. Ficamos todos um tanto surpresos ao vê-lo; mas quando Sexta-Feira viu o urso, foi fácil perceber a alegria e a disposição em seu semblante. "Oh! Oh! Oh!", disse Sexta-Feira três vezes, apontando para o urso. "Ó Amo! Me dá licença que vou apertar a mão dele; vocês vai rir bastante."

Fiquei surpreso de ver Sexta-Feira tão contente. "Seu tolo", disse eu, "ele vai comê-lo vivo!" "Me comer? Me comer?", disse Sexta-Feira, de novo duas vezes, "eu é que vai comer ele, e vocês vai rir muito. Fica todo mundo aqui, e eu vai fazer dar risada." Então ele se sentou no chão, tirou as botas num minuto e vestiu um par de sapatos leves de sola chata (do tipo que costumava usar e que trazia no bolso), entregou seu cavalo a outro criado e, largando sua arma, saiu correndo, rápido como o vento.

O urso caminhava em frente com toda a calma, sem fazer menção de atacar ninguém, até que Sexta-Feira, chegando bem perto dele, chamou o animal, como se o urso pudesse entender suas palavras. "Escuta aqui! Escuta aqui!", disse Sexta-Feira, "é com você que eu tou falando." Acompanhávamos a uma certa distância; pois agora, descendo as montanhas do lado da Gasconha, tínhamos entrado numa grande floresta, num lugar onde o terreno era plano e bastante largo, embora com muitas árvores espalhadas aqui e ali.

Sexta-Feira, que, como se diz, seguia nos calcanhares do urso, logo alcançou o animal, pegou uma pedra grande e jogou nele, atingindo a fera na cabeça, mas sem lhe causar mais dano do que se a pedra tivesse atingido um muro. Mas o efeito foi o que Sexta-Feira pretendia, pois o tratante era tão destemido que só fez aquilo para obrigar o urso a sair atrás dele, e nos fazer rir, como dizia. Assim que o urso sentiu a pedrada e viu Sexta-Feira, virou-se e partiu atrás dele, a passos diabolicamente longos, e avançando com um passo estranho e bamboleado, equivalente ao galope curto de um cavalo. Sexta-Feira disparou na carreira, dando a impressão de que vinha na nossa direção em busca de ajuda. Então nos preparamos todos para atirar no urso ao mesmo tempo e salvar meu criado; apesar de me deixar bastante aborrecido que ele trouxesse o urso na nossa direção, quando antes o animal seguia o seu caminho para outra parte. E especialmente por ter desviado o urso na nossa direção e depois sair correndo, e eu reagi. "Seu cachorro", disse eu, "é essa a sua ideia de nos fazer rir? Venha logo, e traga seu cavalo, para podermos matar essa criatura." Ele me ouviu e gritou em resposta: "Atira não! Atira não! Fica parado, vocês vai rir muito". E como a ágil criatura corria duas vezes mais depressa que o urso, fez meia-volta de repente, bem ao lado de onde estávamos e, avistando um carvalho alto, adequado ao seu plano, fez-nos um sinal para o seguirmos; e redobrando sua velocidade, subiu agilmente pela árvore, deixando a arma no chão, a umas cinco ou seis jardas do pé do tronco.

O urso logo chegou ao tronco da árvore, enquanto acompanhávamos tudo de certa distância. A primeira coisa que fez foi parar diante da arma, farejá-la mas deixá-la ali mesmo; e em seguida começou a subir também na árvore, como um gato, apesar de seu peso monstruoso. Fiquei assombrado com a aparente loucura do meu criado, e não conseguia atinar com nenhum motivo de riso até que, vendo o urso subir na árvore, todos nos aproximamos dela nas nossas montarias.

Quando chegamos junto à árvore, lá estava Sexta-Feira na ponta mais extrema de um ramo grande da árvore, e o urso no mesmo ramo, a meio caminho de onde ele se encontrava. Assim que o urso chegou à parte onde o galho da árvore ficava mais fino, ele nos disse: "Ha, agora vocês vai ver eu ensina o urso a dançar". Depois disso, pôs-se a pular e a sacudir o galho, ao que o urso começou a balançar mas ficou parado, olhando para baixo e tentando ver de que maneira poderia sair daquele apuro; e aí sim começamos a rir. Mas ainda faltava muito para Sexta-Feira acabar. Quando viu o urso parado, gritou de novo com ele, como se imaginasse que o urso entendesse inglês: "O quê, você não vem mais? Por favor, vem mais pra cá". E então parou de pular e sacudir a árvore; e o urso, como se tivesse compreendido as suas palavras, avançou um pouco mais, ao que Sexta-Feira pôs-se de novo a pular, fazendo o urso se deter de novo.

Achamos que era um bom momento para acertá-lo na cabeça, e eu disse a Sexta-Feira que ficasse quieto, para podermos atirar no urso. Mas ele gritou na mesma hora: "Por favor! Por favor! Atira não, logo menos eu atira". Ele queria dizer logo mais. Contudo, para encurtar a história, Sexta-Feira dançava tanto, e o urso estava com tal medo de cair, que realmente rimos bastante, mas ainda assim não imaginávamos o que o tratante pretendia fazer: pois primeiro achamos que sua intenção fosse provocar a queda do urso; e descobrimos que o urso era ardiloso demais para isso, pois não avançava até um ponto de onde pudesse ser derrubado, mantendo-se aferrado ao galho com suas grandes garras e os pés, de maneira que não conseguíamos imaginar como aquilo acabaria, e qual seria o final da troça.

Mas Sexta-Feira logo desfez as nossas dúvidas; ao ver o urso agarrado com força ao galho, e que não conseguiria convencê-lo a avançar mais, disse: "Ora, ora, você não vem mais perto, então eu vai, eu vai; você não vem, então eu vai até você". E então seguiu até a extremidade mais fina do galho, que se arqueou com o seu peso, e foi descendo suavemente, escorregando galho abaixo, até chegar perto o bastante do chão para poder pular e cair de pé, correndo em seguida para a sua arma, que pegou, esperando de pé.

"Então", perguntei, "Sexta-Feira, o que você vai fazer agora? Por que não atira nele?" "Atira não", disse Sexta-Feira, "ainda não; se eu atira agora, não mata: eu fica aqui, e ainda vai ter mais risada." E de fato foi o que ocorreu, como o leitor irá ver agora, pois quando o urso viu que seu inimigo tinha partido, começou a recuar pelo mesmo galho onde tinha parado, até chegar de volta ao tronco da árvore. Em seguida, sempre andando para trás, veio descendo a árvore, prendendo-se ao tronco com suas garras e movendo uma pata de cada vez, muito devagar. A essa altura, e pouco antes que o animal encostasse as patas traseiras no chão, Sexta-Feira deu um passo em sua direção, encostou o cano de sua arma no ouvido da fera e abateu-a no ato.

Em seguida o tratante virou-se, para ver se não estávamos rindo, e quando viu que tínhamos achado graça, começou a rir muito alto ele também. "É assim nós mata urso na minha terra", disse Sexta-Feira. "É assim que vocês matam?", perguntei. "Mas não têm armas." "Não", disse ele, "sem arma, mas usa flecha muito grande e comprida."

Achamos o espetáculo realmente divertido, mas ainda estávamos num lugar deserto, com nosso guia bastante ferido, e não sabíamos bem o que fazer; o uivo dos lobos ecoava em minha mente; e de fato, excetuando os rugidos que ouvi uma vez na costa da África, de que já falei mais acima, nunca escutei nada que tenha me enchido de tanto pavor.

Isso tudo, e mais a chegada da noite, nos fez partir, senão, atendendo à vontade de Sexta-Feira, certamente teríamos tirado a pele daquela criatura monstruosa, que valeria a pena guardar. Mas ainda precisávamos percorrer três léguas, e nosso guia disse que devíamos apurar o passo, de modo que deixamos o urso lá e seguimos em nossa jornada.

O solo ainda estava coberto de neve, embora não tão profunda nem tão perigosa quanto nas montanhas, e as feras esfomeadas, como mais tarde ouvimos contar, tinham descido para as florestas e o terreno plano, premidas pela fome, procurando por alimento. E tinham causado grandes danos nas aldeias, onde surpreendiam os moradores locais, matando muitos de seus carneiros e cavalos, e também algumas pessoas.

Ainda precisávamos cruzar um trecho perigoso, no qual, disse nosso guia, se ainda houvesse lobos na área, havíamos de encontrá-los. Era uma planície curta, salpicada de muitas matas, havendo apenas uma passagem ou trilha estreita por onde precisávamos atravessar os trechos de floresta, chegando em seguida à aldeia onde iríamos pernoitar.

Entramos no primeiro bosque meia hora antes de o sol se pôr. E pouco depois do crepúsculo, quando chegamos ao terreno plano, não encontramos nada na floresta, mas num outro local plano, ainda no meio da mata, menos de duas braças à nossa frente, avistamos cinco lobos grandes que atravessavam o caminho em grande velocidade, um atrás do outro, como se perseguissem alguma presa e, olhando apenas para ela, nem percebessem a nossa presença, desaparecendo das nossas vistas em instantes.

Ao ver os animais, o nosso guia, que aliás era um sujeito sem muita coragem, disse que ficássemos alerta; pois acreditava que mais lobos iriam aparecer.

Mantivemos nossas armas prontas e os olhos bem abertos, mas não vimos mais lobo algum até sairmos daquele trecho de mata, que tinha mais ou menos meia légua. Assim que chegamos em terreno aberto, tivemos ocasião de olhar à nossa volta, e a primeira coisa com que topamos foi um cavalo morto; quer dizer, um pobre cavalo que os lobos tinham matado, e pelo menos uma dúzia deles devorava. Nem podemos dizer que o comessem, na verdade roíam seus ossos, pois já tinham consumido toda a carne do animal.

Não julgamos prudente interromper o festim dos lobos, que nem nos deram muita atenção. Sexta-Feira queria atirar neles, mas não permiti de maneira alguma, pois achava que a partir de então teríamos nas mãos um problema maior do que ele imaginava. E mal tínhamos atravessado metade da planície quando começamos a ouvir o uivo dos lobos no matagal à nossa esquerda, um som assustador, e em seguida vimos mais ou menos cem deles avançando direto para nós, todos juntos, e a maioria em fileiras tão regulares como um exército treinado por oficiais experientes. Eu não sabia de que maneira combatê-los, mas resolvi que formar uma fileira bem cerrada era o único recurso que tínhamos, e assim nos dispusemos num minuto. Mas sem deixar muito espaço entre um e outro, ordenei, para que um de cada dois homens pudesse atirar e os outros, que não tinham atirado, ficassem prontos para disparar imediatamente uma segunda rajada de tiros, se os animais continuassem a avançar contra nós, e então os que tinham disparado primeiro nem deviam tentar recarregar seus fuzis, mas apontar as pistolas, pois estávamos cada um armado com um fuzil e um par de pistolas. De maneira que, usando esse método, poderíamos disparar seis rajadas de tiros, metade de nós de cada vez; no entanto, no fim das contas nem foi necessário pois, assim que disparamos os primeiros tiros, o inimigo se deteve por completo, aterrorizado tanto pelo som quanto pelo clarão dos disparos; quatro deles, atingidos na cabeça, caíram, vários outros foram feridos e saíram sangrando, pelo que pudemos ver na neve. Percebi que pararam, mas não bateram logo em retirada; ao que, lembrando do que tinham me contado, que mesmo as criaturas mais ferozes sentem pavor da voz humana, mandei que todo o nosso grupo começasse a berrar o mais alto que podia, e descobri que aquela noção não era completamente equivocada; pois com nossos gritos as feras começaram a bater em retirada e a nos virar as costas. Nesse momento, ordenei que os homens disparassem uma segunda rajada de tiros em seus quartos traseiros, o que os fez partir a galope em fuga para a floresta.

Isso nos deu ocasião de recarregar nossas armas e, sem perder mais tempo, seguimos em frente; mas, assim que acabamos de recarregar nossos fuzis e preparar as armas, ouvimos um barulho terrível no mesmo trecho de mata à nossa esquerda, só que mais adiante no nosso caminho.

A noite estava chegando e escurecia depressa, o que tornava pior a nossa situação. Mas o barulho aumentava, e logo percebemos que eram os uivos e gritos daquelas criaturas dos infernos e, de repente, percebemos duas ou três tropas de lobos, uma à nossa esquerda, uma atrás de nós e outra à nossa frente, de maneira que parecíamos estar cercados por eles. No entanto, como não nos atacavam, continuamos a avançar, o mais depressa que conseguíamos fazer correr nossos cavalos, o que, naquele caminho esburacado, era apenas um bom trote e, dessa maneira, avistamos a entrada de mais um trecho de mata que precisávamos atravessar, na outra extremidade da planície. Mas ficamos muito surpresos quando, chegando perto da trilha ou passagem, vimos uma quantidade desordenada de lobos parados bem na entrada.

De repente, da outra extremidade da mata, escutamos o som de uma arma e, olhando para lá, vimos sair correndo um cavalo, selado e com a rédea, voando como o vento, e dezesseis ou dezessete lobos em seu encalço, a galope solto; na verdade o cavalo corria bem mais que eles, mas imaginamos que não conseguiria aguentar muito naquela cadência, e não duvidamos que os lobos acabariam por alcançá-lo, como de fato alcançaram.

Mas então tivemos uma visão horrenda pois, ao chegarmos ao ponto de onde o cavalo tinha surgido, encontramos a carcaça de outro cavalo e de dois homens, todos devorados pelas criaturas famintas, e um dos homens era sem dúvida o mesmo que ouvimos atirar, pois a seu lado havia uma arma recém-disparada; quanto a ele, sua cabeça e a parte superior do corpo tinham sido devoradas.

Isso nos deixou cheios de horror, e não sabíamos o que fazer, mas logo as criaturas nos levaram a decidir; pois se reuniram em torno de nós, na esperança de mais presas. E acredito que deviam ser uns trezentos. Para nossa sorte, havia na entrada da mata, um pouco adiante, algumas árvores grandes derrubadas que tinham sido cortadas no verão anterior, e imagino que estivessem ali tombadas à espera de transporte. Reuni meu grupo entre essas árvores e, dispondo-nos em linha atrás de um tronco comprido, sugeri que desmontassem e, sempre com a tora à nossa frente, à guisa de parapeito e apoio para as armas, formar um triângulo, com três frentes, mantendo nossos cavalos protegidos no centro.

Foi o que fizemos, e bem a tempo, pois nunca houve carga mais furiosa que a daquelas bestas. Elas nos atacaram produzindo um rugido alto (e subindo no tronco que, como eu disse, nos servia de parapeito), como se dessem o bote numa presa; e essa fúria delas, ao que parece, era provocada principalmente por verem atrás de nós nossos cavalos, as presas que almejavam matar. Instruí nossos homens para atirarem da mesma forma que antes, metade a cada vez. E fizeram pontaria tão segura que, de fato, mataram vários dos lobos com a primeira rajada, mas era necessário atirar sem trégua, pois eles chegavam como demônios, os da frente empurrados pelos de trás.

Depois que disparamos a segunda rajada de tiros de fuzil, achamos que eles pararam um pouco, e eu esperei que tivessem ido embora. Mas foi só um momento, pois outros lobos tomaram a frente e precisamos disparar duas séries de tiros de pistola, e acredito que, nessas quatro descargas, matamos dezessete ou dezoito deles, e ferimos pelo menos o dobro disso; ainda assim, eles continuavam a chegar.

Eu temia esgotar nossa munição depressa demais. Então chamei meu criado, não meu Sexta-Feira, porque esse estava melhor empenhado em outra atividade pois, com a maior destreza que se pode imaginar, tinha recarregado meu fuzil, e o seu próprio, enquanto lutávamos; mas, como eu dizia, chamei meu outro criado e, entregando a ele um polvorinho, mandei-lhe que espalhasse um rastilho ao longo de todo o comprimento do tronco, e um rastilho bem largo. Ele obedeceu, e teve apenas o tempo de recuar antes que os lobos chegassem, momento em que peguei de uma pistola descarregada e, aproximando sua pederneira da pólvora, ateei-lhe fogo. As feras que estavam em cima da tora foram queimadas, e seis ou sete outras caíram, ou melhor pularam, no meio de nós, com a força e o medo da explosão; desses nos livramos num instante, e os demais ficaram tão amedrontados com aquele clarão, que a noite, agora muito escura, tornava mais terrível, que recuaram um pouco.

Em seguida, ordenei que nossas últimas pistolas fossem disparadas de uma vez só, e depois disso soltamos um grande grito; ao que os lobos nos deram as costas, e imediatamente caímos em cima de uns vinte que tinham ficado feridos e víamos se debater no chão, e os golpeamos com nossas espadas, o que cumpriu nosso objetivo: pois os gritos e uivos que emitiam foram muito bem compreendidos por seus camaradas, que fugiram todos e nos deixaram em paz.

Do começo ao fim, tínhamos matado umas três vintenas deles e, se fosse dia claro, muitos mais teríamos exterminado. Com o campo de batalha agora vazio, voltamos a avançar, pois ainda nos faltava percorrer mais ou menos uma légua. Ouvimos as criaturas famintas uivar e berrar na mata enquanto cavalgávamos, mais de uma vez, e em certos momentos tivemos a impressão de avistar algumas delas, mas com a neve caindo em nossos olhos não tínhamos certeza. Assim, dali a mais ou menos uma hora, chegamos à cidade onde iríamos pernoitar, que encontramos presa de um medo terrível e toda em armas, pois parece que na noite anterior os lobos e alguns ursos tinham irrompido na aldeia em plena noite, assustando muito a todos, que agora se sentiam obrigados a montar guarda noite e dia, especialmente à noite, para tomar conta do gado e, na verdade, dos moradores locais.

Na manhã seguinte, nosso guia passava tão mal, e seus membros estavam tão inchados, com seus dois ferimentos supurados, que ele não podia seguir viagem. De maneira que fomos obrigados a contratar outro guia ali mesmo e ir até Toulouse,[74] onde encontramos um clima mais quente, uma paisagem fértil e agradável, sem neve, sem lobos

74 No original, "Tholouse". (N.T.)

ou nada parecido. Mas, quando contamos nossa história em Toulouse, disseram que aquilo era muito comum na grande floresta ao pé das montanhas, especialmente quando o solo se cobria de neve. Mas perguntaram muito que tipo de guia tínhamos contratado, para correr o risco de nos conduzir por aquele caminho numa estação tão rigorosa; e nos disseram que já era muita coisa não termos sido todos devorados. Quando lhes contamos como tínhamos nos alinhado, com os cavalos no centro, eles nos censuraram muito, e disseram que só tivemos uma chance em cinquenta de não sermos destruídos, porque era a visão dos cavalos que deixava os lobos tão furiosos, à vista de sua presa, e que, em outras ocasiões, na verdade tinham medo de armas de fogo; mas como estavam tão famintos, e desvairados por conta disso, sua vontade de chegar aos cavalos os deixara insensíveis ao perigo; e se as rajadas de tiros, e finalmente o estratagema do rastilho de pólvora, não nos tivessem feito derrotá-los, o mais provável é que fôssemos despedaçados. Já se tivéssemos ficado nas selas, e disparado de cima das montarias, eles não teriam visto os cavalos como presas a seu alcance, com homens neles montados. E, finalmente, disseram que, se tivéssemos ficado todos juntos e soltado os cavalos, os lobos teriam decidido devorar as montarias e nós poderíamos escapar em segurança, especialmente com armas de fogo nas mãos e estando em grande número.

Da minha parte, nunca em minha vida senti tanto os efeitos do perigo, pois, ao ver mais de trezentos demônios chegarem rugindo, com as bocas abertas para nos devorar, sem abrigo ou refúgio para o qual pudesse recuar, cheguei a me dar por perdido. E assim decidi que nunca mais tornaria a cruzar aquelas montanhas; preferia percorrer mil léguas por mar, mesmo que tivesse de atravessar na certa uma tempestade por semana.

Não tenho mais nada que assinalar da minha passagem pela França, além do que já relataram outros viajantes com muito mais propriedade que eu. Viajei de Bordéus para Paris, e sem lá ficar muito tempo vim para Calais, desembarcando são e salvo em Dover no dia 14 de janeiro, depois de viajar numa estação de frio extremo.

Tinha retornado agora ao ponto de partida das minhas viagens, e em pouco tempo já reunia em segurança toda a minha fortuna recém-encontrada, depois que as letras de câmbio que eu trouxe comigo foram regularmente descontadas.

Minha principal conselheira e guia particular foi minha boa velha viúva, que em sinal de gratidão pelo dinheiro que eu lhe enviei não poupava esforços nem cuidados a serviço dos meus interesses. E confiei tudo tão inteiramente a ela que me sentia muito confortável quanto à segurança dos meus bens e, de fato, senti-me muito feliz desde o início, e agora até o fim, com a integridade impecável dessa boa senhora.

E agora eu começava a pensar em deixar meus bens com essa mulher, partir para Lisboa e de lá para os Brasis; mas outro escrúpulo me deteve, e foi a religião, pois eu cultivava muitas dúvidas sobre a religião católica romana,[75] mesmo quando estava no estrangeiro, especialmente em meu estado de solidão. E assim sabia que não podia partir para os Brasis, e muito menos lá me instalar, caso não adotasse o catolicismo romano, sem qualquer reserva. A menos que, por outro lado, eu estivesse decidido a me sacrificar por meus princípios, virar um mártir religioso e morrer na Inquisição. De maneira que resolvi ficar em casa e, encontrando os meios para tanto, vender minha propriedade brasileira.

Com essa finalidade escrevi para meu velho amigo de Lisboa, que em resposta me fez saber que teria a maior facilidade para vender tudo de lá mesmo. Mas que, se eu concordasse, desse permissão para que ele a oferecesse

75 No original, "the Roman religion". (N.T.)

em meu nome aos dois mercadores herdeiros dos meus representantes, que viviam nos Brasis e haviam de entender plenamente o valor daquelas terras, pois moravam ali perto e, eu bem sabia, eram muito ricos. Ele acreditava que eles gostariam de comprá-la, e não duvidava que eu conseguisse na venda de quatro a cinco mil pesos duros de prata, ou até mais.

Concordei e lhe dei instruções para oferecer as terras aos dois, o que ele fez. E em cerca de oito meses mais, o navio tendo retornado, ele me mandou notícias de que tinham aceitado a oferta e enviado o pagamento de trinta e três mil pesos duros de prata a um correspondente deles em Lisboa.

Em resposta, assinei o instrumento de venda na forma que eles me mandaram de Lisboa, e remeti o documento para meu velho, que me enviou em resposta letras de câmbio no valor de trinta e dois mil e oitocentos duros de prata pela propriedade. Reservei o pagamento de cem portugueses de ouro por ano para ele, o velho, durante sua vida, e cinquenta portugueses de ouro, depois disso, para seu filho até o fim da vida, o que eu tinha prometido a eles, e que a propriedade dos Brasis continuaria a lhes pagar, na forma de uma renda anual. E assim relatei a primeira parte de uma vida de fortuna e aventura, uma vida com os altos e baixos da Providência, e de uma variedade que o mundo raramente há de ver igual. Começando de maneira insensata, mas se encerrando de maneira muito mais feliz que em qualquer de suas partes tive motivo para esperar.

Qualquer um acharia que, nesse estado de complicada boa sorte, eu nunca mais me disporia a correr novos riscos. E de fato assim seria se outras circunstâncias tivessem ocorrido, mas eu me sentia atraído pela vida errante, não tinha família nem muitos parentes, nem, por mais rico que fosse, tinha feito muitas amizades. E embora tivesse vendido minha propriedade nos Brasis, ainda assim não conseguia tirar aquela terra da cabeça, e sentia grande desejo de tornar a bater asas. Especialmente, não fui capaz de resistir à forte vontade que sentia de rever a minha ilha, saber se os pobres Espanhóis lá tinham chegado, e como teriam sido tratados pelos patifes que lá deixei.

Minha grande amiga, a viúva, fez o possível para me dissuadir, e tanto eu lhe dei ouvidos que, por quase sete anos, ela evitou que eu partisse de viagem. Nesse tempo, tomei meus dois sobrinhos, filhos de um dos meus irmãos, sob meus cuidados. O mais velho tinha alguns bens próprios e eu o criei como cavalheiro, deixando-lhe de herança algum acréscimo à sua fortuna depois da minha morte; o outro entreguei ao Capitão de um navio e, cinco anos mais tarde, concluindo que era um jovem sensato, corajoso e empreendedor, decidi entregar-lhe o comando de um navio bom, e mandei-o para o mar. E esse jovem mais tarde me atraiu, mesmo velho como eu era, a novas aventuras.

Enquanto isso, em parte me estabeleci aqui. Pois primeiro me casei, nem em desvantagem nem para minha insatisfação, e tive três filhos, dois meninos e uma menina, mas, como minha mulher morreu e meu sobrinho retornou com sucesso à Inglaterra de uma viagem à Espanha, minha inclinação a viajar, e a insistência dele, acabaram triunfando, e embarquei como passageiro em seu navio, como mercador por conta própria, rumo às Índias Orientais. Isso no ano de 1694.

Nessa viagem visitei minha nova colônia na ilha, estive com meus sucessores, os Espanhóis, tomei conhecimento de toda a história de suas vidas, e dos celerados que lá deixei; como num primeiro momento insultavam os pobres Espanhóis, e como mais tarde concordaram, discordaram, uniram-se e se separaram, e como finalmente os Espanhóis foram obrigados a lançar mão de violência com eles, como foram derrotados pelos Espanhóis e como estes os trataram com lealdade: uma história em que, se fôssemos entrar, encontraríamos tanta variedade e tantos incidentes prodigiosos como na minha própria, especialmente de suas batalhas contra os Caraíbas, que desembarcaram várias vezes na ilha, e dos vários melhoramentos que fizeram na própria ilha, e de como cinco deles tentaram a travessia para o continente e trouxeram de volta, aprisionados, onze homens e cinco mulheres, as quais, quando cheguei, já tinham gerado umas vinte crianças na ilha.

Lá fiquei cerca de vinte dias, deixando com eles toda sorte de suprimentos necessários, especialmente armas, pólvora, munição, roupas, ferramentas e dois trabalhadores que tinha levado comigo da Inglaterra, a saber, um Carpinteiro e um Ferreiro.

Além disso, dividi a ilha em partes, reservando a mim mesmo a propriedade do todo mas entregando as partes a eles, com o que cada um concordou. E, tendo acertado tudo com eles, e obtido deles o compromisso de não abandonarem o lugar, deixei-os lá.

Em seguida fiz escala nos Brasis, de onde mandei uma nau, que lá comprei, com mais gente para a ilha, e nela, além de outros suprimentos, mandei sete mulheres, as mais adequadas que encontrei para o serviço ou para se casarem com quem as quisesse. Quanto aos ingleses, prometi mandar-lhes algumas mulheres da Inglaterra, com um bom carregamento de bens necessários, se eles se aplicassem no plantio, o que mais adiante cumpri. E eles acabaram se mostrando muito honestos e diligentes depois de dominados, e separei para eles também suas propriedades. Mandei-lhes também dos Brasis cinco vacas, três das quais cheias, algumas ovelhas e porcos que, quando lá voltei, encontrei multiplicados.

Mas todas essas coisas, acompanhadas de um relato de como trezentos Caraíbas chegaram e invadiram a ilha, arruinando suas lavouras, e de como se opuseram duas vezes àquela quantidade de inimigos, sendo inicialmente derrotados, e três deles mortos. Entretanto, finalmente, uma tempestade destruiu as canoas de seus inimigos, conseguiram matar de fome ou na luta quase todos os demais, renovando e recuperando a posse de suas lavouras, e ainda viviam na ilha.

Todas essas coisas, com alguns eventos muito surpreendentes em novas aventuras minhas, por mais dez anos, eu talvez ainda venha a contar mais adiante.

Cronologia

1660	Nasce em Londres (data exata desconhecida), filho de James Foe e Alice Foe
1662	Aprovação do Act of Uniformity [Lei da Uniformidade]. Seguindo a orientação do pastor Samuel Annesley, os Foe abandonam a Igreja da Inglaterra e se tornam dissidentes presbiterianos
1665-6	A peste e o Grande Incêndio de Londres
c. 1671-9	Frequenta a escola do rev. James Fisher, em Dorking, Surrey, e depois a Academia Dissidente do rev. Charles Morton, Newington Green, norte de Londres
c. 1683	Estabelece-se como mercador de meias em Londres, mora em Cornhill, perto do Royal Exchange
1684	Casa-se com Mary Tuffley e recebe um dote de 3700 libras.
1685-92	Luta na rebelião contra o rei Jaime II liderada pelo duque de Monmouth. Próspero comerciante de meias, fumo, vinho e outras mercadorias. Viaja muito a negócios pela Inglaterra e também pela Europa
1688	Jaime II é obrigado a abdicar e Guilherme de Orange passa a ser Guilherme II da Inglaterra
1692	Declarado falido em 17 mil libras e preso por dívidas
1694	Abre uma olaria em Tilbury, em Essex
1695	Começa a se chamar Defoe
1697	Primeiro livro publicado, *An Essay on Projects*, uma série de propostas de mudanças sociais e econômicas radicais
1697-1701	Agente de Guilherme III na Inglaterra e na Escócia

1701	*The True-Born Englishman*, uma sátira poética da xenofobia e uma defesa do rei (holandês) Guilherme III
1702	Morte de Guilherme III e coroação da rainha Ana. *The Shortest Way with the Dissenters*, uma sátira ao extremismo da High Church.
1703	Preso por ter escrito o panfleto satírico *The shortest way with the dissenters*, acusado de sedição, é encarcerado no presídio de Newgate e condenado a passar três dias no pelourinho. Publica o poema *A hymn to the Pillory* e uma coletânea autorizada de escritos. Embora tenha ganhado a liberdade graças à influência do poderoso político Robert Harley sua olaria entra em falência quando ele está na prisão. Nova bancarrota.
1704-13	Agente secreto e jornalista político de Harley e outros ministros; viaja intensamente pela Inglaterra e pela Escócia promovendo a união dos dois países. Escreve sozinho o chamado primeiramente *A Weekly Review of the Affairs of France*, depois *A Review of the State of the English Nation*, uma folha noticiosa publicada três vezes por semana
1707	União da Inglaterra com a Escócia
1710	Os tóris tomam o poder
1713-4	Preso várias vezes por dívidas e por causa de seus escritos políticos, mas libertado graças à influência do governo
1714	Morte da rainha Ana e coroação de Jorge I, Eleitor de Hanover; queda de Robert Harley e do governo tóri
1715	*The Family Instructor*, o primeiro *conduct book* [manual de conduta] de Defoe
1719	*Robinson Crusoe, The Farther Adventures of Robinson Crusoe*
1720	*Memoirs of a Cavalier, Captain Singleton, Serious Reflections... of Robinson Crusoe*
1722	*Moll Flanders, Religious Courtship, A Journal of the Plague Year, Colonel Jack*
1724	*Roxana, A General History of the Pyrates, A Tour*

	Thro' the Whole Island of Great Britain (três volumes, 1724-6)
1725	*The Complete English Tradesman* (volume II em 1727)
1726	*The Political History of the Devil*
1727	*Conjugal Lewdness, An Essay on the History and Reality of Apparitions, A New Family Instructor*
1728	*Augusta Triumphans, A Plan of the English Commerce*
1729	*The Compleat English Gentleman* (publicado só em 1890)
1731	Morre no dia 24 de abril em Ropemaker's Alley, em Londres, endividado, escondendo-se dos credores

LEIA MAIS PENGUIN-COMPANHIA
CLÁSSICOS

J.-K. Huysmans

Às avessas

Tradução de
JOSÉ PAULO PAES

"Publicado pela primeira vez em 1884, *Às avessas* se consagrou de imediato como uma espécie de bíblia do decadentismo. E seu protagonista, Des Esseintes, passou a figurar desde então — ao lado de D. Quixote, de Madame Bovary, de Tristram Shandy — na galeria dos grandes personagens de ficção. Herói visceralmente baudelairiano pelo refinamento dos seus gostos, pelo seu ódio à mediania burguesa, pelo solitário afastamento em que dela timbrava em viver, pelo esteticismo e pela hiperestesia de que fazia praça, encarnava ele, melhor ainda que o Axel de L'Isle-Adam ou o Igitur de Mallarmé, os ideais de vida e de arte da geração simbolista, geração na qual a modernidade teve os seus mestres reconhecidos.

Aliás, *Às avessas* é um romance pioneiramente moderno. Reconheceu-o de modo implícito a crítica "oficial" de fins do século passado quando, vendo-o como um romance kamikaze que vinha lançar uma pá de cal sobre os postulados do naturalismo na prosa de ficção, contra ele investiu. Ao reclamar o novo a qualquer preço, ao propor uma filosofia do avessismo e ao abrir a forma romanesca às experimentações da prosa *art-nouveau*, a obra-prima de J.-K. Huysmans antecipou em muitos anos, quando mais não fosse, a óptica objetual do *nouveau roman*."

JOSÉ PAULO PAES

WWW.PENGUINCOMPANHIA.COM.BR

1ª EDIÇÃO [2012] 8 reimpressões

Esta obra foi composta em Sabon por Alice Viggiani
e impressa em ofsete pela Geográfica sobre papel Pólen
da Suzano S.A. para a Editora Schwarcz em abril de 2024

FSC
www.fsc.org
MISTO
Papel | Apoiando o manejo florestal responsável
FSC® C019498

A marca FSC® é a garantia de que a madeira utilizada na fabricação do papel deste livro provém de florestas que foram gerenciadas de maneira ambientalmente correta, socialmente justa e economicamente viável, além de outras fontes de origem controlada.